TIGERKVINNAN

Anmäl dig till Pocketförlagets nyhetsbrev
nyhetsbrev@pocketforlaget.se
eller besök
www.pocketforlaget.se

Katerina Janouch

Tigerkvinnan

ROMAN

Pocketförlaget

Tidigare böcker i serien om Cecilia Lund:
Bedragen, 2008
Systerskap, 2009
Hittebarnet, 2010

Pocketförlaget
www.pocketforlaget.se
info@pocketforlaget.se

Citaten ur Doris Lessings bok *Det femte barnet* är hämtade ur den svenska utgåvan i översättning av Annika Preis (Forum 2007).

ISBN 978-91-86969-13-4

© Katerina Janouch 2011
Originalutgåvan utgiven av Piratförlaget
Utgiven enligt avtal med Grand Agency
Omslag: Nina Leino/PdeR®
Omslagsfoto: Getty Images
Tryck: UAB PRINT IT, 2012

DÄR VAR HON, kvinnan han älskade så mycket. Låg och vilade på soffan, med huvudet på en mönstrad kudde. Kroppen, nu avspänd, delvis täckt av en filt. Han blev stående i dörröppningen, ville inte störa. Hon behövde sin återhämtning. Ansiktet avtecknade sig mot tygernas struktur, en ljus liten fläck som tycktes flyta fritt bland murriga färger. Varje detalj framstod klar medan han studerade henne. Ögonens mandelformade ovaler, brynens mjuka välvning. Den raka näsan, en aning oregelbunden och liksom kaxig, som gav ansiktet karaktär. Huden, betydligt blekare än vanligt, som ett tunt pergament, spänt över känslor, drömmar, minnen. Skulle rentav kunna kallas genomskinlig om man valde ett slitet uttryck. Hur såg sådan hud ut, egentligen? Kunde man genom den få insyn i en annan människas personlighet, in i en annan värld? Tankar tycktes jaga inom henne, fick det att rycka lite i de slutna ögonlocken. En människa som sov, vart färdades hon, vart var hon på väg? Dagsljuset hade ersatts av skymning, höstens mörker kom över dem allt snabbare, dagarna kortades nu av. Stadens ljus hade börjat tändas utanför deras fönster, där ute pågick livet i all sin hektiska intensitet. Människor som skyndade hem från jobb och studier, som hade bråttom till sina familjer, till vänner, till älskare. Små myror som kryllade omkring, släpade matkassar och portföljer, ansträngde sig för att skapa sig ett så bra liv som möjligt. Precis som de själva hade gjort. Precis som de fortfarande gjorde.

Dimmorna dröjde sig kvar över hustaken om morgnarna, skapade den där speciella oktoberkänslan han vanligtvis tyckte om men som nu fick honom att känna sig vilsen. Den fuktiga hinnan runt solens strålar gjorde honom vemodig. Livet skulle ha sett annorlunda ut, tänkte han. Tystnaden skulle inte bo hos oss, tystnaden skulle ha flyttat ut och försvunnit. Istället bredde den ut sig, lade sig till rätta över möblerna, smög in i vrårna. Och kvinnan han älskade låg här i soffan, orörlig, stum. Händerna knäppta på bröstet, det mörka håret ovårdat och oborstat vid pannan. Det högg till i hjärtat på honom. Det var hans uppgift att rädda henne undan stillheten, att försöka få tillbaka henne till verkligheten. Han måste ta hand om henne, försöka se till att hon repade sig. Ingen anklagade honom men han kände kraven på sig, visste att det var han som måste navigera genom svårigheterna, väja för undervattensklipporna. Om hon bara sa något. Om hon bara kom till honom, bad om hjälp. Bröt ihop. Det skulle vara så mycket lättare att trösta då, att finnas till hands. Istället var det som om hon slöt sig kring såret, stängde honom ute. Tyckte hon att han borde ha agerat annorlunda? Men vad hade han kunnat göra, mer än det han redan åstadkommit. Alla är vi skyldiga, ekade det inuti hans huvud. Alla är vi skyldiga, vare sig vi vill det eller inte. Bara genom att finnas till hade han bidragit till lidandet. Bara genom att finnas till hade han sårat. Nu visste han inte längre vad han kunde göra. Han kunde bara hjälplöst stå och se på.

RÄKNINGAR, REKLAM OCH så några kuvert som inte avslöjade vad de innehöll. Cecilia fingrade på det hårda bruna paketet. "Cecilia Lund till handa" stod det. Den främmande, prydliga handstilen var inte Christinas, som var slängig och liksom lite vild, inte heller Sonjas, som bar prägel av en äldre kvinnas något darrhänta pennföring. Systrarna Maria och Susanna? Nej, vem av dem skulle skicka en bok, eller vad det nu var, ville någon av dem ge henne lite bra läsning skulle de överlämna den personligen. Säkert rörde det sig om ett utskick, ibland skrev företagen personliga adresser för att deras försändelser inte skulle gå raka vägen ner i pappersinsamlingen.

Cecilia låste brevlådan och tog med sig posthögen tillbaka till huset. Babyn sparkade vilt i magen. Hon hade börjat vänja sig vid rörelsemönstret sedan de första buffarna kom i början av september. Detta var en morgonpigg liten en, tänkte hon och log för sig själv medan hon hällde upp tevatten i en kopp och tog en banan. Ett energiskt litet barn som skulle sätta fart på hela familjen. Något hon nu både såg fram emot och oroade sig för.

Elräkningen var tack och lov hyfsat låg, konstaterade hon när hon öppnat det avlånga kuvertet med kraftbolagets logotyp, men lättnaden grumlades något när hon i nästa stund såg påminnelsen om en obetald kreditkortsfaktura. Hon lade de sprättade kuverten åt sidan, fortsatte gå igenom posten. Aldrig kom det några personliga brev från vänner och släkt nuförtiden, tänkte hon. Sådant skötte man via mejl och Facebook. Posten var istället en strid ström av tråkigheter. Samt inbjudningar till mindre filmpremiärer och ibland invigningsfester i möbelbutiker och liknande. Sådant som Christina ordnade, eller saker som John blev bjuden på.

Det hårda bruna paketet sparade hon till sist. Vägde det i handen innan hon drog loss tejpen från kortsidan. Nog var det en bok alltid, en ganska tunn sådan. Omslaget kändes glatt mot fingrarna och gick i sepiafärgade toner. Det föreställde en kvinna vars ansikte delvis låg dolt i skugga, med en liten pojke i knät. De satt i en bil och tittade ut mot något obestämbart. Barnets ansikte reflekterades i bilens backspegel. Något vackert men också oroande låg över bilden. Doris Lessing, *Det femte barnet*, läste Cecilia. Nobelpriset 2007. Hon vände på boken. *Kan man lämna bort sitt barn och kan man älska ett barn som inte vill bli älskat?* löd rubriken till baksidestexten. Så obarmhärtigt det lät, så hårt och kallt. Cecilia fortsatte att läsa:

Det är inget lyckligt havandeskap som de fyra tidigare. Istället är det en mörk, ödesdiger kraft som kommer in i familjen när Ben föds. Från det ögonblicket kan allt hända och det som händer innebär oerhörda påfrestningar för dem alla.

Doris Lessing. Hon kände väl till författaren, som såg ut som en mild gammal dam på författarporträttet på omslagsfliken. Påminde lite om mormor Sonja. Och trevligt med något att läsa, bokens titel var onekligen träffande. *Cecilia*

Lund till handa. Kanske var det barnmorskekollegorna som försökte sig på ett practical joke? Boken lät spännande, även om den också kändes lite otäck. Hon lade instinktivt handen på magens utbuktning, kände babyns närvaro. Kanske var det ändå Maria, hennes yngre syster, som skickat boken. Maria kunde få lustiga infall, hon slukade böcker av alla de slag och ville gärna inspirera omgivningen till att läsa mer.

Cecilia plockade åter upp paketet som boken hade legat i, skakade det över bordet för säkerhets skull. Ibland låg det ett följebrev med i försändelser, det kunde lätt fastna på insidan. Men där var tomt, inget litet kort eller hopvikt papper trillade ut. Och adressen, där fanns ingen, bara de ensamma orden *Cecilia Lund till handa*. Inget frimärke, ingen poststämpel. Boken kunde alltså inte ha kommit med brevbäraren, utan personligen lagts av någon i lådan. Cecilia reste sig från bordet och gick fram till köksfönstret, kikade ut över Lindängstorgets öde allé som om hon trodde att hon skulle få syn på vem det nu var som hade förärat henne en roman av en prisbelönt författare. Men vinden blåste bara snålt och fick de kulörta löven att dansa upp från gatubeläggningen. Dagen var kulen och grå. Husens fasader såg ut att sova i oktoberdimman. Inga människor syntes till, lika lite som eventuella spår efter den som lagt boken i hennes brevlåda.

Klockan var redan mycket, hade passerat lunchtid, snart skulle flickorna hämtas på förskola och fritids. Hon hade ändå hunnit med en del denna dag, röjt upp i köket, lagt barnens lakan i tvättmaskinen, plockat upp den värsta röran i hallen. Men det fanns fortfarande mycket kvar att göra. Ta fram vinterskor och prova dem, troligen skulle flera av barnen behöva nya. Gå igenom mössor och vantar, se över vinteroverallerna. Städa undan cyklar och sommarsaker i förrådet. Förbereda trädgården för den kalla årstiden. Däremellan allt det som behövde göras dagligen, planera mat, handla, laga, diska, plocka. Läsa läxor. Tjata om gympakläder och aktiviteter. Och snart fyllde Sofia år och hade önskat sig discokalas, det behövdes presenter och planering, inbjudningar skulle skrivas och sändas ut. Ständigt var det någon, eller något, som måste firas. I somras var det Gretas födelsedag, sedan var det hennes och Johns bröllopsdag i början av september, femton år tillsammans. Hon var inget vidare på att uppmärksamma dessa dagar, åren rusade på så snabbt, men att hålla ihop i ett och ett halvt decennium måste betraktas som en bedrift. John hade väckt henne med latte på sängen, sedan skämt bort henne hela dagen, med exklusiv lunch på Ekenäs Värdshus. De hade sagt snälla saker till varandra och han hade tryckt hennes hand och sett henne djupt i ögonen och förklarat att han tänkte stanna kvar vid hennes sida i minst femton år till, så det så, kära hustru. Hon hade skämts lite grann, själv hade hon inte tänkt på någon present till honom, medan han gett henne ett vackert halsband av silver och korall. Ingen fara, hade han sagt. Jag behöver inga prylar. Jag har ju redan fått den finaste presenten. Och så hade han lagt handen runt hennes midja och dragit henne till sig. Kysst henne ömt.

Sjuttonde oktober var det i alla fall dags igen. Sofia skulle fylla sex år, stora damen som tjatade om den kommande festligheten i princip dagligen. Det fanns inte en chans att denna bemärkelsedag skulle falla i glömska. Cecilia kände hur kraven gnagde, hon blev matt långt innan planeringen ens dragit igång. Bjuda hela sexårsklassen, naturligtvis. Låna en discokula. Senaste musiken, vem ska vara discjockey? Dans i vardagsrummet. Korv och glass, läsk och chips. Och så lekar, mamma, och kanske skattjakt, pappa? Sofias ögon glittrade av förväntan och nervositet. Hon skulle aldrig nöja sig med halvmesyrer.

Det femte barnet. Boken låg på köksbordet, både lockade och skrämde. Att budskapet var allt annat än ljust förstod Cecilia när hon bläddrade bland sidorna. Harriet och David hade träffats på en firmafest, och fallit för varandra ögonblickligen. Som hon och John? Ja, kanske. Hon blev sittande, glömde bort att tvätten skulle läggas i tumlaren. Läste första sidan och sedan den andra, vidare, denna Harriet, äldst av tre systrar var hon också. Nu var Cecilia mellanbarn men ändå, tre systrar fanns det i boken och tre systrar var de i verkligheten. Och tänka sig, två pojkar och två flickor hade familjen, Doris Lessings påhittade familj som snart skulle vara med om något avgörande.

Ett sms avbröt läsandet. John undrade om han skulle hämta barnen, han hade blivit klar tidigare och kände sig trött. Han kunde passa på att handla. Köttbullar till middag? Ja, det skulle bli utmärkt, svarade Cecilia. Hon tog boken med sig till vardagsrummet, lade sig på soffan. Läste vidare:

Det första barnet, Luke, föddes i den stora sängen, mest med hjälp av barnmorskan, fast doktor Brett var också där. David och Dorothy höll Harriet i handen. Det är överflödigt att påpeka att doktorn hade velat ha Harriet på sjukhuset. Hon hade varit orubblig och bemöttes av ogillande – av honom. Det var en kall, blåsig kväll strax efter jul. Det var varmt och underbart inne i rummet. David grät. Dorothy grät. *Harriet skrattade och grät. Barnmorskan och doktorn utstrålade någonting av triumf och feststämning. Alla drack champagne och hällde lite grann på lilla Lukes huvud. Det här var 1966.*

Första barnet, en gosse. Naturligtvis. Precis som hennes och Johns förstfödda. William, född en iskall januaridag, deras biljett till föräldraskapets fantastiska och strapatsrika land. Livet förvandlades radikalt, skulle aldrig återgå till det som en gång varit. Nu var William så stor, levde sitt liv ute bland kompisar, hängde med sitt gäng. Den rosiga babyn hade ersatts av en gänglig ung man på väg in i puberteten.

Babyn i magen buffade vidare. I ryggläge var det som om den lille vildingen blev extra aktiv, men rörelserna var samtidigt trygga att känna. Så länge det knuffades och tumlades var allt bra.

Redan på sidan 37 hade Harriet hunnit bli gravid igen. Med femte barnet. Cecilia hejdade sig en aning, lade ner boken på bröstet. Borde hon verkligen läsa vidare? Kanske skulle hon låta bli? Men någon hade sänt henne boken. Någon hade uppenbarligen tyckt att det var en bra idé att hon följde med Harriet och David på deras äventyr.

Hon höll upp romanen framför sig. Studerade omslaget ännu en gång. Kvinnan med pojken i knät. I solnedgång. Eller i gryning. Vart var de på väg?

Så hörde hon nyckeln i låset, ljudet av ytterdörren som öppnades och smälldes igen.

– Hallå, ropade pojkrösten. Jag är hemma!

Strax var Marcus hos henne, böjde sig ner, gav henne en kall puss på kinden.

– Mår du inte bra, mamma? frågade han bekymrat.

Cecilia satte sig upp och log.

– Jodå. Jag mår toppen. Jag lade mig bara och läste lite grann. Man ska ju vila, vet du, när man är med barn.

– Hur mår brorsan då, sa Marcus och kröp upp intill henne. Är han snäll mot dig? Han sparkas väl inte så det gör ont?

Att det var en bror tvivlade han inte en sekund på. Han hade direktkontakt med sitt ofödda syskon, hävdade han, och det var solklart att detta var familjens tredje kille. Trots att både hon och John försökte tona ner hans förväntningar och gång på gång sa att de inte visste vilket kön babyn hade, var Marcus övertygad. Brodern skulle döpas till Gustav och kallas Lillgurkan.

– Nej då, bebisen är jättesnäll, sa Cecilia och drog in höstdoften från sin sons hår. Har du fotboll idag?

– Klockan sex, sa Marcus. Men jag sticker upp till datorn så länge.

– Några läxor?

Marcus gjorde en rörelse med axlarna.

– De är till nästa vecka, sa han.

Cecilia skakade på huvudet.

– Nänä. Läxorna först, det vet du. Datorn och allt annat sen.

Marcus suckade.

– Men mamma! Seriöst!

– Inte seriösa mig nu. Du vet att dagen går fort och plötsligt har du glömt läxan och sitter med den i full panik sent på kvällen. Passa på nu istället när du har tid.

Marcus såg inte helt nöjd ut, men plockade upp läxböckerna ur ryggsäcken och lommade iväg till köket.

– Okej, okej, men jag tar lite O'boy först, muttrade han. Innan jag gör matten.

Snart skulle hela huset vara fullt av liv. John och flickorna, så småningom även William. Middag skulle lagas och kvällskarusellen vara igång. Precis som hemma hos Harriet och David i sjuttiotalets England.

SOM CHEFREDAKTÖR OCH välkänd profil i mediebranschen sedan många år var Christina Lund luttrad. Van vid att bli offentligt bedömd, ifrågasatt, ibland hyllad, ofta kritiserad. Skärskådad och påpassad, älskad av vissa, avskydd av andra. Föremål för avund och bitterhet, för missunnsamhet och skvaller. Få kände hennes innersta jag, desto fler tyckte att de kunde göra anspråk på henne som tidningsprofil. Genom åren hade hon uppvaktats från de mest skilda håll, fått tusentals inbjudningar till de mest väsensskilda event och jippon, ombetts att delta i studier och enkäter, i undersökningar och paneldebatter. För att inte tala om alla läsarbreven som kom i drivor. Brev från människor i alla åldrar, brev med olika syften, i olika tonlägen. Där fanns många med sockersött smicker, ofta med baktankar, alla lycksökare som ville få fördelar och förmåner, som försökte klättra uppåt på hennes bekostnad, som törstade efter att ta sig fram och göra kometkarriär utan att behöva anstränga sig. Människor som önskade stjäla skärvor av hennes framgång, som ville få en plats i hennes närhet. Där fanns vykort, maskinskrivna dokument och slarviga lappar, postade till henne från hela landet och även från grannländerna. Mycket av korrespondensen hade flyttat till webben och skedde via e-post, men vissa skrev fortfarande för hand. Tiggde om saker, kom med idéer, och naturligtvis även kritik. Någon ogillade nakna kvinnor i reportagen. Somliga var missnöjda med skriverierna om sex. Ytterligare andra ville berätta sina egna livshistorier. Alla öden kunde av förståeliga skäl inte få plats i tidningen. Särskilt sedan Christina blivit synlig som tevestjärna hade brevhögen tilltagit. Där fanns såväl beundrarbrev som elakheter. Män som friade och män som hånade. Kvinnor som gav komplimanger och kvinnor vars ord dröp av förakt. Den mesta papperskorrespondensen filtrerades via Christinas högra hand och personliga assistent, den energiska Maud som hade full kontroll över sin chefs agenda och tidsplanering. Nittio procent av breven gick raka vägen ner i papperskorgen. Christina avskydde att spara på onödig barlast. Förutom de goda idéerna, då. Dem arkiverade hon och återanvände bäst hon kunde.

Vilken kategori tillhörde detta, tänkte hon medan hon vecklade upp ett av de många brev som låg i mappen på skrivbordet. Pappret var av fin kvalitet, handgjort naturpapper som köptes i lösvikt, en aning oregelbundet i kanterna och med en vacker struktur. Inget masstillverkat anonymt A4-ark som användes i kopieringsmaskiner runt om på landets alla kontor. Nej, detta papper andades elegans, liksom handstilen. Men orden var kryptiska. Hon läste brevet tre gånger utan att förstå.

Kära Christina! Styrka är främst en kvinnlig egenskap. Den som har styrkan, har också verktygen som behövs för att nå makten. Men makten berusar och förstör. Rikedomen stiger åt huvudet, förmörkar sinnena. Den som har mycket, har också mest att förlora. Har du råd att ta risken?

Vad i herrans namn var detta? Hon vände på pappret, försökte förgäves hitta något spår efter avsändaren. Kuvertet gav inte heller några ledtrådar. Chefredaktör Christina Lund, och så adressen till Q Magasins redaktion. Inget märkvärdigt. Poststämpeln syntes inte, bläcket var mycket ljust och några bokstäver gick inte att urskilja.

Ett brev helt utan syfte. Det var extraordinärt. De flesta ville något, hade frågor, undringar, krav. Kanske skrev de till en början högtravande och långrandigt men på slutet framgick ändå alltid tydligt vad de ville. Synas i modereportage, vara med och påverka. Dela på kakan, få lite pengar. Jobb. Egentligen vad som helst, men alltid något. Vad ville denna avsändare? Borde hon diskutera saken med Maud och höra vad hon tyckte?

Christina lutade sig tillbaka i den bekväma kontorsstolen i mjukt vitt konstläder. Såg ut över sitt breda skrivbord, över hyllorna med böcker och tidningar, över väggen där nästa nummer av Q Magasin hängde i lösblad. Här inne kände hon sig trygg, här var det hon som styrde. Chefredaktörens rum, själva hjärtat på en tidningsredaktion. Men nu hade lugnet störts. Det anonyma brevet låg och glödde på skrivbordet. En diffus irritation kom krypande, en förarglig känsla av kontrollförlust. Och som alltid ledde frustrationen till oro. Behov av tröst. Längtan efter att fly, att döva sinnenas förvirring. Hon hade lovat sig själv att aldrig mer bete sig svagt och karaktärslöst, ett löfte hon avgav dagligen men som hon bröt lika frekvent. Det gick fint på förmiddagen, fram till lunch, sedan var det som om viljestyrkan naggades i kanten, som om psyket gav efter. Bara lite, tiggde en svag röst i djupet av hennes mage. Bara lite, lite grann, det kan väl inte vara så farligt?

Snabbt hade det gått, från tre fyra gånger i veckan till varje dag och nu dessutom vid allt tidigare klockslag.

Hon kunde inte stå emot. En liten styrketår skulle få henne på bättre humör och förresten var dagen snart slut, redaktionen hade börjat avfolkas så smått. Bara Maud satt kvar, skrev ettrigt och blixtsnabbt på datorn, Christina kunde höra henne genom den stängda dörren.

Längst ner i skrivbordslådan. Där, under en gammal amerikansk Vogue och en sliten brittisk Elle, låg den. Några få ynka droppar kvar. Skulle knappt räcka. Christinas fingrar darrade när hon fiskade upp whiskyflaskan, skruvade av korken, satte den runda öppningen mot munnen och hällde den brännande gyllengula vätskan ner i strupen. Värmen i magen var omedelbar, liksom lättnaden. Äntligen kunde hon sortera tankarna i lugn och ro. Och irritationen förbyttes i något som påminde om glädje, tacksamhet. Vad gjorde väl ännu ett brev i mängden? Någon som beundrade henne, som tyckte att hon var stark. Något otrevligt var det väl knappast tal om, snarare en bekräftelse på att hon var kapabel och duktig. Men att det var så lite kvar i flaskan! Kanske borde hon kila in på Systemet på väg hem. Köpa lite mer. Vad gjorde hennes jämnåriga? Åt lyckopiller hela bunten, gick i terapi och beklagade sig, skaffade unga älskare? Alkohol var i så fall bättre, kom från naturen, hade inget artificiellt i sig. Och var inte några droppar till och med nyttigt för en äldre kvinna? Förebyggde hjärt- och kärlsjukdomar. Naturligtvis var det så. Om man inte överdrev. Vilket hon verkligen inte gjorde.

Det knackade på dörren och Christina sköt snabbt igen skrivbordslådan med sin pumpsklädda fot. Maud stack in huvudet, höll en bunt papper i handen.

– Hinner du attestera några fakturor innan du går, sa hon och log sitt effektiva sekreterarleende som antydde att hon inte tänkte acceptera ett nej.

– Absolut, kvittrade Christina och sprayade hastigt på sig den nya parfymen Élégance av vilken hon nyss fått varuprover och som av en händelse stod på skrivbordet framför henne. Har du testat denna? Härligt med tyngre dofter så här till hösten, fortsatte hon och försökte hålla rösten så lättsam och oskyldig hon kunde. För var det inbillning eller fick hon en misstänksam blick av Maud? Kunde lukten av sprit verkligen tränga igenom den blommiga sötman?

– Vi fick prover till hela redaktionen, påminde Maud. Den är underbar.

Christina log och sträckte ut handen, tog emot de prydligt sorterade fakturorna. Varför kände hon sig så ertappad, när hon bara tagit en mikroskopisk klunk av whiskyn? Kanske borde hon strunta i att handla, kanske borde hon bara sätta sig i en taxi och åka raka vägen till Lars-Åke och middagen han troligtvis redan hade lagat.

Ja. Så skulle hon göra. Hon satte sin signatur på fakturorna och reste sig sedan från skrivbordet. Drog på sig kappan, kastade en blick i spegeln som satt på väggen invid bokhyllan. Ord, ord, ord. Tänk om hon brydde sig om allt som människor skrev! Då skulle hon ha blivit tokig för länge sedan. Skräp, det var inget annat än skräp. Det skulle passa bäst i soporna, tänkte hon. Fint papper eller ej. Så vek hon ihop brevet, lade tillbaka det i kuvertet och slängde det i nedersta byrålådan där den numera tomma whiskyflaskan låg. Tills hon bestämde sig för att kasta det, kunde det lika gärna ligga kvar.

SÅ TOMT HUSET kändes. Susanna blev stående i hallen, såg ut över den perfekta ordningen som rådde på bottenvåningen. Den orientaliska mattan, de äkta tavlorna som hängde smakfullt arrangerade på väggarna. Avlastningsbordet och spegeln i tung guldram. Det polerade parkettgolvet där inget damm syntes. Hennes hem skulle lätt kunna visas upp i någon inredningstidning. Det kändes nästan som ett museum, så vilsamt och samtidigt liksom fruset.

Thomas, hennes man, var naturligtvis inte hemma, trots att klockan hunnit bli nästan nio på kvällen. Hon lade ifrån sig nyckelknippan i skålen på det lilla bordet vid entrén och sparkade av sig stövlarna. Hängde upp jackan med pälskapuschongen på sin vanliga plats, stack fötterna i ett par mjuka plyschtofflor. Golven hade redan börjat bli kyliga. Det stora huset blev aldrig riktigt genomvarmt och eftersom hon dessutom alltid gick på diet frös hon jämt. Men så var det, tänkte hon. Hellre smal och kall än tjock och varm. Eller hur, Susanna? Plötsligt fick hon lust att revoltera mot allt det där. Äta en pösig kanelbulle eller en croissant fylld med chokladkräm. Tyvärr fanns sådana onyttigheter ingenstans i hennes hem. På sin höjd en påse valnötter i skafferiet, valnötter vars fett var välgörande för både hud och hår. Nyttigt fett, som det hette. Funktionell mat. Hon var så less på det, jakten efter kroppslig perfektion. Och samtidigt, fanns det något alternativ? Hon hade ingen lust att svälla ut, bli så där kroppsligt försummad som en del kvinnor i hennes ålder. Nej, vid fyrtio skildes agnarna från vetet. De som fortsatte att hålla sig i form, de som valde en sund ålderdom, från de försoffade, de som inte hade vett att hålla vikten och figuren i schack.

Städerskan hade gjort ett perfekt jobb. Som alltid. Köket sken blankt och nyskurat, doften av rengöringsmedel med citron dröjde sig kvar över de pedantiskt avtorkade ytorna. Kakel, stål och trä, köket var rymligt nog att ge sittplats åt tjugo personer. Men det massiva träbordet och alla de tio matchande stolarna stod stilla och tysta, som en påminnelse om att ingen middag bjöds i detta hem ikväll. Lika lite som dagen innan. En ensam kvinna vars dotter flyttat hemifrån och vars make föreföll mer gift med sitt arbete än med henne, vad skulle hon med alla dessa utrymmen till? Hon hade inte ätit särskilt mycket och nu försvann också det lilla suget efter något sött och gott. Det skulle räcka med en kopp te.

Hon väntade medan vattnet kokade upp och tog sedan en tepåse ur skafferiet. Hällde upp i sin favoritkopp, den med blomrankor på, och bar den med sig ut i salongen. Tände golvlampan, några värmeljus i små kulörta glaslyktor. Att elda i öppna spisen kändes för jobbigt. Fast nog hade hon behövt en värmande brasa. Var det något sevärt på teve? Hon slog på den enorma plattskärmen som upptog nästan halva kortväggen, och signaturmelodin till nyhetsprogrammet fyllde rummet. Susanna drog en malvafärgad filt omkring sig och lutade sig tillbaka i den mjuka L-formade soffan. Sträckte ut benen framför sig, vickade lite på tårna.

Jaha. Så här hade livet blivit. Thomas borta, Alexandra utflugen. Systrarna hade fullt upp med sitt. Mamma Christina, nytänd tevestjärna, upptagen med alla sina glamorösa uppdrag. Men jag då, ville hon skrika. Jag då? Visst fanns de där, väninnorna, kvinnor som påminde om henne själv, damer strax under och strax över de fyrtio vars män arbetade med fondbolag och banker, vars barn nu passerat tonåren och blivit vuxna. Kvinnor som hade egna karriärer, eller inte. Kvinnor som i likhet med henne själv sällan verkade till freds, trots överflödet de levde i. Hur blev vi så himla olyckliga, tänkte Susanna medan hon såg på rapporteringen om översvämningar i något asiatiskt land och jordbävning i ett annat. Gråtande smutsiga barn som bars av mödrar i trasiga kläder. FN:s hjälpsändningar med mat och mediciner som aldrig räckte till. Hon blev bara trött av att se och höra om eländet i världen. Krig, svält. Övergrepp. Så många fattiga det fanns. Ändå hade hon mage att sitta i sitt fashionabla vardagsrum och känna sig missnöjd.

Susanna kände paniken i bröstet. Sträckte sig efter sin iPhone i diskret guldfodral. Slog först Christinas nummer. Inget svar där. Så Marias, den yngsta systerns. Telefonsvararen gick igång. Skulle hon ringa mormor Sonja, byta ett par ord med den gamla? Nej, det var inte vad hon kände för. Det fick bli Cecilia. Systern som var närmast henne i ålder. Trots att deras liv var så olika var det ändå som om Cecilia förstod henne bäst. Det var främst inför Cecilia hon kunde visa de här sidorna. Ja, så pass mycket hon nu orkade avslöja. Något slags fasad satte hon upp, kunde inte annat. Men ändå. Lite sanning trängde fram till ytan.

– Men hej, Susanna.

Cecilia svarade, troget. Pålitligt. Femte barnet bar hon på och ändå var det hon som alltid fanns där, som alltid hade en liten stund över.

– Hallå där. Stör jag mitt i något?

Såklart du gör, Susanna, men det visste du ju redan. Ändå ringer du. Ändå kan du inte låta bli, du dras till det där kaoset, vill känna dig åtminstone lite delaktig. Stark, Susanna, du har alltid varit stark. Men i samma stund som du hör Cecilia och pojkrösterna och skramlet i bakgrunden, är det som om något brister inom dig. Du kommer inte orka förställa dig ikväll. Du behöver säga exakt som det är. Och hur är det då? Åh, den som det visste.

Det var väl det som var problemet. Att hon visste så lite. För varje år var det som om hon tappade mer och mer av det som varit hon.

– Det är absolut ingen fara, sa Cecilia.

Fast det var det. Förstås. *Du stör och du kan väl kanske ringa senare med dina lyxproblem.* Nej, hon behövde ringa här och nu.

– Vad bra. Jag menar... Äsch... Jag... vet inte hur jag ska säga det. Jag behöver prata med dig bara. Är det okej?

Ängsligt. Plötsligt så orolig. Stressad över andras stress. Rädd att vara i vägen.

Du som alltid tagit så mycket plats, Susanna! Hur blev du så öm och skör? Är det ensamhetens fel? Den där tystnaden som brett ut sig och kvävt allting? I den mjuka exklusiva soffan, med den senaste modellen av iPhone tryckt mot örat, med kroppen i en dyr kashmir-

tröja och händerna omhändertagna på salong, perfekt manikyr. Det räcker inte, jag vill ha mer än så. Vem kan ge mig det? Måste jag själv?

– Det finns ingen annan jag kan prata med, nästan viskade hon, som om hon var rädd för att ekot av orden skulle studsa mot väggarna i den stora villan, skratta högt mot henne från den vitmålade panelen.

Där utanför, natten. Höstmörkret och kylan. Och någonstans även Thomas, kanske på en affärsmiddag, kanske på ett möte som dragit ut på tiden, kanske i en situation hon helst inte ville föreställa sig honom i.

– Jag förstår, svarade Cecilia. Kan jag ringa tillbaka? När det lugnat ner sig lite. Jag lovade Marcus att hjälpa honom med engelskan. Du vet.

Var det tio år sedan Susanna hade hjälpt Alexandra med läxorna sist? Hade hon någonsin gjort det?

Det spelade ingen roll alls.

Eller, var det möjligen helt avgörande?

– Ja, ring tillbaka, sa Susanna och kände träningsvärken komma smygande i kroppen. Tur att hon hade träningen, då hon kunde ta ut sig intill medvetslöshetens gräns. När musklerna ansträngde sig försvann övriga livet ner i ett svart hål av svett och repetitioner.

Jag springer och lyfter, alltså finns jag. Jag kämpar och sliter, tills inget annat existerar.

HELST HADE CECILIA velat fortsätta läsa boken, men eftermiddagen hindrade henne effektivt från att sjunka ner i någon som helst litteratur annan än barnens veckobrev, lappar från förskolan och läxböcker. Småbarnen tog inte hälften så mycket tid som de äldre. William, som börjat med spanska och nu ville bli förhörd på glosor. Marcus, som önskade diskutera politik – redan? – eftersom det varit val tidigare i höst och nu hade man i efterdyningarna statsskick och demokrati på schemat. Mamma, varför röstade du som du gjorde? Pappa, vilket parti tycker du är bäst? Och hur ska vi göra så att allting blir rättvist, de fattiga länderna där folk svälter och de rika länderna som har mer än de behöver. Vad tycker du om det?

Politik var intressant, tyckte Cecilia, men tyvärr blev det alltid tjafsigt och högljutt när man skulle prata om vad som var bäst för landet. John drog åt vänster medan hon själv kände sig i valet och kvalet. Hon kunde bli förbannad på John och tyckte att han hycklade. Han med eget företag, såg han inte nackdelarna med att småföretagen fick sämre villkor? Jamen du då, anställd inom vården, kunde han argumentera, är du verkligen nöjd? Nu kommer ni få det ännu sämre, när de borgerliga sitter kvar. Och samtidigt handlar det inte bara om den egna plånboken, ansåg John, där fanns större frågor, som solidaritet och rättvisa. I värsta fall tyckte hon att han satte sig på höga hästar och blev irriterad. Då kunde ord som "salongskommunist" flyga genom luften och de somnade osams. Som om den politiska diskussionen egentligen handlade om andra saker, som om deras olika åsikter berörde andra problem som låg under ytan.

Kvinnofrågor, de så kallade mjuka värdena, vilka var det? Lika lön för lika arbete såklart. Kanske också kvotering. Och så den eviga problematiken i vården. Hur minska skattetrycket och behålla en vård som var rättvis för alla? De hade pratat en hel del om detta på jobbet, särskilt intensivt före valet. Chefsbarnmorskan Tatiana som kom från ett före detta kommunistland hade varit oerhört bestämd. "Aldrig en socialdemokrat i regeringen igen, slog hon fast. De har gjort sitt bästa för att förstöra Sverige, titta hur vi har det här på sjukhuset bara. Jag är moderat. Självklart. Hur röstade du?" Och så hade hon spänt sina mascarakantade ögon i Cecilia. Cecilia hade ryckt till. Så osvenskt att ställa en direkt fråga. Tatiana borde ha lärt sig efter sina år i Sverige att man inte frågade rakt ut. Vad man röstade på var en privatsak, inget man behövde redogöra för öppet.

Marcus behövde förresten nya jeans. William sa att gympaskorna hade blivit för trånga. Marcus hade slarvat bort sina mjukisbyxor. Behövde nya fotbollsskor också han, sådana man kunde spela på grus med. Hade han inte nyss fått ett par? Nej, det var skor för konstgräs. Okej, skor för inomhusbruk då, snart var ju utesäsongen slut? Ja, det behövde han också. Cecilia räknade för sig själv. Tusenlapparna dansade fram, skor, åttahundra kronor minst, mjukisbyxor, fem-sexhundra, William, ytterligare någon tusenlapp, sedan räkningarna, maten. Barnbidraget täckte ingenting. Om hon själv blev politiker skulle hon ge familjerna en rejäl skattelättnad, kanske föräldralön. Cecilia Lund i politiken! Kanske skulle hon kunna ge sig in där en dag när barnen blivit stora. Om hon hade någon ork kvar då.

Nu hade Susanna ringt och låtit alldeles frånvarande på rösten. Det var alltid något med Susanna. Storasystern som levde ett liv bortom vardagens slit, som satt i sin lilla guldkantade oas utan några som helst bekymmer men som alltid var antingen forcerad eller stressad eller frustrerad i största allmänhet. Hur självupptagen kunde man bli? Cecilia önskade ibland att systern skulle lyfta blicken, hugga i där det behövdes. En familj borde hålla ihop mer, hjälpas åt efter förmåga. Men Susanna tycktes blind för andras behov och Cecilia var för stolt, ville inte gärna be Susanna om hjälp när hon nu själv inte tog några initiativ till att ställa upp. Det var enklare att fråga Maria, den yngsta systern, som hade söner i samma ålder som hon själv, som jobbade hårt och som generöst delade med sig av sina omsorger.

Äntligen var det mesta undanstökat. William hade satt sig vid datorn, Marcus krupit ner i sängen. Köket var hjälpligt undanröjt, smutstvätten förpassad till tvättkorgarna som fanns strategiskt utplacerade här och där på husets båda våningsplan. Till och med leksakerna som släpats fram av Greta och Sofia före middagen hade försvunnit ner i backar i flickornas rum.

– Jag går och ringer Susanna, ropade Cecilia åt Johns håll. Han nickade bara, satt och stirrade ner i sin iPhone precis som halva mänskligheten verkade göra nuförtiden. Hon hade ännu inte skaffat någon, tyckte att det kändes onödigt, men när hon såg hur både John och även William, som fått en iPhone av Christina, försvann i sina små touchskärmar, blev hon faktiskt intresserad. Men det var så dyrt. Fotbollsskor för grus till grabben eller en iPhone till mamma? Valet var självklart.

Cecilia slank in i sovrummet, stängde igen dörren bakom sig. Lade sig ovanpå sängen och lyfte på luren. Telefon på nattduksbordet, kanske var de snart sist i världshistorien att ha ett fast abonnemang.

– Hej. Förlåt att jag lät lite jäktad förut. Men det är så mycket med skolan och killarna går aldrig och lägger sig nuförtiden.

– Det är ingen fara.

Susanna lät matt på rösten.

– Är du ensam, undrade Cecilia.

– Mmm. Thomas jobbar.

– Hur är det med dig då?

– Förlåt, det är inte meningen att ringa och beklaga mig. Jag vet ju att du har fullt upp.

Susanna lät tjock på rösten. Hade hon gråtit?

– Jag finns här. Berätta nu.

Susanna drog ett djupt andetag.

– Det är så dumt att ringa dig och ställa till scener. Förlåt. Jag känner mig bara så ensam. Som om ingen vill ha mig längre, som om jag inte betyder något för någon. Ibland tror jag att jag är osynlig, att det kvittar vad jag säger och gör.

Cecilia studerade en spricka i taket medan Susanna pratade. Det lät bekant det där. Sedd av ingen, behövd av ingen. Självömkans rätta ansikte. Herregud.

– Snälla kära Susanna, vi älskar dig, sa hon och hoppades att det skulle räcka som tröst. Naturligtvis räckte det inte. Långt därifrån.

– Men jag känner mig så ledsen.

– Är det något med Thomas?

Susanna fnös.

– Thomas! Jag vet knappt vem han är längre. Han är mest någon som bara kommer och går. Han bor här som på ett hotell. Jag ser hans skor och hans kostymer och hans urdruckna kaffekopp på morgonen men sen är det mest bara idén om honom som jag är gift med.

– I somras, ute på ön, verkade ni ju ha det bra, påpekade Cecilia.

– Vi är bra på att spela spel, sa Susanna. Sanningen är att vi kommer längre och längre från varandra. Det passar honom att ha mig, den eleganta hustrun som han kan ta med på middagar, när han väl gör det. Någon som sköter om huset. I själva verket känner vi inte varandra längre.

– Hur har ni det med...

– Vad?

De brukade sällan diskutera intimare frågor. Inte så där uttalat i alla fall. Kanske var det just därför dags att fråga.

– Sex?

Susanna gav ifrån sig ett ljud som i bästa fall påminde om ett glädjelöst skratt, i sämsta fall om en bitter suck.

– Sex, vad är *det*? Jag känner mig så katastrofalt misslyckad på den fronten också. Det är som om allting bara dött. Varför ska vi ta på varandra? Vi talar knappt med varandra, vi ses sällan, varför ska vi då älska? Efter tjugofyra år kan jag inte påstå att vi har särskilt mycket gnista kvar. Nej, den är borta.

Så sent som igår hade John lagt sig intill Cecilia, smugit handen runt magen där babyn låg, låtit fingrarna vandra över den mjuka varma huden. Så sent som igår hade han hållit hennes handleder bakom hennes huvud, kysst henne, smugit med tungan över hennes hals, ner mot brösten, de mörknade vårtgårdarna som jublande tagit emot hans mun. Susanna pratade på men Cecilia förlorade sig i minnet, hennes och Johns kropp som mötts så många gånger, ändå kändes det nytt, outforskat mellan dem, som en gåva. Graviditeten gjorde henne som alltid extra känslig, nervcellerna skrek efter beröring. Aldrig var hon så sexuell som i graviditetens mitt, med kroppen sinnlig och kurvig, med brösten tunga och längtande, med skötet ständigt fuktigt och på gränsen till elektriskt. Hon knep ihop knäna där hon låg på sängen, hoppades att John snart skulle komma in till henne. Släcka lampan, omfamna henne, stryka bak håret från pannan, lägga sin nakenhet mot hennes.

– Menar du... att ni aldrig?
– Det är precis det jag menar.
– Ingenting?
– Inte mycket. När var det sist, få se nu. Kanske i juni. Något halvhjärtat. Det är inte det att jag inte vill. Det är mer... han. Som alltid är trött. Som stressar. Som inte ens är här. Som måste vara vaken för att följa Dow Jones eller Nikkei, eller Nasdaq eller vad alla de där förbaskade börserna heter. Jag är så trött på det, Cecilia. Jag står inte ut längre. Ska

det vara så? Tills man blir pensionär? Och sen då? Ska man bli sjuk och dö? Livet måste gå ut på mer än det här, eller vad tror du?

Susanna hade aldrig varit så här uppriktig. Aldrig öppnat sig på detta sätt. Cecilia skakade av sig tankarna på sitt eget sexliv, fick nästan skuldkänslor för att hon hade det så bra. Barn, hus och en kärleksfull man. Och vad hade Susanna? Pengar. Absolut. Men hur långt kom man med enbart en god ekonomi? Ganska långt, när det kom till att köpa saker. Närhet och kärlek hörde dock till sådant som inte kunde köpas för pengar. Hur banalt det än lät.

OMGIVNINGENS VÄLMENTA RÅD. Alla dessa floskler. Han tyckte inte att något fungerade. De sögs ner allt djupare i saknad och självförebråelser. Hon var sjukskriven nu, ovisst när hon skulle kunna börja arbeta igen. Kanske tänkte hon aldrig mer återvända till reklambyrån där hon varit anställd som copywriter. Och lika bra det, hade hon sagt i stunder av klarsyn. Det var ändå bara en ytlig och tom värld.

Att komma bort från hemmet var en lättnad. Som om sinnena öppnades när han tog trapporna två och två, som om syret blev extra friskt när han öppnade porten och steg ut på gatan. Där uppe, den blå himlen inramad av hustaken. Nattens kvardröjande fukt, imman på de parkerade bilarnas rutor. Han skyndade på stegen, fick bråttom. Längtade till webbbyråns rusch och strida ström av göromål som skulle kanta hans dag. Arbete, semester från privatlivets tyngd och mörker. Den här dagen hade han dessutom för avsikt att roa sig med ännu en utflykt ut i det okända. Han behövde fly från det som hänt. Behövde förvandla sig till någon annan. Byta skepnad, identitet, glida in i en roll där han blev immun mot sitt förflutna. Tankarna fyllde hans inre med adrenalin, spänningen fick honom att sluta fingrarna hårdare om portföljens handtag. Skulle han våga? Han hade funderat på det en längre tid, vägt för- och nackdelar mot varandra, till slut nått dithän att han inte kunde backa. Idén han fått grodde sig allt starkare, gav honom ingen ro.

Han måste ge sig själv en ny chans. Skapa något som bara var hans eget. Något han kunde påverka och styra. Inte som livet med henne. En resa som spårat ur fullständigt, som fick honom att känna sig inlåst i en skenande tågvagn från vilken han inte kunde kliva av.

CECILIA HADE PLANERAT att arbeta på förlossningen fram till jul, lite beroende på hur hon mådde. De flesta gravida barnmorskor slutade ungefär åtta veckor före nedkomsten, gick på föräldraledighet i vecka 32. Hennes egen graviditet hade börjat trassligt, med blödning och förlust av ena fostret, men när hon fått vila under sommaren hade styrkan i kroppen återvänt och nu kände hon sig både energisk och inspirerad. Efter att babyn fötts skulle hon vara hemma i minst sju månader innan John tog vid. Nu hade hon visserligen gått ner lite i arbetstid men två skift i veckan tänkte hon försöka arbeta så länge hon kunde. Hon fick ta en vecka i taget. Så hade också Tatiana föreslagit. "Du jobbar om du orkar", hade chefsbarnmorskan sagt och studerat schemat i datorn. "Och när du inte orkar, säger du bara till."

Det var ett bra tag sedan Cecilia jobbat natt. Nu höll hon sig till kvällsskiftet, som började på eftermiddagen. Ibland hoppade hon också in och arbetade tidig morgon, men undvek detta om hon kunde. De gångerna tvingades hon lämna hemmet samtidigt som barnen vaknade, vilket blev väldigt stressigt.

Samtalet med Susanna kvällen innan ekade i huvudet medan hon bytte om i det tomma omklädningsrummet. Hon var ovanligt tidig men det var skönt att ta det lugnt. I synnerhet nu när hon var gravid avskydde hon att känna tidspress, att komma till jobbet med andan i halsen. Hon hängde in kläderna i plåtskåpet, ställde gympaskorna prydligt under klädkroken. Kände sig belåten över de små tingen. Snart nog skulle hon kastas in i de födande kvinnornas värld, där kaos och oordning rådde. Inför varje skift undrade hon vad som väntade. Hon vande sig aldrig riktigt vid anspänningen, att inte kunna förutspå vad hon skulle vara med om de närmaste timmarna. Och samtidigt var det just detta som gjorde att hon älskade sitt arbete. Det var detta som höll henne kvar, trots att hon kunnat sjukskriva sig under återstoden av graviditeten.

Det var lugnt och stilla inne på expeditionen. Den trötta höstsolen sökte sig in genom fönstret och dränkte anslagstavlan i ett milt gult ljus. Hon såg att där fanns en bild på Ramona Örnmåne, den legendariska hembarnmorskan, uppsatt. Välkommen till seminarium: *Föda hemma – möjlighet eller hot?* löd rubriken. Så det hade verkligen blivit av, Tatiana hade bjudit in henne till slut. Hemförlossningar sågs inte med blida ögon av vissa i personalgruppen. Det fanns de som var häftigt emot, som menade att det innebar en oerhörd risk. När det fanns modern sjukvård att använda sig av, varför då dessa märkliga nycker som kunde äventyra både barns och kvinnors hälsa? Själv visste hon inte riktigt vad hon tyckte. Fyra barn hade hon fött på sjukhus, hon hade aldrig haft en tanke på att inte befinna sig på en förlossningsavdelning då värkarna satt igång. Men nu? Plötsligt var hon inte lika säker. Blev rentav inspirerad att pröva ett alternativ, och samtidigt förvånad över hur hennes inställning med ens svängt.

Cecilia hällde upp en mugg hett vatten och lade i en tepåse. Allteftersom minuterna gick droppade barnmorskorna och undersköterskorna in och tog plats i den avlånga salen. Ljudet av borrmaskiner trängde igenom lugnet. Avdelningen hade hemsökts av hantverkare i flera veckor och det såg inte ut som om de skulle bli klara med reparationerna på länge än.

En av telefonerna ringde. Den som stod närmast lyfte på luren och svarade.

– Förlossningen. Ingmarie, barnmorska.

Hon lyssnade och skrev på en liten lapp.

– Ja, men kom in du. Absolut.

När hon lagt på såg hon på Cecilia.

– Hej! Hur mår du? Börjar det bli tungt nu?

Cecilia log.

– Äsch. Inte så farligt än. Men det är en pigg liten rackare.

Ingmarie nickade igenkännande.

– Ja, du. Då blir det inte så mycket att sova sen.

De slog sig ner på stolarna närmast entrén. Klockan närmade sig halv två och barnmorskan som skulle hålla dagens rapport harklade sig lätt för att få tyst på sorlet bland personalen.

– Hej alla. Det är lugnt nu, men bara för någon timme sen ringde telefonerna oavbrutet. Så tänk på hur ni tar in till natten, vi är underbemannade idag, sa den ansvariga barnmorskan Monica.

– Som vanligt, suckade Ingmarie och gav Cecilia en trött blick.

– Vi har fått in några oplanerade induktioner och det är lite rörigt, men vi ska försöka få till det här, fortsatte Monica och klickade med datormusen.

– Låt oss börja med femman. Induktion vecka 38 plus tre. Första barnet. Inga konstigheter där. Sen har vi en lindrig tox på sjuan, det är andra, nej förresten, tredje barnet. Vi ville sätta igång henne strax efter tolv men hon kom igång på egen hand och här ser ni CTG:n, det är en fin kurva. Förhoppningsvis kommer hon att föda innan natten...

Monica klickade och CTG-kurvorna avlöste varandra liksom redogörelser för de blivande mammornas olika hälsostatus. Där fanns ett lyckat vändningsförsök och planerade snitt, förstagångsmammor såväl som fyrföderskor.

– Det är totalt tolv som fött barn och flera som har efterskötningen kvar. Jo, och så glömde jag säga. Tian är speciell. Jag har kontaktat soc, väntar återkoppling. Har en mamma där som...

Monica hejdade sig mitt i meningen. Såg ut över de församlade barnmorskorna och kliade sig sedan i huvudet.

– Som är lite speciell. Är tveksam på diagnosen men kan eventuellt vara något slags lätt utvecklingsstörning. Kanske autism också.

Monica klickade på journalen, läste från skärmen.

– Upptäckte graviditeten runt vecka tjugotvå, förlossningen gick bra men barnet har inte velat ta bröstet. Mamman verkar mest arg och rädd, är på sin vakt. Svår att få kontakt med.

– När kommer soc då? frågade någon.

Monica såg ner på skärmen.

– Jag har inga uppgifter om det men vi måste se till henne, frågan är om hon ens borde vara ensam med babyn.

– Pappan då?

– Han verkar vara på ungefär samma nivå som mamman. Tror inte han är något större stöd. Man kan nog lugnt påstå att framtiden är ganska oviss för de här föräldrarna och deras barn.

Det högg till i hjärtat på Cecilia vid de sista orden. Oviss framtid. För inte så länge sedan hade hon själv dragits in i händelser med ett anonymt spädbarn och dess olyckliga unga mamma. Det fallet var uppklarat nu. Vissa historier fick lyckliga slut. Men det gällde långtifrån alla. Hon kände på sig att rum nummer tio skulle falla på hennes lott. Nej, hon *ville* ha det. Som om hon drogs dit av en osynlig kraft.

Monica släckte ner datorn och reste sig från sin plats.

– Då får jag önska lycka till ikväll. Och fika har ni fått? Inget extravagant idag, bara lite bullar som är kvar sedan i morse.

Samtalet kom igång, barnmorskorna reste sig och lämnade rummet en efter en.

– Jag tar tian, då, sa Cecilia till Carmen, som skulle jobba samma skift.

– Som du vill, nickade den mörkhåriga barnmorskan och vände sig om för att svara i en av telefonerna som hade börjat ringa.

Kanske var det dumt, hann hon tänka innan hon knackade på dörren till rum nummer tio. Kanske borde hon låta bli de svårare patienterna, hålla sig till det mer okomplicerade. Men fanns det något som var okomplicerat när det handlade om barnafödande? Hon hann inte formulera något svar på den frågan. Öppnade istället dörren och steg in.

Den nyblivna mamman, som enligt journalen hette Christel och var tjugofem år gammal, låg i sängen. Fadern, som mest påminde om en tonårspojke, satt i fåtöljen bredvid. I den genomskinliga lilla babysängen på hjul låg barnet. Genast fick Cecilia en känsla av att dessa tre individer inte hörde ihop överhuvudtaget. För det mesta satt den nyblivna mamman med barnet i sin famn, ammade eller bara höll om den lilla.

Men inte i detta rum.

– Hej, ropade kvinnan i sängen. Hej, hej, kom in bara och glöm inte att stänga dörren efter dig, det blir så dragigt annars och jag fryser! Det är kallt här förstår du. Eller hur Bosse, visst är det kallt? Hemma är det mycket varmare.

Cecilia sköt igen dörren bakom sig, försökte sig på ett leende.

– Hej Christel. Jag heter Cecilia Lund och är barnmorska. Jag tänkte titta på den lilla. Ni hade visst inte kommit igång så bra med amningen, förstår jag.

Hon sträckte fram handen för att hälsa men Christel besvarade inte gesten. Istället lade hon armarna i kors över bröstet, som ett litet barn som vill trotsa de vuxna.

– Jag vill inte ha några baciller, utbrast hon ilsket. Du får inte ta på mig! Och var är hon som var här innan? Bosse, säger du till dem att hämta den andra.

Ögonen borrade sig in i Cecilia, gjorde henne olustig till mods. Liksom kvinnans hela uppenbarelse. Trassligt hår och dålig hy kunde ju vem som helst ha, men det låg något genuint ovårdat över den nyblivna mamman. Ordet försummad smög sig in. Försummad och världsfrånvänd. Och heligt förbannad. Hur nådde man fram till någon som hon?

– Christel, det är jag som ska vara här ikväll. Vi byter av

varandra så att de som jobbat på förmiddagen ska få vila sig. De orkar inte arbeta hur länge som helst.

Christel såg på henne med en blick som hos en åttaåring.

– Men jag vill ha den andra, upprepade hon tjurigt.

– Jag förstår, sa Cecilia. Ska vi göra ett försök med amningen? Om du lyfter upp bebisen så ska jag försöka hjälpa dig.

Men Christel gjorde ingen som helst ansats att följa Cecilias instruktioner.

– Måste jag, sa hon. Jag vill inte. Jag känner mig ledsen.

Cecilia nickade.

– Du har precis fött, det är vanligt att man har lite olika känslor.

– Du förstår inte! Jag får inte åka hem till mig. Hon soctanten har sagt att jag ska till utslussningshemmet. Annars tar de min bebis ifrån mig.

Bosse rörde sig oroligt där han satt i fåtöljen. Cecilia kände olusten växa. Hur skulle det gå för de nyblivna föräldrarna som uppträdde så vilset, hur skulle det bli för den lilla babyn? Flickan hade vaknat och låg nu och fäktade med de små armarna.

– Det är mer än vad jag känner till, sa Cecilia. Oavsett vad som händer tycker jag att det vore bra om du tog upp bebisen och gav henne lite mat. Hon blir hungrig precis som du.

Christel lutade sig fram och kikade ner på sitt nyfödda barn.

– Som en liten katt, sa hon och log snett. Liten, liten katt. Men katter rivs. Jag vill inte bli riven.

– Det är ingen katt, Christel, sa Cecilia lugnt. Det är ditt barn. Kan jag lyfta över henne till dig?

Christel nickade oväntat.

– Gör det då.

Cecilia lyfte försiktigt upp babyn och lade henne i Christels utsträckta armar.

– Om du öppnar skjortan får bebisen lite kroppskontakt, sa hon.

– Det killas, utbrast Christel. Kom Bosse, titta! Hon killas. Ska hon vara så här? Så himla liten.

– De är små när de föds, påpekade Cecilia. Men de växer fort.

– Hur mycket ska hon äta då? undrade Christel.

– En hel del blir det.

– Kan inte Bosse ta henne istället? Kom Bosse, det är din tur.

Bosse gick fram till sängen som han blev tillsagd och tog emot babyn ur Christels famn.

– Det är han som är pappa, sa Christel, liksom i förtroende, till Cecilia. Han är min pojkvän.

Cecilia fick en vision av dem tillsammans, ensamma med babyn i en lägenhet. Utan kontakt med omvärlden, utan insyn av någon erfaren person. Hur skulle detta föräldraskap utvecklas? Hur skulle den lilla babyn klara sig i livet?

– Titta, sa Christel plötsligt. Hon ser rolig ut! Men du får inte klämma henne hårt Bosse, då kanske hon går sönder.

Någon amning såg det inte ut att bli. Bosse stod stilla med babyn i famnen, såg tyst ner i barnets ansikte. Flinade när den lilla hackade med huvudet mot hans bröstkorg. Hon sökte efter bröstet men allt hon fick var kontakt med Bosses noppiga collegetröja. Cecilia kände att hon höll på att tappa tålamodet och samtidigt gjorde situationen henne osäker. Hur hårt kunde hon gå på? Hon ville gå därifrån men inte lämna föräldraparet ensamma med barnet. Trots att de varit ensamma tills helt nyligen kändes det otryggt.

– Jag kan ta henne en liten stund, föreslog Cecilia, och Bosse lämnade lättat ifrån sig flickan. Jag tar med henne ut så kommer jag tillbaka snart. Blir det bra?

– Ja, ta henne du, sa Christel. Finns det någon mat här? Jag är jättehungrig. Kan man få läsk? Och chokladbollar. Jag vill helst ha chokladbollar.

– Jag ska se vad jag kan göra, sa Cecilia och tog med sig babyn.

– Glöm inte att stänga ordentligt, ropade Christel. Jag fryser!

Cecilia blev stående utanför rummet med babyn i famnen. Carmen kom gående i korridoren men stannade upp framför henne.

– Jag var tvungen att ta med henne ut, sa Cecilia. De här föräldrarna...

– Förståndshandikappade? undrade Carmen.

– Svårt att säga, men inte är de som de ska i alla fall, suckade Cecilia. Jag fick en känsla av att de knappt förstår att det är ett barn de fått.

– Nej, de skulle ju inte lämnas ensamma. Jag tror att socialtjänsten är på väg, sa Carmen. Men det börjar köra ihop sig. Jag tror inte du kommer kunna vara barnvakt hela skiftet. Be en uska ta hand om babyn så länge. Sirkka till exempel. Hon kan vara hos föräldrarna tills socialjouren kommer.

Det blev bara en kort paus mellan förlossningarna. En ovanligt stressig eftermiddag, kunde Cecilia konstatera. Ryggen värkte och hon kände av små sammandragningar i nedre delen av magen. Kanske borde hon inte arbeta ändå? Bara ligga hemma på soffan och ta hand om huset mellan varven. Samtidigt var jobbet ett slags andningshål. Hon skulle inte stå ut med att bara gå hemma.

Cecilia tog en kopp från hyllan och hällde upp kaffe. Och rikligt med mjölk i. Hon var törstig och hungrig, borde kanske ta en smörgås så hon inte drabbades av blodsockerfall, något hon var extra känslig för nu. Samtalet vid fikabordet handlade som vanligt om allt från privat skvaller till sådant som rörde andra förlossningskliniker och ny forskning.

– Tur man inte jobbar i Göteborg, påpekade Ingmarie. De kan fortfarande inte enas om det där med sen avnavling. De envisas med att avnavla innan första andetaget. Fast alla redan vet att babyn knappast gynnas av det.

– Hur har det gått för föräldrarna som vill bevara stamceller från navelsträngen då? undrade Carmen. Vi hade några sådana förra veckan. I USA sparar de ju blodet, det hör till rutinerna.

– Det lär nog dröja ett tag innan vi kan bjuda på den servicen, sa Cecilia.

– Ja, hur skulle du vilja göra? undrade Carmen. Du som själv ska föda snart.

– Klart man vill ha det bästa och senaste, svarade Cecilia. Men sen tänker jag att man inte kan gardera sig mot allt ändå. Kanske att man klarar sig utan stamceller, om man gjort det förr.

De andra barnmorskorna skrattade lite.

– Ja, tänk att man överlevt, sa Ingmarie.
– Och överlevt bra, sa Gun.
– Eller? Vi kanske skulle må bättre allihop om vi visste att stamcellerna trots allt fanns där. Som pengar på banken, sa Carmen. Jag vet var jag har mina stamceller, alltså sover jag gott.
– Apropå något annat, sa Gun. Såg ni det där reportaget på teve, om surrogatmammorna. Vad tycker ni om det?
– Jag såg det, sa Carmen. Killen från Israel som åkte till Indien och sen sålde barnen till amerikanska par.
– Han verkade inte ta hand om sitt eget surrogatbarn särskilt väl, sa Gun. Tänkte du på det?
Carmen spärrade upp ögonen.
– Ja! Vilken nybliven mamma skulle lämna bort sin tvåmånaders bebis för att flacka jorden runt med en behållare med embryon i? Men det är säkert big business.
Cecilia hade också sett programmet som handlat om en klinik i Indien där kvinnorna togs om hand under sina surrogatgraviditeter. Hon kom ihåg dem. Hålögda och liksom tomma. Vackra men ledsna. Kvinnor som hjälpte varandra, födde barn till rika par som i sin tur betalade deras egna barns utbildningar. Själv kunde hon inte släppa tankarna på det förståndshandikappade paret på rum tio.
– Det är lustigt hur många olika öden det finns, sa hon, nästan för sig själv.
– Skulle du kunna tänka dig att föda barn åt någon annan? undrade Ingmarie. Bli befruktad och lämna ifrån dig bebisen direkt efter förlossningen? Jag tror det går emot allt i en kvinnas natur. Även om barnet inte är hennes rent biologiskt, skapat av donerad sperma och donerat ägg.

– Spelar nog ingen roll, sa Cecilia. Jag tror att barnet blir ditt när du bär det i din kropp i nio månader.

– Det är precis vad jag också tror, nickade Carmen. Och blir du sen av med det och aldrig mer får se det, så blir du kanske lite tokig på kuppen. Även om du får massor med pengar som plåster på såren.

JOHN HADE GÅTT och lagt sig när Cecilia kom hem. Bara William satt fortfarande vid datorn. Som vanligt, tänkte hon, och blev stående i dörröppningen till hans rum. Långsamt blev rollerna ombytta, föräldrarna gick och lade sig före de allt äldre barnen och steg upp långt innan ungdomarna hade ork att masa sig ur sängen.

– Du. Det är sent, sa hon och försökte låta så otjatig hon kunde.

– Hej, kära mor, svarade William utan att vända sig om.

Han satt vid Facebook, såg hon. Den blå och vita bakgrunden lyste upp rummets mörker.

– Stå inte och titta, sa William när han märkte att hon kom närmare.

– Jag tittar inte. Jag tycker bara att det är dags för dig att gå och lägga dig, sa Cecilia.

– Äh, klockan är bara tio.

– Nej, faktiskt över halv elva och du ska upp imorgon.

– Kom igen, mamma. En liten stund till.

Datorn, datorn, alltid denna dator, tänkte hon medan hon lämnade honom med förmaningen att han fick vara uppe max fem minuter till. Leksaken, bästa vännen som ersatte umgänge och spel. Om man inte såg upp åt datorn upp all ens vakna tid. Det var skrämmande hur fort timmarna rusade iväg om man fastnade vid skärmen. Och ändå var det exakt vad hon själv tänkte göra just nu. Surfa runt lite, blogga. Facebook, ja, det skulle bli svårt att undvika. Ställde hon högre krav på sina barn än på sig själv? Kanske. De var alla smittade av behovet att vistas ute på nätet, att kommunicera, snappa upp nyheter. Det gick inte att leva på något annat sätt. Gilla det eller ej, sådan var verkligheten, deras vardag.

Först kikade hon in till flickorna. Där låg de och sov lugnt i sina små vita sängar. Sofias ostyriga hår över kudden, Greta med gosedjuren i ett hårt grepp. Greta hade sparkat av sig som vanligt, täcket låg på golvet i en skrynklig hög. Lilla vildingen, sov precis som hon levde, energisk och alltid lite svettig. Cecilia strök sin yngsta över pannan, hon kunde aldrig motstå dessa nattliga små ömhetsbevis, att få känna barnens lena hud mot handflatan. Som om den moderliga omsorgen skänkte extra trygghet i natten, som om den kärleksfulla handen såg till att mardrömmarna höll sig borta.

Själv kände hon sig en smula rastlös. Tröttheten kändes visserligen i kroppen, arbetspasset hade satt sig i korsryggen och i låren. Ändå kunde hon inte riktigt komma till ro, bilderna i huvudet avlöste varandra. Hon kunde inte sluta tänka på de förståndshandikappade föräldrarna som ställts inför ultimatum att antingen gå med på övervakat boende på ett utslussningshem eller att lämna ifrån sig sitt nyfödda barn. Märkligt hur en människas kropp kunde fungera perfekt, medan hjärnan sackade efter. Graviditeten hade gått bra, liksom förlossningen, men paret förstod inte situationens allvar, ansvaret det innebar att vårda ett barn. Men med lite hjälp från samhället kanske de skulle klara av föräldraskapet?

Kvällstidningarna hade den gamla vanliga mixen av nyheter, skvaller och naturligtvis rapporteringen om allehanda grova brott, såväl inrikes som internationellt. Cecilia skummade igenom rubrikerna men fastnade inte för något särskilt. Istället gled hon in på sina favoritbloggar, läste diverse främmande kvinnors tankar om sina liv. Relationer, matlagning, funderingar. Här fanns såväl kända som okända bloggerskor. Trots att hon aldrig träffat någon av dem kändes de som gamla väninnor. Hon kunde allt om deras graviditeter och åsikter, visste hur de hade inrett sina sovrum och vardagsrum, vilka sjukdomar och problem deras släktingar hade.

Inför sin egen blogg var hon lite i valet och kvalet dessa dagar. De senaste veckorna hade hon fått flera otrevliga kommentarer. Det hade börjat redan i somras med en och annan sur gliring, men sådant fick man räkna med om man delade med sig av sina känslor. Hon hade ryckt på axlarna och valt att förtränga de negativa orden. Tänkt att om hon inte gav dessa individer luft skulle de tappa intresset och söka sig någon annanstans. Och så hade det också blivit till en början, de tråkiga kommentarerna hade försvunnit och lyst med sin frånvaro i flera månader. Ända tills nu. Hon var tämligen säker på att det var samma person som kommit tillbaka för att stjäla åt sig uppmärksamhet.

Det var väl ändå inte meningen att man skulle ha ont i magen av att logga in på sin egen blogg, tänkte hon men gjorde det ändå. Tack och lov hade inga nya kommentarer kommit, vare sig snälla eller elaka. Fast hon blev en smula besviken. Någonting hade de väl kunnat skriva? Men det var bättre med ingen respons alls, istället för sådan som bara gjorde henne ledsen.

Babyn gav henne en liten spark i samma sekund som hon började skriva.

Idag tänker jag en hel del på hur olika förutsättningar vi människor har här i livet. Jag mötte ett par vars föräldraskap kommer att bli allt annat än lätt. Och det lilla barnet, vilket bagage kommer h*n att bära med sig? Jag är extra känslig för allt sådant, gravid som jag är. Vad ger vi våra barn? Jag och mannen, vi gör vårt bästa men det bästa är inte alltid tillräckligt. Tänk om babyn jag bär på har särskilda behov? Tänk om detta barn är sjukt eller skadat på något sätt. Tänk om livet kommer att förändras drastiskt efter att jag fött. Vad som helst kan ju egentligen hända. Det är svårt att inte tänka på det, att inte grubbla.

Jag vet att det är dumt att ta ut sorger i förskott. Jag vet att jag ska njuta av den här dagen som varit bra. Att jag bara ska gå och lägga mig och lägga handen på magen och försöka komma till ro. Men jag är en orolig natur som alltid försöker se framåt, som försöker förutspå vad framtiden bär i sitt sköte för mig och familjen. Varifrån kommer den här oron? Har ingen aning, men ibland önskar jag att jag var en lugnare typ, en som inte rubbas lika lätt ur sina banor.

Ett vardagligt inlägg, tänkte Cecilia när hon skrivit färdigt och tryckt på knappen "publicera". Även sådana behövdes, det var skönt att låta tankar kläs i ord, att skriva fritt ur hjärtat. Nu skulle hon bara snabbt besöka Facebook innan hon stängde av datorn för kvällen.

Hon hann inte ens logga in där förrän ett meddelande dök upp på skärmen. "Du har en ny kommentar" förkunnade den lilla rutan och Cecilia klickade nyfiket på länken. Läste de fem vassa meningarna.

> Vem ger dig rätt att döma, trångsynta lilla människa? Du stövlar in i andras liv och tror dig vara förmer. Men var inte så säker på din sak. Medan du sover lider andra. Jag förlåter aldrig.

Orden fick Cecilia att huttra till där hon satt vid skärmen. Förlåter, vad fanns det att förlåta? På vilket sätt hade hon förmedlat att hon skulle vara bättre än någon annan? Hon gick tillbaka till blogginlägget hon just publicerat och läste det noga. Ord misstolkades så lätt. Hon visste det, hade lärt sig. Nyanser syntes inte alltid i blogginlägg, texter kunde uppfattas helt tvärt emot vad de var menade som, beroende på vilket slags glasögon läsaren hade på sig. Men hur hon än skärskådade sitt inlägg kunde hon inte riktigt förstå på vilket sätt det kunde missuppfattas. Hon kunde inte heller censurera sina känslor på förhand, av rädsla för att någon skulle ha åsikter.

Återstod att behålla den kritiska och kryptiska kommentaren, eller att radera den. Kanske borde hon skaffa en modereringsfunktion, godkänna alla kommentarer på förhand. Men det skulle också begränsa hennes frihet, tvinga henne att tillbringa mer tid vid datorn än hon hade råd med. Dessutom var hennes blogg inte särskilt stor. Och eftersom den fortfarande var anonym kunde hon alltid trösta sig med att den som skrev tråkigheter faktiskt bara kastade ur sig orden i en tom rymd. De var inte riktade direkt till henne. Människan bakom var troligen bara en bitter och ensam själ som inte hade något bättre för sig än att sprida sin galla.

Hon motstod impulsen att svara. Istället stängde hon av datorn, reste sig från sin plats och sköt in stolen vid bordet. Hela kroppen ropade efter sömn och äntligen tänkte hon göra den till viljes.

SKILSMÄSSA. BLOTTA ORDET fick Susanna att känna sig trött. Trots att oktobermorgonen var klar och solig fick hon en impuls att krypa ner i sängen, dra täcket över huvudet och aldrig stiga upp. Vad skulle det innebära, egentligen, att riva upp det bekväma och trygga liv hon och Thomas levde i sitt vackert inredda hem? Och för vad? *För att vi inte ligger med varandra, för att vi inte pratar med varandra, för att vi inte har något gemensamt längre, för att vi retar oss på varandra. För allt det plus tusen saker till. Vi som har halva livet kvar, ska vi verkligen gå så här, sida vid sida, utan att leva, utan att känna?*

Susanna hällde upp espresson i den lilla vita koppen, blåste sedan lätt på den heta, svarta ytan. Espressomaskinen utstrålade högteknologisk elegans där den stod på marmorbänken vid den mosaikklädda köksväggen, men denna morgon bjöd kökets välstädade harmoni knappast någon tröst. Ja, det var snyggt och fräscht och läckert i precis varenda vrå av den trehundra kvadratmeter stora villan, men just den här morgonen kändes den påkostade bostaden som ett fängelse.

Du behöver terapi. Du behöver resa bort. Du behöver bli behövd. Du behöver nya vänner. Nya kläder. Ny man. Nytt vad som helst.

Hon tog en liten klunk av kaffet och brände sig på tungan

men smärtan fick henne att vakna till. Ingen skulle ordna tillvaron åt henne. Ingen kunde ge henne råd om vad hon skulle göra, om hur hon skulle inrätta sitt liv.

De skulle tycka att hon var spritt språngande galen, hennes väninnor som befann sig i en liknande situation. Solbrända Marie-Louise som ägde hus i Provence och vars vänsterprasslande bankdirektör till make dessutom drack för mycket. Deras två söner hade flyttat hemifrån för flera år sedan och nu hade Marie-Louise skaffat sig en liten hobby för att få dagarna att gå, en antikvitetsbutik i city där hon tillbringade några timmar varje dag. Inköpsresor till Storbritannien och Frankrike fyllde hennes tillvaro, samt middagar med väninnorna. Marie-Louise var både klok och trevlig men under ytan doldes en djupt olycklig kvinna. Sedan fanns Peggy, gift med en neurotisk friherre. Rikare än alla de andra tillsammans och ändå alltid klädd i slitna gummistövlar. Peggy flydde till stallet och till timslånga skogsturer på hästryggen. Kära Peggy, vars herrgårdsliknande villa så ofta avbildades i eleganta inredningsmagasin. Peggy själv, före detta fotomodell, log alltid vackert från de välkomponerade bilderna men Susanna visste, hade haft Peggy på nattliga besök, friherren kunde bli riktigt elak och då for nävarna ut och ibland råkade de landa på Peggys kind... För att inte tala om den tredje väninnan Catrin, själv från en välbärgad familj, gift med en excentrisk skeppsredare som verkligen inte tillförde särskilt mycket till äktenskapet. Men en tjusig jakt ägde han däremot, som familjen gärna använde till utflykter i den karibiska övärlden. Trots Catrins egna tillgångar skulle hon mista en stor del av sina sociala förmåner om hon lämnade sin man. Så hon stannade kvar, tröstshoppade i New York och London så fort hon kom åt. Barn hade de fått sent och nu lämnades de med diverse au pairer när mor och far hade ärenden utomlands. Stackars små rika fruar, tänkte Susanna ironiskt medan hon gick genom köket och ut i salongen. Stackars oss. Vi har allt och ändå känner vi oss så tomma. Men skilsmässa? Var inte det att ta i ändå? För på vilket sätt skulle livet bli bättre om hon nu tog steget bort från Thomas, om hon bröt med sin make officiellt och oåterkalleligt?

Villan skulle de sälja förstås, såvida inte Thomas skulle vilja köpa ut henne och behålla huset för att bo i ensam. Ensam och ensam, förresten, Thomas skulle nog inte förbli ensam särskilt länge. Det skulle förmodligen inte dröja många veckor innan han hittade någon representativ fast mycket yngre upplaga av henne själv och installerade henne i villan. Kanske en kvinna som gärna födde ytterligare några barn åt honom. Han skulle kunna börja om på nytt.

Susanna öppnade de franska fönstren som vette ut mot trädgården och drog in den friska luften. Skönheten i trädens gulnade löv och utsikten mot vattnet var bedövande. Dagg som glittrade i gräset som fortfarande var grönt här och där, spindelväven som avtecknade sig mot himlen. Det fanns mycket att leva för. Bara hon visste *vad*, skulle hon nog få tillbaka sin livsglädje.

Hon backade in i rummet, drog igen dörren efter sig. Så slängde hon av sig morgonrocken och sidenpyjamasen på sängen. Tog fram joggingbyxorna i svart elastan med tillhörande långärmad tröja. Ipoden med spellistorna som Alexandra gjort, gamla discolåtar som var perfekta att springa snabbt till. Hörlurarna på plats i öronen, träningsprogrammet inställt. Håret i en stram hästsvans, hon såg väl inte så illa ut för sin ålder? Hon stack fötterna i ett par splitternya joggingskor och snörde åt dem så att de satt bekvämt runt foten. Om hon nu hade så mycket tid, skulle hon använda den till något uppbyggligt. Som att springa en mil i lagom tempo och få in friskt syre i lungorna. Hon tänkte alltid bra medan hon sprang. Om hon nu skulle skilja sig fick hon verkligen inte förfalla. Tvärtom. Hon måste vara snyggare än någonsin, med en kondition som skulle få henne att orka. Att börja ett nytt liv efter fyrtio skulle nämligen inte bli någon lätt uppgift.

VISSA SAKER VAR bara helt omöjliga att ta itu med, tänkte Cecilia medan hon plockade undan röran i hallen och lyfte ner lådorna med vinterkläder från den översta hyllan i garderoben. Som att ringa rörmokaren. Handfatet på den nedre toaletten läckte, tillräckligt mycket för att det skulle bildas en irriterande liten pöl på golvet. Vattnet rann ner på ett ställ med tidningar som stod precis intill, så att dessa klibbade ihop och blev oläsliga. Hon hade bett John ta itu med saken men dagarna hade bara gått och John hade inte ringt till rörmokaren. Hon själv tänkte på det nästan dagligen och ändå kunde hon inte förmå sig att lyfta luren och slå numret. Boka en tid. Det var ju en liten skitsak egentligen, varför satt det då så långt inne att få den ur världen?

Kanske för att det alltid är en miljon små struntsaker som måste göras, tänkte hon medan hon plockade med fodrade jackor och täckbyxor. Marcus skulle kunna ärva Williams dunjacka från förra säsongen men Wille behövde en ny. Samma sak med Sofia och Greta, lillasyster fick ta storasysterns overall men Sofia behövde nytt, både jacka, byxa och fodrade kängor, hon var inte tillräckligt stor för att ärva Marcus kläder, och förresten protesterade hon alltid när det kom på tal att hon skulle bära pojkkläder. Och vantarna som det bara fanns en av, mössorna som ängrarna ätit på. Hon suckade när hon återigen tänkte på kostnaderna som skenade iväg så här års. Ju äldre barnen blev, desto dyrare kläder. Pojkkläder var dyrast, en tröja kunde gå på tusen kronor om William fick som han ville. Det fick han inte men han fortsatte ändå att tjata. Hävdade att kläder från de stora kedjorna var töntiga och att han skulle bli mobbad om han inte hade än det ena, än det andra. Hon önskade att de hade mer pengar så att utläggen för nya kläder slutade vara tråkiga orosmoment. Ibland drömde hon om att vinna högsta vinsten på Triss. Tjugofemtusen i månaden i tjugofem år. Då slapp de vända på örena och äta falukorv i slutet på månaden.

Plötsligt blev hon yr. Att stå på en stol och rota i garderoben var påfrestande, både för kroppen och för nerverna. Hon behövde vila.

Hon ställde ifrån sig lådorna och gick och hämtade Doris Lessing-boken. Lade sig till rätta på soffan och öppnade där hon slutat läsa. Varför hon alls fortsatte visste hon inte, hon kunde inte låta bli. Hon behövde veta hur det skulle gå för Harriet.

Hon gick till doktor Brett igen, eftersom hon varken fick sova eller vila för det vildsinta fostret som verkade vara på väg att klösa sig ur magen.

"Titta bara på det här!" sade hon när magen hävde sig, knöt sig, och sjönk ihop. "I femte månaden!"

Han gjorde den vanliga undersökningen och sade: "Det är stort för att vara i femte månaden, men det är ingenting onormalt."

"Har ni någonsin haft ett sådant här fall förut?" Harriets röst var vass och krävande och doktorn gav henne en irriterad blick. *"Ja, nog har jag sett kraftfulla foster förut",* sade han kort och när hon frågade *"I femte månaden? På det här sättet?"* vägrade han se henne i ögonen – var oärlig mot henne, kände hon. *"Jag ska skriva ut någonting lugnande",* sade han. Till henne. Men hon kände det som om den lugnande medicinen var till för att dämpa barnet.

Cecilia lade ifrån sig boken, slöt ögonen. Orden grep tag, gjorde henne oförklarligt rädd. Tänk om Harriets öde var lika mycket hennes, tänk om hon var på väg mot en katastrof som hon ännu inte kunde föreställa sig. Detta barn i Harriets mage, hon fick en vision av något som liknade en alien som växte och tog plats. Så lättpåverkad hon kände sig, så enkel att rubba. Så skör och rädd. Kanske borde hon ringa John, berätta om boken. Men nej, han skulle bara bli arg för att hon läste den. Släng skiten, skulle han säga. Fast det var ju ingen skit, det var bra, välskrivet. Hon gillade språket, bilderna som förmedlades, beskrivningarna av Harriets och Davids familjeliv, av barnen, av huset, trädgården. Hon ville veta hur det skulle gå. Dessvärre blev hon också påverkad på ett sätt som skrämde henne. Vem skulle hon anförtro sig åt? Mamma? Mormor? Någon av systrarna?

Hon drog in luft i lungorna, försökte lugna sig. Intalade sig att det trots allt bara var en bok, skriven för länge sedan, hade ingenting med henne att göra. Oro var dessutom varje gravid kvinnas följeslagare. Lyckligtvis hade blodprovet hon tagit tidigare under graviditeten visat att risken för kromosomfel var låg och Cecilia och John hade avböjt vidare provtagning.

Fostervattensprov medförde ökad missfallsrisk. Utöver det kände hon sig upprorisk och provocerad när hon tänkte på att man alltid måste försöka sortera ut sådant som inte var helt perfekt. Hon och John hade pratat länge den kvällen, tänk om babyn ändå hade Downs? De hade diskuterat olika scenarier, det var inget behagligt samtal men det var nödvändigt, sakerna måste upp på bordet, precis som vid de tidigare graviditeterna. Och precis som då kom de fram till samma slutsats. De skulle inte abortera ett barn om kromosomerna inte stämde. Och ändå satt hon här nu och var rädd. Rädd och osäker och ängslig. Borde hon ha tackat ja till utökad fosterdiagnostik i alla fall?

Hon försökte slappna av och andas in genom näsan och ut genom munnen, försökte föreställa sig barnet i magen, hur det svävade tyngdlöst i fostervatten, en liten astronaut på en förutbestämd resa. Det var ett litet liv hon fäst sig vid från dag ett trots att hon varit osäker på hur hon skulle orka. Så hade hon förlikat sig med att familjen skulle växa, att barnaskaran skulle utökas, och när beslutet väl fattats växte också kärleken, längtan efter babyn. Hon hade lugnat sig, mognat. Men plötsligt var det som om perspektiven försköts än en gång. Som om livet blev hotfullt och mörkt.

Det fick bli en påhälsning hos mormor Sonja i alla fall, beslöt hon efter att ha försökt samla tankarna utan att lyckas. En promenad och sedan en pratstund. Sonja skulle säkert komma med goda råd och andra infallsvinklar. Vilken tur att Cecilia hade henne att vända sig till! Hon kunde konsten att lyssna och trösta. Och framför allt, att muntra upp och ge nya perspektiv.

Höstastrarna lyste med glada färger i rabatten utanför huset där Sonja bodde. Cecilia slog in koden och tog trapporna upp till Sonjas lägenhet. Ringde på dörren och hörde strax den gamla rumstera om där inne. De hasande stegen var tunga. Sonja hade blivit mycket tröttare på sistone. Men kanske var det bara tillfälligt? Cecilia hoppades att det var så. Bara inte mormor började med sitt morbida prat om döden igen, tänkte hon.

Nu öppnade Sonja ytterdörren och log med hela ansiktet.

– Cecilia! Min kära flicka. Så stor och grann du håller på att bli.

Sonja sträckte ut handen, tog tag i Cecilias.

– Kom.

– Jag har med mig chokladbiskvier, sa Cecilia och gav Sonja en kyss på den rynkiga kinden.

– Det är väl de små, sa Sonja ängsligt, precis som hon brukade.

– Absolut, svarade Cecilia och stängde dörren bakom sig. Du vet att jag inte för något i världen skulle köpa de stora.

– Bra, bra, nickade Sonja. För vi vet båda att om biskvierna är små...

– ... så kan man äta fler, fyllde Cecilia i.

Hon hängde av sig jackan i den mörka lilla hallen som precis som alltid doftade kaffe, gamla böcker, rosenolja och mysk. Plus något mer, något antikt och intressant, något Cecilia aldrig riktigt lyckats identifiera. "Mormorslukt", som Sofia brukade säga. "Mormorslukt är den bästa lukt jag vet."

– Alla har vi vårt kors att bära, sa Sonja som alltid.

Idag var luften lite mer instängd än vanligt, tyckte Cecilia.

Genom dörren till sovrummet skymtade hon den obäddade sängen. Sonja såg hennes blick och ryckte på axlarna.

– Jag vilade lite, sa hon. Det värker så förbaskat i knäna.

– Oj, det är väl inget allvarligt?

Sonja skakade på huvudet.

– Älskade barn, i min ålder är allting allvarligt. Kom nu, så dricker vi kaffe. Vilken tur jag har att du kom just idag, precis som jag fick lust på något sött.

– Ja, och vilken tur att jag får komma hit. Just idag behövde jag verkligen prata med dig. Sätt dig du, så fixar jag kaffe.

Sonja gav henne en tacksam blick medan hon mödosamt slog sig ner på en av de svartmålade stolarna vid köksbordet. Cecilia öppnade vant köksskåpen, dukade med koppar och fat, slog vatten i bryggaren och måttade upp kaffepulver.

– Ska jag ta det vita fatet med blommor eller det ljusgröna med guldkant?

– Ta det vita du, sa Sonja. Och glöm inte mjölken. Jag har lite kvar i kylen. Men nu vill jag veta vad du har ställt till med den här gången. Är det någon ny karl?

Cecilia log och skakade på huvudet.

– Mormor då.

Sonja skrockade och lade händerna på bordsduken.

– Du är en tjusig jänta, Cecilia, sa hon och blinkade med ena ögat. Jag skulle inte bli förvånad. Trots att tiden kanske inte riktigt räcker till för amorösa eskapader. Men det är väl gott om stiliga doktorer på sjukhuset kan jag tänka mig.

– Nej, mormor, det är inga karlar alls. Jag är fullt nöjd med John faktiskt, sa Cecilia och kände sig bara aningen falsk, för visst, trots att hon och John talat ut om det som hänt med Per

Nilsson kunde hon ändå inte riktigt säga att hon aldrig tänkte på honom.

Hon gjorde en liten paus.

– Det hände något konstigt häromdagen, fortsatte hon strax. Jag fick en bok i brevlådan. Ingen avsändare. Det kusliga var att den handlar om en familj som väntar sitt femte barn. Den heter så. *Det femte barnet*.

– Doris Lessing, påpekade Sonja hastigt. Jag känner till den. Hennes kanske mest kända bok.

– Själv hade jag ingen aning om den, sa Cecilia och tog en tugga på sin biskvi. Alltså, jag hade aldrig hört talas om den förut.

– Jag läste den för länge sen, sa Sonja. När kom den, kanske för tjugo år sen? Den är bra. Men otäck. Riktigt otäck. Jag kommer ihåg att den stannade kvar hos mig långt efter att jag slagit igen boken.

– Kan du förstå vem som har skickat den till mig, sa Cecilia.

– Den kanske inte skulle till dig?

Cecilia ställde ifrån sig kaffekoppen och skakade bestämt på huvudet.

– Det stod mitt namn på. Tydligt. *Cecilia Lund till handa*. Och så inget mer. Det var just det den skulle, till mig alltså. Om det råder ingen tvekan.

Sonja rynkade pannan och kliade sig på örat.

– Jaså, säger du det. Ja, det var ju för lustigt i så fall.

De blev sittande utan att säga något mer, lyssnade till köksklockan vars försynta tickande smög igenom tystnaden. Så tog Sonja till orda.

– Kanske det är någon som vill skoja med dig. Någon av dina barnmorskekollegor? Som ett tokigt skämt.

Cecilia ryckte på axlarna.

– Det är så lagom kul. När jag läste idag om hur hennes baby lever rövare i magen redan i femte månaden blev jag skräckslagen, sa hon. Jag började inbilla mig att jag själv är gravid med...

– Nej, nej, sa Sonja och såg bestämt på Cecilia. Inte säga högt, och inte tänka dumheter! Kom ihåg att det bara är en bok, skriven av en kvinna för länge sen. Bara för att någon haft den dåliga smaken att skicka den till dig betyder det inte att den har något med ditt liv att göra.

– Är du säker på det, sa Cecilia ynkligt.

– Definitivt, slog Sonja fast. Man kan inte tänka sig till katastrofer. Dessutom blev du med barn långt innan den där olycksaliga boken kom till dig. Och du vet lika väl som jag att barnet inte kan förvandlas på grund av vad du läser. Däremot blir du själv stressad och det är inte bra för vare sig dig eller den lilla. Du måste sluta inbilla dig en massa dumheter. Nej, vet du vad, det var skojigare att prata om karlar, avslutade Sonja och stoppade den sista biten biskvi i munnen. Förbaskat goda var de idag i alla fall.

Det var skönt att höra Sonja prata och skönt att se henne piggna till, tänkte Cecilia. De där onda knäna, mormor hade rätt. Allt var allvarligt när man närmade sig nittio. Hon borde komma iväg till en läkare.

– Men vad ska jag göra nu då? undrade hon. Lägga undan boken och bara glömma den?

– Ja, det tycker jag verkligen att du ska göra, mitt kära barn. Om du inte klarar av att läsa den och behålla sinnet kallt. Det kanske du inte gör. För så mycket kan jag säga, att vad jag minns så blir den bara värre. Det här barnet, han är förfärlig och ställer till det. Jag drömde mardrömmar efteråt.

De småpratade ännu en stund. Sedan blev det dags för Cecilia att bege sig hemåt. Som alla vardagar skulle flickorna hämtas och middag lagas.
Sonja drog henne intill sig och strök henne över håret.
– Käraste flickungen. Hem med dig nu och kom ihåg, var tacksam för de händelselösa dagarna. Det är de som hjälper dig att klara av resten. Och den där boken, stoppa ner den i någon byrålåda. Glöm den. Men läs den gärna när minstingen är några år gammal. Det är en riktigt bra bok. Om man inte är med barn själv, förstås. För då är den bara gräslig.

KANSKE VAR DET alla oroliga tankar, kanske det faktum att Greta och Sofia hamnat i slagsmål med varandra på vägen hem. Cecilia kände stressen blandas med irritation och oro. Pratstunden hos Sonja hade hjälpt lite, men inte gett tillräcklig lindring. När sedan Marcus berättade att han tappat bort sin ryggsäck som innehöll både de splitternya gympaskorna och mobiltelefonen, rann sinnet över för Cecilia. John kom hem till ett fullfjädrat kaos.

– Du får prata med honom, sa hon argt till sin man som såg på henne utan att riktigt förstå var hon befann sig mentalt. Ja, säg till honom, för mig lyssnar han inte på!

Hon satte på vatten, skramlade med grytorna på spisen.

– Vad är det som har hänt?

John försökte medla, lugna.

Var det hans faderliga stämma som spädde på hennes ilska, fick henne att känna sig ännu mer hopplös?

– Du får fråga din son själv, sa hon med en röst som lät onödigt gäll.

Hennes yngsta son, vanligen snäll och glad, rynkade nu ögonbrynen, intog försvarsställning.

– Måste du skälla på mig? Jag glömde, har jag ju sagt! Det är inte så himla lätt, ska du veta!

– Men det kostar pengar, Marcus!

– Ja, men tror du att jag tycker det är så himla kul att bli av med mina saker då!

– John. Du får ta itu med det här. Jag står fan inte ut.

Hon smällde med locket, kände att hennes inre tryckkokare var på väg att pysa över. Gravidhormoner. Det är bara gravidhormoner, försökte hon tänka, men tårarna brände innanför ögonlocken, barnens röster stack som små tandpetare utanpå huden, hjärtat dunkade och svetten hade börjat lacka. Hon fick lust att smälla med dörrar, slänga sig på golvet och skrika som ett bortskämt litet barn. Men så fick man inte göra som mamma. Som mamma måste man alltid vara lugn, fin, pedagogisk och trygg. En god vuxen förebild helt enkelt. En mammas yta krackelerade inte, en mamma fick inte psykbryt helt utan förvarning. Kanske en förståndshandikappad mamma, men definitivt inte en normal. En sådan som hon själv ansåg sig vara.

– Du är bara sur jämt, fräste Marcus. Sur och tråkig. Jag tycker du är orättvis. Jag gjorde det ju inte med flit.

I det ögonblicket var det som om det small till innanför tinningarna på henne. Aldrig skrika på barnen, aldrig vara en bitchig mor, hade hon lovat sig själv för länge sedan, men de föresatserna var nu som bortblåsta.

– Ja, men hur lätt är det att vara glad när ni bara skiter i vad jag säger!

Hon höll en träslev i handen men slungade den nu i golvet. Kände hur Sofia och Greta stannade upp i sin lek, tittade på henne med något som liknade förfäran. Flickorna var inte vana vid att se sin mamma så arg. Dessutom, arg för nästan ingenting. För inte visste hon riktigt vad som gjorde henne så ilsken. Inte förstod hon sin egen reaktion.

– Fan, skrek hon och rusade ut ur köket. Fan, fan, fan.

In i sovrummet. Slänga sig på sängen. Så fort hon blev ensam var det som om ilskan rann av henne. Kvar fanns bara skammen. Nu skulle hon bli tvungen att gå tillbaka, le, be om ursäkt. Krama alla. Fast det hade hon ingen lust med. Hon kröp ner under täcket. Middagen måste lagas men hon orkade inte.

Hon hörde hur dörren öppnades. John kom in och ställde sig vid sängen.

– Cissi, vad är det som händer? Mår du bra?

Det också! Hon hade velat ha honom hos sig, fylld av förståelse, mjuk och vänlig, en sval hand på hennes panna, en fin och rar äkta man som intuitivt förstod alla hennes känslosvängningar. En sådan där amatörgynekolog eller psykolog, som Gunilla, hennes bästa vän, brukade säga. Men John var ingen sådan man. John var en helt vanlig äkta make som precis kommit hem och som inte alls hängde med i sin hustrus underliga attacker.

– Nej, sa hon trumpet och drog täcket högre upp över ansiktet. Jag mår inte bra! Jag mår skit.

Se inte på mig. Kom inte och döm mig. Jag är orolig och rädd och ledsen och tycker förfärligt synd om mig själv. Jag är trött och less och ensam och ungarna bara äter upp mig. Jag vill ha förståelse och stöd, inte bli ifrågasatt. Ska du ifrågasätta mig kan du lika gärna gå härifrån.

– Du måste fatta att jag inte bara kan komma hem och skälla ut ungarna på kommando, fortsatte John. Ska du alltid vara den där snälla och jag den jobbiga? Good cop, bad cop liksom. Kom igen, vi har väl kommit längre än att du använder "jag-ska-säga-till-pappa" som ett hot.

Cecilia drog bort täcket från ansiktet, såg på John.

– Jag blir så less när du pratar så där, utbrast hon. Vad menar du? Att du aldrig ska säga till dem? Är du rädd för att de ska tycka att du är jobbig?

– Äh, du vet vad jag menar, suckade John. Det är ju du som vill slippa konflikterna.

Så ohyggligt orättvist! Hur hade han mage att anklaga henne för att vara bekväm och konflikträdd?

– Så är det inte alls, bet Cecilia ifrån. Det är jag som går här och tjatar och gnatar och säger ifrån, det är bara det att du verkar döv för det. Och ibland orkar jag bara inte. Kanske lyssnar de mer på dig när du kliver in på banan. Ska det vara så svårt?

– Larvigt, fräste John till. Har jag inte varit med från början i diskussionen så är det skitsvårt att komma in och bara ta över, det vet du.

Ja, det visste hon. Och ändå behövde hon honom där, behövde hans röst som kunde låta både högre och grövre än hennes egen. Behövde honom som en motvikt mot sönerna som blev allt starkare och allt tuffare att tampas med.

– Du är så jävla taskig, snyftade hon plötsligt till i ett anfall av självömkan och trötthet. Du vet ju vad jag vill att du ska göra och ändå sitter det så långt inne.

– Men det är kanske just det! Att du tror att jag kan dansa efter din pipa så fort du visslar i den. Du kanske helt enkelt glömmer att jag också är en människa med tankar och känslor, en människa som inte bara kan ställa om mig så fort det passar dig? Du är så ego ibland, Cissi. Som om världen snurrade bara runt dig.

Cecilia knep ihop ögonen av ilska. Varför kunde de inte bara samarbeta runt barnen, göra det smidigt och lugnt och utan att stöta sig med varandra? Varför blev så mycket av deras föräldraskap ett slags tävling, en maktkamp i vem som gjorde bäst och mest? Hon tyckte att många av de fnurror som uppstod mellan dem var hans fel. Och samtidigt misstänkte hon att han kände precis detsamma.

– Tänk att du alltid ska bråka med mig, sa hon och kände tårarna igen, den här gången kunde hon låta dem komma. Tänk att du inte bara kan göra det jag ber dig om!

– Men du kör ju med mig, ser du inte det? Du styr och ställer och tjafsar! Kräver det omöjliga. Klart jag kan skrika på Marcus och skälla ut honom men vad blir bättre av det? Tror du han skärper sig då?

– Ja, kanske det, högg hon av. När jag säger till honom gång på gång verkar det bara gå in genom ena örat och ut genom det andra. Om du säger ifrån på skarpen kanske det tar skruv. Jag vet inte! Jag vet bara inte, det är så hopplöst ibland. Jag är trött på allt strul.

– Och jag är trött på dina eviga humörsvängningar, sa John och smällde igen dörren.

KVÄLLAR SOM DESSA var det så lagom roligt att ha stor familj, tänkte Cecilia när hon till slut samlat tillräckligt med kraft för att ta sig ut ur sovrummet. Köket såg ut som ett slagfält, det låg leksaker spridda över hela vardagsrummet och John hade demonstrativt stängt in sig i arbetsrummet efter att ha lagt flickorna. John var en bra karl, jämställd, städade efter sig, tvättade, plockade, men inte per automatik, framför allt inte i hennes takt och tempo. Blev han sur kunde han lika gärna strunta i allting. Röran verkade inte bekomma honom på samma sätt som den störde Cecilia. John kunde slappna av utmärkt trots att middagsdisken stod överallt och smutsiga kastruller hånflinade från den fläckiga spisen. Det kunde inte hon, i synnerhet inte när hon var gravid. Det gick bara inte att stänga av dammråttorna och skräpet som samlades på alla tomma ytor, påsarna med pappersinsamling under köksbänken och den överfulla sophinken i badrummet, det gick inte att ignorera stöket i hallen och röran i barnens rum, det fick henne att må fysiskt dåligt, störde henne på alla upptänkliga vis. Hon undrade hur man slutade bry sig.

Någon som alltid lyckades muntra upp henne var Gunilla,

barnmorskekollegan som under årens lopp också blivit hennes bästa vän. Henne behövde Cecilia prata med, helst omgående. Gunilla skulle säkert komma med något gott råd. Något som både stöttade och fick henne att skratta.

Men innan Cecilia hann slå Gunillas nummer ringde det.

– Hej, det är jag, sa Maria. Är du upptagen? Lägger du barnen eller dig själv eller nåt?

– Nej, det är ingen fara, sa Cecilia, något överraskad över att hennes yngre syster ringde i just detta ögonblick. Samtidigt var ju sanningen den att hon visst blev lite störd. För det var Gunilla hon velat prata med. Inte Maria. Sedan Cecilias graviditet avslöjades för familjen hade deras relation varit en aning ansträngd. Maria, som själv drömde om ännu ett barn, och som fortfarande inte lyckats bli gravid, hade oerhört svårt för att Cecilia väntade barn.

– Kan jag komma över, sa Maria med spänd röst. Jag... har åkt hemifrån.

Det var olikt Maria. Hon var inte typen som gav sig av, som lämnade man och barn och for ut i natten.

– Javisst, sa Cecilia. Vad är det som har hänt?

– Vi kan ta det när jag kommer, sa Maria och lade på luren.

– Vem var det? undrade John som hade hört telefonen ringa.

Cecilia såg upp med den bärbara telefonen i handen.

– Det var syrran. Maria. Hon ville komma över en stund, jag sa att det gick bra. Hon lät så konstig på rösten.

John nickade.

– Jaha du. Ja, om du orkar så. Jag tänkte gå och lägga mig i alla fall. Måste upp före sex imorgon, har en jobbig plåtning.

Så illa hon tyckte om det affärsmässiga tonläget, det självgoda ansiktsuttrycket. Om konflikten som stuvats undan men som ändå låg mellan dem och gjorde dem till främlingar för varandra. Två delägare i Familj AB, företaget som hade barnuppfostran som sin huvudsakliga verksamhet. Var det för att han upplevde att hon hade roffat åt sig vd-posten som han var så sur?

– Gör det du. Vad är det för jobb, svarade hon bara.

– Vårmode för Q Magasin. Din morsa kör hårt med mig, ska du veta, det är en hel extrabilaga. Tack och lov är det studio och en bra modell, Sandra från Elite.

Elite! Namnet gav Cecilia obehagskänslor som fortplantade sig från tårna och uppåt, fastnade en kort stund i magtrakten och for sedan vidare där de landade i halsgropen och blev till en tjock klump. Elite, agenturen där Johns gamla älskarinna hade arbetat, eller om hon fortfarande fanns kvar där. Laura, som hade velat ha John, som hade nästlat sig in och närapå stulit honom från henne, Laura, den där otäcka unga ormen med sin fräscha hy, sitt mörka hår och sina rödmålade läppar. Cecilia hade sett henne så sent som i somras, hon arbetade som sminkös för produktionsbolaget som gjorde Christinas teveprogram, och Cecilia hade nästan krockat med henne när hon varit publik där. Elite fanns kvar och troligen också Laura, plus alla minnena av Johns otrohet som närapå krossat deras äktenskap.

– Jaha, förmådde sig Cecilia bara svara. Ställer du klockan då?

– Absolut, svarade John.

MARIA RINGDE PÅ dörren knappt tjugo minuter senare. Ögonen var svullna och näsan röd. Hon såg ut att ha gråtit.

– Jag måste röka en cigarett, viskade hon efter att Cecilia och hon kramat om varandra. Går det bra? Kanske under fläkten?

– Nej, vi kan väl ta det på altanen, sa Cecilia. Ska du verkligen röka? Du som...

– Lägg av, inte du också, bad Maria och gav henne en vädjande blick. Jag måste få ha nån tröst kvar. Jag ska inte börja storröka, jag lovar. Kom nu. Låt mig ta ett par bloss.

De gick genom vardagsrummet, ut på baksidan. Kvällen var kall och fuktig, oktoberdimman låg som ett fluffigt vått täcke över husen och trädgården på baksidan. Så ödsligt det kunde kännas nattetid, så övergivet, tänkte Cecilia och drog koftan tätare om kroppen. Maria plockade upp ett paket cigaretter, tog upp en av dem och stack den i munnen, drog så eld på en tändsticka. Det såg skönt ut när hon drog in röken som hon sedan blåste ut i ett moln som snabbt skingrades i kvällsluften.

– Jag ska verkligen inte börja röka. Men jag är så jävla ledsen, sa hon och såg på Cecilia. Och förbannad. Det känns så hopplöst allting.

– Berätta.

Maria tog ännu ett bloss. Så började hon plötsligt gråta.

– Fan, sa hon sammanbitet.

– Kom.

Cecilia drog henne intill sig, höll om henne medan Maria hulkade i hennes hår.

– Jag fick veta idag att jag inte får jobba kvar, fick Maria fram när hon torkat ögonen med handryggen och fimpat cigaretten under stövelsulan. Det blev för mycket. Det där provrörsförsöket som vi gjorde gick åt skogen, som du vet, och dessutom sa Bill att han inte ens är säker på att vi verkligen ska ha en unge till. Att det kanske är Guds mening att vi bara fått två. Att han inte har lust att göra våld på naturen och det är så dyrt med IVF, den snåle jäveln! Han som tjänar så mycket pengar, kan du förstå? Jag fick en känsla av att han innerst inne blev lättad över att det inte blev något barn. Jag blev så in i vassen förbannad, först det här med jobbet, sen hans attityd, så jag skrek åt honom att han var en jäkla gris och sen stack jag bara.

Hon strök bort håret från ansiktet och suckade.

– Och nu är jag här.

Det blev kallt att stå utomhus. Fukten kröp in under Cecilias kofta och fick henne att huttra till.

– Kom, vi går in, sa hon och tog Marias hand. Vi går in och dricker lite te.

– Har du ingen sprit? undrade Maria.

– Jo, men då kan du inte köra bil sen, invände Cecilia.

– Nej, det har du rätt i förstås. Jaja, te får väl duga.

Maria gav Cecilia ett bistert leende.

– Vi tjafsade också idag, erkände Cecilia när de tagit med

sig tekopparna och krupit upp i soffan. Lågorna från värmeljusen fladdrade lätt, i övrigt var nästan alla lampor släckta. Huset var lugnt och stilla, fyllt av sovande barn och en äkta man som skulle stiga upp tidigt.

– Så du menar att du inte heller lever i total lycka?

– Skojar du? Kom igen. Du vet lika bra som någon annan att vi inte haft det särskilt lätt sista året, sa Cecilia.

– Nej, det vet jag inte, sa Maria. Ni verkar alltid så präktiga, med alla era barn och nu är du gravid och John verkar så himla glad för det, han är så kär i dig liksom, man kan få komplex för mindre. Sen går jag hem och retar mig på Bill, på att han jämt proppar i sig mat och bara blir fetare och fetare, och han tycker jag är på honom, kanske är det därför han inte vill ha fler barn nu, och så är det killarna som bråkar, jag känner mig så jäkla ensam. Och nu det här med jobbet. Jag älskar ju den förbaskade tidningen, vad ska jag göra istället? Det är så förnedrande, att vara den som får gå. Jag är ju bra på det jag gör! Hur kan jag av alla människor få sparken?

– Du vet att det inte handlar om dig, invände Cecilia. Det handlar om pengar.

– Ja, ja, allt det där pratet om att slimma organisationen och tajta till budgeten och anlita frilansare ur en pool, jag är så less på det. Måste allt handla om kronor och ören?

– Det är likadant på sjukhuset. Många oroar sig. Både sjuksköterskor och barnmorskor ska visst friställas.

– Fy fan, suckade Maria. Jag önskar jag kunde ta mig en ordentlig sup.

– Men du ska inte oroa dig, du som är så bra, du kommer få nytt jobb imorgon. Om inte annat kan du säkert börja på någon av mammas alla tidningar. Eller varför inte med hennes teveprogram? Dessutom har jag hört att de ska dra igång med webbradio. Där finns det massor att göra.

Maria gjorde en grimas och skakade på huvudet.

– Jag visste att du skulle säga det och jag vet att det är det hon vill också! Men det vill inte jag. Jag vill inte jobba med mamma, det kommer inte att bli bra. Dessutom är jag nyhetsjournalist, ingen inredningsredaktör. Eller, ännu värre, ytlig stylist.

Maria slog ut med händerna.

– Mode! Jag avskyr det där. Kan du se mig sitta och skriva bildtexter till höstens snyggaste kappor?

Cecilia drack ur det sista och ställde ifrån sig koppen.

– Kom igen nu, det finns väl annat att göra på till exempel Q Magasin än att skriva om kläder, sa hon. Och förresten kanske det skulle vara nyttigt för dig att pröva på något nytt. Jag ska inte låta så där fånigt präktig, men ibland är man oförmögen att se att det där som man tycker är jobbigt och som man är rädd för faktiskt kan vara början på något bättre. Eller annorlunda.

Maria skakade på huvudet.

– Jag är chockad, bara. Och så kan jag inte låta bli att fråga mig ifall allting är mitt eget fel. Eftersom jag faktiskt inte varit så fokuserad på jobbet som jag borde. Du vet, jag har kanske tänkt mer på det här med att bli gravid… än att ge järnet. Visa framfötterna och allt det. Man ska vara så hungrig och på hela tiden och det har jag nog inte varit. Om jag nu ska vara lite självkritisk mitt i alltihop.

Cecilia lade sin hand ovanpå Marias.

– Var inte så hård mot dig själv. Det kanske inte alls handlar om sådana saker vid nedskärningar.

Maria grep tag i Cecilias fingrar, kramade tillbaka.

– Jag vet inte. Men hur skulle du själv känna om du blev av med jobbet? Om du inte fick jobba som barnmorska mer?

– Jag har tänkt på det, ska du veta, sa Cecilia stillsamt.

Besparingskraven och det eviga talet om budgetar som överskreds, hon kände väl till det. Cecilia rös när hon föreställde sig hur det skulle kännas om hon blev inkallad till Tatiana för att få ett ovälkommet besked. *Om du inte får fortsätta vara barnmorska, vem är du då? Fortfarande hustru och mor, dotter och syster. Men framför allt, människa. En person minst lika viktig som alla andra.* Och ändå var det en isande känsla, att föreställa sig att sjukhuset inte längre skulle vara hennes arbetsplats.

– Det är så typiskt också att allt ska komma på en gång. Bill borde vara mitt stöd och istället blir vi osams. Det gör mig dubbelt så ledsen, fortsatte Maria. Jag blir så besviken på honom.

– Jag vet, sa Cecilia. Men är det inte typiskt? Man vill så gärna vara nära och så blir det bara fel.

I samma stund surrade det till i Marias mobil. Hon böjde sig ner och plockade upp sin väska. Läste på displayen och gjorde en liten grimas.

– När man talar om trollen.

Hennes ansikte var uttryckslöst medan hon svarade på meddelandet.

– Är det Bill? undrade Cecilia.

– Mmm, nickade Maria. Nu är han ångerfull och undrar var jag håller hus. Jag hade inte tänkt ställa till med något drama, jag blev bara så sur. Men nu är det nog dags att jag åker hem. Det är en dag imorgon också och du måste vara trött.

Cecilia log.

– Du, det är verkligen ingen fara med mig.

Maria reste sig ur soffan.

– Tack för att jag fick komma. Du är alltid så snäll mot mig, käraste syster. Trots att jag inte är lätt att tas med.

De såg på varandra och Cecilia genomfors av en stark känsla av samhörighet. Systerskap när det var som bäst. När de fanns där för varandra, stöttade på ett kravlöst sätt.

– Vänta, jag följer med dig ut, sa hon och reste sig hon också.

I hallen drog Cecilia på sig en av Johns jackor och väntade på att Maria skulle ta på sig skor och kappa. Sedan öppnade hon ytterdörren ut i den kulna kvällen. De flesta husen vid Lindängstorget hade lamporna släckta vid det här laget, bara enstaka fönster lyste i höstmörkret. Dimman låg nu ännu tätare över dem och det var förunderligt tyst och stilla.

– Kör försiktigt, förmanade Cecilia och gav Maria en kram. Tänk på att det kan vara halt.

– Jadå, mamma, sa Maria och log. Jag ska vara rädd om mig.

– Och kom ihåg, det ordnar sig. Det gör det alltid. Särskilt för dig, du är som en sån där docka med rund botten som alltid hamnar med huvudet upp.

Maria log.

– Tack. Jag ska tänka på det när jag sitter med ledningsgruppen och talar ut imorgon.

Hon gav Cecilia en sista slängkyss innan hon hoppade in i bilen och backade ut på gatan.

Cecilia blev stående en stund i dörröppningen, såg efter bilens röda lyktor som försvann i mörkret. Så små de var, alla människor som gick omkring på jorden. Små och betydelselösa och ändå så oändligt viktiga. Och aldrig visste man helt och hållet vad de tänkte på, vilka deras innersta känslor var. Inte ens om man var nära släkt.

Kvällsluften var frisk trots fukten och Cecilia drog in dofterna av våt jord och naturen som sakta förberedde sig för vintern. Någonstans där ute fanns en människa som hade skickat henne en mycket speciell bok. Någon hade tänkt på henne, hade ett budskap till henne. Vad gjorde denna någon nu? Hon spejade ut en stund i kvällen, över de nersläckta husen. Så gick hon in, låste omsorgsfullt efter sig. Tanken på att en främling rört sig runt hennes bostad fick henne att känna sig otrygg. Som om lugnet på Lindängstorget rubbats, som om en osynlig inkräktare fångat in henne i ett tunt nät. Du överdriver, sa hon till sig själv medan hon hängde av sig jackan och släckte lamporna. Det finns säkert en logisk och fullständigt odramatisk förklaring till allting, precis som Sonja säger. Men medan hon bytte om till nattlinne och borstade tänderna kände hon sig inte alls lika säker. Och när hon väl kröp ner i sängen dröjde det länge innan hon kunde somna.

CHRISTINA VAKNADE SVETTIG och låg sedan och stirrade ut i sovrummets stillsamma dunkel. Sömnen, den där välgörande, hade kommit sent och lämnat henne alltför snart. Hjärtat rörde sig oroligt i bröstet, det kröp i fötterna. Rastlösheten i kroppen, hur rådde man bot på den? Och klockan som bara visade fem över fem, på tok för tidigt för att ens stiga upp och koka kaffe. Lars-Åke låg med ryggen mot henne och sov djupt, det hörde hon på den regelbundna och trygga andhämtningen. Den mannen hade inga problem att slappna av, tänkte hon avundsjukt. Han lade sig ner och blundade och sedan slocknade han. Och de gånger han inte kom till ro, läste han en bok. Läste och läste tills ögonlocken föll ihop. Lars-Åke tog livet som det kom på något vis. Till skillnad från henne själv. "Du har alltid varit ett rastlöst barn", brukade Sonja säga och se kärleksfullt på henne. Lilla Christina, flickan med hungrig blick och fötter som allra helst ville springa. Och sprungit, det hade hon minsann gjort, rusat genom livet, in i äktenskap, in i barnafödande, ut sedan, iväg, in i karriären, in i nya projekt. Att stanna upp kändes livsfarligt. På sjuttiotalet fanns inte begrepp som utbrändhet, någon gång missade hon ett viktigt möte men då hade hon en maginfluensa att skylla på, plus hög feber. Ställde aldrig in av ren lättja eller för att arbetsbördan varit för stor. Så varför kunde hon då inte vara mer nöjd med och stolt över sig själv? Varför tog hon så ofta åt sig av struntsaker och kände sig värdelös?

Christina lade sig på sidan, försökte hitta en skön ställning. De här morgnarna när hon vaknade och inte kunde somna om, de var förödande. Sedan gick hon hela förmiddagen som en vålnad, för att inte tala om eftermiddagarna då hon höll på att nicka till vid redaktionsmötena. Inte undra på att hon ibland behövde pigga upp sig. En klunk whisky sved gott i strupen, fick henne att återfå fokus. Särskilt nu var det viktigt, sedan hon anställt en ny redaktionschef, den effektive och energiske Pierre. Inför honom ville hon verkligen inte framstå som trött och håglös. Tvärtom. Visserligen måste Pierre vara homosexuell, hon hade ingen känsla av att han flirtade med henne, men ändå ville hon ha bekräftelse, att han skulle beundra henne, imponeras av hennes kapacitet. Var det därför valet hade fallit just på honom bland alla sökande? Sextiosju kvinnor hade visat intresse för tjänsten men endast en man, och så var det han som avgick med segern. Lite kvoteringstankar hade hon nog haft, det kunde hon inte sticka under stol med. För att balansera kvinnodominansen på redaktionen. För att få in friskt blod. Pierre Nordin var något yngre, gav ett vesslelikt intryck, men såg bra ut, det ljusa håret var prydligt klippt, han var ofta klädd i ledig pikétröja och jeans. Pierre kom från en gourmettidskrift och hade hundra procent koll på minsta lilla bildtext. Q Magasin var en utmaning. Han hade alltid beundrat Christina och hennes känsla för att skapa upplagor.

Kvart över fem. Inte en gnutta dagsljus mellan gardinlängderna, bara svart, svart, fortfarande natt. Hösten, med sina tunga skyar och sitt tröstlösa morgonmörker. Christina kände sig torr i munnen och trycket över bröstet ville inte riktigt släppa. Brevet, naturligtvis. Det var det kryptiska brevet som spökade. Hon hade försökt att inte tänka på det, men det ville inte låta sig glömmas. Någon hade plitat ner de här märkliga meningarna och sett till att de kommit till henne. Ja, absolut, hon var van vid att få kritik och påhopp, men detta? Den här gången kändes det annorlunda. Det var svårt när man inte visste vad avsändaren ville. Alla de som hånat henne samtidigt som de lismat för henne, kunde det vara någon av dem som ville få henne ur balans? Det fanns personer ur det förflutna som hoppats på hennes stöd och hjälp men som fått gå tomhänta. Hur mycket hon än önskade att det var annorlunda så var även hennes tid begränsad. Men förstod människor verkligen sådant? Eller krävde de bara att hon skulle uppoffra sig? Någon hade sagt att det var ensamt på toppen, men det kunde hon inte hålla med om. Där var fullt med sökande själar som trängdes kring dem som nått allra högst. De ville rycka åt sig mesta möjliga av henne. Hon kunde känna sig smutsig av andras ständiga behov. Whiskyn fungerade då som en snabb lättnad som fick henne att andas lättare. Men att dricka alkohol före klockan sex på morgonen, det var väl inte att tänka på? Nej, inte dricka. Kanske borde hon ta en promenad i friska luften. Börja dagen på ett sunt sätt.

Våningen låg tyst när hon tassade upp. Hon plockade upp morgontidningen som låg på hallmattan, ögnade igenom rubrikerna. Vallöftet till pensionärerna hade svikits, skrek en ilsken rubrik indignerat, och så var det några ungdomar som tog avstånd från droger genom att starta en kampanj som gick ut i skolorna. Duktiga, drivna flickor och pojkar! Christina tog med sig tidningen och gick ut i köket. Att stiga upp före sex var väl egentligen inte ett dugg konstigt. Det var bara effektivt och smart. Kanske något att skriva om? *Så får du ut det bästa av din morgonstund.* Hon såg rubriken framför sig, artikeln skulle kunna illustreras med en bild på en fräsch kvinna vid frukostbordet, kanske med datorn påslagen bredvid juiceglaset och fullkornsfrallan.

Fräsch kvinna. En som inte tröstade sig med vin och sprit. Nyligen hade hon refuserat en artikel om äldre kvinnors alkoholkonsumtion. Den var full av osakligheter och syftningsfel. När Pierre protesterat hade hon spänt ögonen i honom och sagt, vänligt men bestämt, "vet du, jag kan inte köpa in vilket skräp som helst, även om ämnet är angeläget". Och den här frilansaren, Veronika Fransson, var höjden av slarv. Hennes jobb var i princip oläsliga, även om idéerna kunde vara hyfsade.

Christina öppnade kylen, tog fram mjölken. Bag-in-boxen tycktes le mot henne från sin hylla, lockade med löften om kvällen som låg många timmar in i framtiden. Kunde det vara en bitter frilansjournalist som skickat det där otrevliga brevet? Kanske det. Det var definitivt en möjlighet, en Veronika Fransson-typ som satt på kammaren och ville hämnas sitt magra bankkonto. Christina tog fram mjölken och smällde sedan igen kylskåpsdörren. Vinet i lådan, skuggor ur det förflutna, sömnlösheten, alla tankarna. Hon kände sig både ensam och utsatt och längtade plötsligt efter att Lars-Åke skulle vakna och hålla henne sällskap, jaga bort alla ondsinta tankedemoner som slog sina lovar runt henne och störde hennes sinnesro.

ETT SJUDANDE KONTORSLANDSKAP med röriga skrivbord, datorskärmar, telefoner som ringde. Måndag till fredag, från åtta till fem eller ännu senare, med lagstadgat avbrott för lunch och kaffepaus.

Han loggade in, satte sig till rätta vid skärmen. Namn och lösenord, begärde hemsidan han hade under konstruktion. Han visste att han tog en risk genom att leka så här på arbetstid. Och samtidigt fanns det något medvetet bakom denna handling, något som drev honom att ta risker. Ville han i själva verket bli påkommen? Även om det innebar slutet på hans karriär. På ett sätt var det så banalt allting. Som en liten pojkes harmlösa bus. Som en ensam handelsresande på sitt hotellrum, framför en billig porrfilm.

Hemsidan måste vara ren. Elegant och förtroendeingivande. Och sexig. Även om det erotiska inte fick uttalas med stora bokstäver, behövde det sippra fram mellan raderna. Där behövde finnas något slags bevis på att just han var mannen de ville ha.

Han plockade upp sin iPhone, bläddrade bland de foton han tagit på sig själv. De var helt okej. Han var ingen fotomodell, men såg hyfsat trevlig och självsäker ut. Sedan kunde han mejla fler fotografier på begäran. Artikeln han hade läst några veckor tidigare, den som inspirerat honom och gett honom idén, antydde att behovet var stort.

Mannen i huset bredvid. Så måste det bli. Det vanliga skulle bli hans varumärke. Bland alla män som erbjöd spektakulära ansikten, muskler och kön skulle han vara den som fick kvinnan att känna sig åtråvärd. Genom hans hävdelsefattiga personlighet skulle hon växa. Var inte det något att betala för? Han hade övat sig i den konsten, behärskade tekniken väl. Bortkastat på henne, men kanske inte på andra. Om han fick ut något av detta för egen del? Kanske. Men inte nödvändigtvis.

Bakgrunden måste vara ljus. Det hotfulla och mörka fick andra roa sig med. Hans signaler skulle vara tydliga och raka. Den som hittade hit behövde inte övertygas med hjälp av tillgjord design. Nej, hans personlighet skulle tala för sig själv. Och han skulle vara ärlig och sann. Ge allt. Ge hela sig själv – till den som ville betala.

– SKA VI TA en nyans blondare den här gången? Jag har förresten en fantastisk ny produkt, Shine Executive, som kommer göra underverk med de här kluvna hårtopparna, kvittrade Conny på mjuk göteborgska och körde in fingrarna i Susannas hår medan han betraktade henne där hon satt i frisörstolen.

– Jag vet inte, suckade Susanna. Jag tänkte att du skulle bestämma den här gången. Jag känner mig... ja, vad ska jag säga? Obeslutsam.

Conny lyfte lite på hårslingorna och lade huvudet på sned.

– Darling, du behöver piggas upp, spann han medan han masserade Susannas skalp. Alla säger att man ska ha mörkare hår på hösten men du förstår, jag tycker precis tvärtom. Det är nu man ska lysa och skina och vara fräsch! Lite solarium på det, så ska du se att du får en högre energinivå på ett kick.

Han drog upp mungiporna i ett förtroligt leende och fick med sig Susanna. Det gick inte att stå emot Conny, frisören hon gått till sedan tidigt nittiotal och som var en institution även bland hennes väninnor. Connys hunsade assistenter, som byttes ut minst en gång i månaden, kokade cappuccino och bjöd på GI-vänliga småkakor medan Conny tröstade, fjäskade och skvallrade med sina kunder. Egentligen fanns det ingenting som var särskilt förtroendeingivande i Connys gängliga vinthundsliknande gestalt, i hans ytliga flams och ofta fördomsfulla påståenden, ändå tyckte Susanna att han kändes som en riktigt god vän. En gammal vän som redan visste allt som fanns att veta om en, någon man inte behövde förställa sig inför. Conny tog henne som hon var, hyllade alltid hennes skönhet, berömde hennes klädstil. Conny var helt och hållet på hennes sida och när hon betalat vad det kostade att få håret fönat, klippt eller färgat, kände hon sig alltid bättre till mods.

– Ja, kör på du, nickade hon nu och mötte Connys blick i spegeln. Ljust får det bli. Hur mår Steven förresten? Är allt bra?

Conny gjorde en teatralisk gest medan händerna lämnade Susannas huvud och landade på hennes axlar.

– Åh, darling, det är bra, men jag tror han är i klimakteriet, suckade han och fick något sorgset i blicken. Nu har han börjat löpträna som en galning med någon Jonas som tydligen är maratonexpert, Steven vill åka till Hawaii och delta i triatlon där. Jag ser honom knappt, han är ute varje kväll och ränner mil efter mil.

– Men det är nyttigt, invände Susanna. Jag joggar också, det är så skönt. Var glad för att han inte hänger på krogen i alla fall. Och raggar småkillar.

De log mot varandra i samförstånd. Conny började borsta ut Susannas hår, arbetade vant och effektivt medan han talade.

– Och du? Håller sig Thomas i skinnet?

Om hon det visste. Hålla sig i skinnet, hur? Hon antog att Conny syftade på trohet. Sällan var det någon som ställde en så direkt fråga, sällan tvingades hon svara. Det skulle vara hos Conny i så fall. Hon blickade åt sidan. Salongen var tom sånär som på den svartklädde assistenten, som stod i hörnet och blandade till hårfärg vid ett litet rullbord.

– Andy hör inget, mimade Conny när han såg hennes blick. Shoot, darling!

Risken fanns naturligtvis att hon skulle börja gråta om hon tvingades "skjuta" ur sig sina insikter och känslor. Det var något med salongen, doften av en svunnen tid, de maffiga speglarna, alla svartvita foton på kändisar som satt inramade på de svampade väggarna, ofta med tillhörande tackkort och översvallande lovord som *käraste Conny du är en gud, puss från XX*, känslan av att vara utlämnad med en plastmössa på huvudet och kroppen skyddad och dold med en fjäderlätt svart sidenkappa, som gjorde henne så sårbar. Vad skulle hon säga? Bara rätt upp och ner, nej Conny, det är inget vidare, jag har något slags kris jag också, tror jag, precis som din make Steven, jag springer också, drar på mig mina gymnastikskor och de svarta tajtsen och en mössa på huvudet och sedan ger jag mig ut, låter fotsulorna tryckas mot asfalten, jag springer, jag rusar, jag är på flykt undan mitt liv, musiken dånar i öronen och jag försöker få den att överrösta min osäkerhet och min oro. Conny, jag vill bara gråta, för jag känner mig ensam och rädd, jag vet inte vart livet ska ta vägen med mig och samtidigt kan jag inte säga de här sakerna högt, för vad ska folk tro då? Ingen berättade att det var så här det skulle kännas när barnet flyttar hemifrån, när hemmet blir stilla, när ingen behöver en, när man står där och undrar vad man ska göra av sig. Ska man prata om sådant? Med vem? Och vem kan råda en egentligen, sitter inte alla i precis samma båt?

– Äsch. Det är väl upp och ner. Som vanligt, sa hon försiktigt medan Conny drog fram hårslinga efter hårslinga genom de små hålen i plastmössan.

– Han är så snygg, Thomas, suckade Conny. En sån karl du har. Ja, frågar du mig, är det bara att gratulera att ni håller ihop. Både dig och honom...

Kanske inte så länge till, for det genom hennes huvud. Kanske inte länge till, nu när ensamheten slagit sig ner i huset. Ensamheten är som ett slags virus som äter sig in i förhållanden, har man smittats är det svårt att bli frisk.

– Han jobbar mycket, är inte hemma så ofta, sa hon och hörde själv hur det lät. *Jobbar mycket.* Underförstått: Han är inte med dig, kära Susanna, han har ett eget liv bortom er villa, bortom mysiga hemmakvällar, bortom parmiddagar. Han drar sig undan. Vem var han egentligen, Thomas, mannen hon gift sig med och som hon tillbringat en stor del av sitt vuxna liv med? Mannen som blev far till hennes enda barn, dottern Alexandra, nu vuxen men för alltid deras gemensamma angelägenhet.

– Men så är det väl, sa Conny och betraktade Susanna med professionell blick.

Hennes huvud såg nu ut som en gummiboll med spretiga hårtofsar. Fy, dessa procedurer på hårsalong var verkligen vedervärdigt förfulande, sån tur att ingen såg en när man satt där och fick slingorna gjorda.

– Alla jobbar, folk är ju gifta med sina jobb. Jag förstår inte hur vi hinner med livet överhuvudtaget, alla är bara *bissi, bissi* hela tiden. Hade jag inte haft eget hade jag inte ens haft tid att ha Daisy. Som det är nu kan hon vara med mig på jobbet.

Den lilla chihuahuan som låg i sin rottingkorg lyfte på huvudet när hennes namn uttalades.

– Nej, det är inte dags för lunch än, sa Conny och spände ögonen i hunden. Ser du inte att jag är upptagen?

Susanna log.

– Vad söt hon är, sa hon.

– Ja, min lilla bebis, läspade Conny. Men gud vad stressigt det är, skaffa aldrig hund! Det är veterinären och hundcoachen och yogagruppen och alla andra måsten. Steven är en riktig mansgris på den fronten. Det är jag som får ta hand om Daisy till 95 procent. Å andra sidan, skulle vi skilja oss så är det jag som ska ha ensam vårdnad. Det är jag beredd att gå upp i Hovrätten för.

En hund kanske vore något. Susanna betraktade Daisy där hon låg med nosen mellan tassarna. Yogagruppen? Hon orkade inte ens fråga, kände sig plötsligt trött i huvudet av Connys alla utläggningar. Men en hund kanske inte vore någon dum idé. Peggy hade två irländska settrar, sådana hundar var mer i hennes smak. Inte de där allra minsta, sådana som kändisar som Paris Hilton bar runt i sina Louis Vuitton-väskor. Skulle hon köpa hund ville hon ha en robustare sort. En hund att springa i skogen med, en livlig, stark ras som kunde skydda henne och huset och samtidigt bjuda på uppiggande sällskap.

Conny hade haft rätt. Susanna kisade lätt mot förmiddagssolen efter att ha kindpussats adjö och betalat nästan tvåtusen kronor för besöket, men det var det värt. Hon kände sig både yngre och snyggare när hon kastade en blick på sig själv i salongens fönster. Det var en elegant kvinna med slät blond hårman som såg tillbaka på henne, en välbevarad kvinna med nätt figur. Att springa var den perfekta motionen som reducerade både stress och fettdepåer på ett ypperligt sätt. Spegelbilden gjorde henne upprymd. På håll kunde hon kanske misstas för en trettiofemåring? Om åldern spelade någon roll.

Iphonen gav ifrån sig ett livstecken i handväskan. Hon plockade upp den, såg att det var Thomas. Förstås. Så fort hon inte hörde av sig var han där. Tänkte han på henne eller ringde han av ren plikt? Det var svårt att veta.

– Hur står det till, sa han och lät formell, den där rösten hon faktiskt avskydde. Hon hörde ljud i bakgrunden, var befann han sig nu igen? På en konferens i Helsingfors eller om det var Köpenhamn. Hon borde förstås veta. Vara lite mer... engagerad.

– Tack, bra, sa hon och gjorde rösten lättsam. Jag har precis varit hos Conny och fixat håret.

– Blev det fint?

– Mmmm. Jag är jättenöjd. Jag kan skicka dig en bild.

– Visst.

Han lät disträ. Ointresserad. Vad skulle kunna få honom att vakna till? Plötsligt fick hon ett infall, att skicka en bild, men en helt annan än på det välfriserade håret. Om hon tog av sig kläderna, ställde sig i en utmanande pose, i bara behå och trosor, eller kanske med bar överkropp. Hon kände läpparna dras upp i ett leende. Thomas på sammanträde, med telefonen framför sig, och så får han en bild på hustrun som åmar sig på sängen, påminner om en porrstjärna med det nyblonderade håret vilt och rufsigt. Hon hade faktiskt aldrig skickat en nakenbild på sig själv till någon man på denna jord. Kanske var det dags att börja. Varför inte ta ut svängarna lite?

– Vi skulle behöva prata, du och jag, sa Thomas och den vanliga självsäkerheten hade på något sätt tonats ner i hans röst. Det är sällan vi får till det. Eller vad tycker du?

– Om att få till det?

Hon hörde att hon försökte låta hurtig och bekymmerslös, men blev kall inombords. Prata lite. Det kunde betyda i princip vad som helst. Prata. Om vad? Om allt det där osynliga. Som vi aldrig berör.

– Du vet vad jag menar, sa han och lät med ens inte lika ödmjuk längre.

Visste hon? Var han så säker på det? Hur kunde han veta? Hon fortsatte att betrakta sin spegelbild i de skyltfönster hon passerade. En slank kvinna som gick gatan fram med bestämda kliv, de högklackade stövlarna mot trottoarens beläggning. Klick, klack. Ena foten framför den andra, fortsätt bara att gå. Solen skiner och håret är rent och vackert, det kunde vara sämre.

– Kan vi inte prata när du kommer hem, sa hon medan hon såg långt framför sig, bortom husens fasader.

Inte nu. Inte idag. Inte än.

– Absolut. Sköt om dig.

– Detsamma, sa hon och lade på.

Telefonen lämnade efter sig ett varmt märke på hennes kind. Som en påminnelse om att kärleken en gång i tiden kunde bränna till.

BORDE HAN TALA med hennes döttrar? Anförtro sig och kanske be om hjälp. I somras hade Cecilia uttryckt sitt missnöje med Christinas vinkonsumtion vid fler än ett tillfälle. Försiktigt visserligen, utan större gester och yviga ord, men tillräckligt för att han skulle lägga det på minnet. Cecilias synpunkter bekräftade bara vad han själv anade, att allt inte stod rätt till med hans hustru och hennes relation till alkoholen.

Lars-Åke såg ner i gatubeläggningen medan han promenerade, tankarna virvlade likt de gulnade höstlöv som dansade framför hans fötter. Bokförlaget låg ett rejält antal kvarter från hemmet men det var bara en fördel. Han uppskattade sina morgonpromenader, det var så skönt att tänka igenom tillvaron. Ibland hade han faktiskt fått riktigt bra idéer, kommit på projekt som sedan tog form och ledde till bokutgivning. Mer sällan grubblade han på sin egen relation. Men gårdagskvällen hade gett honom skäl att fundera. Christina hade kommit hem från jobbet och redan i dörren hade han känt den välbekanta lukten av alkohol i hennes andedräkt, hon hade pratat lite högt och forcerat, liksom snubblat in i hallen. "Har du druckit", hade han sagt, frågan hade slunkit ur honom utan att han hann tänka sig för, klockan var trots allt redan nio och så sent brukade hon inte komma hem. Christina hade protesterat högljutt, slängt sin handväska i golvet, stirrat på honom och sedan hävt ur sig ett argsint försvarstal där det framgick att han, Lars-Åke, minsann både var bitter och missunnsam och inte ville sin käraste något gott. Hur hade han mage att ifrågasätta henne, hon som bara hade tagit ett litet glas vin med sina kollegor, de hade haft deadline och suttit i lämning hela dagen och för att fira hade de tagit en drink. En enda drink. Punkt slut. Påstod han att detta var brottsligt? Hon tänkte minsann inte stå där och lyssna på otrevligheter och detta hade hon inte väntat sig från honom, han som skulle vara hennes stöd! Lars-Åke hade precis hunnit fram för att fånga upp Christina innan hon tappade balansen och föll i golvet. Sedan hade han hjälpt henne in i sovrummet, lagt henne på sängen, dragit av henne kjol och strumpbyxor. Hon sov redan, hade liksom tuppat av i hans armar. Han hade blivit sittande på sängkanten, betraktat hennes sminkade ansikte. Läppstiftet hade smetats ut en aning. Ögonskuggan låg kladdig i kråksparkarna. Hon låg med halvöppen mun, såg nästan fridfull ut. Han lade täcket över henne, hon stönade till. Denna stank. Som om hon hade ett helt destilleri i munnen. Hon var stupfull, det var sanningen, inte salongsberusad eller smått påverkad, utan riktigt packad. Han avskydde uttrycket.

Löven yrde vidare, så vackra de var, i olika nyanser av solgult, orange och ockra, en del fladdrade glatt över gatorna, andra låg nedtrampade i vattenpölar, bildade en hal beläggning man fick se upp för så man inte halkade. Morgonen var klar och himlen blå men tankarna som stökade i honom var allt annat än ljusa. Han brukade alltid somna utan problem men inte denna kväll, han hade legat vaken länge och lyssnat på Christinas tunga andhämtning. Till slut hade han lyckats glida in i en drömlös dvala, bara för att vakna av att platsen bredvid honom var tom. Det hade blivit gryning. Han satte sig upp i sängen, hörde ljud från köket, tänkte att han inte borde följa efter, men kunde inte låta bli, reste sig, smög som en tjuv genom sitt eget hem. Snälla, hade han tänkt, låt det inte vara som jag misstänker, låt det icke vara sant, inte en gång till. Christina med huvudet i kylskåpet, Christina arg när hon blev påkommen med bag-in-boxen i famnen, Christina som gav sig på honom. Som där och då förvandlades till någon annan. Inför hans ögon krympte hon, blev ynklig, rädd och förvirrad, helt fixerad vid möjligheten att ta ännu en klunk.

Eller överdrev han? Hon hade smällt igen kylen när han kom, ställt sig med ryggen mot den. Hävdat att hon ville ha kallt mineralvatten, stått på sig, skakat på huvudet, tagit honom under armen, lett honom tillbaka till sängen. Som om det var han, Lars-Åke, som var den skyldige. Hon hade gett honom ett innerligt leende, sedan bäddat ner honom, krupit ner intill honom. Klappat honom på kinden. Lukten, lukten i hennes andedräkt, den var där, han kände pustar av den, den hade inte försvunnit, men tänk om hon verkligen bara varit törstig på vanligt vatten, tänk om det var han som var löjlig? "Sov nu, lilla gubben", hade hon vyssjat, "det är ingen fara med mig, ingen fara alls."

Han visste knappt hur han kom fram till fastigheten vars port i mässing och glas välkomnade besökarna. Han slog koden och öppnade, klev in i den marmorklädda entrén. Ännu en dag på arbetet. En trappa upp låg bokförlaget Sfinx och hans kontor med det breda skrivbordet, datorn, alla manushögarna. Samt de lätträknade medarbetarna, Berit Ottosson som tjänstgjorde som förlagsassistent och ett slags allt-i-allo, Peter Åström som var sälj- och marknadsansvarig, plus förläggaren själv, den bullrige Sven Sjöstedt, vars humör pendlade mellan upprymd glädje och djup melankoli. Lars-Åke trivdes bra i detta sällskap, i synnerhet på senare år då han även blivit delägare. Något som visat sig vara ett lyckokast särskilt som förlaget lyckats pricka in en oväntad bästsäljare, *Kärleksfågeln*, en ovanlig coffeetablebok om kungshägerns parningsritualer, skriven av en känd journalist. Den hade blivit årets måste-ha-bok, alla talade om den och trots att de nu hade tryckt den i en upplaga om tjugofemtusen, ökade efterfrågan stadigt och dagligen ringde förtvivlade bokhandlare som ville beställa ytterligare exemplar. Sjöstedt talade om att de kanske måste anställa mer personal. En uppföljare till *Kärleksfågeln* planerades till nästa höst och dessutom hade utländska förlag visat stort intresse för boken efter Frankfurtmässan. Det talades om samtryck och långtgående samarbete.

I vanliga fall skulle Lars-Åke ha varit både entusiastisk och fylld av arbetsiver. Men nu kände han sig mest bedrövad. Om inte han kunde tala med Christina, vem skulle då göra det? Han var trots allt hennes man. De var gifta sedan tio år. Han hade ansvar för henne. Men alkohol var så känsligt, och han hade inga konkreta bevis på exakt hur mycket hon drack. Visst hade han en skriande magkänsla, och hon hade kommit hem rejält berusad, det var ingen inbillning, plus att vinet där i kylen verkade locka henne oerhört, men var det verkligen mer än så? Det fanns en risk att han överdrev, hetsade upp sig i onödan. Ett samtal med döttrarna kanske var en dålig idé som bara skulle förvärra situationen, det kunde skapa intriger och leda till att Christina kände sig ifrågasatt. Tänk att han som var så gammal och erfaren samtidigt var så osäker på hur han skulle agera. Kanske var det ändå bäst att inte prata med andra, utan försöka hantera saken på egen hand. Han skulle stå på sig och be Christina att dricka mindre. Föreslå alkoholfria aktiviteter. Avleda.

Han hängde av sig ytterrocken, lade portföljen på hyllan, och drog en hand genom håret. Så harklade han sig och rätade på sig, gjorde ett försök att jaga iväg de besvärande tankarna. Det var dags att säga god morgon till fröken Ottosson, dags att dra igång arbetsdagen.

DET HÄR LILLA *barnet var ännu inte ett halvt år gammalt och ändå... han skulle förstöra deras familjeliv. Han höll redan på att förstöra det. De måste se till att han var på sitt rum under måltiderna och när barnen var därnere med de vuxna. När familjen samlades, med andra ord.*

Cecilia lade ifrån sig boken. Den gick inte att läsa snabbt, tvärtom, det var med möda hon tog sig igenom orden, kämpade sig genom meningarna. Språket var enkelt, talade direkt till henne, hon kunde tydligt se fembarnsfamiljen i en annan tid och i ett annat land framför sig, de två pojkarna och de två flickorna och deras mor och far och så denna lilla baby, inkräktaren som kom från ingenstans och som redan styrde dem alla med en tyranns järnhand. Hon såg Harriet och David, hur de levde i ordlös terror, hukande under skuld och rädsla, med detta femte barn mellan sig, pojken vars födelse krossat familjelyckan på det mest oväntade vis. Det är bara en bok, intalade hon sig. Sluta ta åt dig. Inte för inte fick Doris Lessing Nobelpriset, det var för att hon kunde skriva så ofattbart bra och starkt, skildrade något hemskt på ett så genialiskt vis. Och ändå släppte inte obehaget.

Cecilia sköt romanen en bit ifrån sig. Där fick den ligga på nattduksbordet. Den som skickat den måste väl ha läst den själv? Den som skickat den måste ha haft någon orsak till att ge den till just henne. Hur hon än grubblade kunde hon inte riktigt förstå varför. Fanns det någon som ville såra henne, skrämma henne? Ju längre in i berättelsen hon kom, desto mer kändes det faktiskt så.

Hon borde förstås ha berättat för John för länge sedan. John hade en annorlunda syn på saker, han kunde se livet ur ett annat perspektiv. Men den här gången hade hon liksom ingen lust. Vågade kanske inte? Ville inte höra vad han skulle kunna ha att säga.

Som om hon inte orkade ta den anklagelse, som hon misstänkte skulle kunna komma. Varför trodde hon att han skulle anklaga henne? För vad? På något sätt var det som om det var just det som skulle kunna ske. Att det var hennes eget fel att hon fått den där märkliga boken. Det var kusligt att tänka så. Och samtidigt hade hon en diffus känsla av skuld. För att hon föredrog att hantera saken på egen hand. Eller, hantera och hantera... För att hon läste en bok som handlade om en familj som drabbades av ödet, och för att hon inte sa något. Men det handlade inte om henne. Det handlade inte om dem, inte om John och inte om Cecilia, inte om William, Marcus, Sofia och Greta. Allting var bara en slump. Inget att fästa sig vid.

Förresten hade hon inte tid att fundera. Sofias kalas närmade sig med sjumilakliv. William och Marcus bråkade mer än vanligt och Marcus verkade dessutom ha det jobbigt i skolan. Hemmet förföll. Och så var det systrarna, Maria som fått sparken och Susanna som verkade krisa. Det var så mycket som hände hela tiden, aldrig fick hon möjlighet att slappna av och ta det lugnt. Skulle hon dessutom behöva oroa sig för den dumma boken?

Vardagen var tung nog och inte blev den lättare av det tråkiga vädret och mörkret som kom krypande. Höstens regn och rusk hade en förmåga att lägga sordin på positiva känslor och förvandla dem till grå. Kvar fanns läckande kranar i badrummet, tak som kanske behövde läggas om och bergvärmen som gått sönder lagom till att det blev kallare i luften, det blev ett evigt liv med att ringa försäkringsbolaget och få dit en ny pump. Utgifter, kostnader, räkningar. Johns positiva grundsyn inför en baby stod fast, men nog tyckte hon att han blev irriterad lite väl snabbt nuförtiden. Och hans otålighet påverkade henne, gjorde henne snarstucken och lynnig.

Jobbet på förlossningen fick henne på andra tankar, det var skönt att skjuta sitt privatliv åt sidan. Andra kvinnors öden gav henne perspektiv, fick henne att känna sig mindre ensam och utsatt. Vilken tur att hon kunde fortsätta arbeta trots graviditeten, till skillnad från en del andra som blev sjukskrivna långt tidigare. Hon mådde bra än så länge, hade inga direkta symtom förutom halsbränna och lite svullna fötter.

Mobilen surrade till. Ett sms från Gunilla. "Upptagen? Kan jag ringa?" Självklart fanns det några minuter över till kollegan och bästa vännen. Gunillas liv verkade alltid spännande, trots att det många gånger också kunde te sig en smula svårhanterligt.

– Hur mår du? undrade Gunilla. Nu har vi inte pratats vid på över en vecka men jag tänker på dig ska du veta! Jag har inte glömt dig, om det är det du tror. Det har bara varit lite mycket.

– Jag vet, svarade Cecilia. Har det hänt något speciellt?

Gunilla suckade.

– Äsch. Bara samma gamla vanliga. Jag har gjort slut med Andreas.

– Igen?

– Mmm. Men den här gången tror jag att det är för gott.

Andreas var Gunillas unge pojkvän, som hon träffade i somras. En pojkvän med slät hud, platt mage, oskyldig uppsyn och sexiga händer. Cecilia kunde inte sammanfatta honom bättre än så och såg honom framför sig, där han sprang runt i bara badbyxorna på klipporna vid Marias och Bills sommarhus på Gullmarö den gången han och Gunilla kom på besök. Då hade deras förälskelse precis flammat upp och Cecilia mindes sina egna känslor, hur begränsande hon med ens tyckte att graviditeten var, frustrationen över att sitta fast i äktenskapet, tankarna på orättvisan i att John minsann hoppat över skaklarna medan hon troget stretat på... Gunillas *toyboy*, han hade lockat fram en massa föraktfulla tankar hos henne och samtidigt också ett oönskat begär efter något hon inte tidigare längtat efter – kanske någonsin? Var det åldern, äktenskapet, allt det praktiska, som gjorde att kvinnor som närmade sig fyrtio plötsligt tappade huvudet och började dregla efter gymnasister? Nja, Andreas var inte direkt en gymnasist men han var nog närmare tjugo än trettio och det *var* ungt. *För* ungt. Huvudlöst på något sätt, ansvarslöst.

– Hur känns det då? frågade hon och kände till sin förvåning något som påminde om lättnad. Inte skadeglädje, absolut inte, bara en vag tillfredsställelse över att Gunilla var tillbaka i samma båt som hon själv, skorven där medelålders kvinnor trängdes utan sällskap av rynkfria ungdomar.

– Jag vet inte, suckade Gunilla. Jag saknar väl sexet, det är det jag saknar. Hans kropp, hans mun, hans doft. Sexet var ju det enda vi hade, och vilket sex sen! Jag tror aldrig jag varit med om nåt liknande. Och nu är jag väl mest skraj att jag aldrig mer kommer att få det. Men samtidigt slipper jag den här strulpellen som Andreas faktiskt är, lika bra det. Till slut kan inte ens bra sex väga upp för en snubbe som är knäpp i bollen.

Så bra sex. Som Gunilla aldrig förr tyckte sig ha upplevt. Hur bra var sånt sex egentligen? Cecilia försökte hejda tankarna, men klarade inte av det, såg framför sig munnar som möttes och händer som tog för sig. Graviditeten, en sådan motsägelsefull tid, man förväntades vara kysk och enbart moderlig, när det i själva verket var det svåraste av allt, hormonerna kokade i skallen, ökade på lusten, kunde göra en kvinna girig efter het och vild erotik. Sex med i princip vem som helst. Det blev så fysiskt, det där, som en enda stor längtan i kroppens alla celler. Ett slags svidande besvärande begär. Och så otillåtet att erkänna, i omgivningens ögon vilade det något smått äckligt över en kvinna som bar på ett barn och samtidigt gav efter för det sexuella. Här gällde det att hålla tillbaka.

Lyckligtvis började Gunilla tala om annat.

– Jo förresten, innan jag glömmer. Såg du anslaget? Om hemfödslar. Hon är visst bokad nu, Ramona Örnmåne, jag vet att det väcker en del ont blod, men samtidigt är det ju så häftigt. Att våga gå emot etablissemanget som hon gör. Jag vet att en del känner sig hotade av henne, men jag kan väl känna att vi ska vara öppna inför alternativen. Vad tycker du?

Cecilia pillade lätt på sömmen i t-shirten, sadlade tacksamt om tankarna från sex till förlossning.

– Jag är lite splittrad, erkände hon. Riskerna finns där, det kan man inte blunda för. Det kanske är onödigt att utsätta sig när det finns så pass bra sjukvård.

– Äsch, sa Gunilla. Kom igen, var inte så konservativ! Jag skulle kunna tänka mig att föda hemma om det blev fler barn för min del. Men det blir det nu inte. Fast om, ifall nåt slags mirakel inträffade och jag träffade mannen med stort M och blev gravid en gång till, då kan jag lova dig att jag skulle tänka över saken noga. Hur som, jag har skrivit upp mig, jag tänker gå. Ska du med? Det är nästa onsdag. Vid två.

Föda hemma, nej, det var nog ingenting för henne ändå. Men att gå och lyssna på den karismatiska barnmorskan kunde knappast skada.

Babyn i magen gav också ifrån sig en lätt liten knuff. Som för att säga, gå nu, mamma, rör på dig, ut i världen med dig. Sitt inte bara här och grubbla.

– Okej då, sa hon. Om jag får ihop det med tiderna, så.

– Bra där, svarade Gunilla. Jag är säker på att det blir otroligt intressant! Så kan vi ta en fika efteråt. Om vi hinner med.

HUR MÅNGA KALAS hade hon och John ställt till med för alla sina barn? Cecilia började räkna i huvudet men tappade tråden gång på gång. Främst mindes hon det allra första, när William fyllde ett, i januari då snön yrde utanför fönstren och Wille själv just tagit sina första tultande steg i vardagsrummet. Så ung hon hade varit, så uppfylld av den förstfödde, kunde knappt förstå att ett helt år hade gått sedan han föddes. Klart de skulle fira ordentligt, dekorera huset med ballonger och färgglada girlanger, duka fint och bjuda de vuxna på mousserande vin. Hon och John hade gjort kycklingklubbor och köttbullar och bakat chokladtårta, sedan hade en bunt ettåringar plus deras föräldrar samt Cecilias och Johns familjer släppts lösa i huset. Ettåringarna hade givetvis ställt till en ohygglig oreda och flera veckor efter kalaset hittade Cecilia inmosad mat i soffan och intrampade chokladbitar i mattan. Gråten och skriken hade fyllt huset och ingen hade egentligen haft särskilt trevligt i mer än de inledande tio minuterna, sedan sprang alla mest runt och jagade små knubbiga bebisar i sjömanskostymer och puffiga klänningar med volang så att de inte rev ner böcker ur hyllorna eller välte golvlampan. De hade lärt sig sedan dess, småbarnskalas skulle man ligga lågt med, ettåringar uppskattade sällan det där frejdiga firandet som föräldrarna gärna ville få till. För egentligen firade man kanske mest sig själv, att man kommit en bit på väg i föräldraskapet, att man klarat sig, gjort bra ifrån sig. Det var annorlunda med de större barnen. Där blev kalaset viktigt för barnet självt, föräldrarnas stolthet och triumf av underordnad betydelse. Och det var väl så det skulle vara.

Nu var det snart dags att fira Sofias sexårsdag. Cecilia tog fram sin almanacka och började skriva listan över saker som inte fick glömmas bort. Inbjudningskort – mejla ut? Planera vad som ska ätas/handlas. Kolla discokula (John). Kläder?

Paljetter och glitter, hade Sofia bestämt sagt. Discokalas, då vill jag se ut som Lady Gaga. Eller i alla fall som Hanna Montana! Hanna Montana, var inte det den där amerikanska tevefiguren med peruk? Cecilia blandade ihop dem, Betty Spaghetty och Bratzdockorna och Barbie och karaktärerna i High School Musical och allt vad de där programmen hette. Men peruk skulle bli bra, det fanns väl att köpa. John visste säkert, han som så ofta höll på med rekvisita. Eller så kunde hon be Susannas dotter Alexandra om hjälp. Alexandra, som var modebloggare, skulle kunna ta lillkusinen Sofia med sig på en shoppingrunda i stan. De tyckte om varandra, Sofia såg upp till Alexandra och Alexandra älskade Sofias beundran.

Hon kastade en blick på klockan. Redan tio, morgonen passerade med en rasande fart. Det var dags att ge sig iväg till stan. De hade tid inbokad hos barnmorskan, hon och John.

Cecilia var redan halvvägs i graviditeten. Dagarna rusade på och jämfört med tidigare graviditeter hann hon inte riktigt med. Ultraljud hade hon gjort flera stycken, i samband med missfallet, men nu hade det blivit dags för ännu en kontroll på mödravårdscentralen.

Den här gången var hon spänd och lite extra stressad. Det var nog Doris Lessings bok som spökade. Vid dagens ultraljud skulle barnet synas mycket tydligare, de skulle än en gång glänta på dörren till det hemliga rummet där den lilla främlingen låg. Hade Harriet och David i boken sett att något var fel på deras gosse om de hade kunnat genomgå ett ultraljud då, i sjuttiotalets England? John skulle tycka att hennes farhågor var rena nyset, det var hon säker på. De skulle äta lunch tillsammans innan de gick till barnmorskan. Då kunde hon ta upp saken i lugn och ro.

Lunch. Något så självklart för många människor. Folk åt väl lunch dagligen, besökte caféer och kvarterskrogar och pizzerior och sushirestauranger på löpande band. Eller så satt de med sina små matlådor i personalrum och på kontor. Själv hade Cecilia inga riktiga lunchrutiner, insåg hon medan bussen tog henne in till stan. När hade hon och John dejtat varandra på det här sättet? Hon mindes inte ens. Han brukade äta lunch i farten, eller fixa mat till alla medarbetarna om han höll på med någon större fotografering. Hon själv tog en smörgås där hemma, eller hoppade över att äta överhuvudtaget. Arbetspassen på förlossningen var inte lagda på ett sådant sätt att hon fick tillfälle att äta med sina kollegor särskilt ofta.

Nu kändes det lyxigt, nästan lite spännande. John hade föreslagit att de skulle träffas på Amore, en ny italiensk restaurang som låg precis intill deras mödravårdscentral. Amore. Hon log för sig själv. Det lät ju passande. John hade varit så snäll mot henne sedan den kvällen hon berättat att hon var gravid, han hade varit drivande i att de skulle behålla detta oplanerade barn. Inte för att hon egentligen tänkt göra abort men hon hade ändå velat diskutera alternativet, men det var som om hennes man blivit en annan. Nästan overkligt präktig och förekommande, öppnade stora famnen trots att han varit allt annat än entusiastisk när de väntat Greta. John hade övertygat henne, inte för att hon kanske varit så svår att övertala, men han hade gjort ett bra arbete med att invagga henne i trygghet. *Allt kommer att bli så bra, Cecilia. Ja, vi har haft det tufft men nu ska det bli nytt och skinande och blankt, vi ska tillsammans polera bort fläckarna av det solkiga förflutna. Nu satsar vi på varandra och det nya barnet blir den söta toppingen på vår kärlekstårta. Eller hur, älskling? Eller hur, min underbara?* Cecilia trodde inte det fanns en enda kvinna på jorden som inte skulle falla för denna charmoffensiv. Men sedan knackade hösten på och i takt med att löven gulnade gick solen också ner över deras relation. Det nya blev slitet och vant, och inte lika viktigt att vara försiktig med. De föll sakta tillbaka i de gamla vanliga hjulspåren av småtjafs och irritation medan de rusade mellan plikterna och väckarklockorna som ringde.

John vinkade till henne från gathörnet där han stod med telefonen tryckt mot örat. Hon gick fram till honom medan han avslutade samtalet.

– ... jo, men vad hade han sagt om offerten? Jag tycker det låter helt absurt. Okej, men han får skärpa sig. Det går ju inte att stoppa hela produktionen bara för att... Du, jag måste sluta. Ska in i ett möte.

Han tryckte bort samtalet och gav henne en lätt puss på munnen.

– Bråkar de med dig, undrade hon och log.

– Ja, som vanligt, suckade hennes man och stoppade mobilen i jackfickan. Tänk att folk alltid är så dumma i huvudet. Men jag orkar inte prata om det just nu. Nu vill jag ha trevligt med min fru. Idioterna ska inte få sabba min dag med dig. Och med den här lilla.

Han lade handen på Cecilias mage och drog henne till sig.

– Det är så skönt att träffa dig så här för en gångs skull, sa han med munnen intill hennes hår. Varför gör vi inte det oftare? Bara beter oss som vanligt folk. Äter lunch.

– Kanske för att vi inte är som vanligt folk, sa hon och slöt ögonen. Vi är en storfamilj, folk med storfamiljer har väl inte tid att lyxa sig så här.

– Äsch, svarade John. Vi bara skyller ifrån oss. Vi skulle kunna bättra oss, verkligen se till att vi kom iväg åtminstone en gång i veckan. En lunch, hur svårt kan det vara? Det är slappt av oss. Det är inte så att vi har tjugo ungar. Dessutom är de i skolan och på dagis.

– Ja, du har rätt. Vi borde passa på. När babyn kommer lär det inte bli enklare precis.

De gick in på restaurangen hand i hand och fick ett bord intill fönstret. Servitrisen ställde fram en brödkorg och upplyste sedan om att lunchmenyn fanns på griffeltavlan ovanför baren. Hon rekommenderade särskilt pastan med spenat och scampi. Scampi, hur var det med skaldjur nu igen? Cecilia kände ett styng av dåligt samvete när hon blev medveten om att hon under denna graviditet inte intresserat sig särskilt mycket för vad som var bra och mindre bra att äta när man väntade barn. Men scampi stod troligen inte på svarta listan. Där trängdes främst olika suspekta mögelostar och fiskar med höga gifthalter.

– Vad tänker du på, undrade han och såg på henne.
– Inget särskilt. Jo, kanske. Vad jag inte ska äta.
– Åh, det där.
John tog en klunk vatten ur sitt glas.
– Inget roligare?

Det blev tyst mellan dem efter att de gjort sin beställning. Som om ljuden runtomkring liksom dog ut, bäddades in i dämpande bomull. Nej, hon tänkte inte på något särskilt spännande eller upphetsande just nu. Eller var det bara så att hon inte fick fram sina tankar? Till exempel detta med boken som lagts i deras brevlåda och som hon just höll på att läsa. Men att hemlighålla saker hade blivit en dålig vana, insåg hon. Som om hon ingått en pakt med den anonyma personen, där överenskommelsen var att mannen i hennes liv inget skulle veta.

– Pasta med scampi, avbröt servitrisen och ställde ner varsin ångande tallrik framför henne och John. Hoppas det smakar bra!

Hon log mot dem med kajalsminkade ögon. De log oengagerat tillbaka.

– Tack, sa Cecilia och John i mun på varandra.
Hon skulle just ta en första tugga när Johns telefon ringde.
– Okänt nummer, suckade han. Jag skiter i att svara.
– Nej, gör inte det, invände Cecilia. Det kanske är viktigt.

Denna pliktkänsla, var kom den ifrån? Svara när det ringer. Gör det du blir ombedd att göra. Ställ upp. Håll dina löften. Kom i tid. Låt bli att ljuga. Pastan smakade ljuvligt, en perfekt smakkombination av pesto, spenat och skaldjur, och Cecilia tuggade njutningsfullt medan hon såg på John. Han tryckte fram samtalet och satte telefonen till örat.

– Ja, det är John, sa han och lyssnade. Hallå?

Så lade han ifrån sig telefonen.

– Det var ingen där.

Tyckte hon sig se en osäker glimt i ögonen, ett spänt drag runt munnen?

– Någon måste det väl ha varit.

John skakade på huvudet.

– Nej, det var bara tyst. Kanske en telefonsäljare som ångrade sig?

Han ryckte på axlarna. Tog sedan upp gaffeln, högg in på maten.

– Gott, sa han och såg på henne.

– Ja, verkligen, nickade hon.

Som om månaderna inte passerat, som om årstiderna inte växlat. Plötsligt var hon tillbaka i en svidande känsla av ensamhet. Någon ringde hennes man, någon skuggade kärleken i äktenskapet. En gestalt som ovälkommet gled in mellan dem, som stökade till, som skapade oro och misstänksamhet. Men det var väl inte möjligt att just hon av alla människor skulle höra av sig just nu? Å andra sidan, när skulle hon annars ringa, ville hon höra av sig så gjorde hon det. Den kvinnan skydde inga hinder. Cecilia ville inte ens tänka namnet på Johns älskarinna. Vilket ord, förresten. *Älskarinna*. Det fick hennes hjärta att rusa. Tuggan växte i munnen och pastan kändes med ens seg och mjölig och skaldjuren som gummi med ett inslag av förorenat havsvatten. Hon lade ifrån sig gaffeln på bordet.

– Gud, vad mätt jag blev, ljög hon.

– Redan? Du har ju knappt rört maten?

John såg på henne med rynkade ögonbryn.

– Du måste äta, annars får bebisen ingen näring. Kom igen nu. Ska jag mata dig?

Nu log han, tycktes oberörd av telefonsamtalet, såg ingenting av känslostormen som dragit fram inom henne. De hade gått i terapi, bearbetat otroheten och sprickorna i sin relation, de hade vädrat ut gamla oförrätter, rannsakat sig själva och varandra, vridit och vänt på orden och reaktionerna. Tvingats ta i sådant som gjorde ont, som plågade och skavde. Och ändå, ändå var hon helt oförberedd på återfallet, på att en simpel felringning kunde få henne att trilla ner i ett svart hål av förtvivlad självömkan. Kanske var hon bara hormonell. Stressad inför ultraljudet. Ja, så måste det vara, slog hon fast medan hon plockade upp besticken igen. Det var stress som fick henne att fantisera ihop att John kunde ha något fuffens för sig.

– Så ja, bättre, sa John medan hon spetsade en bit scampi på gaffeln och stoppade i munnen. Vi vill ju inte ha en undernärd unge heller.

Hon svalde och tog en klunk vatten. Såg på sin man, på solen som reflekterades i hans irisar. Vad tänkte han på? Saker man aldrig får veta. Saker man bara kan spekulera i.

– Jo, förresten, sa han efter att ha mött hennes blick. Jag

pratade med Simon igår. Har tänkt säga det flera gånger men det är hela tiden något som kommer emellan så jag glömmer bort det.

Simon. Johns vuxne son. Johns barn. Pojken hon själv inte hade något att göra med, annat än att han kom in fullkomligt oväntat i deras familj och rörde upp en massa känslor. Den unge mannen som dessutom försatte William i livsfara. Droger. Missbruk. Kriminalitet. Nej, Simons namn klingade inte väl i hennes öron och hon slutade nästan andas.

– Vad är det med honom, sa hon lågt.

– Kom igen, invände John. Jag måste ju kunna prata om honom utan att du ser ut som om du skulle kräkas?

Var det så tydligt? Hon ansträngde sig för att se avslappnad ut men tydligen lyste alla känslorna igenom. Nej, du är inget vidare på att hålla masken, kära Cecilia Lund. Du avslöjar dig. Det skiner igenom vad du egentligen tycker och tänker. Så störande. Och ändå är det sant.

– Sluta, sa hon. Jag ser inte alls ut som om… Ja, ni hade pratat, och? Jag trodde inte ni hade någon kontakt med varandra.

– Det har vi inte heller haft och det vet du. Jag skulle inte mörka det. Men nu hörde han i alla fall av sig. Han är tydligen utskriven från behandlingshemmet och har fått en försökslägenhet av socialen. Han är nykter och drogfri. Och han låter vettig och sund. Är ångerfull förstås, för allt det han ställde till, men vill samtidigt gå vidare. Han vill gärna träffa oss, Cecilia.

Träffa oss. Träffa hela familjen? Hon kände hur magen knöt sig.

– Du får förlåta att jag inte jublar, sa hon. Jag tycker att

Simon mest varit ett jobbigt kapitel och jag ska erkänna att jag är lite rädd för honom. Han är så stökig.

– Men han är ju nykter nu. Och alla förtjänar en andra chans. Vi kan inte låtsas som om han inte existerar. Det vet du.

Hon visste det och ändå, ändå önskade hon att Simon aldrig hade dykt upp i deras liv. Hans existens komplicerade allting. Och nu var hon själv gravid, bar på Johns sjätte barn. Nog för att Simon var vuxen och aldrig skulle ingå i deras närmaste familj, men ändå. Blotta tanken på att han kunde göra anspråk på John som sin far gjorde henne illamående. Hon svalde hårt.

– Ja, han förtjänar en andra chans och jag ska inte låta alla mina negativa känslor ta överhanden, sa hon och lade sin hand på Johns. Du får förlåta mig. Kanske är det graviditeten som gör mig så ängslig. Men jag blev bara förvånad. Jag hade inte haft en tanke på att Simon skulle dyka upp igen. Det kanske var dumt av mig.

Johns hand låg kvar på duken. Han vände inte upp handflatan, mötte inte hennes fingrar. Drog inte heller bort handen, men lät den bara ligga, slapp och likgiltig.

– Dumt och dumt, sa han. Jag vet inte. Jag tror vi måste acceptera att Simon finns här och att han faktiskt är min son. Vare sig du gillar det eller inte. Jag kanske inte heller tycker att det som hänt är ett drömscenario, men han är mitt barn, Cecilia. Han är mitt barn och han har haft det svårt. Skulle du kunna respektera mig om jag vände honom ryggen? Skulle du det?

Hans hand under hennes. Hans varma hand med de vackra

fingrarna, den maskulina formen. Orden han sa. Han hade en poäng där.
– Det vet du att jag inte skulle, sa hon.

DE KOM NÅGRA minuter för tidigt till barnmorskemottagningen och slog sig därför ner i det gulmålade väntrummet bland tre andra föräldrapar. Cecilia mötte kvinnornas blickar och försökte att inte stirra på deras runda magar, men det skedde per automatik, något slags instinktiv avläsning av andras havandeskap, kanske en impuls att jämföra sig. För de hörde ihop på något sätt, alla dessa gravida, hängde samman i en oskriven gemenskap där de delade krämpor, förvärkar och oro för de väntade barnen.

Cecilia makade sig till rätta i en gråullig fåtölj och tog en föräldratidning från det låga furubordet. En höggravid tevekändis log mot henne från omslaget. "Anna ser fram emot tvåbarnschocken" förkunnade rubriken till bilden där programledaren höll händerna strax där den tajta t-shirten slutade. Tvåbarnschock, ha! Cecilia mindes knappt detta begrepp, för henne hade antalet barn för länge sedan slutat vara något extraordinärt. Snarare var det så att det som överraskade nuförtiden var ensamheten, ett annat slags chocktillstånd, då hon plötsligt befann sig helt solo i huset.

Hon bläddrade förstrött i tidningen, kunde inte koncentrera sig på artiklarna. Istället drogs hennes blickar till de gravida kvinnorna och deras män. Hon kunde inte låta bli att undra vilka de var, hurdana liv de levde. Föräldrapar mötte hon ofta på förlossningen, men att sitta på samma planhalva, vara en av de gravida, kändes ovant. En av kvinnorna såg mycket ung ut, hon höll sin man i handen och viskade något i hans öra. Hur långt gången kunde hon vara? Kanske runt vecka tjugo, det var svårt att säga. Par nummer två satt försjunkna i varsin iPhone. Förstagångsföräldrar, gissade Cecilia, det var bara en känsla hon fick. Slutligen det tredje paret, som såg ut att vara i hennes och Johns ålder, där kunde det inte vara många veckor kvar. Kvinnans mage var enorm och hon såg svullen och trött ut, samtidigt som hon utstrålade ett lugn och en mäktig självsäkerhet. Cecilia kände väl till den, stoltheten över att bära ett barn, känslan av att ha gått i så många veckor, styrkan i insikten om den förestående förlossningen som ingen visste hur den skulle bli. Självklart hade en höggravid kvinna all anledning att ta plats, både bokstavligt och kroppsligt.

– Cecilia och John?

Lisbeth, barnmorskan, kom ut i väntrummet och ropade upp dem. De hade varit hos henne en gång tidigare, i vecka tio, och Cecilia tyckte om den äldre kvinnan. Lisbeth var trygg. Trevlig, inte påträngande. Och inte alltför kollegial. Det kunde annars lätt bli så när man hade en barnmorska som patient.

– Hur mår ni idag, sa Lisbeth efter att ha visat in dem på sitt rum och tagit båda i hand. Framför allt du, Cecilia. Hur känner du dig?

– Det är bra, tack, sa Cecilia.

– Ni har ju gjort detta några gånger, sa Lisbeth och vände sig till dem båda, en gest som Cecilia uppskattade mycket. Många barnmorskor och även förskolepersonal och sköterskor på barnavårdscentralerna hade för vana att ställa sina frågor till mamman. Som om den medföljande pappan var i det närmaste osynlig. Men Lisbeth tycktes ha gått någon genusorienterad kurs, eftersom hon faktiskt såg på John precis lika mycket som på Cecilia.

– Ja, vi är inte nybörjare precis, sa John och drog på munnen.

– Jaha, då ska vi göra lite ultraljud då, sa Lisbeth medan hon gjorde några anteckningar i sin dator. Jag ska bara mäta blodtrycket och så kan du kanske väga dig, Cecilia?

Medan Cecilia ställde sig på vågen tog Lisbeth fram blodtrycksmanschetten. När Cecilia satt sig på britsen fäste Lisbeth kardborrbandet runt hennes vänstra överarm och pumpade in luft, för att strax låta den pysa ut.

– Finfint, hundratrettio genom åttio. Då ska vi se. Om du lägger dig ner och drar upp tröjan, så ska vi ta och kika lite. Det var en besvärlig början ni fick, men sedan dess har allting stabiliserat sig, som det verkar. Det är inget som tyder på att graviditeten inte skulle vara helt normal. Och så har ni redan gjort ett KUB-test och allt var fint. Ingen förhöjd risk för Downs syndrom eller några andra trisomier.

Lisbeth dämpade ljuset i rummet, slog på monitorn och tog fram en vit flaska.

– Nu kan det bli lite kallt, varnade hon samtidigt som hon klämde ut några rejäla klickar blå gelé över Cecilias mage.

John hade satt sig vid hennes huvudände och höll nu hennes

hand. Hon tryckte den lätt, bad en liten bön inom sig. KUB-testet och nackuppklarningen i vecka tio hade visat att barnet till nittio procent var friskt, men det återstod alltid ytterligare tio procent. Tio procent kunde vara hur mycket som helst, om oturen var framme. Hon visste inte varför hon kände sig så nervös, kanske var det helt enkelt den där dumma bokens fel alltihop, den idiotiska boken som insinuerade att barnet de väntade kunde vara av en udda sort. Hon kände sitt eget hjärta slå. Plötsligt var det som om hon var tillbaka i det kvava undersökningsrummet i juli, när Forsberg gjorde första ultraljudet efter att hon fått sin störtblödning.

– Usch, det känns lite läskigt den här gången, sa hon tyst.

– Nej men lilla vän. Slappna av nu. Så, här ska vi se! Titta. Här är ert lilla barn. Säg hej till mamma och pappa nu, småpratade Lisbeth medan hon tryckte ultraljudsstaven mot Cecilias mage.

Skärmen fylldes av den svartvita bilden och dess skiffertonade fält. Ett slags konformat universum i den svarta skärmen, som en påhälsning i oceanens djup. Och där, mitt i bilden, en liten varelse med huvud och kropp. En bild hon sett många gånger förut. En välbekant bild, och ändå helt unik.

– Man ser betydligt bättre nu än förra gången, påpekade Lisbeth. Nu är det en riktig bebis, den ska bara växa till sig innan den föds.

En flicka eller en pojke? Cecilia hade frågan på tungan, hon såg att John tänkte samma sak. Med två av varje hemma hade barnets kön ingen betydelse, ändå ville hon fråga. Men hon sa inget högt, lät Lisbeth prata på om storhjärnan och lillhjärnan, om lungorna och njurarna, om att det fanns fem fingrar och fem tår på varje hand och varje fot, och att ögonen och näsan och öronen satt där de skulle. Cecilia såg att John hade fått tårar i ögonen. Han lade sin arm om hennes axlar där hon låg på britsen.

– Gud, vilken fin, sa han med grötig röst.

– Ja, verkligen, nickade Lisbeth. Och pigg, har du ätit sött till lunch Cecilia? Det var en väldigt aktivitet måste jag säga.

Babyn såg ut att göra kullerbyttor, försökte komma undan från ultraljudsstaven. Cecilia tyckte plötsligt synd om den lilla. Den föreföll så värnlös och utlämnad. Hur skulle livet bli för deras femte barn? Hur skulle babyn tas emot av syskonen? Hon visste inte vad ödet hade i beredskap och det fick henne att känna sig otrygg. Otryggare än vanligt, för egentligen hade hon aldrig vetat något om framtiden. Men nu fick hon en stark känsla av att något kunde vara fel, trots att den svartvita bilden av hennes och Johns baby försäkrade att allt var fullständigt normalt.

– Hur är det? Mår du bra, undrade Lisbeth och såg på henne.

Än en gång hade hennes ansiktsuttryck förrått henne. Cecilia kände att hon rodnade.

– Jo, jag mår bra, sa hon snabbt. Jag är omtumlad. Det blir så konkret allting nu, när jag ser barnet. Jag är bara trött.

– Klart du är. Borde hon inte sluta jobba, sa John. Det är så tungt på förlossningen, men Cecilia envisas med att fortsätta till vecka trettiotvå. Vad säger du om det, Lisbeth? Är det verkligen vad som rekommenderas?

Ställde han denna fråga ovanför hennes huvud? Som om hon var en mindre vetande barnunge. Kanske överdrev hon, men Cecilia kände sig förrådd.

Lisbeth svarade inte med detsamma. Hon flackade med blicken, funderade antagligen på hur hon skulle lösa situationen på bästa sätt. Vad hon än svarade skulle det inte bli lyckat. För John hade redan ställt den ogenomtänkta frågan.

Stämningen i rummet blev med ens tryckt. Cecilia fick papper och torkade av gelén från magen, rättade till sina kläder och satte sig upp.

– Det där är svårt för mig som utomstående att ta ställning till, sa Lisbeth försiktigt och Cecilia såg på henne att hon noga valde sina ord. Vissa kvinnor blir sjukskrivna av medicinska skäl relativt tidigt i graviditeten. Andra arbetar tills vattnet går. För min del kan jag tycka att en blivande mamma kan behöva varva ner några veckor före förlossningen, men som sagt, också där finns det oerhört många variationer. Vissa kvinnor mår dåligt av att inte göra någonting, och den typen av stress är inte heller nyttig. Så jag kan inte vara någon domare här.

Lisbeth log mot dem, som om hon ville säga, snälla barn, lova mig nu att inte träta i den här frågan... Men Cecilia orkade knappt le tillbaka. Hon kände sig bara uppgiven och motarbetad.

– Hur kunde du? Hur?

Ett ruttet bananskal låg vid hennes fötter i bilen och hon sparkade det åt sidan. Bilen var äcklig och ovårdad och hennes man hade just satt sig över henne på ett förmyndaraktigt vis. John visste hur hon kände angående jobbet. Ändå kunde han inte låta bli. Ändå var han tvungen att försöka visa henne att han hade rätt.

– Du överreagerar. Var inte så barnslig, sa John och lade i en växel. Ska vi åka och hämta tjejerna tillsammans? Så kan vi köpa bullar och gå till parken eller nåt. Passa på när det är fint väder.

Solen sken från en oktoberkall himmel, men Cecilia lade armarna i kors och vägrade låta sig lockas.

– Försök inte förminska mig i det här, snäste hon. Ja, åk till dagis du och visst kan vi gå till parken, men jag blir faktiskt besviken när du gör så här mot mig.

– Det enda jag är mån om är din hälsa. Är det så himla farligt?

John stannade vid ett rödljus och de såg hur en pappa med barnvagn korsade övergångsstället.

– Nej, det är fint att du bryr dig om mig, det uppskattar jag. Det var mer sättet du sa det på. Som om jag var helt dum i huvudet.

John trummade med fingrarna mot instrumentbrädan.

– Älskling. Förlåt att jag säger det, men du kan vara så envis ibland. Som om du inte vill ditt eget bästa. Varför ska du nödvändigtvis klamra dig fast några veckor extra, när du kan vara hemma och ta det lugnt?

Den där tonen. Den där blicken. Varför tyckte alla att de hade rätt att behandla en gravid kvinna som mindre vetande? Hon visste att hon borde ta det lugnt, inte brusa upp, men något i hans röst provocerade henne. Detta att han ansåg sig ha mandat att avgöra hur hon skulle göra.

– Du hörde väl själv vad Lisbeth sa, svarade hon nu och försökte göra rösten neutral. Det är individuellt, det där. Och jobbet råkar vara otroligt viktigt för mig. Så det så.

EFTERMIDDAGEN KOM SAKTA krypande, det sista dagsljuset smög i vrårna. Lägenheten var tyst och stilla, än skulle det dröja någon timme innan han kom hem från jobbet. Eftermiddagen tycktes oändlig. Hon fick mycket gjort då, lyckades utföra sådant hon hade bestämt sig för. Eftermiddagarna var tacksamma på det sättet, så anonyma och loja på något vis, hon kunde agera ostört, ingen hade tid att intressera sig för hennes förehavanden. Folk var upptagna helt enkelt. Alla hade sitt.

Läkaren hade skrivit ut tabletter som kunde döva smärta och saknad, lindra paniken. Men de fungerade inte längre. Som om ångesten åt sig genom lagret av psykofarmaka, som om minnena vant sig vid medicineringen och hittat andra vägar för att ta sig upp och ut på medvetandets blanka yta. Hon själv försökte trampa vatten, ville inte dras ner i djupet. Det var svårt, fötterna verkade ha behängts med blyklumpar och kroppen svek henne. Och mitt i allt detta ilskan, maktlösheten, frågan som aldrig släppte taget, detta eviga varför? Varför just vi? Hon kunde älta detta i timmar, försjunka i tankar som gjorde henne uttröttad. Och när hon lade sig för att vila drömde hon märkliga drömmar som gjorde henne ännu mer frustrerad.

Hon vaknade med ett ryck. Han satt intill henne, som han alltid brukade. Höll en hand på hennes panna.

– Hur mår du idag, viskade han. Är det bättre?

Hon önskade att hon kunde svara något som skulle få dem båda att känna att det fanns hopp. Istället skakade hon på huvudet. Hon längtade till morgondagen då hon åter fick ge sig ut på jakt.

– Jaha, svarade han uppgivet. Men du, sov lite till så ska jag laga mat. För du måste ju i alla fall äta.

Hon blundade och låtsades komma till ro. Men där, bakom fasaden, dunkade hennes hjärta upphetsat. Rovdjurets tänder glimmade till. Vita, vassa, obarmhärtiga. Tigern hukade sig tyst i snåren, förberedde ett språng.

CECILIA PACKADE SOFIAS ryggsäck och sist av allt lade hon i de små vita kuverten. Inbjudningskorten var färdigskrivna, nu var det bara att dela ut dem i klassen.

– Jag lägger dem på hyllan, eller hur, förhörde sig Sofia. Är du säker på att alla har fått?

– Jadå. Alla nitton, log Cecilia. Och sen skickar vi påminnelse på mejlen också. Så de inte glömmer. Eller ifall de slarvar bort inbjudningskorten.

– Jag hoppas att alla kan komma, sa Sofia och klappade ryggsäcken lätt. Ingen får vara sjuk. Och ingen ska resa bort. Men hinner vi få discokulan till dess? Hur många dagar är det kvar?

– Det är – få se – elva dagar kvar. Och ja, pappa har lovat att ordna discokulan.

– Säkert?

– Säkert.

Sofia hade funnit sig väl till rätta i sexårsverksamheten och trots att Cecilia inte såg fram emot att tjugo barn tog över deras hem, kunde hon inte neka Sofia födelsedagskalaset hon sett fram emot ända sedan Greta firade sin fyraårsdag i trädgården tidigt i somras. Det pågick en liten tävling mellan dem. En tävling som Sofia ofta vann eftersom hon var äldre. Men samtidigt var Sofia ängslig för att Greta skulle bli särbehandlad för att hon var yngst. Det var inte alltid lätt att vara rättvis, tänkte Cecilia. Livet var inte helt fair. Inte mot någon.

– Kom nu, annars kommer du för sent, manade hon på sin äldsta dotter som tycktes ha fastnat i badrummet.

– Ja, kom nu Fia, gnällde Greta. Jag är svettig.

Greta stod med galonbyxor på i hallen och stampade otåligt med sin gummistövelklädda fot. Regnet slog mot rutorna, det var en dag då barnen skulle bli genomvåta under förmiddagens lek på förskolan. Lyckligtvis fanns torkskåp och ombyteskläder.

– Jaja, jag kommer, ropade Sofia. Var är min mössa?

Cecilia sträckte fram luvan och öppnade sedan ytterdörren.

– Jag hatar när det regnar, surade Sofia.

– Nej, det är kul, skrattade Greta. Jag ska bada i alla pölar!

Efter att Cecilia lämnat barnen skyndade hon tillbaka hem. Vattnet rann längs med paraplyet och strilade ner på hennes fötter. Nåväl, i eftermiddag skulle hon få sitta inomhus och lyssna på vad Ramona Örnmåne hade att berätta om hemfödslar. De senaste dagarna hade hon faktiskt sett fram emot föreläsningen. Kanske var hon mest nyfiken på Ramona, en kvinna som enligt rykten levde ett annorlunda liv med livmodersceremonier, healing och alternativa naturmediciner.

Regnet tilltog i styrka. Hon gick snabbt, med huvudet nedböjt. Snart skulle hon vara hemma, i värmen, snart skulle hon få dra av sig regnjackan och byxorna som blivit våta på framsidan.

Medan hon låste upp dörren, kom Cecilia på att hon glömt tömma brevlådan dagen innan. Hon blev tvungen att gå ut i regnet ännu en gång. Två dagars morgontidningar räckte för att proppa igen den snålt tilltagna boxen. Hon fiskade upp en bunt räkningar. Samt ett vykort. Ingen avsändare. Poststämplat var? Det fanns ett frimärke på kortet, men någon stämpel gick inte att urskilja. Hon rätade på kroppen och läste de korta raderna.

Lyckan kommer, lyckan går. Den Gud älskar, lyckan får.

På framsidan satt två dockor och stirrade på henne med ögon av glas.

De där dockorna. Egentligen såg de inte särskilt skrämmande ut, var rentav rätt söta. Porslinsvit hy, små blekröda munnar. Oseende blå ögon. Det ljusa håret i spretiga små råttsvansar. De satt på något slags hylla, hade på sig klänning och mamelucker. Två stycken, tätt intill varandra, en liten enhet. Påminde om två flickor i hennes närhet. Motivet måste förstås vara en slump. Fotot var taget på Stadsmuseet och dockorna var från fyrtiotalet, sa den finstilta texten på baksidan. *Lyckan kommer, lyckan går.* Vad menades med det egentligen? Vem hade skickat kortet, och framför allt – varför?

Hon lämnade huset, var noga med att låsa ytterdörren. Granskade gatorna, brevlådorna, växtligheten. Som om hon sökte en ledtråd, en förklaring. Men där fanns bara de parkerade bilarna som dröp av väta. Det strilande regnet hade övergått i ett mjukt duggande som gjorde luften fuktig och rå. Träden stod stumma och de pastellfärgade husen föreföll sova. Där fanns inget extraordinärt.

– Hej! Där är du! Jag trodde nästan att du inte tänkte komma.
Gunilla hälsade henne med en innerlig kram och Cecilia kände hennes parfym sticka i näsan. En doft som hon vanligtvis tyckte om men som idag kändes aningen påträngande, liksom vass. Men så var det, graviditeten skärpte sinnena. John fick akta sig för att använda sitt vanliga rakvatten, dess blandning av citrus och trä kunde göra henne förbannad.
– Jodå. Blev bara lite stressigt, sa Cecilia medan de slog sig ner på extrastolarna inne i hörsalen på plan två. Salen användes ofta som undervisningslokal och på ett sidobord stod två modeller av det kvinnliga underlivet. De hade skojat lite om att de måste vara minst trettio år gamla. Gummit i modellerna hade börjat bli gistet, särskilt i de delar där man stack in fingrarna för att lära sig hur en undersökning skulle gå till. Cecilia undrade förstrött hur länge till de där gamla vaginaattrapperna skulle hålla. Men sjukhusets ekonomi tillät visst inte att man investerade i nya.
Ramona Örnmåne väntade framme vid salens kortvägg och plockade bland sina böcker. Hon var en späd kvinna med flammande rött hår och intensiva ögon, för dagen klädd i smala, svarta byxor och en tunika broderad med svarta och röda blommor. Hur gammal kunde hon vara? Cecilia blev inte klok på Ramonas ålder, kanske fyrtiofem? Eller femtio? Hon kunde förstås vara äldre än så. Men barnmorskans spänstiga gång och den energiska utstrålningen fick henne att verka yngre.
Chefsbarnmorskan Tatiana kom in och nickade ut mot den fullsatta salen.
– Det är jag som har fått äran att presentera Ramona Örn-

måne här idag, sa hon när salens sorl lugnade ner sig. Jätteroligt att du ville komma, Ramona. Som alla vet är Ramona en av Sveriges mest kända hembarnmorskor. Hemfödsel är ett ämne som är kontroversiellt för många. Vi har bjudit in Ramona för att hon ska dela med sig av sina erfarenheter och sina alternativa smärtlindringsmetoder. Då ger jag ordet åt Ramona själv – varsågod!

Spridda applåder ekade genom salen. Cecilia kände sig spänd, på ett sätt hon inte riktigt kunde förklara. Föda barn hemma. Visst var det kontroversiellt att förespråka hemförlossningar. Tänk om det blev gräl mellan föreläsaren och publiken? Ibland gick det hett till, att föreläsa för sjukvårdspersonal var inte alltid det lättaste. Särskilt om föredragshållaren provocerade eller hade undermålig statistik.

– Jätteroligt att så många kunde komma, började Ramona. Som ni vet ökar intresset för hemförlossningar, och det är något vi måste förhålla oss till. Trots att nittionio procent av alla svenska kvinnor fortfarande väljer att föda på sjukhus är det vissa som föredrar att föda hemma. Och då tycker jag att de ska få en bra vård, trots att de är i minoritet. Jag har till dags dato assisterat vid kanske tusen hemförlossningar. Dessutom har jag studerat modellerna för hemfödsel i såväl Storbritannien och Holland som Australien. I dessa länder är hemförlossningsvården utbyggd på ett helt annat sätt än i Sverige, vilket gör att de dels kommer ner radikalt i kostnader, dels uppnår väldigt bra resultat inom mödra- och barnhälsovården.

Ramona Örnmåne hade en behaglig och förtroendeingivande röst. Hon berättade vidare om sin egen väg, från att ha arbetat som barnmorska på förlossningen till hur hon kom i kontakt med den amerikanska förlossningsvården.

– I USA drabbas fyra procent av de kvinnor som fött barn av posttraumatiskt stressyndrom. En av fem drabbas av långsiktiga effekter av en postpartumdepression. Jag har ingen svensk statistik, men vågar påstå att vi har ett liknande scenario här. Att störa det naturliga förloppet, som födandet faktiskt är, med högteknologiska ingrepp, är många gånger både onödigt och rentav farligt.

Ramona såg ut över sina åhörare.

– Jag jämför födande med sex, och en förlossning med orgasm, när jag ska förklara skillnaden mellan att föda på sjukhus och hemma. Jag brukar säga, tänk dig själv att ligga där, ha en sexuell upplevelse, men precis innan själva orgasmögonblicket måste du åka till sjukhus. Eftersom orgasmen – förlossningen – är något som är farligt och absolut inte får ske oövervakat i hemmet. Så du måste kasta dig upp ur sängen, tvingas ta på dig kläderna, på med skorna, ut i en bil eller kanske en ambulans, och så iväg till sjukhuset. Du måste lägga dig på en brits, få saker införda i slidan, bli mätt och kontrollerad. Tror någon att orgasmen kommer då – eller har den blivit störd och försvunnit? Jag vågar påstå att den försvinner och att det kan ta lång tid innan den visar sig igen. Värkarna stannar av eftersom kvinnan blivit stressad, kroppen ställs in på fara och mamman måste sätta sig i säkerhet innan hon kan föda barn. Dessa urgamla instinkter tar vi inte hänsyn till i vårt moderna samhälle, vi kör bara på. När förlossningen väl avstannat måste vi få igång den artificiellt, med värkstimulerande dropp. Den högteknologiska interventionen kan också leda till snitt.

Tvärt emot vad många tror blir ofta en förlossning i hemmet en snabbare och mer smärtfri upplevelse, fortsatte Ramona. Kvinnan är trygg och får träffa en barnmorska hon känner sedan tidigare, vilket är en viktig faktor. Hon öppnar sig fortare och har kortare krystningsfas. Stora bristningar är sällsynta. Blodförlusten är mindre, återhållen moderkaka förekommer mer sällan, amningen kommer igång snabbare och barnet tappar inte i födelsevikt. Vad som är intressant är att de hemfödande kvinnorna sällan drabbas av tredjedagsblues, och att de nyfödda barnen är mer harmoniska än de som föds på sjukhus. Kanske för att de inte hanteras av främmande människor och för att de inte tas ifrån mamman direkt efter födseln. Vägning och mätning sker först efter en stund, och ofta på den plats där mamman befinner sig. Det kan förefalla som en liten detalj men är viktigare än vad man tror för familjeanknytningen.

Gunilla räckte upp handen.

– Intressant att du gör kopplingen mellan förlossning och sex. Det finns ju de som går ännu längre, till exempel rörelsen Orgasmic Birth. Är du också anhängare av den skolan?

Orgasmic Birth var dels en film, dels en amerikansk sajt där man kopplade samman kvinnans sexualitet och barnafödande. En del av anhängarna gick så långt att de menade att en förlossning kunde jämställas med en orgasm. Att förlossningen till och med kunde ge kvinnan orgasm.

Ramona log.

– Jag ska återge lite av den brasilianske obstetrikern Ricardo Jones filosofi, som säger att det finns en parallell mellan sexualitet och barnafödande. Inga läkare eller barnmorskor i världen är i position att lära en kvinna att föda barn, däremot ska vi underlätta för henne att ta fram sina inneboende krafter och våga lita på sin förmåga och sina instinkter.

Och så naturligtvis min guru, Ina May Gaskin, vars övertygelse är att den moderna högteknologiska vården ställt till det för de födande kvinnorna. Enligt Ina May bör barnmorskorna ha ett större inflytande. När ett samhälle låter läkare styra förlossningarna, som man till exempel gjort i USA, blir resultatet förlossningsskräck. För en förlossning är inte samma sak när den sker under en manlig läkares överinsyn. En förlossning i sällskap med kvinnor, barnmorskor, doulor, är något annat.

– Om jag får protestera, hörde en mansröst i salen. Detta låter som rent hokuspokus.

Det var Forsberg, förlossningsläkaren, som skakade på huvudet.

– I all välmening, Ramona, men du kan inte på fullt allvar mena att du vill räkna ut alla manliga gynekologer och barnmorskor?

Ramona lyssnade och vek inte undan med blicken.

– Absolut inte, men jag tror att vi måste vara ödmjuka inför kvinnan och den kvinnliga sfären, svarade hon. Detta är vad Ina May Gaskin säger. I Sverige har vi tack och lov inte fråntagit barnmorskorna deras position. Nog för att vi är underskattade och underbetalda, men jag tror inte att någon anser att vi är oviktiga. Och naturligtvis finns många utmärkta män inom förlossningsvården.

Cecilia kände hur det knöt sig i magen. Hon ville så ogärna att Ramona skulle hamna i onåd. Hon tyckte om Ramona, ville att hembarnmorskan skulle fortsätta berätta.

– Men nu har vi inget utbyggt system för hemförlossningar i Sverige, sa Iris, en äldre barnmorska. Innebär inte det en ökad risk för de kvinnor som ändå väljer att föda hemma? Hur känner du i ansvarsfrågan? Dessutom är hemförlossning inget för förstisar, HSN betalar bara omföderskornas hemfödslar.

– Visst är det mycket byråkrati, nickade Ramona. Men jag hoppas och tror att även förstagångsföderskor ska kunna få sin hemförlossning betald på sikt.

Så fortsatte hon att tala. Om dyktekniken, en smärtlindring som gick ut på att den födande kvinnan blev ett med sina värkar. Om mammor som tidigare blivit snittade men som vid andra eller tredje födseln valt att föda hemma. Om sätesbjudningar, tvillingförlossningar och om myndigheters fyrkantiga regler, en trasslig byråkrati som krånglade till sådant som skulle kunna vara enkelt.

Efteråt kunde man köpa ett signerat exemplar av Ramonas bok *Gudinnan i dig*. Cecilia snappade snabbt åt sig en bok och ställde sig lite vid sidan av. Hon ville inte riktigt att eftermiddagen med Ramona skulle ta slut. Inte än.

– Tack för att du kom och pratade, sa hon när de flesta lämnat salen och Ramona stod och plockade med sin väska. Jag heter Cecilia förresten.

Ramona tog hennes utsträckta hand. Hennes egen var liten och lite torr, men hon tryckte Cecilias innerligt och höll kvar den en stund längre än brukligt.

– Vad roligt att du tyckte det.

– Jag har inte direkt tänkt på hemförlossning som ett alternativ tidigare, sa Cecilia plötsligt. Men nu blev jag så inspirerad. Orgasmic birth, det låter häftigt.

Ramona nickade.

– Det är häftigt. Kanske lite för häftigt. Vi kvinnor ska ju helst inte ta ut svängarna för mycket, inte synas och låta och ta plats. Ja, du vet. Vi blir för hotfulla då. För mycket.

– Har du själv barn, undrade Cecilia.

– Ja, en son, som är vuxen, nickade Ramona. Han reser runt i Sydamerika just nu.

– Jag har fyra där hemma, två pojkar och två flickor. Och så ska jag ha en till i februari. Jag ska jobba här på förlossningen fram till jul, har jag tänkt. Det är inte så... att jag skulle kunna få träffa dig igen?

Cecilia visste inte riktigt var hon fick impulsen ifrån. Frågan bara kom, trängde sig fram.

Ramona lade sin hand på Cecilias arm och tryckte den lätt.

– Du ska få mitt nummer, så kan vi ringas och bestämma något. Tror du att din man vill vara med också?

John, ja. Naturligtvis. John var självskriven vid förlossningen, absolut, men förmodligen skulle han vara skeptisk till hemfödandet.

– Jag vet inte, ärligt talat, vad han kommer att tycka, svarade hon. Men självklart borde han vara med.

– Då tycker jag att vi ska träffas, svarade Ramona.

NÄR BLEV MANNEN i ens liv en förbipasserande, en osalig vandrare som bara tittade in för att säga hej? Susanna vände sig i sängen, men kunde inte somna om. Klockan hade hunnit bli sju på morgonen och hon hade varit vaken sedan fem, då Thomas taxi bromsat in utanför deras villa för att ta med honom till flygplatsen och någon av hans otaliga resor ut i världen. Natten hade varit märklig, hon hade legat i något slags dvala, vridit och vänt sig men aldrig riktigt kommit till ro. Det blev så, alla dessa dagar då Thomas skulle resa bort, hon bar med sig hans oro, hans resfeber. Förresten var det nog inte resfeber, Thomas var knappast nervös, snarare handlade det om alla små och större förberedelser. Trots att rutinerna fanns där, blev avfärden alltid en anspänning. De svarta skorna måste vara nyputsade och ligga på plats i sina tygpåsar. Kostymen struken. Den vita skjortan tillbaka från kemtvätten. Necessären packad med rakvatten i reseförpackning, liksom alla de andra hygienprodukterna, ansiktskrämen, tandkrämen, deodoranten. Thomas checkade sällan in bagage, han reste med en kompakt kabinväska för att snabbt kunna ta sig från flygplatsen. Bagage var för amatörer, fnös han. I alla fall när det handlade om kortare resor. Han förväntade sig inte att hon skulle ta hand om hans saker åt honom, och ändå gjorde hon det ibland, åkte och hämtade rena skjortor, köpte nya kalsonger och strumpor. Saker en hustru kunde göra för sin man. Saker en sysslolös hustru kunde ägna sig åt medan mannen tjänade pengar.

Varför satt hon i villan som en olycklig klenod? Det var skamligt på något sätt, att inte höra hemma någonstans, att vara så mycket ledig, driva omkring som en båt utan förtöjning. Men för varje dag som gick blev det allt svårare att ta nya initiativ.

Föregående kväll kom tillbaka till henne där hon låg under täcket. Hennes och Thomas samtal. Det där olycksbådande han hade antytt i telefon tidigare. De hade suttit i matsalen under kristallkronan och ätit toast Skagen och delat på en flaska vitt vin. Hon hade försökt verka avspänd och liksom bekymmerslös, fastän hon kände sig bortkommen och lite vilsen. Hon hade sneglat på honom, mannen hon varit gift med så länge, och känt ett styng av rädsla. En sådan löjlig känsla, så ovärdig på något vis. Att hon satt där och skyggade för sin egen man, fruktade vad han skulle säga. Även om hon själv var allt annat än nöjd med livet som det såg ut var det obehagligt att inte ha kontrollen, att inte veta vilket nästa steg skulle bli. Värsta scenariot, att Thomas skulle säga att han tänkte lämna henne? Hon försökte föreställa sig hur hans mun formade orden och sedan sin egen reaktion. Chock? Eller bara ett torrt konstaterande, jaha, detta var väntat.

Men att ligga i sängen frustrerad och uttråkad var en sak. Att ställas inför faktum skulle vara något helt annat. Något oerhört. Otäckt. Som att helt tappa kontakten med det som kallades framtid. Hon hade sneglat på sin man medan han lastade in tuggor med rostat bröd och räkröra i munnen, medan han petade bort en dillkvist, medan han torkade sig med en servett om läpparna och tog en klunk vin ur det vackra glaset. Makten, den låg trots allt hos honom.

– Vad tänker du på, Susanna, hade han sagt och sett på henne. Du ser orolig ut?

Hon hade försökt le.

– Jag vet inte. Jag tänker inte på något särskilt. Jag tycker mest att det är trevligt att vi kan sitta så här och äta middag, i lugn och ro.

– Det har vi ju gjort i många år nu. Suttit här och druckit varsitt glas vin och ätit lax eller räkor.

Försiktigt. Inte leda in samtalet på sådant som var minerat. Inte råka trampa snett, hade hon tänkt. Håll dig till det som är neutralt. Vill han ta upp känsliga ämnen, får han själv ta initiativet.

– Vi är aldrig uppriktiga mot varandra längre, hade han fortsatt. Vi har allt vi kan önska oss, åker på resor. Men när ser vi varandra egentligen, Susanna? Som de människor vi egentligen är?

När såg jag mig själv sist, hade hon tänkt. När var jag i kontakt med den riktiga Susanna, med kvinnan jag en gång kände. Nej, vi ser inte varandra men det kanske beror på att vi inte kan öppna ögonen ordentligt, det kanske inte är någons fel, förstår du? Har vi gått vilse måste vi söka efter ett ljus, en stig ut ur mörkret. Men något hade hindrat henne från att tala ur hjärtat. Munnen hade låst sig.

– Man behöver faktiskt inte jaga efter det perfekta hela tiden, hade hon till slut fått ur sig. Jag vet inte vad du förväntar dig. Du jobbar så mycket, och jag...
– Ja?
– Jag känner mig osynlig.
Så. Då hade hon faktiskt sagt det. Uttalat orden.
Jag är hjälplös Thomas, men hur blev det så här? Jag sitter fast och jag kommer inte loss.
– Jag vill i alla fall inte fortsätta på det här viset. Allt jag gör blir bara konstgjord andning. Du är osynlig säger du, men det är väl inget jag kan hjälpa dig med? Vad vill du att jag ska göra? Susanna, är det kanske så att du förlitar dig för mycket på mig? Att du lägger över ditt liv på mig och hoppas att jag ska frälsa dig från allt? Den rollen vill jag faktiskt inte ha.

Hans blick på henne, där och då, ögonen som borrade sig in i hennes, som sökte och grävde, som vägrade ge sig. Hans mun, hon såg hans läppar röra sig, men hörde inte riktigt vad han sa mer, de följande meningarna blev mest till ett mummel. Varför hade han inte kunnat säga att han ledsnat på henne, att hon behövde bytas ut, att hennes tid som hans hustru var över? Därför att Thomas inte sa sådana saker, Thomas uttryckte sig inte på det viset. Thomas var mer förfinad än så, han uttalade aldrig obehagliga sanningar så att de sved.

Hon hade rest sig från bordet, tagit med sin tallrik ut i köket. Halva toasten var kvar men hon kunde inte äta mer, orkade inte känna smaken av majonnäs och skaldjur i munnen. Varför vågade hon inte säga vad hon bar på, varför vågade hon inte vara uppriktig? Vad var det som gjorde henne så förlamad?

Thomas, jag är inte heller lycklig. Thomas, jag vet inte längre vad vi har gemensamt. Thomas, när jag ser på dig förstår jag inte vem du är. Thomas, du har rätt, vi har glidit isär, jag är livrädd men det är som det är, klart det är ovant men det kanske kan bli bättre?

Allt det borde hon naturligtvis ha sagt. Inte bara suttit där som ett fån, som en undergiven hund med fuktig blick och ett stickande surr i hjärttrakten.

De hade druckit kaffe i soffan, sett en brittisk teveserie hon inte längre kunde komma ihåg namnet på. Ingenting mer blev sagt. Thomas hade gäspat och sagt att han måste gå och lägga sig för att orka stiga upp tidigt. Där fanns inga signaler om erotik, sex var inte att tänka på. Om hon hade försökt? Ställt sig bredbent i sovrumsdörren, låtit ett finger glida ner i klyftan mellan brösten, sett på honom med beslöjad blick, viskat kom, min älskade. Nej, sådana lekar var till för andra. För dem som åtrådde varandra.

De hade varit ett par i mer än tjugofyra år, två och ett halvt decennium sida vid sida. Hon kände till alla födelsemärken på sin makes kropp. Tårnas krökning när orgasmen närmade sig.

Hur kom man ur sin instängdhet, hur bröt man sig loss? Det fanns kvinnor som började om, med nya karriärer, män, familjer. Ibland verkade det så enkelt. Att byta bana. Byta liv.

Sängen kändes med ens obehagligt kvav, det mjuka duntäcket fick henne att svettas. Hon slängde det åt sidan och steg upp, lät fötterna möta det svala trägolvet. Gick fram till fönstret, tittade ut i trädgården. Oktoberdagen hägrade med blå himmel och gula björkblad, en lätt bris fick några av dem att släppa grenarna och singla ner på marken. Det kanske fanns möjligheter trots allt. Hon skulle ta nya friska tag.

Snabbt tvättade hon ansiktet i kallt vatten, drog en borste genom håret. Hon tog på sig de svarta joggingtajtsen och den åtsmitande jackan. Snörde på sig löparskorna och plockade med sig ett par tunna handskar ur korgen vid ytterdörren. Luften var kylig och händerna blev snabbt kalla.

Hon lämnade villan och gav sig ut. Först satte hon ner fötterna i ett lugnt tempo, men när kroppen vaknade till började hon springa allt snabbare genom villaområdet. Kanske var det ett sätt att fly från ångesten. Kanske var det faktiskt så att hon sprang något bättre till mötes.

ETT MÖTE MED Ramona. Det behövde inte vara så komplicerat. Varför hade då Cecilia en känsla av att hon gick bakom Johns rygg när hon inte sa något då hon kom hem, och inte heller de dagar som följde? Du tar ut hans negativitet i förskott, försökte hon intala sig. Det är inte alls säkert att John är emot. Kanske är det tvärtom, att han tycker att det är en strålande idé att föda hemma! Något han själv önskar utan att han förstår det och vågar uttala orden. Nej, så var det givetvis inte. John tänkte väl inte ens på saken. De hade fött fyra barn på sjukhus, han tog förstås för givet att även deras femte barn skulle komma till världen på en förlossningsavdelning.

Cecilia funderade på den förestående födseln på väg till jobbet. Självklart skulle vissa bli provocerade, inte minst hennes egna systrar. Sist Christina haft ett reportage om hemförlossningar i Q Magasin hade både Maria och Susanna kallat kvinnorna som valt att inte föda på sjukhus för "oansvariga".

– Jag förstår inte hur de vågar, hade Maria sagt. Tänk om något går snett och de måste göra snitt? Och så väljer de att sitta hemma. Rena rama stenåldern. Det borde vara böter på sån dumhet.

– Egoistiskt, det är vad det är, hade Susanna stämt in.

Cecilia själv hade inte sagt särskilt mycket den gången, mest tyckt att systrarna generaliserade väldigt friskt. Men så var det. Hemförlossningar väckte starka känslor och alla hade åsikter. Hennes senaste förlossning hade gått snabbt och enkelt och de hade åkt hem från sjukhuset sex timmar efter att Greta kommit till världen. Den graviditeten hade varit fullt normal och odramatisk, hon hade känt sig lugn och trygg inför födseln. Men trots att hennes nuvarande graviditet var klassad som lite av en risk, efter missfallet i somras, fanns det inget som pekade på att det skulle påverka förlossningen på ett negativt sätt. Frågan var vad John skulle tycka.

Dagen var vacker och sjukhuset visade upp sig från sin bästa sida där hon kom gående på den asfalterade vägen fram till entrén till förlossningen. Några månader tidigare hade hon jagat efter Elin Widegren och hennes psykiskt sjuka mor här, sprungit i kvällsmörkret, med sin egen graviditet som insats. Nu var minnet av den hemska kvällen allt som återstod. Elins mor hade omkommit och Elin hade fått tillbaka sin dotter. Cirkeln hade slutits. Cecilia hade friats från alla misstankar om vållande till annans död, det hade naturligtvis blivit skriverier i kvällspressen som vanligt. Överhuvudtaget hade det gångna året varit dramatiskt. Nu skulle hon bara arbeta på, sedan gå på sin ledighet, fira jul och föda barn, i den ordningen. Hon kände tydligt att hon behövde lugn och ro.

Innanför entrén stötte hon ihop med barnmorskekollegan Anki.

– Hallå där, sa hon och log mot Cecilia. Hur är läget?

– Jodå. Bra, svarade Cecilia och log tillbaka.
– Nu är det väl inte många veckor kvar innan du försvinner?
– Jag tänkte jobba fram till jul.
– Tänk att du ska få en till bebis. Börja om från början. Det är så häftigt. Men jag vet inte om jag själv skulle orka.

De gick tillsammans mot omklädningsrummet. De där kommentarerna. Cecilia hade hört dem till leda. Många kollegor var avundsjuka, men måna om att påpeka hur jobbigt det minsann var med en baby och hur skönt det var med större barn som "skötte sig själva".

– Ska vi ta rapporten nu då, jag har inte hela dagen på mig, sa Louise och synade förlossningspersonalen som hade samlats inne på expeditionen. Som ni vet har det varit ett otroligt tryck på avdelningen den senaste veckan. Vi har en ökning med tjugo procent om vi jämför med motsvarande tid förra året. Vilket givetvis ställer högre krav på oss alla. Särskilt som vi haft nedskärningar och därmed minskat antalet barnmorskor och undersköterskor, det är en ekvation som verkligen inte går ihop. Men det är inget jag kan lösa här och nu, hur gärna jag än skulle vilja, inledde Louise. Så vi får göra det bästa av situationen.

Några missnöjda suckar hördes i rummet.

– Vad gör Tatiana då, sa Iris, en av de äldre barnmorskorna.

Chefsbarnmorskan var inte närvarande.

– Tatiana gör så gott hon kan, det är jag övertygad om, men de övergripande ekonomiska besluten är ju inte hennes slutgiltiga ansvar, påpekade Louise. Ska vi se vad vi har här då. Klockan tickar och det är mycket att göra ikväll.

Louise klickade på datorn och den första journalen kom fram på den vita duken på väggen.

– Rum sju, andra barnet. Hon kom strax efter elva, hade haft riktigt elaka värkar men var inte öppen mer än fyra, vi diskuterade om hon skulle få vara kvar och till slut blev det så. Eventuell amniotomi.

Louise klickade vidare.

– Så har vi rum tio, en somalisk kvinna, första barnet. Hon är könsstympad och har med sig fyra andra kvinnor. Pappan är också där. De har med sig en doula, det är Faduma som varit här flera gånger tidigare, några av er har träffat henne. Mamman har inte genomgått någon defibulation under graviditeten, de har kommit till Sverige helt nyligen.

– Snitt, hördes någon säga.

– Snitt har diskuterats men föräldrarna är emot. Vi kommer att få göra en öppningsoperation.

– Jobbar Gertrud idag, undrade Anki.

Gertrud Ludvigsson var förlossningsläkare med specialkunskap om könsstympning, hon var en eftertraktad föreläsare i hela landet. Hennes skicklighet var stor och en del av kvinnorna hon opererat hade efteråt tackat och sagt att hon gett dem tilliten åter, den tillit som tagits ifrån dem i samband med att de utsattes för stympning som barn.

Cecilia rös, en snabb tanke passerade hennes huvud. Sofia och Greta, hennes egna små döttrar. Hon mindes hur en ung somalisk mamma berättat för henne om hur hon som åttaåring blivit könsstympad en tidig morgon. Om hur smalbenen bundits fast vid låren, om hur kläder stoppats i hennes mun för att inte skriken skulle höras. Om den ofattbart vassa smärtan då klitoris och blygdläppar skars bort, om hur snittytorna sedan klumpigt sytts samman. Denna kvinna hade varit nära att dö, men hon överlevde. Det gjorde inte hennes yngre syster som dog i sviterna efter övergreppet.

Regelrätt samlag var för många stympade kvinnor omöjligt, man talade istället om att "måla" underlivet, mannen som förde sin penis fram och tillbaka över öppningen så att sperman kunde finna sin väg in. För att barnet sedan skulle kunna födas krävdes ett radikalt klipp. De fysiska konsekvenserna av könsstympning var ofta fruktansvärda, med ärrvävnad, fistlar och svåra smärtor, men än värre var kanske traumat som kunde leda till livslång misstänksamhet och brist på tillit efter sveket som flickan utsatts för av sina egna föräldrar. Ändå födde de könsstympade kvinnorna ofta många barn, nio, tio stycken var inget ovanligt. En stor familj betraktades som en rikedom i den somaliska kulturen, en garanti för att klanen skulle leva vidare.

– Jag kan assistera Gertrud, sa Cecilia.

Forskningen visade att kvinnorna från Afrikas horn löpte större risk för förlossningskomplikationer än svenska kvinnor. Men det var inte främst de stympade underliven som var en riskfaktor, utan det att kvinnorna inte kunde göra sig förstådda. Många av dem kunde ingen svenska och hade inte heller med sig någon tolk. Cecilia hade varit med en gång när kvinnan desperat försökte tala teckenspråk, hon hade visat en klipprörelse med handen när krystvärkarna kommit.

Cecilia knackade försiktigt på dörren till rum nummer tio. Så öppnade hon och steg in. Det var en mindre folksamling där inne, flera personer klädda i svepande tyger stod runt sängen, placerade så att Cecilia inte omedelbart såg den blivande mamman. Kvinnorna tycktes inte ha hört henne komma in. Hon harklade sig lätt och nu vände de sig om mot henne.

– Hej, jag heter Cecilia Lund och är barnmorska, sa hon. Det kommer att komma en läkare också, en gynekolog, men det kan dröja en liten stund. Så jag vill passa på att hälsa.

– Det är jag som är Faduma, sa en av kvinnorna. Jag är sjuksköterska och arbetar i projektet med mångkulturell kvinnosjukvård. Jag är doula men har också tolkutbildning.

Hon tog emot Cecilias utsträckta hand och tryckte den hårt.

– Det är Nadifas första barn, sa Faduma. Nadifa är ändå mycket rädd, förstår du. I Somalia säger vi, så länge du är gravid står din grav öppen. Du kanske har hört uttrycket?

– Nej. Det har jag faktiskt inte hört tidigare, sa Cecilia.

Faduma sänkte rösten något.

– Det betyder att det är mycket, mycket farligt för en kvinna i Somalia att föda barn.

– Jag förstår, sa Cecilia. Särskilt första gången. Men vi ska göra allt för att Nadifa ska känna sig trygg och för att förlossningen ska gå bra.

Faduma nickade gillande, sedan vände hon sig mot Nadifa som låg på förlossningssängen med slutna ögon, klappade henne lätt på axeln och sa något på somaliska. Cecilia kunde uppfatta sitt eget namn. Nadifa mumlade något, men öppnade inte ögonen.

– Hon säger välkommen, men att hon har mycket ont, sa Faduma.

Kvinnorna runt sängen talade lågt med varandra.

– Kan de inte heller svenska, undrade Cecilia.

– Nej. De är Nadifas systrar och vänner, förklarade Faduma. Hon litar på dem. Hon behöver dem. Kvinnor lindrar smärta. Kvinnor lindrar rädsla.

Hon pekade på kvinnorna:

– Awrala, Sufia, Fathia och Meryam. Abukar, som är Nadifas man, är ute i besöksrummet.

– Han kanske vill komma in så småningom, föreslog Cecilia.

– Mannen fattar besluten när kvinnan ger liv åt hans barn, sa Faduma och slog ut med händerna. Men han måste inte vara i rummet när kvinnan ligger avklädd.

Nu jämrade sig Nadifa och kastade huvudet från sida till sida. Den stora magen under landstingets urtvättade lakan höjdes och sänktes.

Det knackade på dörren. In kom Gertrud Ludvigsson, en smärt kvinna i övre medelåldern, med kortklippt mörkt hår och glasögon på näsan. Hon och Faduma hade träffats tidigare och utbytte nu rutinartade hälsningsfraser. Bara något år tidigare hade ett vårdprogram med riktlinjer för möten med könsstympade kvinnor införts på förlossningen. Dessa kvinnor blev fler och fler och riktlinjerna behövdes.

– Gynekologisk undersökning är många gånger omöjlig att utföra på en kvinna som genomgått en faraonisk omskärelse, sa Gertrud. För att övervaka hur barnet mår måste vi klippa upp lite grann och det bör göras omgående. Hur mår du, Nadifa?

– Hon ber Allah om nåd, tolkade Faduma. Hon säger att hon inte vill dö.

– Det är ingen som ska dö, sa Gertrud torrt. Nu ska vi ta

hand om dig, Nadifa. Jag kommer att bedöva dig och sen vidgar jag öppningen för att ditt barn ska kunna komma ut.

Faduma tolkade. Nadifa snyftade till. Kvinnorna runtomkring såg på varandra.

– Det kommer att gå bra, sa Cecilia och såg på Faduma.

Trots att Cecilia vid ett par tillfällen sett könsstympade underliv var det ändå en syn som berörde henne. Det som kallades för faraonisk omskärelse lämnade underlivet tomt och avskalat. Ingen klitoris, inga blygdläppar, bara ett lodrätt ärr som slutade nästan nere vid anus. Ett litet hål för urin och mensblod var allt som återstod av ett tidigare normalt underliv. Dessa kvinnor tyckte själva inte att de såg annorlunda ut, de hade ingenting att jämföra med. Det könsstympade underlivet var deras norm.

Gertrud arbetade målmedvetet och effektivt. Hon tvättade Nadifa, lade på bedövningssalva och lokalbedövning. Sedan förde hon in en peang i det lilla hålet, lyfte upp hudbryggan och klippte uppåt så långt att urinrörsmynningen blev synlig. Det krävdes erfarenhet och skicklighet för att inte klippa för långt, då riskerade man att skada känsliga nerver i klitorisområdet.

Under hela ingreppet grät Nadifa tyst, inte av smärta som det verkade, utan mest av rädsla. Cecilia förundrades över hennes självbehärskning. Minnena av könsstympningen måste ha kommit tillbaka, smärtchocken, skräcken, vetskapen om att detta onda skedde för att traditionerna inte fick trotsas. Ändå fortsatte en del somalier att stympa sina döttrar. Även om detta var förbjudet i Sverige skedde det ändå, flickorna skickades ibland tillbaka till hemlandet där ingreppet utfördes. Men det fanns ingen religiös förankring som kunde förklara denna urgamla sedvänja.

När klippet väl var klart lägrade sig en lättnad över rummet. Förlossningssituationen hade blivit mer hanterbar. Kvinnorna runt Nadifa började tala högre.

Meryam höll hennes hand.

– Det kommer eventuellt att göras ett snedklipp också, förklarade Gertrud. Jag kommer i så fall att behöva bedöva ytterligare.

Men det visade sig inte vara nödvändigt. Inte långt efter fick Nadifa krystvärkar och barnet föddes tjugo minuter senare. Nu kom även Abukar in i förlossningsrummet och omfamnade sin hustru och kysste den nyfödda flickan i pannan. Stämningen hade lättat rejält och ljudnivån blivit hög. Kvinnorna pratade i munnen på varandra.

– De hyllar Nadifas tapperhet och hennes dotters skönhet, sa Faduma och log mot Cecilia och Gertrud.

De första veckorna av graviditeten hade Cecilia inte kunnat få ner kaffe om hon så blivit hotad till livet. Nu däremot, drack hon ett par koppar om dagen. Och i synnerhet efter Nadifas förlossning kände hon att hon behövde en kopp. Hon ville sätta sig en stund, hämta andan. Så nära de var, deras verkligheter, och ändå så långt ifrån varandra. Kvinnorna i svepande tyger, Faduma som tolkade, mannen som fattade alla beslut. Nadifa och Abukar hade flytt från det segdragna kriget i hemlandet och skulle börja ett nytt liv i Sverige med sin nyfödda dotter. De skulle bli informerade om svensk lagstiftning redan på BB, information som förhoppningsvis skulle få dem att bryta mot den blodiga traditionen med könsstympning.

Inne i personalrummet var teven på.

– Cecilia, är inte det där din mamma, hojtade plötsligt Anki, som var på väg att ställa ifrån sig sin kopp efter en kort fikapaus. Jo, men titta, det är hennes show!

Christinas teveprogram gick i repris på udda tider. Cecilia kunde inte riktigt säga att hon följde det, men av någon outgrundlig anledning lyckades hon ofta slå på teven just när Christina syntes i rutan. Kanske var det ingen repris denna gång, hon blev osäker. Gick programmet i direktsändning?

– Och nu, kära publik, hörde hon Christinas röst. Nu, kära kära publik... Oj, jag har visst ingen ordning på mina papper?

En kraftig overklighetskänsla sänkte sig över Cecilia. Som om ljuden plötsligt studsade mot väggarna, som om tevens skärm växte och krympte. Hennes kinder hettade och hjärtat slog. Christinas röst, hon kände igen den, så kunde den låta ibland, vad var det hennes mor satt och sa där i sin mjuka bekväma tevesoffa? Varför lät hon så ansträngd, så osäker? Det där var inte den officiella Christinarösten, karriärkvinnans formuleringar, teveproffsets fasad. Den Christina som satt där och stakade sig framför kameran var en helt annan person, någon som inte borde synas i rampljusets avslöjande sken. Det hade blivit helt tyst i personalrummet. Allas blickar riktades mot teven och Cecilias yrsel tilltog, eller kunde det vara skam? Kinderna brände, adrenalinet pumpade runt. Nu stod hon bara hjälplös och stirrade på teven där allt med ens tycktes utspela sig i slow motion. Christina, klädd i beige kavaj och blus med kråskrage, det ljusa håret slätt och sprayat, det röda läppstiftet lite kladdigt i kanterna, munnen som påminde om Jokerns, stelt leende med mungiporna uppåt, men det fanns också något mer i Christinas blick, något vädjande bakom de målade ögonlocken.

Lyckligtvis avbröts sändningen av en reklampaus strax därpå.

– Vad var det som hände, sa Linda, en ung undersköterska med barnmorskedrömmar.

– Vilket konstigt inslag, sa Anki och sneglade på Cecilia.

– Ja, jag har faktiskt ingen aning, sa Cecilia och försökte låta lättsam på rösten, fastän hon mådde illa och helst av allt ville bli osynlig inför sina kollegors blickar.

– Det kanske var meningen att hon skulle stamma och verka frånvarande, försökte Barbro. Jag ska erkänna att jag inte alltid hänger med i de här så kallade humorprogrammen. Roast och toast och vad de heter. När man ska göra bort folk. Jag är väl gammaldags, men det är inte så roligt att folk ska göra bort sig i teve. För min del blir jag mest illa berörd.

– Samma här, nickade Linda. Jag gillar inte heller förnedringsteve. Det är tillräckligt mycket mobbning överallt ändå.

Menade de att Christinas program sorterades in under kategorin *förnedringsteve*? Kanske hade Barbro rätt. Kanske hade det varit meningen att Christina skulle bete sig förvirrat och agera som om hon helt saknade kontroll. Som om hon var berusad.

– Klart det var meningen, anslöt sig Anki och log mot Cecilia. Det är så många program som bara flyter på. Det är inte ofta man verkligen vaknar till! Säga vad man vill om Cecilias mor, men nog fick hon oss att haja till.

Cecilia såg tacksamt på Anki.

– Tycker du det? Ja, du kanske har rätt.

Reklampausen var över och signaturmelodin till Christinas

program hördes igen. Men nu var det inte Christina som syntes i rutan. Istället satt där en annan välkänd kvinnlig teveprofil, som påannonserade nästa gäst.

Obehagskänslan i Cecilias mage tilltog.

– Inte visste jag att din mamma hade programmet ihop med Moa Hylander, sa Barbro. Moa är så bra! Påläst och proffsig.

Tack och lov hade de alla sitt arbete att sköta. Barn som skulle födas, nyfödda som skulle tas om hand. Cecilia tog en klunk kaffe innan hon hällde ut resten i vasken, ställde in sin kopp i diskmaskinen och lämnade rummet.

Hon borde ringa Christina, det borde hon verkligen. Bara slå numret och höra hur hennes mor hade det. Säga några stöttande ord. Det där teveprogrammet, hon kunde inte sluta tänka på det. Hur kände sig Christina nu? Ibland var det svårt att nå fram till modern. Omtanke kunde lätt uppfattas som kritik, tänkte Cecilia medan hon låste upp skåpet för att byta om. Det värkte i axlarna och knäna kändes stela. John kanske hade rätt. Slitigt, det var precis vad hennes arbete var och hon blev faktiskt trött snabbare nu än förut. Kroppen sa ifrån, hur länge till skulle hon låtsas att hon inte hörde? Å ena sidan. Å andra sidan skulle allt bli bra om hon fick sova ut. Det var inte bara de fysiska påfrestningarna som tärde. Känslomässiga stormar tröttade också. Hon blev stressad av saker som förr kanske inte påverkade henne lika mycket. Oroade sig. Som nu, för mamma. Bar liksom Christinas eventuella kriser likt små härdar av ångest inuti hjärtat.

Det blåste och hade blivit mörkt utomhus när hon med raska steg gick mot tunnelbanan. Hennes tankar irrade tillbaka, till förlossningsrummet där Nadifa fött några timmar tidigare, till de andra kvinnorna, till den lilla flickbabyn som kommit till världen. Dessa kulturer där kvinnor behandlades som skräp, där flickor inte fick gå i skolan, där mannen bestämde över kvinnans liv och sexualitet. När hon väl började tänka på orättvisorna, som tycktes omöjliga att rätta till, ersattes trötthetten av ilska. Det fanns kvinnorättskämpar, men de var så få och så ensamma. Hon och John hade redan tecknat sig som fadderfamilj åt en flicka i Afghanistan, men det räckte inte på långa vägar. Hade hon varit barnlös och yngre skulle hon ha åkt till ett fattigt land och arbetat ideellt på förlossningen på något av sjukhusen, försökt bidra med upplysning och sin egen arbetskraft. Fortfarande bar hon på en dröm om att förändra världen.

Medan hon stirrade ut genom tågfönstret mot mörkret beslöt hon sig för att ringa Christina i alla fall. All förändring började med den egna tillvaron. Varför skjuta på samtalet, när hon nu hade en stund över? Lika bra att ringa med en gång, engagera sig. Snabbt plockade hon upp mobiltelefonen och tryckte in Christinas nummer.

– Hej gumman, hörde hon moderns röst efter tre signaler. Är du uppe så här dags?

– Jag har jobbat, mamma och är på väg hem.

– Jaha, ja. Hur mår du då, undrade Christina.

– Mamma, jag mår bra. Jag... såg programmet ikväll och kände att jag ville ringa.

– Du också? Cecilia, kära lilla vän, det är så många som

ringt. Jag hade hoppats att du kunde säga något annat, något roligt.

– Mamma, vad hände? Klart jag ringer. Mår du bra?

Det blev tyst i luren en liten stund.

– Ja, jag mår bra. Eller, bra och bra. Jag tycker självklart inte att det känns roligt att det blivit en sån uppståndelse kring saken, det måste du förstå, men det är inget fel på mig eller så.

Christina lät inte särskilt övertygande, hon pratade lite för snabbt, lät stressad och orolig på rösten.

– Kan du inte bara berätta vad som hände?

Christina suckade.

– Vet du, jag ska ärligt säga att jag inte riktigt vet. Plötsligt var det som om allt blev svart. Jag fick något slags lucka, som en minnesförlust. Blackout, heter det, just det. Jag kunde för mitt liv inte komma på vad jag skulle säga och när reklamen kom på satt jag bara och stirrade och då fick Moa, som råkade vara i närheten, ta över. Jag tror att det blev lite för mycket för mig helt enkelt.

Cecilia kramade telefonen.

– Mamma, tycker du ens om att vara med i teve?

Christina fnittrade till.

– Vilken fråga, vad menar du?

– Ja, jag undrar, för vems skull gör du det? Är det för din egen, eller för någon annans? För du måste ju inte. Det kanske inte är din grej.

Christina svarade inte.

– Mamma? Är du kvar?

– Ja, sa Christina. Jag är kvar. Jag lyssnar på vad du säger.

Tåget krängde till. Cecilia kände hur hon blev svettig under armarna. Hon såg sig omkring men där fanns inga passagerare i närheten som skulle kunna höra. Förutom henne satt det bara två kvinnor längst bort i vagnen.

– Hade du... druckit?

Hon anade på förhand hur Christinas reaktion skulle bli. Christina hade stängt den dörren så många gånger, nej, smällt igen den med ett ilsket utrop och arga protester. Men frågan krävde visst att bli ställd ännu en gång.

– Vad menar du?

Precis som hon hade misstänkt. Christina tyckte inte alls om att bli ifrågasatt.

– Mamma. Kan vi inte vara ärliga för en gångs skull. Jag har inte sagt något på länge men när jag såg dig på teve ikväll så undrar jag förstås.

Hennes mor lät höra en lång suck.

– Okej, okej. Jag drack väl en liten skvätt whisky då. Men innan du skäller på mig vill jag att du ska veta att det var flera timmar tidigare och jag är inte den som är lättpåverkad. Jag fick en blackout helt enkelt, och det hade inget med whiskyn att göra. Det hoppas jag att du förstår.

Christina erkände i alla fall. Förnekade inte helt och hållet. Den där diffusa känslan i magen, hur sann var den egentligen? Hur mycket spelade graviditeten in, hormonerna som gjorde henne överkänslig? Att dricka ett litet glas whisky för att lugna nerverna var väl inte så farligt. Och samtidigt sa förnuftet, hon dricker mer än så.

– Mamma, lyssna på mig, sa Cecilia. Om du nu är så trött kanske du borde låta bli whisky helt. Nej, det kanske inte var spritens fel, men spriten gjorde å andra sidan inte saken lättare för dig, om vi säger så?

– Lilla älskling, du är så omtänksam, sa Christina lättsamt och nu var det som om hon svängde om, ändrade ton och attityd. Du oroar dig för mig fast det egentligen borde vara jag som oroar mig för dig. Det är du som är gravid och som har det tungt. Mig kan du strunta i, jag är bara en glad liten journalist som faktiskt lever ett väldigt bra liv.

En glad liten journalist? Så märkligt det lät när det kom ur Christinas mun. Hon brukade inte använda sådana ord, särskilt inte när hon pratade om sig själv. Men man kunde väl inte anmärka på precis allting. Vad spelade det för roll egentligen? Cecilia valde att inte kommentera den saken.

– Klart jag inte kan strunta i dig, sa hon bara. Du är min mamma och jag älskar dig. Jag vill att du ska må bra, helt enkelt.

Hallen välkomnade henne med oklanderlig ordning istället för högar av ytterkläder och hullerombullerslängda skor. Nu hängde alla kläder prydligt på sina platser, golvet såg rent ut och inte en leksak låg och skräpade så långt ögat nådde.

John satt i soffan och läste tidningen. Hon böjde sig ner och gav honom en kyss i pannan.

– Vad fint du har gjort, sa hon beundrande. Det såg verkligen inte kul ut när jag gick hemifrån.

John lade tidningen i knät och skakade på huvudet.

– Jag? Jag har inte gjort nånting, sa han och log. Det är faktiskt barnen.

Hade barnen städat? Helt frivilligt? Cecilia sjönk ner i soffan bredvid sin man, väntade på fortsättningen.

– Se inte så chockad ut. Det är väl helt comme il faut att barn städar, eller tycker du inte det?

– Jo. Absolut. Men?
– Det finns inga men, sa han.
– Jo. Berätta.
John drog henne till sig.
– Vi såg ett teveprogram ikväll, jag och barnen, förstår du. Om bortskämda snorungar vars föräldrar klemat sönder dem bortom alla gränser. Wille och Marcus satt bara och gapade och sen skrattade de. Är vi såna, pappa? frågade de. Nej, absolut inte, sa jag. Men det är klart, ni håller på och krumbuktar er när ni ska duka ut, risken finns att ni kan hamna i curlingfällan om ni inte ser upp. Och ja, då rusade de iväg och städade hallen och tvättade en maskin och så har de skurat golvet i köket.

Cecilia trodde knappt sina öron. Hade hennes söner skurat köksgolvet? Hon reste sig och gick ut i köket och mycket riktigt, doften av rengöringsmedel låg i luften.

– Så bra, sa hon när hon kom tillbaka till vardagsrummet. Och du behövde inte ta till några hot?

John såg på henne med något som skulle föreställa förvåning i blicken.

– Nej, varför skulle jag det? Finns definitivt ingen anledning. Wille önskar sig däremot en ny dator i julklapp och det tycker jag att vi kan diskutera. Ska de börja bli så här flitiga tycker jag att det finns skäl att fundera på ifall inte alla ska få nya datorer om vi så måste pantsätta huset. Eller vad tycker du?

– Vi får väl se om den där städivern håller i sig, sa Cecilia utan att kommentera pratet om julklappar. Ni såg inte mammas teveshow?

– Nej, det gjorde vi inte, sa John. Hur har det gått för dig då? Bra kväll?

– Rätt omtumlande, jag hade en könsstympad somalisk mamma som just kommit till Sverige, svarade Cecilia. Bland annat. Plus min egen mamma som såg ut att vara full på teve. Halvkul, ska jag säga dig.

– Har du pratat med henne?

– Hon vill inte erkänna att det kunde vara whiskyns fel. Hon medger att hon druckit, men bara lite.

– Det är alltid bara lite för Christinas del. Det vet du väl vid det här laget, sa John. Men att göra bort sig i teve, det låter olikt henne.

– Tyvärr var det precis det som hände.

John vek ihop tidningen, flackade lätt med blicken.

– Du, förresten. Apropå Simon.

Cecilia kände obehag bara namnet kom upp.

– Jag tänkte bjuda hem honom. Inga stora grejer. Men på söndag. När vi ändå ska ha dina syrror här. Då kan han väl få komma? Nånstans måste vi ju börja.

– Inte redan. Snälla, inte redan nu på söndag.

Cecilia slog ut med händerna i en hjälplös gest.

– Vi måste planera Sofias kalas och så ska jag...

– Vad?

Hon himlade med ögonen.

– Det är massor med saker.

John reste sig ur soffan och lade tidningen på bordet. Så vände han sig om mot henne och suckade.

– Cecilia, du hittar på anledningar för att skjuta på det, eller hur? Och förresten tänker jag inte ge mig. Jag har redan pratat med Simon. Han är välkommen hit, börja inte tjafsa med mig om den saken snälla du.

Absolut inget tjafs. Nej, lägga sig snällt och sansat. Och ändå var det som ett ondsint troll alltihop, det här med hur man skulle bemöta varandra. När de väl lagt sig i sängen var det som om fördämningen öppnats. Som om kranen med outtalade känslor slagits på och inte gick att stänga av. Hon kunde inte låta bli.

– Jag vet faktiskt inte hur du tänker när det handlar om Simon, sa Cecilia och försökte trots sina bubblande känslor hålla rösten i ett sympatiskt och avslappnat läge. Att bjuda hem honom till oss på en familjemiddag? Varför träffar du inte honom på tu man hand först?

John drog tröjan över huvudet, slängde jeansen på en stol invid sängen.

– Och vad?

Han satte sig, drog av sig strumporna och lät dem ligga på golvet. Detta var en typisk sak som hon störde sig på, hade gjort under alla deras år ihop, men hur hon än bad honom lägga strumporna i tvättkorgen så struntade han i det. Nåväl, hon skulle inte kommentera det ikväll. En sak i taget. Simon fick räcka.

– Lär känna honom lite mer kanske, han kidnappade faktiskt Wille, har du glömt det? Han är ju...

Hon hejdade sig.

– Narkoman.

Otrevligt ord, det där. Vått och slemmigt och liksom taggigt. Som en nyfångad marulk som kladdig av grumligt havsvatten hamnar i en nybäddad dubbelsäng. Slingrar sig och kippar efter luft med sitt trubbiga underbett. Narkoman. Johns son var inget oskyldigt lamm och det visste han också.

Men varför inte kalla saker vid deras rätta namn?

– Han har blivit drogfri och han måste få komma tillbaka. Om till exempel Marcus blev narkoman – John betonade ordet lite extra – skulle du då aldrig mer vilja träffa honom för att han hade syndat? Kom igen nu. Varför ska du döma Simon extra hårt?

Ja, säg det. Kanske för att han försökte skada vår pojke? Eller för att jag känner mig svag och osäker, extra utsatt nu med en baby i magen?

– John, vi vet ju ingenting om hur frisk han verkligen är, sa hon försiktigt.

John suckade och slog ner blicken.

– Eller?

Plötsligt fick hon en känsla av att John bara berättade halva sanningen. Att han visste mer än vad han sa. Att han dolde något.

– Du har träffat honom, eller hur? Du har redan träffat honom ensam. Varför har du inte sagt nåt?

Oärligheten. Strunt samma vad han gjorde, bara han berättade om det. Fanns där något mer han förtigit?

– Cissi, fan. Okej, okej. Jag har träffat honom. Vi tog en fika för två veckor sen och sen ringde han och kom förbi studion. Jag tänkte berätta det, men...

– Men vad?

– Jag vet inte. Jag var väl rädd för vad du skulle säga. För att du skulle bli sur på mig och inte förstå. Samtidigt som jag verkligen vill vara hans pappa.

Han såg hjälplöst på henne. Som om han bad om tillåtelse. Det gick inte att säga emot när han framställde saken på detta sätt, och det visste han. Hon kände sig manipulerad.

– Jag förstår dig, John, men jag tycker att han är konstig.

– Han har mognat. Han vill börja ett nytt liv.

– Jag litar inte på honom ändå! Och jag vill inte ha in honom i familjen.

John lade armarna i kors. Såg stint på henne, inte längre lika ödmjukt.

– Han *är* en del av familjen. Han är min son, ska det vara så svårt att acceptera?

Hon såg trotsigt tillbaka, vägrade vika undan med blicken.

– Hur länge har han varit drogfri då? Och hur kan du veta att han är det på riktigt? Du vet väl hur det är med såna där – hon spottade fram ordet – *knarkare*, de ljuger om allt för att få sin vilja fram.

– Det där var lågt, sa John. Riktigt lågt.

– Är han inte knarkare då? Och kriminell.

– Och så är han min son. Min son, kom ihåg det. Oavsett vad han är eller vad han gjort. Han är våra barns halvbror, Cecilia.

Hon hade velat prata med honom om så mycket annat. Om Christina och om boken, om vykortet med dockorna, om Ramona Örnmåne och hemförlossningar, om kalaset och om barnuppfostran. Tusen saker, allt utom detta. När orden väl tagit slut låg hon stilla och försökte komma ihåg styvsonens ansikte där i sovrummets mörker. Hon mindes knappt hur hans hår föll, hur ögonen såg ut. William var väldigt förtjust i Simon, trots att deras kontakt spårat ur. Marcus skulle också bli glad ifall han kom. Men en familjemiddag?

John tycktes ha somnat. Här kunde hon inte ligga, det var lika bra att stiga upp. Hon behövde blogga, facebooka, vad som helst. Bara inte ligga här och vara klarvaken.

Tyst drog hon på sig tofflorna och tassade ut till datorn. Satte sig ner i stolen. Loggade in på bloggen. En liten siffra längst ner på textsidan skvallrade om att hon fått tre nya kommentarer på sitt senaste inlägg. Utan att tänka sig för klickade hon på länken.

Otacksamma människa. Du bara klagar och är missnöjd. Varför? Tänk på andra som har det sämre ställt. Om jag var du skulle jag skämmas.

Signaturen löd "En annan blivande mamma". Sedan fanns ytterligare två personer som skrivit, men dessa var betydligt mjukare i tonen. Hon läste den första kommentaren om och om igen, det korta stycket brände i ögonen. Hon visste att hon inte borde ta åt sig, men det var svårt, för att inte säga omöjligt, orden gjorde henne ledsen. Och det var väl det som var meningen. Kunde det vara samma person som skrivit till henne tidigare?

Att sitta vid datorn var visst ännu värre än att ligga sömnlös. Hon loggade ut utan att ens gå in på Facebook, sköt in stolen och gick tillbaka till sängen och kröp ner bredvid John. Han andades så lugnt. Hon lät handen smyga in under täcket, lyfte lätt på det, hittade sin mans bröstkorg. John sov med naken överkropp, klädd i bara ett par pyjamasbyxor. Hans kropp reagerade snabbt på hennes beröring. De hade grälat. Än sen? Den korta stunden vid datorn hade fått henne att längta efter honom, plötsligt behövde hon närhet, värme. Lite tröst, kanske. John skänkte trygghet, men även något mer. Med ens blev hon själv varm och upphetsad, tänkte inte nöja sig med att han sov.

Hon makade sig ännu närmare. John rörde sig, mumlade

något. Cecilia lade ett finger över hans läppar, kysste hans ögonlock. Så satte hon sig grensle över honom, styrde honom in i sig, omfamnade honom. Och med ens var han vaken, höll om henne, tryckte henne mot sig, nafsade efter hennes fingertoppar, kysste dem hungrigt.

– Du sov bara räv, eller hur, viskade hon och tryckte knäna hårdare mot hans höfter. Du bara sover räv men jag genomskådar dig, tro inget annat.

– Du är tokig. John log sömnigt mot henne där hon satt över honom.

– Tokig, men du tycker om det, svarade hon.

– Jag tycker mycket om det, sa John tyst. Det är i alla fall bättre än att bråka.

SUSANNA VAKNADE MED ett ryck. Först förstod hon knappt var hon befann sig. Drömde hon? Eller låg hon verkligen i sitt eget sovrum? Vad var det i så fall för underligt ljud som dånat genom tystnaden? Hon satte sig upp i sängen, drog täcket närmare kroppen. Det kom kylig luft från fönstret, hon rös. Eller hade hon glömt stänga altandörren? Nu hördes det igen, ljudet som väckt henne, det lät märkligt dämpat men ändå uppfordrande, det kom från bottenvåningen och steg uppåt.

Någon ringde på ytterdörren, med långa stötvisa signaler. Om och om igen. Susanna fick panik. Hon kikade på klockan. Halv två! Thomas skulle inte komma hem förrän på fredag kväll, och dessutom ringde han aldrig på dörren, han hade alltid sina nycklar i det prydliga lilla läderetuiet från Dior. Alexandra? Nej, hon låste också upp själv.

Skulle hon våga sig ner? Eller borde hon låtsas som om huset var tomt? Hon måste se efter vem det var. Susanna tog på sig en plyschmorgonrock och begav sig ut i det nersläckta huset. Mobilen måste hon ha med sig förstås. Så hon kunde ringa polisen om det blev nödvändigt.

– Vem är det, ropade hon när hon kom fram till ytterdörren.

Hon hörde en snyftning. Så en kvinnoröst, vädjande.

– Susanna, det är jag. Snälla, släpp in mig. Det är jag. Peggy.

Peggy! Susanna kunde inte få upp dörren snabbt nog.

– Men gud i himlen, vad är det som har hänt?

Den forna fotomodellen såg allt annat än glamorös ut där hon stod på tröskeln, rödgråten och med det långa håret trassligt och tovigt. Hon var klädd i sjaviga mjukisbyxor, foppatofflor och huvtröja. Men vad värre var, på ena kinden syntes en otäck rispa som hade börjat torka lite i kanterna, ett jack över blåslagen hud. Det såg ut att göra riktigt ont. Peggy skakade på huvudet och snyftade till när hon mötte Susannas blick.

– Lilla vännen. Kom här.

Utan ett ord drog Susanna Peggy till sig och höll om henne, som om hon ville skydda henne mot omvärlden. Peggys hår luktade rök och sorg, något trasigt i kombination med den svaga doften av hårspray.

Peggy hulkade mot Susannas axel.

– Vad är det som har hänt?

Susanna sköt igen dörren med foten, lyssnade så att den gick i lås. Iphonen i Peggys ficka ringde ungefär samtidigt. Hon fumlade efter den, fick upp den. Displayen blinkade mot dem.

– Är det han?

Peggy nickade.

– Du behöver inte svara just nu. Snälla Peggy, svara inte.

Peggy sträckte fram telefonen till Susanna.

– Kan du ta hand om den åt mig då? Om jag har den så kommer jag att svara, jag kan inte stå emot när han ringer.

Väninnan knep ihop de fylliga läpparna, gnuggade sig i ögonen. Makeupen som redan färgat huden med svarta ränder kletades ut ytterligare. Peggy var en bedrövlig syn, men det spelade ingen roll. Ingenting spelade någon roll utom såret på hennes kind. Susanna hade vaknat till och kände adrenalinet rusa runt i kroppen. Hon hade velat ta mobilen och skälla ut Peggys man efter noter, hon ville ringa polisen, göra en anmälan, ringa tidningar och teve, helt enkelt ställa till med en skandal. Men så fick man inte göra. Inte om kvinnan hette Peggy, född Sandin, numera gift Rosenstråhle, en av landets mer kända societetspersoner. I hennes kretsar sopades relationsproblemen under mattan, här talade man inte högt om små malörer och *débacler*. För det var väl precis vad det var, en harmlös fnurra på tråden i äktenskapet. Peggys man, Douglas Rosenstråhle, var ju vän med självaste kungen och det gällde att hålla fasaden rentvättad och fräsch.

Susanna hjälpte Peggy uppför trappan och in i vardagsrummet. Hon ledde henne fram till soffan och puffade till kuddarna så att väninnan kunde lägga sig ner. Sedan bredde hon en filt över Peggys ben.

– Jag hämtar is till såret. Vill du ha något mer? Alvedon, Ipren, en cognac, te, kaffe, vatten, eller kanske något att äta?

Peggy skakade på huvudet.

– Nej, ingen mat, tack vad du är snäll. Lite is kanske. Och Ipren. Och förresten cognac, ska man dricka det om man tar smärtstillande?

– Nej, det tror jag inte.

– Lite behöver jag nog ändå. Vilken sprit som helst duger. Jag vill bara dö.

Det var inte första gången Peggy kommit till Susanna mitt i natten och ändå vande hon sig aldrig. Sist hade Peggy i princip bestämt sig för att lämna Douglas. Han hade då gått ner på knä och bedyrat att han skulle börja i terapi, att han aldrig *aldrig* mer skulle bära hand på sin vackra hustru. Till sist hade Peggy trott honom. Douglas ansåg att hans livsstil tillät utsvävningar åt allehanda håll och kanter. Sin hustru var han å andra sidan extremt svartsjuk på, så när han själv varit ute och förlustat sig kom han hem och greps av raserianfall som för det mesta resulterade i att han gav sig på Peggy.

– Du vet att du inte kan fortsätta så här, sa Susanna. Vad gör han nästa gång? Slår ihjäl dig?

– Schh, snälla, säg inget mer, jag vet att du har rätt, viskade Peggy och tryckte påsen med de frysta ärtorna mot såret under ögat. Snälla Susanna. Det är fruktansvärt.

Peggy började snyfta igen.

– Gråt inte mer. Han är inte värd det, vädjade Susanna och sträckte fram glaset med den gyllengula drycken. Drick lite. Det hjälper.

Hon skulle själv behöva något starkt. Vad skulle hon ha gjort i Peggys ställe? Stannat kvar eller krävt skilsmässa? Thomas hade aldrig slagit henne. Deras problem var på ett annat plan. Att inte klara av att älska den person som man en gång blivit kär i, var inte det ett misslyckande? Här satt hon och pendlade mellan en önskan att själv bryta upp och skräcken att bli lämnad. Vem sa att inte Peggy gjorde detsamma, trots att mannen i hennes liv var av en våldsam och osympatisk sort?

– Jag hatar honom, viskade Peggy. Jag hatar honom så mycket och ändå kan jag inte tänka mig att inte vara med honom, kan du förstå det? Det känns som om jag behöver honom, som om han är en del av mig. Jag vill kunna förlåta honom. Fast den här gången... Jag vet inte om jag kan.

– Du kanske behöver hjälp, svarade Susanna. Hjälp att komma vidare.

– Ja, för det är väl inte sunt, sa Peggy vars kind nu svullnat upp ordentligt. Eller hur? Det är sjukligt. Och du har rätt. Nästa gång lär han slå ihjäl mig.

Iphonen ringde igen. Susanna hade låtit den ligga på avlastningsbordet i hallen men signalen hördes in i vardagsrummet där de befann sig. De båda kvinnorna såg på varandra.

– Vet han att du är här, undrade Susanna.

Peggy såg skärrad ut.

– Nej, det tror jag inte. Men kan jag stanna hos dig inatt?

– Absolut, svarade Susanna. Jag släpper inte iväg dig om du så ber om det.

De andra gångerna hade Peggy inte varit så illa däran. De andra gångerna hade hon stannat i någon timme och sedan satt sig i sin Lexus och åkt tillbaka till herrgården utanför stan där hon och Douglas bodde. Nu plockade Susanna fram lakan och handduk och gick iväg för att bädda åt Peggy i gästrummet på övervåningen. Det nytapetserade rummet var mysigt och tyst, här skulle Peggy få sova ut, långt borta från störande äkta män och pockande mobiltelefoner.

De skildes åt med ännu en kram. Så gick Susanna in till sig och kröp ner i sängen. Andras kärleksbekymmer tog också på krafterna, konstaterade hon medan hon försökte komma till ro igen. Men det var inte lätt, Peggys plötsliga uppdykande hade brutit upp natten. Hon lade sig på rygg och knäppte händerna över bröstet. Kanske skulle yogaandning hjälpa henne att slappna av och somna.

Hon höll precis på att slumra in när hon hörde dörren öppnas. Ljudet av nakna fötter mot trägolvet fick henne att öppna ögonen och sätta sig upp ännu en gång.

– Susanna? Sover du?

Det var Peggys röst som kom fladdrade mot henne som en osäker liten nattfjäril.

– Nej då. Ingen fara.

Susanna viskade tillbaka, som om hon var rädd för att väcka någon.

– Du... snälla, bli inte arg... men jag är så rädd...

– Det är ingen fara.

– Kan jag få sova hos dig? Jag vågar inte vara ensam.

Konturen av väninnan, intill sängen. Det långa håret knappt synligt, Susanna mer anade än såg Peggy där hon stod. Vad skulle hon svara på detta? Inte nej, det gick bara inte att avvisa en människa i djup nöd.

– Kom då, svarade hon efter en stunds tvekan. Kryp ner. Det finns två täcken.

Tyst och stilla smög hon ner i sängen, vackra Peggy, societetsdamen, den misshandlade hustrun. Först en bit bort, så kom hon närmare.

– Du. Susanna.

Återigen, rösten, viskandet.

– Snälla.

– Ja?
– Kan du inte hålla om mig?

Som en liten flicka, en liten hjälplös tös vilse i natten, någon som inte hittade hem. När Alexandra var barn kom hon ibland vandrande om nätterna, bad att få sova i föräldrarnas säng, men Thomas tyckte inte om det, det var olämpligt ansåg han, barn och föräldrar skulle sova åtskilda. Därför skickades Alexandra tillbaka till sitt rum där hon sedan grät så högt att Susanna kunde höra henne. Lyckligtvis reste Thomas mycket redan på den tiden och så fort han försvann till utlandet sov Alexandra hos henne hela nätterna. Det blev en hemlighet mellan mor och dotter, en tyst överenskommelse: När pappa reste bort, blev dubbelsängen deras.

Nu var det dock inte Alexandra det gällde, utan en vuxen kvinna. Hur lämpligt skulle det se ut i Thomas ögon?

– Självklart, sa Susanna efter en kort tvekan. Kom.

Efteråt var det svårt att exakt säga vad som hände. När övergick den vänskapliga omsorgen i något annat, när förbyttes tröstekramen i en omfamning av ett annorlunda slag? Peggys kropp, Peggys doft, hennes armar om Susanna, de mjuka brösten. Regler upphörde att gälla. Som om natten suddade bort deras verkliga jag och mörkret dolde alla tvivel. De var bara två främlingar där den ena sökte stöd och den andra erbjöd just detta, men vem stöttade egentligen vem – och varför? Så nära hade Susanna aldrig varit en annan kvinna och det som hände var både oförklarligt och eggande.

Peggys mun mötte helt oväntat Susannas. Varm fuktig andedräkt, nyfiken sökande tunga.

– Du är så fin, viskade Peggy och tryckte sig närmare. Ta hand om mig, Susanna.

Det var inget annat än en stunds tröst i natten. Två kvinnor som kände varandra väl. De hade ingenting att förlora.

ATT BJUDA SLÄKTEN på middag direkt efter Sofias kalas kanske inte hade varit den allra bästa idén, tänkte Cecilia medan hon hackade grönsaker till en sallad. Men nu var det för sent att ångra sig, nu var firandet i full gång och snart skulle alla barn bli hämtade och nästa omgång gäster dyka upp. Tur att Marcus och William låtit sig övertalas till att hjälpa till med discot i flickornas rum. Cecilia hörde Lady Gaga sjunga, men musiken överröstades av barnskrik och höga tjut. Det var skönt att fly till köket, inte minst för att slippa se röran i vardagsrummet. Dessa kalas, hon ville gärna ha det städat och fint, men så fort huset fylldes med barn blev det ett enda kaos av presentpapper och snören, av kläder och skor, leksaker och urdruckna plastmuggar. Skålarna med chips hade tömts i ett rasande tempo och av kladdkakorna de hade bakat återstod bara tomma formar och smulor både på bordet och golvet.

– Är inte klockan fem snart, undrade John som hade ställt sig bakom henne. De här kalastimmarna, är inte de långsammast i hela världshistorien?

Cecilia skrattade.

– Schh, sa hon. Inte prata så att någon hör. Det ska ju vara roligt med kalas, vet du väl. Vår dotter fyller sex år, är inte det fantastiskt?

John suckade.

– Ja, ja, jag vet, men jag längtar ändå tills alla går hem. Det är underbart att Sofia roar sig och att hon bjuder hit alla kompisar men jag räknar bara minuterna tills de blir hämtade. Är jag en ond farsa?

– Nej, du är helt normal, viskade Cecilia. Jag håller med dig. Det är ungefär tjugo minuter kvar, sen är det över för den här gången.

– Saved by the bell, sa John och gjorde en fånig min.

Den oskrivna regeln löd: hämta inte för tidigt men inte heller en minut för sent. Därför kom alla föräldrar samtidigt för att plocka upp sina barn och trängdes sedan i hallen, rotade bland klädhögarna, såg till att godispåsen kom med hem som den skulle. Tackade för sig och rusade ut till en väntande bil eller cykel. Många utnyttjade de barnfria timmarna till att göra något på tu man hand, kalaset bjöd på ett gyllene litet andrum i helgens hektiska schema. Cecilia stannade inte heller längre än nödvändigt vid hämtning och lämning. Andra barns föräldrar var inte ett umgänge man hade valt. Somliga retade hon sig till och med rejält på, i synnerhet dem som ville ge sken av att vara så duktiga. Bland föräldrarna pågick en inofficiell tävling som kunde få henne att känna sig riktigt usel. Som om hon var en fuskare som ständigt försökte välja de enklaste smitvägarna genom moderskapet.

SIMON HADE I sista stund meddelat att han inte kunde komma på middagen. John hade sett missnöjd ut, mumlat något otydligt och gett henne en granskande blick. Hon hade slätat ut ansiktsdragen så gott hon kunnat, verkligen bemödat sig om att inte säga den minsta kommentar som skulle kunna misstolkas. Simon, denna heta potatis mellan dem! Skulle det alltid vara så? Det hade han varit från dag ett. Hon hoppades att hon skulle vänja sig. Men fortfarande kände hon olust och ängslan. I smyg önskade hon att han skulle flytta utomlands och stanna där. Folk emigrerade väl till Australien ständigt och jämt, kanske Simon kunde bli en av dem?

Nu trillade Maria, Bill och deras söner in genom dörren, tätt följda av Susanna och Alexandra. Christina och Lars-Åke kom en stund senare, och sedan även Sonja med färdtjänst. Thomas var bortrest, men huset på Lindängstorget var ändå fyllt till brädden och det fanns knappt plats vid bordet trots att de hade hämtat iläggsskivan i förrådet.

Sofia fick nu ännu fler presenter. Top Model-album och en cd med Amy Diamond av Maria och Bill, nya fina lackskor av Christina och Lars-Åke och en underbart söt leksakshund av

Susanna. Sofias ögon lyste och hon sprang fram och tillbaka och viftade ivrigt med gåvorna.

– Åh, tack! Precis vad jag önskat mig, utbrast hon med jämna mellanrum och krävde sedan att skivan skulle sättas på så att alla kunde lyssna till favoritmusiken.

Greta surade i soffan.

– Jag vill också ha en sån där hund, sa hon sammanbitet.

– Men älskling, du hade ju kalas i somras, försökte Cecilia.

– Ja, men då fick jag ingen hund! Det är orättvist, gnällde Greta.

– Du kan få låna den, sa Sofia generöst.

– Så snällt av dig, sa Christina. Det märks att du har blivit en stor flicka, så klok som du är.

Inte för att Cecilia hann känna sig hungrig, men strax var det dags att sätta sig till bords. Som en yvig italiensk familj, tänkte hon när hon såg på kvinnorna, stommen i hennes släkt. Gammelmormor Sonja i värmande kofta. Lillasyster Maria med håret uppsatt i en lite slarvig knut och klädd i svart klänning med vida ärmar och färgglada broderier på bröstet. Susanna, nyblonderad och säkert två kilo lättare sedan de träffades sist, i klassisk lammullströja och med ett diskret glittrande guldsmycke runt halsen, i öronen de obligatoriska pärlorna, munnen markerad med ljust läppglans. Susannas dotter Alexandra, med ögonen målade likt en filmstjärna från femtiotalet. Och så matriarken själv, Christina, i ceriseröd klänning av exklusivt snitt. Så olika de var, och ändå påminde de så mycket om varandra.

– Du är så välkommen, det vet du, sa Christina till Maria

som lade för sig av salladen. Jag menar, det är kanske dags för dig att vidga dina vyer?

Hon syftade förstås på det faktum att Maria blivit av med sin tjänst och nu gick arbetslös. Marias ögon mötte Cecilias över fatet med pasta.

– Mamma, jag vet inte. Det är jättesnällt av dig men jag tänkte att jag kanske ska försöka frilansa ett tag. Jag håller på att skriva en krönika om tacksamhet just nu, om att den känslan är en klassisk kvinnofälla.

– Men det låter ju fantastiskt, utbrast Christina. Den vinkeln har jag inte ens tänkt på! Hur menar du då?

Christina lyfte glaset med mineralvatten till munnen och tog en klunk. Det röda läppstiftet lämnade efter sig ett tydligt märke på glaset, som om Christina kysst kanten. Cecilia och John hade bestämt sig för att inte servera vin till maten. Christina hade inte kommenterat detta men Cecilia undrade ändå om hon inte redan hade druckit, hon var lite fladdrig.

– Man ska vara så himla tacksam för allting hela tiden, sa Maria. Tacksam för medgång och motgång, för goda ting och för dåliga. Det är som om ingen ska få bli förbannad längre, vi ska bara gå runt och le och vara goda och milda. Det stör mig något så kopiöst ibland.

– Jag håller med, sa Susanna. Så fort man säger något som inte är översvallande så tycker folk att man är förmäten. Men om vi bara är tacksamma hela tiden, då fastnar vi i gamla hjulspår, då händer inget nytt.

– Och kvinnor skulle fortfarande inte ha rösträtt om vi bara var tacksamma, instämde Cecilia.

– Sanna mina ord, sa Sonja. Ni är så kloka, flickor. När jag var i er ålder hade vi inga såna där lyckocoacher. Det är synd om er som har det där kravet på er att allt ska vara så bra jämt.

Christina satt och lyssnade. Cecilia kunde nästan se hur hon gjorde mentala anteckningar, hur hon memorerade ordväxlingen. Det skulle bli ett reportage av deras middagssamtal, det var hon säker på.

– Men det går till överdrift åt båda hållen, sa John. Man kan inte vara bitter och förbannad hela tiden heller.

– Å andra sidan är tacksamhet en bra grej. Något som får oss att må bättre, påpekade Bill.

– Jo, men ni män har mer att vara tacksamma för än vi kvinnor. Egentligen, sa Maria och Cecilia tyckte sig ana en viss spänning mellan systern och hennes man. Ni har fler privilegier, högre lön, det är ni som är normen. Jämt och samt.

– Det håller jag inte med om, sa Bill. Jag tycker att vi män får allt fler krav på oss från alla håll. Mannen är den nya kvinnan, det brukar jag säga numera. Vi ska både vara morsor och farsor, stå med förkläde och vara mjukis och ändå vara macho. Fred Flinta liksom, som kastar upp sin kvinna på ryggen, annars tänder ni inte på oss. Kom igen, det där gamla snacket om att det är så synd om er, det går inte hem längre.

Barnen runt bordet hade hittills suttit mer eller mindre lugnt men nu märktes det att middagen och de vuxnas samtal började tråka ut dem. Greta skruvade sig på stolen, Sofia började göra fula miner åt sin kusin Henrik.

– Får man gå från bordet, undrade William.

– Kan ni inte sitta kvar en liten stund, sa John.

– Men jag vill titta på teve, sa Marcus.

– Låt ungarna gå, sa Lars-Åke. Det är väl lika bra.

Inte skulle Cecilia plocka och diska, beslöt systrarna enhälligt. Hon förpassades ut ur köket, istället fick John, Bill och Lars-Åke ta hand om städningen och kaffekokandet. Alexandra försvann iväg med småflickorna medan de vuxna kvinnorna samlades i soffan.

– När kommer Thomas hem egentligen, undrade Maria.

– Vet du, han har förlängt sin vistelse i London med några dagar. Jag vet ärligt talat inte. Han har så mycket att göra hela tiden, och...

Hon tystnade.

– Är allt som det ska, undrade Christina.

Susanna skruvade på sig.

– Vad ska jag säga, suckade hon och lät plötsligt snarstucken. Jag vet inte ens om jag orkar prata om det. Kan vi inte bara byta samtalsämne?

Hon såg gråtfärdig ut, ögonen hade blivit rödkantade. Cecilia tyckte oändligt synd om sin storasyster. Susanna verkade så världsvan och självsäker och ändå var hon ibland så märkligt förvirrad.

– Absolut, sa hon och tryckte Susannas hand. Vi måste inte diskutera det alls.

– Vi kan prata om mig istället, sa Sonja torrt. Vad vill ni börja med, mina gnisslande knän eller vem som ska ärva mina skulder?

Christina suckade.

– Mamma lilla. Vad är det för dumheter, sa hon.

– Nä, vi kan prata om mig istället, sa Maria. Jag blir aldrig med barn och jag vet inte vad jag ska göra med mitt liv. Det kanske kan vara en tröst att det mesta går åt helvete för mig?

– Vad skulle det vara för tröst, sa Sonja.

– Kan du inte tänka på allt som är bra istället, invände Christina. Du har en fantastisk familj och det går bra för Bill...

– Du menar att jag borde må bättre för att det går så bra för honom? Maria gjorde en syrlig min. Det är jätteroligt att Bill har fina tittarsiffror, absolut. Men det får inte mina problem att försvinna. Apropå det, hur ska du göra med ditt teveprogram, mamma? Ska du fortsätta i vår?

Christina slätade till klänningen och lade ena benet över det andra.

– Nuförtiden ska alla vara med i teve, sa Sonja. Jag begriper mig inte på det, om jag ska vara ärlig. Det är så mycket prat om ingenting.

Christina strök bort en hårslinga från ögonen.

– Vi får se vad som händer med min pratshow, sa hon försiktigt. Jag har inte bestämt mig för hur jag ska göra. Men om du kommer och arbetar med mig, Maria, så kanske du kan vara delaktig även i de besluten? Jag behöver någon som hjälper mig.

– Två flugor på smällen, sa John när kvällen äntligen tagit slut och de låg bredvid varandra i sängen.

Cecilia kände sig fullkomligt utmattad. De hade överlevt ännu ett barnkalas och ovanpå det en middag med släkten. Och trots att hon inte hade behövt lyfta ett finger efter maten var det som om luften gått ur henne.

– Jag hoppas att alla känner sig nöjda, sa hon nu.

– Det gör de säkert. Det blev lyckat, tycker jag.

– Absolut. Jag undrar bara hur Susanna mår. Det är visst lite trassligt mellan henne och Thomas. Han är aldrig hemma, det kan inte vara roligt att sitta ensam ständigt och jämt.

– Det är ingen som tvingar henne till det, sa John. Det finns tusen saker att göra. Varför håller hon inte på med välgörenhet som är så trendigt till exempel? Eller så kan hon komma hit och hjälpa oss. Jag kan lova dig att hon skulle må bättre om hon slutade vara så förbaskat självupptagen.

– Det är inte så lätt att ge henne råd, sa Cecilia. Ikväll ville hon knappt prata överhuvudtaget.

Jesus, hon orkade inte tänka på sina systrar och deras problem mer. Inte fundera på världssvält och föroreningar. Inte försöka kalkylera för att få vardagen att gå ihop. Hon kände hur tunga benen var, hur det pirrade lätt i fingrar och tår. Som om kroppen höll på att bli elektrisk. Babyn i magen rörde sig lätt, kanske för att vagga henne till ro. Ett outtröttligt litet barn, detta femte. Och ännu en gång greps hon av oro, av en känsla av att något egendomligt pågick i hennes närhet, något hon varken kunde kontrollera eller styra. Hur skulle hon klara livet med alla krav och alla utmaningar? Plötsligt önskade hon att hon fick vara ifred, någonstans där ingen kunde hitta henne.

PROMENADER VAR BRA för återhämtningen. Det hade han läst både på nätet när han googlat och i tidningar han köpt. Närheten till naturen kunde göra underverk med en trasig själ. I stan fanns parker, men om man åkte ut en bit från citykärnan hittade man riktigt vildvuxna grönområden. Så här års var vädret visserligen inte det allra bästa, men det spelade egentligen ingen roll. Bara hon kom ut och fick frisk luft. Bara hon fick vandra bland träden, andas in skogens alla dofter. Att ligga i soffan var som ett gift som sakta dödade henne, det kunde han se med egna ögon.

Hur länge skulle han själv orka? Han visste inte, bara att han fortfarande gjorde det, att han måste försöka stå ut. För om han började tvivla skulle han kanske ge upp. Och det fick han inte. Inte än. Han måste ge henne en chans, han älskade henne trots allt, hade älskat henne oerhört mycket. De hade haft en dröm, den drömmen fick han inte svika. Försök igen, sa omgivningen till honom. Ni måste gå vidare.

Han hade sitt eget sätt att släppa taget, att ge sig in i sin låtsaslek. Om det var rätt eller fel ville han inte analysera. Risken fanns att skuldkänslorna skulle ta överhanden och det hade han inte råd med. Nu hade han hoppat på tåget och löst en biljett som bar ut i det okända, han tänkte inte vända sig om och se ut över stationen han precis lämnat. Hemsidan hade blivit riktigt lyckad och han hade redan fått flera förfrågningar. Kvinnorna hade skickat bilder på sig själva och de såg inte illa ut, två av dem var till och med riktigt snygga. Det var inga konstigheter de efterfrågade heller, en ville gå ut och ta en drink bara, inget märkvärdigt. Han intalade sig att det var en harmlös tjänst han erbjöd, en medmänsklig handling i en värld full av ensamma själar. Kanske var det i själva verket ett sätt för honom att upprätthålla rätt nivå av empati. Han behövde denna ventil för att inte bli tokig. Och det kunde väl inte vara fel?

Han låste upp ytterdörren, steg in i den mörka lägenheten. Tände lampan i hallen, ropade hennes namn men fick inget svar. Bostaden var ovanligt stilla. I vanliga fall kunde han ana hennes andetag, närvaron, trots att hon låg och sov på soffan. Oron grep tag i honom. Vardagsrummet var tomt. Kuddarna hade ordnats till, täcket låg hopvikt. I sovrummet stod dubbelsängen bäddad, i badrummet var det släckt. Han återvände till hallen. Hennes stövlar var borta, liksom jackan. Vad han visste hade hon inte varit ute på länge, hon hade avfärdat alla hans förslag om att ta lite luft. Till slut hade han gett upp. Och nu var hon försvunnen.

Han försökte ringa hennes mobil men fick inget svar. Skulle han kontakta hennes föräldrar? Eller polisen? Nej, han hade egentligen ingen anledning. Inte än. Det enda han kunde göra var att vänta.

Han gick ut i köket, plockade upp matvarorna ur plastkassen. Började skala potatis. Så udda det kändes, att vara ensam hemma. Att inte veta vart hon tagit vägen, att oroa sig för henne som om hon vore ett litet barn. Bara ett år tidigare, förra hösten, hade deras liv varit helt annorlunda, fyllt av middagar och fester, av biobesök och utlandsresor. De hade varit andra människor då.

Han lade de skalade potatisarna i en kastrull, hällde vatten över. Saltade och lade på ett lock. Nu stod han här och kokade potatis och kände sig som en gammal gubbe.

Så hörde han en nyckel i låset. Snabbt torkade han händerna på en kökshandduk, skyndade ut. Och där var hon, med rosiga kinder och en underlig glans i ögonen.

– Du ser ut som om du sett ett spöke, sa hon lättsamt. Vad är det?

Så osäker hon gjorde honom. Så ovant allt kändes.

– Jag undrade bara vart du tagit vägen.

Hon drog ner blixtlåset i jackan, tog av sig stövlarna.

– Jag tog en promenad bara, sa hon och ställde sig tätt intill honom. Borde jag ha skrivit en lapp?

Som om ingenting hade hänt. Som om inte månaderna på soffan hade funnits.

Han log.

– Kanske det, sa han.

DEN DÄR FÖRBASKADE boken. Cecilia hade till slut lyckats läsa klart, men kunde ändå inte sluta tänka på den. Harriets och Davids öde påverkade henne starkare än hon ville medge. Avsändaren var och förblev ett mysterium. Kanske borde hon släppa saken nu, koncentrera sig på annat. Som att Marcus verkade ha det jobbigt i skolan, hans lärare hade mejlat flera gånger de senaste veckorna och påpekat än det ena, än det andra, antingen hade han svårt med matematiken, eller så satt han inte stilla på lektionerna utan störde de andra. Hon kunde bli så irriterad på dessa uppfordrande mejl, tack för informationen, absolut, men var detta ändå inte något som skolan själv borde kunna ta itu med? Om en lärare inte lyckades få tyst på klassen kanske det berodde mer på läraren än på eleven. Hon var redo att ta sin sons parti. Mindes inkompetenta lärare under sin egen skoltid, en del saknade förmågan att göra undervisningen intressant och engagerande. Varför skulle allting jämt vara barnens fel? Men hon var tvungen att artigt svara lärarna och lova att prata med pojken hemma. De skulle arbeta med problemen, hette det.

Några fler anonyma vykort hade inte kommit, tack och lov,

inte heller hade hon fått fler otrevliga kommentarer på bloggen. Vissa saker i livet kanske aldrig skulle gå att förklara, tänkte hon. Boken och vykortet kanske tillhörde en sådan kategori. Men ändå, hur hon än försökte skjuta bort tankarna på *Det femte barnet* och dockorna på vykortet, vägrade de släppa taget om henne. Vem det än var som låg bakom hade personen verkligen lyckats oroa henne. Det var bara att gratulera.

Cecilia hade nämnt för John att hon träffat Ramona Örnmåne, berättat om föreläsningen. Han hade sett skeptisk ut när hon sa att hon ville träffa hembarnmorskan för att diskutera förlossningen.

– Jag förstår inte vad det ska vara bra för, sa han vid middagen dagen därpå.

Hon kände sig splittrad. Marcus och William var som vanligt i luven på varandra, Greta gnällde om att maten var äcklig och Sofia tjatade om att få nya vantar. Cecilia själv hade huvudvärk och hade dessutom börjat få rejäla känningar av halsbränna och ilningar i bäckenet, så hennes humör var inte heller på topp.

– Vi kanske kan ta det efter maten, sa hon, ovillig att diskutera förlossningen bland fyra bråkande barn.

John gav henne en trött blick.

– Jag trodde du ville prata om saken.

– Jo, men när det lugnat sig lite. Vi har annat att prata om. Som att det kommer brev från Marcus fröken nästan varje dag nu.

William såg på sin lillebror och flinade överlägset.

– Kan han inte skärpa sig, sa han och knuffade till Marcus.

– Det kan väl inte du heller, svarade Marcus stött och blängde på sin bror.

– Men de skriver inga brev om mig, eller hur mamma? Visst skriver de inte till dig om hur dåligt jag sköter mig i skolan?

Cecilia önskade så att brödernas rivalitet någon gång skulle upphöra.

– Marcus sköter sig inte precis *dåligt*, sa John och försökte låta bestämd. Vi kanske borde prata om det senare också, inte nu när det är ett sånt himla liv här.

Underförstått: Det var ett illa valt tillfälle att ta upp saken inför hela familjen. Cecilia kände till det där väl. Men hon kunde inte ständigt tänka sig för. Saker behövde diskuteras. Så enkelt var det.

– Visst, visst, sa hon och skrapade ihop riset på sin tallrik. Vi ska inte prata om förlossningar och inte om skolan, vad ska vi då prata om? Vi kan prata om julklappar kanske, vad säger ni om det?

– Jag vill ha en ny dator, det vet du, sa William snabbt.

– Och jag vill ha en katt, sa Sofia.

– Nej, en hund, tyckte Marcus.

Oron i familjen fortsatte även efter maten. Hon hörde hur barnen tjafsade i soffan, där de inte kunde enas om vilket teveprogram de skulle se. Greta och Sofia började skrika och gråta, de vill se barnkanalen, medan pojkarna gaddade ihop sig, plötsligt bästa vänner, och vann striden genom att sätta på MTV och sedan gömma fjärrkontrollen. Musiken överröstades dock av flickornas vrål. Cecilia slog händerna för öronen. Sammandragningarna i magen tilltog, halsen brände hur hon än svalde. Kunde de inte bara vara tysta, allihop?

– Sluta bråka, hörde hon Johns röst ute i vardagsrummet. Det blir ingen teve för nån av er ifall ni inte lägger av ögonblickligen!

Vad var klockan? Skulle de inte lägga sig snart? Men ännu återstod minst en timmes intensivt familjeliv innan flickorna skulle badas och nattas. Med andra ord bara att bita ihop och stålsätta sig, tänka positiva tankar, andas och försöka att inte mista förståndet. Det var trots allt bara ännu en i raden av alla fantastiska familjekvällar i det idylliska lilla gula huset vid Lindängstorget.

ATT KOMMA FÖR SENT till ett måndagsmöte var helt oacceptabelt och fick bara inte förekomma. I Christinas perfekta värld satt hon alltid välsminkad med den vita kaffekoppen halvdrucken framför sig på bordet inne på redaktionen, med vördnadsfulla medarbetare omkring sig. Det kommande tidningsnumret satt uppnålat på väggen, och Christina hade full kontroll över bilder, texter, rubriker och annonser. Det var hon som hade den bästa överblicken över såväl innehåll som omslag. Men hennes värld var inte längre perfekt. Inte denna måndag. Kanske inte på tisdagen heller.

Hjärtat slog och hon svettades när taxin bromsade in utanför fastigheten där hennes tidningsimperium låg. Q Magasin, skylten som kvällstid lyste upp mörkret med stora röda bokstäver tycktes nu flina åt henne, räcka henne lång näsa. Vad gjorde hon här ute på gatan, med blusen felknäppt och mascara som fick ögonfransarna att klibba ihop? I munnen kände hon en besk bismak och det dunkade i vänster tinning. Hon krafsade ner sin namnteckning på taxikvittot och väntade inte på att chauffören skulle komma runt och öppna åt henne. Istället slet hon upp bildörren och satte ner de högklackade skorna i den våta gatubeläggningen. Tjugo över nio! Hon visste inte vilket som var värst, om redaktionen väntat in henne eller om de inlett mötet trots att hon inte kommit. Hon hade skickat ett sms till Pierre, skrivit att hon var sen, men han hade inte svarat. Inte heller Maud hade hon lyckats nå.

Hon tog hissen upp och steg ut på sjunde våningen. Receptionisten nickade mot henne och log. Var det bara inbillning eller var leendet lite avmätt, skadeglatt? Christina hörde sin församlade redaktion på håll. Tydligen hade de börjat utan henne i alla fall. De kunde väl inte vänta längre, de hade lämning och måndagsmötena var heliga. Hon hörde att det var Pierre som talade.

– Bilderna på Caroline Bergmark blev ju helt fantastiska, sa han och fick några spridda bifall. Den där unge fotografen Niklas Bailey är otroligt begåvad.

Han fortsatte:

– Vi har mindfulnessreportaget från Ovanfors kloster, jag tycker inte riktigt att texten håller. Och de här modefotona som tagits av John Svantesson, kvaliteten är inte riktigt vad som...

Här avbröt han sig när Christina kom inhastande.

– God morgon, allesammans, sa hon och försökte låta stadig på rösten. Jag har försökt ringa sen klockan åtta.

Det var visserligen inget annat än lögn, men den gick inte att verifiera.

Pierres ansiktsuttryck förbyttes. Han såg på henne med oro medan han gick runt bordet för att ta hennes kappa.

– Gud, har det hänt något?

Hon rättade till håret, försökte att inte bry sig om de andras blickar.

– Nej, det är ingen fara. Vi kan ta det sen.

Så satte hon händerna i midjan och log brett.

– Vad bra att ni började utan mig. Tack Pierre, jag kan ta över nu, sa hon och nickade till sin redaktionschef. Var var vi någonstans? Johns modefoton var du inne på. Personligen tycker jag att de håller hög kvalitet. Möjligen byter vi plats på några av bilderna, och tar sedan ännu ett varv med ingressen. Men annars tycker jag att helheten blir slående.

Äntligen var mötet över. Hon sjönk ihop vid sitt skrivbord, sparkade av sig skorna. Klockan var bara elva och ändå var hon helt slut, som om hon arbetat tjugofyra timmar i sträck. Hon slog på datorn, tröttheten var ingenting att ta hänsyn till, hon väntade på viktiga mejl, behövde fatta en massa beslut som rörde budgeten. Men hur hon än tryckte på startknappen hände ingenting. Skärmen surrade till, som en trött gammal bil, men förblev svart. Var fanns Maud när hon behövde henne?

– Jag får inte igång datorn, ropade hon och hörde själv hur hjälplös hon lät. Snälla Maud, kan du komma ett slag!

Kvinnan uppenbarade sig i dörren, bara för att se hur skärmen plötsligt lystes upp, för att sekunden därpå visa upp ett hav av gröna och röda ränder som gick in i varandra. Så gav datorn en suck ifrån sig och slocknade igen.

– Det ser inte bra ut, sa Maud bekymrat. Ska jag ringa supporten?

Christina kände svetten tränga fram i pannan.

– Jag har absolut inte tid med detta, sa hon irriterat. Gör det. Ring supporten och be dem komma. Jag får kolla mejlen i min iPhone så länge.

Knappt hade Maud lämnat rummet förrän Christina såg kuvertet. Det låg lite vid sidan av, till vänster om tangentbordet. Det var samma slags kuvert som förra gången. Fint och liksom vänligt, i alla fall på ytan. Men hon hade ingen bra känsla i magen när hon tog upp det med darrande fingrar. Hon sprättade upp det och tog fram kortet som låg inuti. Läste:

Glöm inte att se dig om, Christina. Du vet aldrig vem som följer efter dig, vem som pratar bakom din rygg. Det här är bara början.

Hon rös ända nerifrån tårna, kände hur håren reste sig på armarna.

– Christina, mår du bra?

Det var Maud som kommit tillbaka och som nu betraktade henne med orolig blick. Vad svarade man på sådant. *Nej, jag mår pyton, det är en riktig skitdag och jag orkar inte mer.* Så kunde hon naturligtvis inte säga, inte heller berätta att hon precis fått ännu ett kryptiskt brev. Någon ville henne illa. Och hon klarade inte av att stå stark, klarade inte av att se glad ut.

– Jag mår faktiskt tjyvens, sa hon nu. Jag tror att jag håller på att få influensa eller nåt, årets ska tydligen vara riktigt otäck och jag kom precis på att jag ännu inte har vaccinerat mig. Men det borde jag. Har du det, Maud? Har du vaccinerat dig?

Hon märkte att hon talade osammanhängande, märkte att Maud hörde det också, men nu fanns ingen återvändo, nu måste hon spela spelet tills hon kom härifrån.

– Jag vaccinerade mig faktiskt i förra veckan, nickade Maud.

Christina reste sig från stolen, klev i skorna hon nyss tagit av sig, det kändes alltid bättre med höga klackar än att stå i strumplästen inför en underordnad.

– Ring en taxi åt mig, är du snäll, bad hon. Jag måste åka hem och lägga mig. Jag mår verkligen inte alls bra.

Hon mådde sämre än på länge. Det var sanningen. Brevet brände i handväskan. Hon drog för gardinerna i sovrummet. Såg på whiskyflaskan på nattduksbordet. Det var måndag, snart dags för lunch, och här höll Christina Lund, chefredaktör, publicist, tevestjärna, på att bryta samman. Var det stressen? Oron? Hjärtat slog fortfarande oregelbundet men hade börjat lugna sig. Hon hade stjälpt i sig två stadiga drinkar så fort hon kom hem, struntat i att iPhonen blinkade av obesvarade sms, struntat i allt. Lagt sig på sängen och sträckt sig efter flaskan. Värmen från spriten lugnade henne, tröstade. Det var en engångsföreteelse, detta. Bara en gång, en dag då allt kollapsade, alla hade väl rätt att unna sig? Det gjorde henne inte till en sämre människa.

Vad hade han sagt egentligen, Pierre, att Johns bilder inte höll tillräckligt hög kvalitet? Kanske hade han rätt, men vad spelade det för roll, vad spelade något för roll? Hon svalde ännu en klunk whisky. Snart kände hon sig tyngdlös och lätt, hjärtat slog lugnare, hon log för sig själv där hon låg på sängen i halvdunklet. Allt skulle ordna sig. Allt skulle bli bra. Det enda hon behövde var en stund på egen hand, en pytteliten tupplur mitt på blanka dan.

CECILIA TRYCKTE EN varm handduk mot kvinnans mellangård, allt för att hindra de något spända vävnaderna från att brista.

– Vi väntar in nästa krystvärk. Så, du är otroligt duktig, Malin.

Den blivande mamman flämtade. Hon verkade avspänd, hade ett lugnt ansiktsuttryck medan hon inväntade nästa krystvärk.

– Det är som om du inte gjort annat än fött barn i ditt liv, sa Cecilia och log mot undersköterskan Linda, som stod på andra sidan förlossningssängen. Stämningen i rummet var fridfull, nästan andäktig. Man kunde inte tro att det var första gången.

– Mmm, nickade Malin. Nu...

Hennes ansikte drogs samman, hon bet ihop käkarna medan små svettpärlor trängde fram i pannan.

– Älskling, du klarar det, sa Anders, den blivande pappan, som stod vid sidan om undersköterskan. Du är fantastisk!

Så olika denna eftermiddags förlossningar hade varit, tänkte Cecilia medan hon tog emot en sprattlande barnkropp som pressade sig ut i världen. Moderkakan följde efter strax därpå och Malin satte sig upp, skrattande, tog själv emot den lille nyfödde som blinkade mot omvärlden under svullna ögonlock. En lycklig liten familj. Borta var timmarna av värkar och koncentration.

– Smile, sa Anders och tog kort på mor och barn. Vad fina ni är! Malin, du är en gudinna.

Han kysste henne länge och innerligt. De log båda mot sin pojke, som bara någon minut gammal bökade efter bröstet.

– Det blev bara en liten bristning, sa Cecilia sedan navelsträngen klippts, moderkakan inspekterats och Malin undersökts. Jag tror inte ens det behöver sys, de här små bristningarna läker bäst själva utan att man är där och petar.

En lätt och ljus förlossning, som ett plåster på den inte alltid så fagra verkligheten. Annat hade det varit i förlossningsrum tolv, där en kvinna med skyddad identitet fött sitt tredje barn någon timme tidigare. Kvinnojouren hade varit på plats för att bistå kvinnan mot pappan, som tidigare misshandlat både henne och hennes äldre barn. Men fadern hade krävt att få komma in och tack vare en kontaktperson från socialtjänsten hade han fått sin vilja fram. Cecilia förundrades över en sådan relation, där kvinnan fått all befintlig hjälp att undvika mannen, men valt att ha honom hos sig i förlossningsögonblicket. Längtan trots misshandel, kärlek i ett sönderbombat land. Den pappan var allt annat än vänlig, tvärtom gick han omkring inne på avdelningen som om han ägde dem allihop, med dryg uppsyn och musklerna spelande under en solkig collegetröja. Gunilla hade viskat att han fått permission för att närvara under förlossningen, satt visst inne för misshandel.

Var det möjligt, eller var det bara rykten som gick? Cecilia vågade knappt möta mannens blick. Hon tänkte ta upp frågan på nästa personalmöte.

Nu led det mot kväll efter ett stökigt skift. På sex timmar hade de dessutom haft två navelsträngprolapser, en sugklocka, larmsnitt efter en cervixruptur, labiabristningar till höger och vänster. De lugnare förlossningarna bjöd på en stunds återhämtning, trots att även de krävde koncentration.

Cecilia brukade alltid ha telefonen avstängd och liggande i skåpet, men den här dagen gick hon och hämtade den. Hon ville skicka ett sms till John, byta ett par vardagliga ord för att komma på andra tankar. Istället hittade hon ett meddelande från Lars-Åke. Ring, hade han skrivit. Ingenting mer. Det var märkligt, han brukade aldrig skicka sms till henne. Först en kopp kaffe. Sedan skulle hon slå en signal. Hon stoppade telefonen i byxfickan, gav sig iväg till personalrummet. Fötterna kändes stumma och halsbrännan fick henne att må illa. Kaffe var inget vidare, ändå behövde hon en kopp, lite koffein för att piggna till.

– Det har visst kommit en sprillans ny avhandling om profylax och förlossningsrädda pappor, sa Louise och fiskade upp tepåsen ur koppen. Är det nån som hunnit läsa den?

– Nej, men jag läste om den i tidningen, sa Gunilla. Profylaxen lär inte påverka själva förlossningsupplevelsen för de blivande föräldrarna, men hjälper just männen att bättre hantera situationen.

– Men gud så intressant, sa en av barnmorskeeleverna.

– Ja, tänk på alla män som hamnar i skymundan, nickade Louise.

– Tänk vad många såna män vi fått ta hand om här genom åren, fortsatte Gunilla. Tidigare har man bara gjort sig löjlig över dem.

– Bra att de blir tagna på allvar nu. Kommer att underlätta för oss, sa Cecilia.

– Var tredje förlossningsrädd man har en kvinna som är rädd, dessutom. Så förmodligen påverkar de varandra, sa Gunilla. Rädslan styr dem och förstör deras förlossningar. Tänk om vi kunde hjälpa dem istället?

– Det låter som en dröm, sa Louise.

– Något liknande är ju Ramona Örnmåne också inne på, sa Cecilia.

– Förresten, sa Louise plötsligt. Fick du ditt brev?

Cecilia ställde ifrån sig kaffekoppen.

– Vad för brev?

Louise ryckte på axlarna.

– Det som ligger inne på expeditionen. Jag såg att det låg på bordet. Såg ut att vara en inbjudan eller nåt.

– Kändisfest, skrattade Gunilla. Sen du var med i teve i somras har du blivit Sveriges mest omtalade barnmorska.

– Äsch, sluta. Det är väl ett tackkort i vanlig ordning, jag fattar inte varför ni måste göra en grej av det?

Det var vanligt med tackkort på förlossningsavdelningen, de kom nästan dagligen till barnmorskorna men också till annan personal. Några handskrivna rader, ibland också foton på barnen och deras glada föräldrar. De hade en hel vägg fylld med hälsningar utanför expeditionen, somliga utformade som små konstverk.

Cecilia fiskade upp brevet när hon var på väg till omkläd-

ningsrummet. Ett avlångt kuvert, utan avsändare. Handstilen kändes bekant på något sätt. Hon slet upp brevet, tog fram det hopvikta pappret. Budskapet var kort men orden, skrivna med svart bläck på vitt papper, gick inte att misstolka:
Se upp med vart du går och vad du gör. Du förtjänar inte att leva.

Hon kände hur benen skakade till, som om styrkan i dem försvann. Hur hjärtat började bulta och slå. Handflatorna blev svettiga, fingrarna stela. En våg av illamående sköljde över henne, en våg av rädsla och kraftigt obehag.

Andas, Cecilia. Andas, sa hon åt sig själv medan hon febrilt försökte komma på vad hon skulle göra med hotbrevet som glödde i hennes hand. Någon skrev att hon inte förtjänade att leva, någon varnade henne. Om hon inte skulle leva, vad skulle hon göra då? Dö. Det var vad som blev kvar när livet försvann. *Se upp med vart du går.*

Borde hon berätta för de andra på avdelningen? Visa brevet för Gunilla, fråga om råd? Eller skulle hon vända sig till Tatiana, detta var ju något som kunde röra förlossningens säkerhet. Kunde brevet ha ett samband med Elin Widegren, någon anhörig som bestämt sig för att hämnas? Hon borde ringa John och prata med honom. Ringa hem. Tänk om någon ville skada hennes familj? Gunilla hade rätt när hon sa att rädslan förstörde, så kändes det nu, som om rädslan förlamade henne.

Utanför föll mörkret. Skulle hon ens våga gå hem ensam, ta tunnelbanan som hon brukade? Det skulle hon väl. Vägen till tunnelbanan var inte så lång. Hon lämnade sjukhuset och plockade upp telefonen. Det fanns faktiskt en person hon ville ringa med detsamma, en person vars röst hon behövde höra i just detta ögonblick. Den ende som kanske kunde komma med lugnande ord, som skulle kunna förstå. Per Nilsson var tabu för henne, känslomässigt förbjuden, ändå var det just honom hon behövde vända sig till. Fanns det någon mening med det som skedde? Du är höggravid, sa hon till sig själv. Det är ingen fara. Du väntar barn med John, det är honom du älskar. Det andra, det är bara professionellt, bara för att inte oroa John i onödan, bara för att få några lugnande svar. Per representerar lagen, tryggheten, han vet vad du ska göra, han kommer att ge dig goda råd.

Så plockade hon upp telefonen, slog numret snabbt, för att inte hinna ångra sig. Och medan signalerna gick fram, följde hon den upplysta gångvägen mot stationen.

DEN INDISKA GUDINNAN Kali avbildades ofta som en ful uppenbarelse, med tungan som stack ut ur munnen och med fyra armar för att skrämma bort mörkrets demoner. Dödens gudinna kallades hon ibland, när hon i själva verket förkroppsligade kvinnlig urkraft. Kali bar på en sund ilska som hjälpte henne att besegra döden och alla dess demoner.

Om hämnd var det enda sättet att överleva, var den fel då? Varför skulle kvinnor bara acceptera oförrätter, nöja sig med sin lott? Det var djupt orättvist och nästintill outhärdligt.

Somliga fick så mycket mer än andra. Men man behövde inte nöja sig. När hon tänkte på de indiska gudarna såg hon också världen i ett större perspektiv. Hon kunde göra skillnad. Måste inte stå maktlös.

Tankarna gav henne styrkan att klä på sig, dra borsten genom håret, fatta ett beslut. Hennes andhämtning ökade, kinderna fick färg. Hon låste dörren efter sig och tog hissen ner till bottenplanet. Ur hämnden föddes styrka. Gudinnan Kali var med henne, liksom den store tigerns mäktiga ande.

Där ute gick villebrådet.

Jakten var i full gång.

"LÄMNA ETT MEDDELANDE efter tonen. Eller skicka ännu hellre ett sms." Så hade han sagt på sin svarare, Per Nilsson, med en röst som påverkat henne mer än hon ville erkänna. Snälla, ring mig. Nej, så skulle hon absolut inte säga! Kom ihåg, detta var inte känslomässigt. Hon behövde be Per Nilsson om råd, kort och gott. De andra känslorna fick hon härbärgera inom sig till tidernas slut.

Cecilia skulle precis börja skriva sms:et när telefonen ringde. Det var Lars-Åke och han lät både orolig och andfådd. Det gällde Christina. Han hade kommit hem från jobbet och hittat henne utslagen på sängen, med kläderna på, en urdrucken flaska på golvet bredvid.

– Jag känner mig så förvirrad, Cecilia, vad tycker du att jag ska göra? Hon mår bättre nu, men det kan väl inte kallas normalt att vara hemma från jobbet och dricka sig full.

Lars-Åke hade aldrig ringt och bett om hjälp med något. Nog för att hon hade sett hans blickar på Christina när hon druckit vin, nog för att hon noterat hans irritation då Christina blivit berusad, men detta? Hon skulle precis säga något trösterikt när Lars-Åke började gråta.

– Du får ursäkta mig, fick han fram. Jag... är inte säker på hur länge jag orkar.

Var det så illa? Snabbt for Christinas alkoholkonsumtion genom Cecilias huvud, det glada skålandet, rösten i falsett, läppstiftet som kletades ut, de översvallande gesterna. Hade hon helt tappat fotfästet? Det förvånade henne inte. Hon kom ihåg Christinas ilskna reaktioner varje gång hennes drickande fördes på tal. I somras hade hon kallat Cecilia hysterisk och överkänslig.

– Lars-Åke. Hur mycket dricker hon, egentligen?

Han snörvlade till i andra änden.

– Det är svårt att säga. Hon dricker i smyg. Jag har kommit på henne vid alla möjliga tidpunkter, om nätterna och tidigt på morgonen...

– Varje dag?

– Ja, det skulle jag tro, svarade Lars-Åke. Det har helt klart blivit mer under hösten. Hon säger ingenting till mig längre, tycker jag, drar sig mest undan. Hon skyller på stress men jag märker att det inte är bara det. Hon är trött jämt och sover mer och när hon är vaken är hon rastlös och irriterad. Jag vill så gärna hjälpa henne, men hur? Kan du inte prata med Maria och Susanna också?

– Har du ringt dem?

– Jag fick inte tag på någon av dem. Du kanske kunde...?

Absolut. Visst skulle hon det. Ringa systrarna, försöka hjälpa mamma. Hur nu det skulle gå till? När samtalet avslutades, utan att de egentligen bestämt något konkret, sjönk hon tillbaka i sätet, stirrade ut över mörkret som flimrade förbi tågfönstret. Naturligtvis, det också, ovanpå allting annat, obehagliga meddelanden från en hotfull främling, systrarnas problem, barnen, John, jobbet, graviditeten. Vad var det de kallades, hennes generation, någon hade myntat uttrycket sandwichkvinnorna, de som klämdes från båda håll, av småbarn och deras behov å ena sidan, av sina äldre behövande föräldrar å den andra. Cecilia Lund, du är en sandwichkvinna, ett magert pålägg mellan två kraftiga bröd som pressar ihop dig.

Men Christinas behov tillhörde kanske inte vanligheterna, hur hanterade man en alkoholiserad mor, som samtidigt hade en strålande karriär? Hon var inget svagt offer, Christina. Hon skulle inte bli lätt att tas med, framför allt skulle hon vägra erkänna att hon hade problem.

Tåget bromsade in på stationen. Det var dags att stiga av. Inte förrän hon klev in över tröskeln hemma på Lindängstorget kom hon ihåg att hon borde ha skickat ett sms till Per Nilsson. Dessutom måste hon så snabbt som möjligt prata med John, inviga honom i det som pågick. Om det nu verkligen var så farligt?

Greta kom springande och kastade sig om hennes hals.

– Mamma, mamma. Älsklingsmamma, ropade hon och kramade Cecilia hårt.

– Vad gör pappa, undrade Cecilia.

– Han pratar i telefon, sa Greta och snörpte på munnen. Han är jättesur.

– Då är det väl jag som får natta dig? Eller hur?

Greta nickade och log.

Cecilia lyfte upp henne trots att flickan blivit tung. Hon skulle prata med John senare. Om hon orkade. I annat fall blev det väl som vanligt. Saker fick helt enkelt vänta till morgondagen.

DEN FÖRSTA FROSTEN kom hastigt och överrumplade de växter som envisats med att förbli gröna en bra bit in på senhösten. En morgon hade gräset ute i trädgården tonats vitt och vattnet i pölarna hade fått en tunn hinna av årets första is. Det hade talats om att vintern skulle bli en av årtusendets kallaste. Susanna rynkade pannan och drog koftan tätare om axlarna. November månad var tveklöst årets tråkigaste. Och lika kyligt som det var utomhus där temperaturen hade fallit under nollgradersstrecket, lika kallt hade det blivit i hennes äktenskap. Den avslagna stämningen spred sig. Hon och Thomas hade gjort ytterligare några försök att prata, men alla samtal hade slutat med irritation och ett ännu större avstånd. Hade han någonsin fått henne att känna sig vacker? Rolig? Hur hon än tänkte på saken kunde hon inte påminna sig om när de sist haft trevligt tillsammans. I somras, ute på ön kanske? Nej, någon äkta glädje hade hon inte känt ens då. Och sedan kom hösten.

Detta med Peggy, omfamningen i natten. Det spökade också. Jag kan bli lesbisk, vad som helst, hade hon tänkt morgonen efter trots att Peggy låtsats som om inget hänt och gett sig av redan vid niotiden, tillbaka till herrgården, tillbaka till sitt destruktiva äktenskap med Douglas. De hade knappt hörts efter det men Susanna kunde fortfarande känna smaken av Peggys läppar, doften av hennes följsamma kropp. Hade hon blivit upphetsad? Det kunde hon inte förneka. Hon hade blivit upphetsad och oroad på samma gång, som om natten i ett slag blev en vattendelare mellan före och efter. Hon log snett för sig själv. Vem försökte hon lura? Någon sinnesfrid hade hon inte haft på länge. Tvärtom.

Hon tog en banan från fruktfatet och hällde upp en kopp kaffe ute i köket. Kroppen spritte av otålighet, ville ge sig ut och springa, men hon kände av halsen som antydde att en förkylning kunde vara på gång. Istället satte hon sig vid datorn, kollade mejlen, läste några större bloggar. Som den där Marietta, mamman med en tonårsson som hamnat i olämpligt sällskap, det skänkte alltid viss tröst att läsa om en främmande familjs bekymmer. Hon fick alltid dåligt samvete då, som om hon parasiterade på någon annans olycka... Hon klickade vidare, till kvällstidningarnas sajter, läste kändisskvaller och nyhetsartiklar om krisande politiker. Andras skilsmässor var intressanta, hon slukade insinuationer om otrohet och andra relationsproblem, folk verkade ha det tungt både här och där. Hon visste inte hur hon kom vidare till reportaget om mannen som erbjöd sina tjänster, men plötsligt satt hon och stirrade in i skärmen, såg bilden på hans ansikte, läste hans budskap gång efter annan:

Någon som förstår dig.
Någon som lyssnar.

Någon som finns där när du känner dig ensam.
Tveka inte att kontakta mig – tillsammans hittar vi en lösning.

Där fanns något i hans blick, sättet han såg på henne från skärmen. Irisarnas grågröna färg, leendet som fick honom att se pojkaktig ut. Blicken sökte sig in i hjärtats innersta dammiga hörn där ingen varit på så många år. Som om hon redan kände honom, som om han alltid varit en vän. Hon betraktade hans porträtt, håret som föll över pannan, ögonbrynen, näsan. Han fanns där ute, väntade på henne, sträckte ut sina armar mot henne. Orden han skrev, de var varken insmickrande eller falska. Hur visste just han vad hon behövde? Kanske var det sådant som kallades ödet.

CECILIA HADE SOVIT dåligt. Det var omöjligt att inte tänka på brevet hon fått till förlossningen. Samtidigt funderade hon på Per Nilsson. Var det rätt att kontakta honom? Att han inte hade svarat i telefon kanske var ett tecken på att de inte borde höras. Omöjligt var det dessutom att inte än en gång påminnas om samtalet med Lars-Åke. Christinas drickande föreföll med ens som ett mycket större problem än hon tidigare trott.

– Du får kanske ta ett snack med henne, föreslog John när hon hade berättat. Hon är väl stressad, att man får ett sammanbrott kan hända i de bästa familjer.

– Nu var det inte riktigt bara ett vanligt sammanbrott.

– Nej, men du förstår vad jag menar, vi kanske inte ska döma henne så hårt.

– Men tänk om hon är...

Cecilia ville inte riktigt ta ordet missbruk i sin mun, det kändes så hotfullt och skrämmande.

– Vadå? Alkoholist? Det kanske hon är, det är hon i så fall inte ensam om. Simon är narkoman, glöm inte det.

John sa det liksom i förbifarten, lika nonchalant som om

han diskuterade vädret eller inköp av nya gummistövlar eller något annat banalt, han sa det på ett sätt som plötsligt gjorde henne arg. Men inte arg på Christina, utan arg på honom, på hennes egen man. Med vilken rätt satt han där och dömde?

– Hur kan du säga så?

– Det kanske måste sägas högt för en gångs skull. Så ni alla slutar tassa runt henne hela tiden.

– Tassa runt! I somras var det minsann jag som var överspänd, när jag tyckte att det var fel att hon drack vin när hon passade tjejerna. Och nu är det jag som tassar runt? Då, vill jag påminna mig, var det du som ansåg att jag överdrev. Och nu säger du *alkoholist* utan att röra en min.

Ilskan bara kom över henne, fick det att svartna för ögonen. Någonting i Johns självgoda uppsyn störde henne, fick henne att vilja bära sig illa åt. Samtidigt var det en tokig reaktion, helt oproportionerlig. Den förnuftiga delen av henne insåg det, försökte dämpa den där bångstyriga vildfågeln inom henne.

– Men lugna dig, vad är det med dig? Christina kanske behöver hjälp, vad vet jag. Du måste inte ta allting så personligt.

Irritationen kokade i henne. Så dum han var. Allt som hade med hennes mamma att göra var djupt personligt. Sanningen var att hon inte riktigt tålde när John kritiserade Christina, även om han hade rätt i sak.

Tröttheten och oron tog ut sin rätt. Det blev inte bättre när Sofia strax före åtta kom på att hon skulle ha matsäck med sig.

– Och tjugo kronor! Vi ska till hembygdsgården och pyssla!

Samtidigt kom Marcus springande.

– Mamma! Wille är taskig! Han kommer in i badrummet när jag duschar och vägrar gå ut!

William kom efter, med förorättad min.

– Jag skulle bara ha mina jeans!

– Och jag sa att du skulle få dem när jag var klar. Mamma, säg till han.

Varför i herrans namn vände de sig bara till henne för? Cecilia kände babyn sparka till, och såg bort mot John som stod vid diskbänken och precis höll på att lägga en c-vitamin i ett glas vatten.

– John.

Han vände sig om medan tabletten brusade i glaset.

– Killar.

William suckade surt.

– Men jag behövde mina jeans ju!

John skakade på huvudet.

– Wille, det handlar om respekt. Du vill inte att nån ska gå in i badrummet när du duschar, då måste du respektera andra på samma sätt.

William fnös. Så vände han sig om med en trotsig knyck på nacken och rusade ut från köket.

– Wille, ropade John. William, stanna, vi pratar faktiskt med dig!

Men William svarade inte. De hörde hur han drog på sig jackan ute i hallen. Så smällde han igen ytterdörren utan att säga hejdå.

– Min matsäck, då, undrade Sofia. Jag kommer att komma för sent.

Cecilia såg sig omkring i det stökiga köket. Ett margarinpaket som var nästan tomt hade välti och nu låg den kladdiga kniven på bordet. Herrgårdsosten var nästan slut och skalken som var kvar såg ledsen och svettig ut. Urdruckna mjölkglas, smutsiga skedar. Och så Greta, fortfarande bara i trosorna.

– Jag fryser.

Själv kände hon sig som världens sämsta mamma. Wille hade smällt igen dörren efter sig och gått till skolan utan frukost. Kände sig John som världens sämsta pappa i ett sådant här läge? Något sa Cecilia att så icke var fallet. Män tog inte åt sig på samma sätt som kvinnor, när barn bråkade och jävlades låg detta liksom bortom männens personligheter. Medan kvinnorna tog åt sig, sökte orsakerna till vardagens mindre och större katastrofer i sina egna beteenden, i sitt sätt att vara. Hon skulle ha ångest i flera timmar nu för att William var hungrig, trots att det var hans eget fel att han låg kvar i sängen en bra stund efter att de väckt honom.

– Mamma.

Sofia ryckte henne i ärmen.

– Jag vill ha pannkaka!

Klockan hade passerat åtta.

– Lilla gumman, vi hinner inte steka pannkisar nu. Men vi kanske kan köpa färdiga på väg till skolan? Hoppa i kläderna nu, Greta, så kör jag er, sa John.

Cecilia gav honom en tacksam blick.

– Köpepannkakor är äckliga, sa Sofia.

– Nejdå, försäkrade Cecilia. De är jättegoda. Och pappa köper Festis också, så att du har nåt att dricka till.

Sofia rynkade på näsan.

– Fast fröken säger att vi inte ska ha med oss läsk och saft och sånt, att det är socker i och att det är jättedåligt för magen och för tänderna och att man kan få sån där *dibetes* om man inte aktar sig.

Sockertalibaner fanns det gott om överallt.

– Det heter diabetes, gumman, rättade Cecilia. Men vet du, jag tror inte att du får det bara så där, om du dricker en liten Festis då och då.

– Jo, det är jättefarligt, envisades Sofia. Fröken säger det och det skulle hon väl inte säga om det inte var så? Förresten säger Vilmas mamma det också.

– Okej, okej! Du kan få vatten ur kranen, blir det bra?

John öppnade skåpet under diskbänken och plockade fram en tom vattenflaska.

– Det ska vara iskallt vatten, pappa! Iskallt, sa Sofia.

John lät vattnet stå och rinna innan han fyllde på flaskan.

– Garanterat *dibetesfritt*, sa han och gjorde en ironisk min mot Cecilia. Är Greta klar?

Greta hade de helt glömt bort. Dessvärre satt hon och lekte med gosedjuren, fortfarande i bara trosorna. Klockan hade passerat tio över åtta och Cecilia ville helst gå och lägga sig i sängen och dra täcket över huvudet.

– Pappa, får jag också skjuts, sa Marcus som uppenbarligen inte heller hade kommit iväg än.

Mardrömsmorgonen tog visst aldrig slut. Vilken tur att hon skulle iväg och jobba senare. Så sköt hon tankarna på Christinas drickande, på hotbrevet och på Per Nilsson framför sig ytterligare.

CECILIA FICK PUSTA ut några timmar sedan John och barnen försvunnit till jobb, skola och dagis. Men istället för att ringa Christina och fråga hur modern mådde eller göra ett nytt försök att kontakta Per Nilsson blev hon sittande vid datorn. Skulle hon ens våga gå in på bloggen? Tänk om det hade kommit fler otrevliga kommentarer? Lyckligtvis var där fridfullt och tomt på elakheter. Därmed kändes det okej att skriva av sig lite.

God morgon kära blogg. Det blev ännu en sådan där katastrofmorgon som jag verkligen avskyr. När jag har noll kontroll på vad som sker, när köket ser ut som en svinstia, när barnen bråkar och maken och jag missförstår varandra. Då tänker jag, hur ska det gå när vi blir fler? När vi får en ny bebis som kommer att skrika och gråta och gnälla? Eller så är jag äldre helt enkelt och min ungdomsenergi rinner ifrån mig, alla människor kanske bara har ett visst mått ork. Jag ska komma ihåg att vara tacksam för det jag har, friska barn och en snäll man och hus och hem och ett jobb jag älskar, så, nu har jag skrivit det, nu känns det inte längre som om jag hädar. Något helt annat: Jag funderar mer och mer på att föda hemma. Bara en känsla som finns där och som växer sig starkare. Jag som fött alla barnen på sjukhus och som kan så mycket om förlossningar, jag tycker att jag kan ta detta steg. Vad mannen säger? Det återstår att se.

Det var riskabelt att skriva om hemförlossningar. Folk hade alltid en massa synpunkter och majoriteten av kvinnorna var inte för. Tvärtom. Ändå kunde hon inte låta bli. Hon ville vara ärlig om sina känslor. Det var vad bloggen var till för.

När Cecilia bloggat klart började hon surfa runt. Ramona Örnmåne hade en egen sida, med praktiska tips och frågor till kvinnor som funderade på att föda i hemmet. Cecilia läste intresserat. En av sakerna den blivande hemföderskan skulle ta reda på var hur hennes egen mor hade fött, om det var möjligt. I den egna födelsen låg nyckeln till hur man själv hanterade förlossningssmärta, i våra mödrars förlossningar fanns många svar, skrev Ramona. Ofta gick födandet i arv. Traumatiska upplevelser satte sin prägel, liksom harmoniska sådana. Cecilia blev sittande vid hemsidan, klickade vidare. Läste andra kvinnors förlossningsberättelser. Trots att hon själv var barnmorska fanns här saker hon inte tidigare tänkt på eller ens känt till.

Åter kom hon att tänka på brevet. Kanske var det ett skämt, ett udda practical joke. Inte för att det var särskilt roligt, men ändå. Hur hon än tänkte kunde hon inte komma på någon särskild person som skulle vilja skada henne. Om det hade med Elin Widegren att göra ändå? Kanske lika bra att försöka få tag på Per Nilsson i alla fall. Hon gick in på Facebook, mest för att slippa ringa. Den lilla röda symbolen för att ett nytt meddelande fanns i hennes inkorg gick inte att missa. Och med ens såg hon ett välbekant ansikte på det lilla fotot.

Du hade ringt? Hör av dig igen. Kram Per.

Herregud. Kram? Hjälp, nu hade hon satt igång något i alla fall. Snabbt loggade hon ut från sidan utan att besvara hans meddelande, och utan att skriva något i sin egen statusrad.

Istället slog hon Lars-Åkes mobilnummer. Kanske bäst att börja så. Fråga hur det var med Christina. Ta det lilla lugna.

Lars-Åke svarade nästan med en gång. Han lät en aning distré.

– Ja, hej, hej.

Han lät helt annorlunda nu jämfört med när han själv hade ringt henne.

– Jag tänkte bara höra hur det var med mamma, sa Cecilia och kände sig plötsligt mycket liten. Det var ingen angenäm känsla.

– Tack för att du ringer, sa Lars-Åke och lät lite mer stram än vanligt. Jag är ledsen att jag kanske oroade dig sist. Jag blev ju orolig själv, som du kanske förstår, men det var nog ingen fara. Christina var bara en smula utarbetad. Fullkomligt slut, förstår du.

Han sa fraserna som om han övat in dem, som om han redan förberett ett försvarstal.

Cecilia harklade sig lätt. Tänk att Lars-Åke kunde göra henne så osäker.

– Men hur mår hon nu? Är hon okej?

Lars-Åkes svar kom snabbt.

– Hon mår fint. Jag måste be om ursäkt för att jag oroade dig, det var dumt av mig. Och fel att gå bakom ryggen på Christina.

Nej, ville Cecilia säga, det var helt rätt. Men något i Lars-

Åkes ton gjorde att hon inte protesterade.

– Det är ingen fara, sa hon istället. Ingen fara alls. Du kan alltid ringa mig. Det vet du. Jag ville inte ringa mamma, jag antog att hon kanske var upptagen.

– Och det är faktiskt jag också, sa Lars-Åke. Vi ska alldeles strax ha redaktionsmöte här. Men skicka ett sms till Christina du. Gör det. Då blir hon glad.

– Det ska jag göra, sa Cecilia. Ha det så bra då. Vi hörs.

Hon skulle just trycka bort samtalet när hon hörde Lars-Åke säga något.

– Du, Cecilia! Förresten, sa han, liksom andfått. Kanske kan du låta bli att nämna för Christina att du och jag pratats vid. Jag vill inte att hon ska tro att jag ringer runt och skvallrar.

Det skulle bli märkligt att låtsas som om de inte haft kontakt.

– Cecilia? Du säger ingenting, sa Lars-Åke ängsligt.

Hon suckade lätt. Men vad skulle hon svara? Hon hade ingen lust att ge sig in i Christinas och Lars-Åkes relation, bidra till eventuella intriger.

– Jag vill gärna kunna lita på dig, fortsatte Lars-Åke.

– Det kan du, svarade Cecilia. Men kanske borde du berätta för mamma istället. Annars kan det bli konstigt nästa gång vi träffas.

Risken fanns att det skulle bli ansträngt ändå. De var alla redan tillräckligt medvetna om Christinas drickande.

– Det ska jag, svarade Lars-Åke. Ta hand om dig nu.

Ta hand du om mamma, ville hon klämma till med. Det är henne du ska ta hand om. Mig går det ingen nöd på. Men hon sa inget mer förutom ett lamt hejdå.

– HAR DU VERKLIGEN tänkt igenom saken ordentligt, Cecilia? Är du helt säker på att du kan tänka dig att ta risken? John synade sin hustru noggrant, som om han inte riktigt var övertygad om vad hon just hade sagt. Hon ruskade på sig, kände sig lite obekväm inför hans blick. Det hela behövde avdramatiseras. Eller, snarare, John behövde tas ner på jorden.

– Men du. Du låter så allvarlig och sträng! Jag säger inte att det måste bli så, men jag vill att vi ska prata om det. Det enda jag vet är att jag är väldigt lockad av möjligheten. Men då måste du vara med mig, svarade hon och försökte göra rösten lättsam.

De hade blivit sittande i soffan, klockan var mycket. Wille satt nog vid datorn fortfarande men de andra barnen sov. Cecilia hade stängt av teven. Det var söndag imorgon, ingen skola och inget dagis, kanske fick de sova till halv åtta om de hade tur. Numera var det svårt att få till en pratstund på tu man hand, men det hon ville ha upp på bordet kunde hon inte vänta med längre.

– Jag vet inte, suckade John. Föda hemma. Nej, det alternativet hade jag aldrig trott att du skulle komma med. Din syrra Maria kanske. Men inte du. Inte vi. Jag menar, tänk om något går åt helvete? Vems ansvar är det då? Det hjälper ju knappast att du är barnmorska i ett sånt läge, eller hur.

– Kan vi inte träffa Ramona tillsammans, undrade Cecilia. Jag tror att du kommer gilla henne. Förresten är det sällan nåt bara händer när man föder barn, det borde väl du veta. Dessutom är vi inga nybörjare direkt. Jag har fyra förlossningar bakom mig och med facit i hand kan jag säga att jag hade kunnat föda alla barnen hemma. Jag föder rätt enkelt, om jag jämför mig med andra. Jag behöver inget sjukhus för att klämma fram den här lilla heller.

John lutade sig tillbaka, lade händerna bakom nacken.

– Det känns konstigt, om du frågar mig. Och vad gör vi med ungarna? Ska de stå och klappa händerna och heja fram bebisen medan du krystar, som i nån flummig sjuttiotalskomedi?

Vad fånigt han pratade. Cecilia kände sig plötsligt ensam, som om John inte var med i hennes lag längre. Som om hon behövde försvara sig inför honom.

– Du behöver väl inte förlöjliga mig, sa hon och försökte att inte visa hur sårad hon kände sig. Klart att inte barnen ska vara här. Killarna kanske kan vara hos Maria och flickorna kan vara hos mamma. Eller hos Susanna. Det är det minsta problemet, tycker jag. Det viktigaste är hur du känner. Att du är med på det. Så att jag kan känna mig trygg.

John flyttade sig närmare, lade armen om Cecilias axlar, drog henne intill sig.

– Du. Förlåt. Det var inte meningen att låta överlägsen, sa han. Jag känner mig lite stressad bara, hade liksom aldrig kunnat föreställa mig...

– Inte jag heller. Men livet är rätt oförutsägbart och jag fick en sån stark ingivelse när jag träffade Ramona. Hon är lite udda, men på ett bra sätt.

Nu kändes det bättre igen. John hade sänkt garden, lät inte lika överlägsen längre. Hon anade en spricka i hans motstånd. Kanske skulle han inte bli så svår att övertala ändå.

DAGARNA BLEV KORTARE, det var påtagligt att de var på väg in i mörkret. Träden hade efter flera intensiva stormar tappat sina färgsprakande löv och stod nu nakna och svarta, rasslade dystert med våta grenar i eftermiddagsvinden. Det fanns verkligen inte mycket som var förmildrande för årstiden, tänkte Cecilia medan hon tog på sig skor och ytterkläder.

Det var lite för tidigt att hämta in posten än och ändå kände hon paniken komma krypande när hon tänkte på vad som kunde finnas i brevlådan. Tänk om den innehöll något nytt otäckt? Hon märkte hur hennes humör sjönk, hur påverkad hon blev av att fundera kring vem den illvilliga anonyma personen kunde vara. Nej, det gick inte längre. Hon måste ta itu med saken och anförtro sig åt John. Dessutom fråga Per Nilsson om råd. Han hade skrivit att hon skulle höra av sig igen och det fanns inget skäl att skjuta på det längre.

Denna gång svarade han med detsamma. Så varm och trygg han lät. Hans röst fick henne att skälva till. Efter några korta inledande fraser började hon berätta. Han lyssnade uppmärksamt.

– Vad tror du själv? frågade han när hon var klar.

Hon hade ingen aning.

– Jag har tänkt så otroligt mycket på det, sa hon. Men hur jag än vrider och vänder på det kan jag inte komma på vem som skulle kunna vara arg på mig. Eller varför någon skulle vilja skrämma mig.

– Någon du blivit osams med? Någon som kanske retar sig på dig? Är avundsjuk?

Hon såg ut, mot bilarna som passerade i grådasket.

– Nej. Avundsjuk? Jag är ju inte rik direkt. Eller känd. Eller överdrivet snygg.

Så barnsligt och högfärdigt det där lät! Som om hon gick med håven. Hon önskade att hon inte hade använt just den formuleringen. Men Per Nilsson tycktes inte bry sig om orden hon använt.

– Människor kan känna avund av de mest märkliga orsaker, sa han. Det måste inte handla om materiella ting eller yta.

– Kan det ha att göra med det som hände runt Simon, spekulerade Cecilia, lättad över att få byta spår. Langaren och de människorna?

Per Nilsson drog lite på svaret.

– Nja, det låter alltför långsökt. Att någon av dem skulle skicka dig en bok om en familj som får ett besvärligt barn, vad i hela fridens namn skulle han göra så för?

Hon slogs plötsligt av att han nog inte visste att hon var gravid. De hade inte träffats sedan i somras, då hade inte magen synts ännu, och hon hade inte haft någon anledning att berätta för honom.

Skulle hon säga något nu? Om de träffades, skulle han

kunna se hennes tillstånd med egna ögon. Kanske var det lika bra att berätta. Så att han fick hela bilden. Annars blev historien om boken fullständigt ologisk.

– Det är en sak till, sa hon lågt och andades i luren. Det är så här att...

Orden kom trögt, ville inte riktigt uttalas.

– Jag är faktiskt gravid.

Hon försökte se hans ansikte framför sig. Brydde han sig om vad hon just sagt? Vad inbillade hon sig egentligen. De hade ingenting med varandra att göra, hade aldrig haft. Att han berörde henne saknade betydelse.

– Oj, sa han. Då får jag gratulera. Är det fjärde barnet?

Löjligt. Han visste mycket väl vilket barn i ordningen det var.

– Nej. Nummer fem. Precis som i boken. Det är det jag tycker är så otäckt.

– Ja, det kan jag förstå, instämde han. Och det visar att den som skickat boken känner till din familj. Att det är en person som vet en del om dig. Eller har tagit reda på fakta. Vad säger din man om det hela?

Min man vet inget. Jag har inte orkat berätta. Tänkt att det är oväsentligt. Ibland är det svårt att säga sånt till honom, jag vet inte varför. Kanske för att jag ger mig själv skulden för en del av det som händer, kanske för att jag känner mig dum. Kanske för att jag tror att jag ska klara av att lösa saker själv, utan hans hjälp. Kanske för att jag inte vill stressa honom. Kanske för att jag vill låtsas som om det inte händer.

Högt sa hon bara:

– Ja, vad ska han säga? Han tycker inte det är särskilt lustigt, men jag tror inte han tar det på något större allvar.

Varför ljög hon? Hon visste inte, kunde inte riktigt förklara.

– Vill du göra en anmälan, föreslog Per. För att få det skriftligt. Det kan vara bra.

Bra, för vad? Hon valde att inte fråga.

EFTER EN HETSIG förmiddag befann sig förlossnings-
avdelningen i ett spänt lugn. Cecilia steg in på expeditionen
och hälsade på några av kollegorna.
– Himla trist väder idag, sa Anki som precis lagt på luren.
Men du ser pigg ut. Hur är det?
– Jodå. Jag står upprätt, sa Cecilia och log.
Kvällspersonalen hade börjat droppa in så smått och slog
sig ner i sofforna. Det hade blivit dags för rapport och den
ansvariga barnmorskan Ulrika loggade in på datorn.
– Då ska vi se, sa hon och klickade fram översikten. På ettan
har vi en frisk kvinna som väntar tredje barnet. Det är ganska
lugnt i magen. Hon har blivit undersökt inatt, men inte där-
efter. Lite tidigt, hon är i vecka 32 plus fem bara. Första barnet
föddes i vecka 34 och den bebisen var tillväxthämmad, men
den här ser bra ut, ligger bara åtta procent under.
På fyran har vi en misstänkt vattenavgång, kom in inatt,
högt och rörligt huvud, vecka 40 plus fyra. Mamman har fått
syntdropp. Kurvan ser bra ut såvitt jag kan se.
På femman har vi en förstföderska som kom in i förmid-
dags med värkar, hon var då öppen åtta och amniotomerades

vid elva, fostervattnet var ordentligt mekigt. Vi satte syntdropp men det ogillade bebisen så det pausades. Nu får vi avvakta lite och se.

Åttan, där är det en frisk omföderska med värkar, tian är förlöst och på tolvan har vi en fyrföderska med vattenavgång, hon har varit ute på promenad och gått runt här i korridoren, verkar inte ha så jättemycket värkar. Vi måste ta beslut om huruvida hon ska vara kvar eller skickas hem.

– Skicka hem, tycker jag, sa en av barnmorskorna.

– Livmodermunnen är sluten, hon hade vattenavgång vid halv två inatt men det är fortfarande så omoget. En fantastisk kurva hela dan, men så länge det inte händer något kan hon lika gärna gå hem, tyckte Lena, en äldre barnmorska.

Vecka 40 och några dagar... Cecilia kunde precis sätta sig in i hur den blivande fyrbarnsmamman måste känna sig. Utlämnad åt beslutsfattarna på förlossningen. Förmodligen urless på sin graviditet. Förväntansfull inför att föda. Och samtidigt med en kropp som sätter sig på tvären. Hon kände sig manad att gå emot de andra här.

– Om kurvan är evidensbaserad kan vi droppa henne istället för att hon ska behöva vänta i flera dagar. Jag röstar för att hon ska få stanna. Det blir samma resultat ändå, det har vi flera studier på.

Några nickade instämmande

– Cecilia har rätt. Jag ska ta det med Forsberg igen. Nämen se, där kommer han förresten!

– Hej, nickade förlossningsläkaren. Har ni inget annat att göra än att häcka här?

– Nej, hurså, log en av de yngre barnmorskorna. Vi pratar

just om tolvan, huruvida hon ska få stanna. Det råder delade meningar om det.

– Hon får gå upp till avdelning sjutton, sa Forsberg och avgjorde saken.

Det blev en stressig eftermiddag ändå. Sugklocka på rum elva, det var ett föräldrapar som gripits av panik, kvinnan hade hyperventilerat och maken gråtit som en liten baby, han hade fått tröstas av undersköterskan. Visserligen hade det inte behövts mer än tre dragningar med sugklockan och ingreppet hade inte heller krävt något snedklipp, men ändå hade det känts dramatiskt. Så kunde det bli ibland, tänkte Cecilia medan hon fyllde i journalen. Det fanns fyra olika slags sugklockor att använda sig av, idag hade hon använt Malmströmklockan, döpt efter sin uppfinnare, obstetrikern Tage Malmström, som konstruerat den i mitten av femtiotalet. Cecilia klickade i boxarna. *Trycksänkningen påbörjades 18.31. Sänktes stegvis. Extraktion 18.36. Antal klocksläpp noll.* Allt hade gått bra, babyn hade uppvisat goda värden trots den långa utdrivningsfasen då hjärtslagen gått ner. Svart på vitt var det en rätt normal klockförlossning. I journalen stod sällan alla yviga gester, gråten och skriken och papporna reaktioner. Sådant fick man ta vid "speglingen" efteråt, de gånger sådan utvärdering bland förlossningspersonalen ägde rum.

Det skulle bli skönt att komma hem, tänkte Cecilia när hon loggade ut och gick mot omklädningsrummet. Skönt att få komma hem och sjunka ner i soffan, sätta på något lättsamt underhållningsprogram och låta tankarna hamna någon annanstans för en stund innan hon stupade i säng.

DET HÖGG TILL i magen när hon såg skylten med orden *Barnakut – Förlossning*. Gröna bokstäver på vit botten, en skylt som lyste upp i skymningen. Så tydligt och klart, gick inte att missa. Den stora sjukhusbyggnaden med det mindre annexet, där så många av stadens barn såg dagens ljus för första gången, stod här som alltid, trygg och orubblig. En gång i tiden hade hon längtat hit, fantiserat om hur det skulle kännas när hon väl skulle skrivas in och tas emot som blivande mor. Så länge sedan det kändes nu, den där fruktansvärda dagen då hennes liv gick sönder.

Så kallt det var. Och så mörkt. Redan. Hösten var förfärlig, liknade inte alls det klimat hon tyckte om. Värme. Sol. Milda dagar fyllda av mjuka vindar. Grönska. I detta land stod träden nakna och avklädda större delen av året och vittnade sammanbitet om att Norden var en svår plats att leva på.

Att hon inte kunde motstå impulsen att återvända. Som om det tröstade. Hon föreställde sig avdelningen med alla rummen, personalen som skyndade fram och tillbaka, besluten som fattades. Det där sterila ljuset som var tänt överallt. Lukten av rengöringsmedel, av desinfektion. Vasst och stickande. Och otäckt.

Hon blev stående vid husväggen, såg mot entrén. En gång hade hon också gått in genom de där dörrarna, fylld av förväntan. När hon gick ut genom samma dörrar var hon en annan. Hade tigern inom henne vaknat till liv redan då? Troligtvis.

Hon visste inte hur länge hon skulle behöva vänta. Men det spelade ingen roll. Hon hade tid på sig, massor av tid. Genomsnittsmänniskan levde ungefär 30 000 dygn. Detta var hennes kapital. Hur många dagar kvar? Hon hade ingen aning men det återstod över hälften, kanske så många som 20 000. Så många dagar, så mycket tid. Hon hade råd att vara tålmodig. Tid var det enda hon hade kvar. Hon hade råd att slösa.

MEDAN HON GICK till tunnelbanan tänkte Cecilia på den senaste tidens händelser. Lars-Åkes märkliga vändning, först beklagade han sig över Christinas drickande och sedan ville han knappt kännas vid att han ringt. Och bad henne hålla tyst om samtalet inför Christina! Hon kände sig besviken över hans agerande. Om nu Christina drack så mycket borde han försöka hjälpa henne. Inte förneka och sopa under mattan. Problemen var knappast borta bara för att Christina mådde bättre från den ena dagen till den andra. Cecilia behövde prata med sina systrar för att ventilera saken. Och kanske måste hon tala med Lars-Åke igen och förklara att hon inte tänkte ha några hemligheter inför sin egen mor.

Cecilia drog fram mobilen ur väskan. Egentligen var hon för trött för att ha ett samtal av den här arten, men det skulle knappast komma något bättre tillfälle. Ett jobbigt samtal var ett jobbigt samtal, oavsett när det ringdes.

Hon skulle precis slå Lars-Åkes nummer när hon tyckte sig höra steg. Kvällen var ännu ung och många människor var i rörelse, det var inget märkligt att någon gick samma väg som hon. Och ändå, något fick henne att känna sig olustig till mods. Hon vände på huvudet. Det var ingen där. Vägen låg tom bakom henne.

Märkligt. Hon synade träden och buskarna, men växtligheten stod som stelfrusen. Det var vindstilla och tyst, som om alla fotgängare uppslukats av marken. Hon hörde väl fel, övertrött och överkänslig som hon var. Nu behövde hon komma hem, äta och gå och lägga sig. Inte stå utomhus och skärskåda omgivningen, paranoid i sinnet.

Hon började gå igen. Men då var stegen där, som om någon försiktigt satte ner fötterna i gatan. Nu stannade hon inte, utan skyndade istället på, tankarna med ens i det förflutna, först minnet av överfallet i våras, sedan snabbt till händelserna med hittebarnet och Elin, alla sammandrabbningar hon varit med om i mörkret, alla de gånger hon blivit livrädd och sprungit. Hon var inte alls lika snabb längre, gravidmagen hindrade henne från att springa i den takt hon hade velat, hon kände hur andfådd hon blev och hur kroppen protesterade. Det knakade i knäna och dunkade i halsen, svetten trängde fram under armarna och mellan brösten. Hon svalde flera gånger, vad var det som hände? Nu vågade hon inte längre vända sig om, fortsatte bara att småspringa vägen fram, hoppades att hon skulle möta en förbipasserande snart.

Nu hörde hon inte stegen längre. Hennes egen andning hade tagit kommandot, överröstade andra ljud i kvällen. Så såg hon en gestalt längre fram under en av gatlyktorna. Lättnad. Skulle hon ropa? Nej, det var att överdriva.

Det var en äldre kvinna och hon såg med förvåning på Cecilia när hon tilltalade henne.

– Ursäkta, sa Cecilia med andan i halsen. Har du en klocka på dig? Jag måste få veta...

Hon hörde att hon talade ansträngt, men vågade inte låta bli. Samtidigt vände hon sig om, såg in i mörkret. Där fanns inget att se, vägen låg lika tom som tidigare. Hade hennes fantasi spelat henne ett spratt?

– Ett ögonblick bara, sa den främmande kvinnan.

Det var inte många meter kvar till tunnelbanestationen. Snart skulle Cecilia vara framme. Där fanns en upplyst entré, en spärrvakt, andra resenärer. Eventuellt också ett par säkerhetsvakter ifall hon hade tur. Om hon bara kunde ta sig dit.

– Tack, sa Cecilia. Nu måste jag skynda mig.

Så började hon gå. Hon hoppades att stegen skulle ha försvunnit. Att den som följt efter henne gett upp. Men bilderna i huvudet ville inte försvinna, blev bara fler och fler. Kanske borde hon ta en taxi. Men det var tomt vid stolpen. Typiskt. I vanliga fall fanns där gott om lediga bilar.

Hur var det Per Nilsson hade sagt? Att hon kanske borde göra en anmälan. Hon vände sig om än en gång, men kunde fortfarande inte se något. Stegen hördes inte heller och framför henne låg stationen, välkomnande och trygg. Hon försökte lugna andningen, slappna av i kroppen. Hade hon bara inbillat sig? Det var omöjligt att säga. Och ändå kändes det otäckt, ljuden i mörkret, att någon följt efter henne. Per Nilssons förslag kändes med ens alldeles logiskt. Att göra en anmälan kunde knappast skada.

FLICKORNA LÅG REDAN och sov när Cecilia kom hem. John hade lämnat kvar mat till henne, lagt upp allt fint på tallriken och dragit plastfolie över, det var bara att ställa in middagen i mikron. Köttfärslimpa, potatis och gräddsås, husmanskost som ibland var himmelskt gott. Men nu hade hungern nästan försvunnit och ersatts av ett märkligt illamående. Rädslan och tröttheten efter den påtvingade språngmarschen satt i. Att prata med John skulle vara det mest naturliga. Och ändå var det något som tog emot. Hon kunde se hans reaktion framför sig, hans oro. Så skulle han förstås bli sur för att hon inte sagt något förrän nu. Om hon nu berättade om boken, vykortet och brevet. Var hon bara feg? Nej, mest bekväm kanske, orkade inte med att bli ifrågasatt. Det där var lite av ett monster hos henne, det visste hon, att dra ut på saker.

Men jag har alltid sagt sanningen förut, försökte hon argumentera mot sig själv. *Oärlig blev jag först när John bedrog mig. Det är hans fel, det var han som tog in lögnen i vårt förhållande.*

Det var inte riktigt sant, det visste hon innerst inne, ändå var det den bästa förklaringen hon kunde servera sig själv.

Förresten kanske John själv höll på med något fuffens. Vad – tja, det kunde vara vad som helst. Det där telefonsamtalet då de åt lunch ihop? Det kunde vara något banalt. Och det kunde vara något värre. Vad det än var så hade hon helt enkelt ingen lust att sätta sig och gråta ut hos John.

Du vet att det är mer än så. Det finns ett annat skäl till att du behåller saker för dig själv. Erkänn! Eller är du för feg för det också? Det är någon som spökar för dig, en viss person som föreslagit att du ska anmäla, en man som är fullkomligt olämplig att träffa, en klar riskfaktor för dig på alla sätt och vis. Det är kanske mer det du borde vara rädd för? Hittar du rentav på att du blir förföljd bara för att ha en anledning att träffa honom?

Köttfärslimpan smakade gudomligt men Cecilia kunde inte riktigt njuta av maten där hon satt i soffan medan John zappade mellan tevekanalerna.

– Hur är det, gumman, sa han och hans röst gav henne ännu sämre samvete. Du ser trött ut.

– Det är jag, sa hon och doppade en bit potatis i såsen. Jag måste gå och lägga mig snart. Det var stressigt idag, många som födde samtidigt och en massa strul.

På teve höll en grupp kändisar på med någon ny sport, ett slags militärträning som ägde rum i skogen.

– Det där verkar kul, sa John. Jag måste börja träna mer. Kanske borde prova på. Man kan visst gå tidigt på morgonen. Innan ungarna vaknat.

– Det låter väl perfekt, sa Cecilia oengagerat.

– Nån gång kanske vi till och med kan träna tillsammans, sa John och blinkade mot henne.

– Mmm, år 2020.

– Kom igen nu, var inte så anti. När barnen är större. Nåt måste vi roa oss med. Så vi inte slutar som Susanna och Thomas, uttråkade. Jag ser framför mig hur vi åker på sköna golfresor och provar choklad och gör annat avkopplande och mappieaktigt när ungarna flyttar hemifrån.

När ungarna flyttar hemifrån. Oh, ja. Om vi ens är tillsammans då.

Var kom det ifrån? Att inte längre leva ihop med John. Var det så äktenskapets inre funderingar såg ut, att man ständigt bollade olika möjligheter med sig själv? Gift. Ogift. Gift. Skilsmässa. Inte skilsmässa. Sammanboende och ensamboende om vartannat. En gång för länge sedan hade hon knappt kunnat föreställa sig att hon och John inte skulle leva hela livet ihop. Men så förändrades allt i och med Johns otrohet och händelserna med Simon som splittrade familjen. Efter det var ingenting riktigt lika självklart. Hon hade fått smaka på livet som varannanveckamamma, livet som singel. Inte tagit för sig, lidit mest, men ändå. Erfarenheten fanns kvar inom henne, och gjorde sig ibland påmind.

Nästa gång skulle jag göra allt annorlunda.

Det var helt klart graviditeten. Något annat kunde det inte handla om, denna galopperande fantasi. Denna längtan efter äventyr, paniken över att vara instängd.

Istället för att låta fröet spira vidare ställde hon undan tallriken och sträckte sig sedan efter John. Lade handen på hans lår, klämde till.

– Du, sa hon och gav honom ett långt ögonkast. Jag måste gå och lägga mig. Har du lust att göra mig sällskap?

Det där vilda pockandet i hjärtat och i kroppen, den där varma lusten som söker sig genom lemmarna och som kräver handling. Hon föll, maktlös och svag. Bilden av hans kropp intill hennes, mötet med hans nakenhet, med ens blev hon skör och samtidigt brinnande. Eggande, att ligga med sin man och tänka på någon annan, så förbjudet och därför så lockande. Hade John sådana fantasier? I så fall, hur ofta? Och tänk om den före detta älskarinnan och Per Nilsson möttes? Hon hade aldrig tidigare slagits av möjligheten men den fanns där förstås, precis som så många andra möjligheter. Det var oundvikligt att kvinnor lade märke till Per Nilsson, att de sträckte på sig, log flirtigt. Hans närvaro hade den effekten, man ville bli sedd av honom. Hur betraktade han andra? Svartsjukan var ett mäktigt afrodisiakum, gav henne ingen ro. Tvärtom gjorde den henne ivrig. Gränslös.

– Wow, vad är det som har hänt, viskar mannen hon har intill sig i hennes öra. Ta det lite lugnt.

Men hon kan inte. Styrkan i känslorna överrumplar henne, gör henne varm. Hon biter i hans hud, känner sältan, svettsmaken, doften av kön, av man, hennes man, den ende mannen hon har rätt till, och beröringen får hennes hjärta att svida till. Falsk. Javisst, det är falskhet i detta plötsliga begär, men vad spelar det för roll? Det finns inget facit till känslorna, till lekarna, till törsten som inte går att släcka. Så hon tar för sig, styr föreställningen, låter fingrarna sjunka in djupare, ger lusten lov att dansa fritt trots att hennes kropp egentligen inte är i fas med henne själv. Hon trycker sig mot hans mun, slickar och nafsar efter honom, vill ha honom, vill inte vänta längre. Hennes stön drunknar i hans andetag.

Hon glömmer allt annat.

Nu finns bara han och hon, ensamma i mörkret.

Kyss bort min rädsla, kyss bort mina lögner. Låt mig glömma steg i natten, brev utan avsändare, verkligheten som skrämmer.

Hon blir bönhörd. Han gör det hon vill, lyder hennes önskningar. Han fyller ut henne, omfamnar henne, gör henne hel. Och när hon till slut somnar, med Johns armar omkring sig, är det bara honom hon har i sitt hjärta.

DET HADE INTE känts som någon självklarhet, men ju mer hon tänkt på saken, desto mer logiskt föreföll det. Hon behövde något annat, något som skulle överskugga vardagens tristess och radera det som hänt med Peggy. För det var väl inte så att Susanna skulle bli en sådan som efter ett långt äktenskap trädde fram ur den lesbiska garderoben? Thomas var knappast rätt person att bekräfta hennes läggning, här behövdes något helt annat. Peggys kropp hade gjort Susanna orolig. Nu behövde hon känna att hon kunde bli berörd igen. Men gärna av en man den här gången.

Alltså hade hon efter viss vånda bestämt sig. Hon skulle gå emot sitt tidigare beteende, göra något annorlunda. Därför hade hon skrivit ett mejl och satt nu och väntade på svar. Hur många gånger hann hon ångra sig? Naturligtvis utsatte hon sig för en risk, det kunde sluta illa. Om Thomas fick veta. Om mannen hon kontaktat var oseriös. Hur skulle hon agera om hennes tilltag blev känt? Skulle hon kunna vifta bort det, låtsas som om hon aldrig menat allvar? Förnekelse var ett vapen, absolut, även om det givetvis skulle bli pinsamt. Men nu hade hon skickat iväg sitt meddelande, processen var igång.

Det var onekligen vågat, detta att ta kontakt med en främling. Vad tänkte hon på, vad önskade hon egentligen? Fantasin hade inga gränser, suget efter att få vakna upp ur känslornas törnrosasömn var bedövande, behovet att förtränga smaken av Peggys mun oändligt. Där fanns ilska också, förstås, och bitterhet, något slags revanschlust. Att få ge igen. En styrkedemonstration, kanske?

Kära Thomas, du är inte allt för mig. Jag klarar mig utan dig. Om jag bara vill kan jag göra vad som faller mig in, jag kan äga världen, vara attraktiv, åtråvärd.

Där fanns något slags pendlande mellan den vuxna kvinnans rationella önskan om en annan livskvalitet, och en tonårings illusioner om kärleken. Förälskelsen som frälste från allt ont. Tvåsamheten som bar med sig svaren på sådant man inte kunde förstå.

Kvällen innan hade hon haft Alexandra hemma på middag, hennes vuxna dotter som levde sitt eget liv. Alexandra, med det långa ljusa håret, de tajta svarta jeansen, silverringarna i öronen. Med tillhörigheterna stuvade i en pösig skinnväska, iPhonen klädd i ett skimrande skal. Hörlurarna. Ipaden, på vilken hon surfade runt bland kompisarnas bloggar. Alexandra förde alltid med sig doften av det moderna, ny teknik, världar hon inte längre hann ikapp.

– Mamma. Du kan inte bara sitta här och uggla jämt, hade Alexandra suckat när de satt sig till bords och Susanna serverat dem lite skaldjurspaj och sallad. Ärligt, varför ville du inte gå ut med mig istället? Vi hade kunnat gå på Wilmas till exempel. De har jättegod mat.

– Det är väl mysigt att vara hemma, hade Susanna svarat.

– Äsch. Här ute är det så mörkt och ensamt, rös Alexandra. Jag älskar ju huset och så men tycker ändå att ni borde flytta in till stan. Tänk själv, alla teatrar och restauranger och caféer, vi skulle kunna umgås mycket mer. Nu orkar jag inte åka ut så ofta och du kommer inte in till stan heller.

Alexandra hade givetvis en poäng i det hon sa. Tiden hade rusat förbi, lämnat kvar Susanna och hennes liv i sitt kölvatten. Plötsligt hade pajen de ätit känts hopplöst gammaldags och hon skämdes inför sin dotter. Paj och sallad, vilken tråkig mat.

– Det här huset måste vara värt miljoner, hade Alexandra fortsatt. Du och pappa kan få en fantastisk våning mitt i city för de pengarna. Kan du inte tänka på saken åtminstone?

Susanna hade inte orkat berätta vad hon tänkt på den senaste tiden. Missnöjet med livet, tankarna på flykt, alla funderingar på vart hon skulle ta vägen. Var detta något man diskuterade med sin vuxna dotter?

– Eller så köper vi varsin våning, pappa och jag, hade hon sagt, glättigt, som om det var ett skämt.

För skulle det vara så farligt? Hon och Thomas som skildes i största samförstånd, avslutade äktenskapet som bästa vänner. Utan strider och bråk, utan infekterade tvister. Bara enkelt, ditt och mitt, tack och hej, härligt med de goda åren som funnits. Ingen fara, vi fortsätter att hålla kontakten, kanske kan vi fira högtiderna ihop för gammal vänskaps skull. Vi hittar nya sätt att umgås. Vem vet vad som kan hända när vi inte längre bor under samma tak.

– Men mamma!

Vad hade hon förväntat sig? Att dottern skulle rycka på

axlarna och nicka i samförstånd över att föräldrarna på äldre dar ville gå skilda vägar? Alexandra hade blivit blek. Hon hade slutat tugga och lagt ner besticken, stirrat på henne med förfäran.

– Vad menar du? Du menar väl inte allvar? Ni får verkligen inte skilja er!

Kanske var det så att barn aldrig blev vuxna nog att tåla sanningen. Susanna ångrade ögonblickligen anfallet av öppenhjärtighet. Nu behövde branden släckas, och det omgående.

– Lilla vän, jag skojar bara, hade hon sagt och bjudit sin dotter på ett generöst, om inte helt äkta, leende.

– Det kan ni inte göra. Då faller allting, då blir livet jättekonstigt, sa Alexandra.

– Hurdå, menar du? Du är ju vuxen, bor inte ens hemma längre. Inte skulle det väl påverka dig så drastiskt?

– Du och pappa hör ihop. Ni är min trygghet. Om ni skulle skilja er skulle allting förändras och bli tomt och hemskt, hade Alexandra sagt ynkligt.

– Jag trodde inte att du brydde dig om såna saker längre. Att det mest var viktigt för dig när du var liten.

Alexandra hade skakat energiskt på huvudet.

– Men jag vill att ni alltid ska vara gifta! Nån gång ska ni ju bli mormor och morfar, jag vill att ni ska ta hand om barnbarnen tillsammans. Det ska vara mysigt för mina barn att vara hos er, de ska få det lika härligt som när jag var liten.

Susanna hade kvävt flera syrliga kommentarer. Alexandra tycktes ha glömt bort tiderna med barnflicka, bråken om vem som skulle sköta vad och det faktum att Thomas tillbringat en stor del av Alexandras barndom på resande fot, upptagen med sina oumbärliga affärsresor. Istället hade hon sköljt ner orden med det limespetsade mineralvattnet och fört över samtalsämnet på Alexandras eget liv. Fanns där måhända någon ny pojkvän? Kanske det, hade dottern sagt och rodnat.

Plötsligt blinkade det till på datorn. Inkommande mejl. Den lilla symbolen med det vita kuvertet hoppade energiskt upp och ner på skärmen. Susanna blev torr i munnen. Det kunde väl inte vara från honom? Redan? Andningen tog en liten paus och händerna knöts. Hon blev medveten om hjärtats märkliga beteende i bröstkorgen. Om det nu var från honom skulle hon bli chockad. Om det inte var från honom... skulle hon bli besviken.

Det var från honom. Han skrev inte så långt, tackade för hennes intresse, undrade när hon ville träffas. Kvällstid passade honom bäst. Han var öppen för förslag, det var hon själv som angav tonen.

Susanna läste orden flera gånger, försökte se mannen framför sig. Situationen kändes med ens fullständigt absurd. Vad hade hon gett sig in på? Fast hon var långt ifrån ensam om att vilja färgsätta livet en smula, det hade kommit flera nya sajter på sistone där man riktade sig till gifta par och erbjöd "äventyr". Man kunde helt öppet skaffa sig en oskyldig flirt eller till och med en älskare eller älskarinna. Allt för att skapa lite "spänning" i tillvaron. Underförstått, i det möjliga, stentråkiga äktenskapet.

Nej, hon behövde inte ha dåligt samvete. Thomas kanske också hade små utflykter vid sidan av. Varför skulle hon vara trogen när ingen tackade henne för det? Hon samlade sig och tryckte på svarssymbolen. Kvällstid passade henne utmärkt, ja tack, och gärna så snart som möjligt.

Hon var uttråkad och behövde en språngbräda in i ett nytt liv. Det fick gå till på vilket sätt som helst, bara det skedde. Thomas var inte längre nummer ett. Den som räknades var hon själv och ingen annan.

DET VAR INTE klokt. Nej, det var faktiskt fullkomligt galet. Men var allt verkligen enbart hennes eget fel? Christina såg sig omkring på det stökiga skrivbordet, försökte samla tankarna. Hur hade det blivit så här rörigt? Tills för inte så länge sedan hade hon full kontroll över sin tillvaro men så sprang rören läck, verkligheten svämmade över och dränkte henne. Som om trösklarna blivit för höga och vägarna oframkomliga. Nu verkade hon till råga på allt ha lyckats med konststycket att radera hela månadens planering ur datorn.

– Maud, ropade hon och kämpade med tårarna. Kan du komma in hit en liten stund, är du rar?

Maud uppenbarade sig i dörren, prydligt klädd i vit blus och grå stickad väst som klädsamt dolde den lilla rondören runt höfterna, den hon hade gemensam med så många andra kvinnor i övre medelåldern. Så hade de också alltid reportage om hur man skulle "klä sig figursmart" i Q Magasin, alla dessa guider om kroppstyper och klädesplagg som lurade ögat så att intrycket blev smalare och mer elegant. Maud hade väl lärt sig, tänkte Christina och mötte assistentens blick.

– Det är så dumt, förstår du, men jag kan för mitt liv inte

hitta planeringen. Jag hade sparat dokumentet i den vanliga mappen men det är som bortblåst, hur jag än söker kommer det bara upp gamla planeringar... Men du har väl en säkerhetskopia, det har du alltid. Har du lust att mejla den till mig?

Maud nickade.

– Absolut. Jag gör det på en gång.

Christina log lättat.

– Tack snälla. Och du, vi låter det stanna mellan oss, Maud. Jag har varit lite stressad på sistone, det är onödigt att...

Maud skakade lätt på huvudet, som för att tysta Christina.

– Det är självklart, sa hon. Jag mejlar dig och tar en utskrift för säkerhets skull.

Christina kände lugnet återvända. Maud skulle ordna allting, som så många gånger förut, medan hon själv tog itu med papper på skrivbordet och alla samtal som måste ringas, folk stod i kö för att prata med henne. Flaskan i nedersta lådan tycktes ropa på henne men klockan var inte mer än tio, hon måste hålla sig fram till lunch, den principen tänkte hon inte vika en tum från. Hon skulle just böja sig ner för att se hur mycket som fanns kvar av whiskyn när Maud knackade på dörren.

– Ja?

Christina rättade till håret.

– Jag är ledsen, sa Maud dystert. Men det tycks ha blivit något fel. Jag kan inte hitta dokumentet jag heller. Det finns inte i min dator.

Maud såg genuint olycklig ut. Christina drog efter andan.

– Men hur är det möjligt? Och vi som har redaktionsmöte om en kvart!

Nyligen hade hon kommit för sent. Och idag hade hon slarvat bort självaste planeringen. Paniken kom smygande, fick henne att längta efter att vara ensam.

– Jag är säker på att vi kan hitta en lösning, försökte Maud men Christina orkade inte lyssna. Istället brusade hon upp.

– Du måste få fram dokumentet innan mötet, sa hon vasst. Jag räknar med att du ordnar detta!

När Maud lämnat rummet blev hon sittande med ansiktet i händerna. Åt helskotta med allt, åt fanders med självaste livet. Och medan hon såg ut över husfasaderna mitt emot märkte hon att den första snön hade börjat falla. Små lätta flingor som dalade förbi, fladdrade till innan de mötte fönsterglaset, smälte och försvann. Om hon själv blev en liten flinga på en iskall himmel? En liten snökristall som inte betydde något alls. En prick i universum, sörjd och saknad av ingen.

– Mamma! Hur är det?

Christina ryckte till. Hade hon sovit? Var befann hon sig? Med ens var hon tillbaka, satt där hon nyss suttit, vid skrivbordet inne på sitt rum. På redaktionen. Q Magasin. Hennes eget tidningsimperium, platsen där hon var chef. Det var ju hon som styrde, som bestämde, som fattade alla avgörande beslut.

– Jag försökte ringa, men du svarade inte.

Det var Maria, hennes yngsta dotter, som stod intill henne. Maria, yrvädret, flickan med alla drömmarna och den oerhörda journalistiska begåvningen, Maria, som så ofta ställde sig kritisk till damtidningar och deras innehåll. Vad gjorde hon här? Christina blinkade till, försökte samla tankarna.

– Jag behöver prata med dig, mamma. Har du tid en stund? Eller stör jag? Jag kan komma tillbaka senare, jag frågade

Maud men hon trodde att det var okej att jag gick in till dig.

Marias röst tycktes eka från långt bort. Christina kände yrseln, blev torr i munnen. Men hon fick inte visa något, vad skulle Maria tro? Inte tappa masken, inte förstöra fasaden.

– Jag undrar om jag håller på att få den där kräksjukan, sa hon för att vinna lite tid. Vad roligt att se dig, gumman, men det är väldigt stressigt just nu och jag ska just in i ett redaktionsmöte. Maud?

Hon ropade utåt.

– Maud, har du skrivit ut planeringen åt mig?

Så suckade hon och såg på Maria medan hon sänkte rösten.

– Det har strulat till sig lite här idag, det är ingen ordning på...

I samma stund stod Maud i dörren igen.

– Jag är verkligen ledsen, Christina, men jag får inte fram den. Jag kan inte göra mer. Jag har pratat med Pierre och de andra, men ingen vet vad som kan ha hänt.

Christina bet sig i läppen. Det skulle just vara snyggt om hon brast i gråt, framför sin egen dotter och den odugliga assistenten, vars fel det faktiskt var att hennes viktiga papper försvunnit.

– Vi får klara oss ändå, sa hon missnöjt. Vi får rekonstruera alltihop. Ge mig några minuter bara, så kommer jag.

Vinterkräksjukan kanske skulle vara en utmärkt lösning. En veckas sjukskrivning. En vecka bakom fördragna gardiner i sovrummet. Korsord och dokusåpor på teve. Bara ta det lugnt, låta redaktionen sköta sig själv. Hon höll nästan på att glömma Maria som fortfarande stod framför henne och som nu såg riktigt bekymrad ut.

– Mamma.

Åh, dessa barn. Att de aldrig växte upp. Alltid var det något. Hur kunde hennes döttrar ha blivit så osjälvständiga, så behövande?

Christina reste på sig, tog iPhonen i handen.

– Ja, älskling. Vad var det du hade på hjärtat?

Maria strök bort en ostyrig hårslinga som fallit ner i pannan, harklade sig lätt.

– Jag har mått lite dåligt på sistone, mamma, men nu är det bättre, så jag undrar om du har ett jobb åt mig. Jag vill börja arbeta för dig här på Q Magasin, sa hon och gav Christina en vädjande blick.

SENHÖSTEN VAR VANLIGEN inte den tid på året då flest barn föddes, faktiskt brukade november månad inneha absolut bottennotering när det kom till antalet förlossningar, men i år var även denna period hektisk. Efter en stressig rapport då telefonerna ringt oavbrutet hamnade Cecilia inne hos en omföderska som enligt journalen var ensamstående, men där mannen ändå valt att följa med och se barnet födas trots att paret separerat i början av graviditeten.

– Hej, jag heter Cecilia Lund och är barnmorska, sa Cecilia när hon steg in i rummet.

– Michaela, sa den blivande mamman.

Den blivande pappan reste sig från sängkanten och sträckte fram sin hand, han också.

– Joel.

Det vilade ett lugn över rummet, en märklig tystnad som ibland uppstod i brytpunkten mellan en graviditet och en förlossning. En spänd förväntan hade lägrat sig i luften. Vetskapen om att mamman och pappan inte längre hade en relation skapade dock en viss osäkerhet hos Cecilia. Borde hon nämna något om att hon kände till det? Eller skulle detta läggas åt sidan, eftersom parets relationsstatus egentligen inte var hennes ensak. Å andra sidan kunde sådant påverka förlossningen. Oro, stress, allt spelade in. Nu verkade Michaela i och för sig både lugn och avslappnad. Cecilia valde att inte säga något. Ville de tala om saken, fick de själva ta initiativet.

– Jag tänkte undersöka dig, sa Cecilia. CTG-kurvan har sett fin ut men det verkar som om sammandragningarna planat ut lite. Du var öppen fyra centimeter när du kom in och det var några timmar sedan.

– Jag har inte så ont just nu, sa Michaela. Det är som om värkarna kommer mer sällan.

– Men vid tolv kunde du knappt prata, påpekade Joel. Då trodde i alla fall jag att bebisen skulle komma.

– Det kan vara så ibland, sa Cecilia. Ibland får vi ge dropp för att få igång värkarna igen. Men låt oss se hur det ser ut innan vi bestämmer hur vi går vidare.

Cecilia drog på sig plasthandskarna och bad sedan Michaela komma ner en bit på förlossningssängen. Med ena handen stödde hon sig på mammans lår och kände med den andra inuti. Nej, det hade inte hänt särskilt mycket sedan förra undersökningen, kunde hon konstatera.

– Vi ska sätta en skalpelektrod på babyn, sa hon. För att bättre kunna övervaka hur den lilla mår där inne. Särskilt om det blir en utdraget värkarbete behöver vi hålla lite koll.

Det var svårt att inte tänka på samspelet mellan Michaela och Joel medan hon arbetade. Enligt journalen hade de separerat, men här var det som om kärleken blommat upp igen. Joel såg förälskat på Michaela där hon låg i sängen, han ömsom smekte hennes panna, ömsom höll hennes hand. Han log och talade uppmuntrande, böjde sig då och då fram och kysste henne lätt. Och Michaela tycktes drunkna i hans blickar, klamrade sig fast vid hans beröring. Cecilia tyckte nästan att hon störde, som om detta par hade sin egen sensuella stund inne i förlossningsrummet. Något erotiskt pågick. Om det inte vore så att Michaela var höggravid och befann sig mitt uppe i ett förlossningsarbete, skulle Cecilia känna sig som en inkräktare som störde mitt i ett sexuellt förspel.

– Lustiga föräldrar jag har inne på åttan, sa hon till Gunilla när de satt sig ner med varsin kopp kaffe i fikarummet för att ta en paus. Jag känner mig som femte hjulet bredvid de separerade turturduvorna.

– Vilka är det, undrade Gunilla. Jag är helt utmattad, det blev katastrofsnitt på förstföderskan på trean. Jag tror mamman är okej nu men babyn mådde inget vidare. Han ligger på barnintensiven.

– I journalen står att de lever på skilda håll, det är hennes andra barn och hans första. Men du ska se vad de håller på. Jag blir nästan generad.

De två barnmorskorna log snett mot varandra.

– Jaha du, kanske jag borde gå in där, påpekade Gunilla syrligt. Hon sänkte rösten.

– Jag som inte haft en karl på flera månader...

– Inte sen du gjorde slut med Andreas?

Gunilla blåste på det heta kaffet.

– Nix.

Det tillhörde ovanligheterna att Gunilla var ensam mot sin vilja.

– Nämen du vet. Det har varit så många oseriösa. Jag vill faktiskt bli kär på riktigt! Inte bara ha en massa sex och sen tack och adjö. Jag är för gammal för det nu.

Cecilia skakade på huvudet.

– Du blir aldrig för gammal.

– Du är för snäll, sa Gunilla. Men strunt i det nu. Hur är det själv? Det känns som om det är åratal sen vi pratades vid. Kan vi inte gå ut nån kväll och äta lite och prata? Jag saknar dig.

Gunilla hade rätt. Hösten hade rusat på, snart var det december, sedan jul och nyår. Cecilia hann inte med någonting nuförtiden, kändes det som, bara familj och jobb. Och så en smula oro, förstås.

– Ja, jag skulle verkligen behöva prata med dig. Fast du får lova att inte föra vidare det jag ska säga. Jag vill inte att det ska bli en massa prat. Lovar du?

Gunilla gjorde en gest med handen över munnen, som om hon drog igen ett blixtlås.

– Jag är tyst som muren. Det vet du.

Cecilia var inte hundra procent övertygad, Gunilla var inte alltid diskret och det hände att hon pratade bredvid mun. Men nu valde hon att lita på sin bästa väninna. Hon hade inget val. Behovet av att dela med sig var starkare än rädslan för skvaller.

– Jesus, utbrast Gunilla efter att Cecilia berättat färdigt. Gud så läskigt. Jag skulle vara ett vrak vid det här laget! Har du gjort nån polisanmälan då?

Cecilia ställde ner kaffekoppen och ryckte på axlarna.

– Det är så komplicerat där också. Med Per Nilsson. Å andra sidan vet jag inte vem annars jag ska vända mig till? Det är så bekvämt med honom på något sätt, han känner mig nu. Vet vem jag är.

– Jo, jag tackar jag, nog gör han det, sa Gunilla. Om jag vore John skulle jag vara inte så lite orolig för den saken. Men nu när du är gravid är det väl ingen risk att du ska lämna hus och hem.

– Lova bara att inte säga något, bad Cecilia.

– Jag lovar, bedyrade Gunilla. Men då måste du lova mig att ta det här på allvar. Och göra en polisanmälan. Dessutom borde du prata med Tatiana. Det kan ju vara något som rör hela sjukhusets säkerhet. Eftersom det skickats hotbrev även hit. Usch, jag ryser i hela kroppen.

Inne på rum åtta hade Michaelas värkarbete inte kommit igång som det skulle.

– Vi sätter lite syntocinondropp, så kommer värkarna förhoppningsvis igång, sa Cecilia. Vi börjar med en lägre dos och avvaktar lite. Ofta tar kroppen själv vid efter en stund.

Joel såg bekymrad ut.

– Får hon ingen smärtlindring?

Michaela tog hans hand.

– Du, det är ingen fara, sa hon.

– Du hade skrivit ett förlossningsbrev där du önskar så lite smärtlindring som möjligt, sa Cecilia där hon stod vid datorskärmen och fyllde i uppgifterna om droppet. Och så länge det går bra finns det ingen anledning att avvika från den planen. Däremot finns det lustgas om du vill ha, det ger bra effekt och kapar de värsta värktopparna.

Samtidigt som hon sa detta började droppet verka och Michaela stönade till.

– Nu känns det, sa hon och tryckte Joels hand. Nu. Jäklar. Oj. Aj.
– Älskling. Tänk på sommaren, sa Joel. Tänk på äppellunden. Tänk på babyn, snart är babyn här...
Michaela slöt ögonen och andades lätt.
– Älskling. Du är så bra. Gud, vad jag älskar dig.
Michaela flämtade till.
– Och... jag... älskar... dig...
Cecilia hade sett detta också, ett öppningsskede som stannat upp och som sedan kom igång med en rasande fart. Hon minskade något på droppet men kroppen hade redan rusat igång, nu arbetade Michaelas livmoder med sin fulla styrka.
– Lustgas, snyftade Michaela till. Aj, vad ont det gör! Jag måste ha...
Hon tystnade, koncentrerade sig på en värk.
Cecilia lösgjorde lustgasslangen från väggen, satte fast ett nytt munstycke, visade Michaela hur hon skulle hålla det över näsa och mun.
– Du ska andas in och ut här, hela tiden. Kom Joel, du kan hjälpa till och tala om för Michaela när hon ska börja andas in, jag ska visa dig. Bäst hjälper lustgasen om man tar den strax innan värken. Du kan se här på kurvan.
– Det trycker på neråt, sa Michaela. Hur kan det göra det? Redan?
– Det kan gå undan ibland, sa Cecilia. Vill du att jag kikar hur det ser ut?
Michaela nickade.
Cecilia hade lärt sig att hur skeptisk hon själv än kände sig inför hastigheten i vissa föderskors öppningsskede, måste hon

alltid lyssna på mammans upplevelse, trots att det kunde förefalla overkligt att en kvinna kunde öppna sig fem centimeter på bara några minuter. Men kroppens reaktioner var oförutsägbara och rätt vad det var befann sig kvinnan mitt uppe i utdrivningsskedet, i synnerhet om födandet dessförinnan stoppats upp.

Nu pressade Michaela samman läpparna och knep ihop ögonen, hennes kropp stelnade till.

– Det är... nu... Joel...

Joel ställde sig upp, höll Michaelas hand.

– Babyn...

Cecilia hann knappt fram, på en krystvärk gled barnet ut mellan Michaelas ben och landade på sängen, var på väg att kana ner i golvet.

– Hoppsan, en snabb en, sa Cecilia och lyfte upp babyn som sprattlade livligt i hennes famn.

– Älskling, utbrast Joel. Älskade älskling! Du gjorde det!

– Vad blev det, sa Michaela och böjde sig fram.

– Ni kanske vill se efter själva, sa Cecilia och lade babyn på Michaelas bröst.

– En flicka, älskling, sa Michaela lyckligt.

– En flicka, herregud, det är ett mirakel, sa Joel och hans ögon fylldes med tårar.

De där förlossningarna som slutade lyckligt. Dramatiken som förbyttes i förundran, mamman och pappan som svetsades samman genom sitt barns födelse. Det var ingen absolut självklarhet, tänkte Cecilia medan hon backade ut ur rum nummer åtta och lämnade Michaela och Joel ensamma med sin nyfödda dotter.

Resten av kvällen gick i ett. Hon var med om ytterligare två förlossningar, som båda enligt journalerna kunde klassas som normalfall. Tatiana var kvar på sin expedition, konstaterade hon trött. Kanske lika bra att göra som Gunilla föreslagit, berätta om hotbrevet med detsamma. Det var förstås hennes plikt att informera chefsbarnmorskan, hur liten lust hon än hade.

– Tatiana, har du tid en stund, sa hon efter att hon knackat på hennes dörr.

– Ja, ja, kom in. Mår du inte bra? Du vill sluta jobba redan?

– Nejdå. Inte alls. Det är något annat, sa Cecilia.

Tatiana lyssnade och nickade tankfullt medan Cecilia berättade. Hon antecknade något i en svart bok.

– Jag ska informera sjukhusets säkerhetsavdelning, sa hon. Men jag tror inte det är någon fara. Förmodligen någon som inte har något bättre för sig. Du vet, de som hotar gör sällan allvar av sina hot, de vill bara skrämmas. Är det någon här som kan vara arg? Någon i personalen?

Någon i personalen?

Cecilia såg framför sig sina kollegors ansikten, de flesta som hon tyckte så mycket om. Gunilla, Louise, Carmen, Anki… Iris, Gun, Pia, och Eva… Inger var en gammal surkärring men inte skulle väl hon? Nej, det var otänkbart att någon av hennes kollegor ville henne något ont.

– Vill du att jag kollar med psyk om de haft några fall där patienterna betett sig konstigt?

– Ja, om du har tid, så.

– Jag gör det. Men som sagt. Jag kan lova dig att det bara är tomma ord, tomma hot.

Hur kunde hon vara så säker? Eller orkade hon inte riktigt engagera sig?

– Har det hänt att andra fått såna här otrevliga brev? frågade Cecilia.

Tatiana nickade trött.

– Ja, det händer. Det händer allt möjligt, en gång bombhotade någon förlossningen. Bombhotade, förstår du! Det var en knäppgök förstås, en riktig koko.

Tatianas ryska brytning fick henne att låta riktigt lustig ibland, hennes uttryck lät smått bisarra och det fick Cecilia att le.

– Jag skojar inte, jag tar det på allvar, bedyrade Tatiana. Men du tar det lugnt. Ring polisen om du behöver det, kanske lika bra? Du känner en bra en, det vet jag.

Cecilia nickade och hoppades att hon inte rodnade för mycket.

– Mmm, sa hon. Jag får se hur jag gör.

Kanske borde hon vända sig med det här till någon annan än Per Nilsson, tänkte hon medan hon lämnade rummet. Någon kollega till honom. Att vända sig till den som berört henne så mycket kändes riskabelt och olustigt. Som om hon hittade på nya problem enkom för att få en möjlighet att kontakta honom. Hon borde kanske säga som det var, erkänna att känslorna blivit för komplicerade och att hon inte mådde bra av att de åter hördes av. Dessutom hade hon inte sagt något till John om att hon pratat med mannen hon för inte så länge sedan faktiskt kysst.

I början av hösten hade hon tvingats sitta ner och samtala

om sina känslor och det hade blivit ännu ett besök hos familjeterapeuten Gideon Zetterberg. Cecilia ville ha rent på bordet, inte bära runt på gamla hemligheter. Hon och John skulle få en nystart, ett lugn i förhållandet. Och nu hade det trasslat till sig i alla fall. Ännu en gång.

Samtidigt ville hon verkligen ringa till just Per. Ville höra hans lugnande röst, ventilera sin rädsla. Kunde det vara så att någon faktiskt förföljde henne? Samma person som skickat boken och vykortet, och hotbrevet till förlossningen? Som erfaren polis skulle Per kanske kunna förklara sammanhang hon själv inte såg. Var det i själva verket därför hon fortfarande inte berättat för John? För att hon ville ha detta ihop med någon annan? Som en kärleksaffär i lönn.

VECKORNA SOM FÖLJDE bjöd tack och lov inte på några dramatiska ögonblick. Inga fler steg i natten, inga nya brev eller försändelser. Cecilia kände sig lättad och tacksam. Tänk om de oförklarliga händelserna kunde upphöra nu, bara tona bort, som om de aldrig funnits. Även om det innebar att hon aldrig skulle få svar på vem som skickat boken, vykortet och hotbrevet. Det spelade ingen roll. Bara hon fick lugn och ro.

Första advent kom och gick. Cecilia och John hade i vanlig ordning plockat fram kartongerna med julprydnader ur förrådet och tänt stjärnorna i husets alla fönster. Hade hon någonsin tyckt om jul? Hon kunde inte påminna sig om att den varit hennes favorithögtid, inte ens när hon var liten. Julklapparna förstås, hon hade varit lika förväntansfull som alla andra kvällen före julafton, men sedan Bertil lämnade Christina blev sig jularna aldrig mer riktigt lika. Som om högtiden krävde manlig närvaro och med enbart mormor Sonja, mamma och systrarna infann sig inte riktigt den rätta känslan.

I vuxen ålder hade hon varje år en ny chans att göra julen som hon ville ha den. Tyvärr handlade det mesta om prylar och hon tyckte sällan att de hade råd att köpa allt det som barnen ville ha, särskilt sedan pojkarna blivit äldre. På önskelistan stod mobiltelefoner, datorer, märkeskläder och annat kostsamt. Julen var helt enkelt en dyr historia med tvivelaktig charm.

Det var därför med en känsla av hopplöshet som Cecilia steg in på Åhléns denna andra vecka i december, varuhus nummer tre i ordningen. Hon tog sig bort till barnavdelningen på svullna fötter och såg några trötta mammor som i likhet med henne själv var på jakt efter lucialinnen och tomtedräkter. Att det skulle vara så här, år efter år. Hon förbannade sig själv, varför kunde de aldrig ha lite framförhållning och investera i dräkter som räckte även till nästkommande jul? Nej, så gick det inte till. Det gick till på det sättet att man den elfte eller tolfte december stod på en barnklädesavdelning där de enda luciadräkterna som fanns var i storlek extra large eller möjligen sådana som passade bebisar. Alla de storlekar man själv var ute efter var utplockade, slut sedan länge i hela stan.

Lucialinnena hängde i långa rader bredvid stjärngossarnas lika vita utstyrslar. Det enda som skilde dem åt var ryschet på kragen. Stjärngosselinnen fanns det gott om, det skulle väl inte vara hela världen om Sofia fick ett sådant. Det var hon som behövde ett nytt, Greta ville förresten vara tomtemor och en sådan gammal dräkt fanns redan där hemma.

– Man kan klippa av det, om det är för långt, sa någon intill henne.

Cecilia vände sig om.

– Alltså linnet.

En främmande kvinna log mot henne.

– Men de är ju stora upptill också, sa Cecilia.

– Det märks inte. Jag lovar.

Det var ju en idé förstås. Cecilia plockade fram ett linne i storlek 144 och såg granskande på det. Ja, det skulle gå. Det var inte rätt storlek, men att klippa av överflödigt tyg nertill var faktiskt smart. Tack och lov. Själv orkade hon inte tänka en enda redig tanke, ville bara komma hem.

Plikterna förtog lite av charmen med luciafirandet på dagis, hur ogärna hon än ville erkänna det. Det fanns inget lustfyllt med att stiga upp i beckmörkret, höggravid, försöka väcka barnen, värja sig mot morgonsurt humör och kyla. Temperaturen hade fallit en bra bit under noll, det hade talats om extremklimat hela hösten och nu var det extremt åt det kalla hållet till, jotack, hon märkte det. Det var halt på Lindängstorget och hon funderade på att skaffa broddar för att alls våga sig ut. Att ramla och bryta benet, den risken ville hon inte ta. Och detta var bara början. December månad var knappt halvvägs, framför sig hade de hela julen och nyåret och sedan var det fortfarande nästan två månader kvar till förlossningen.

– Mamma, jag har ont i magen.

Det var Marcus, som dykt upp och satt sig på sängen.

John reste sig på armbågen.

– Har du varit på toa?

– Jo. Men det är inte det. Jag mår liksom illa...

Inte detta också! Cecilia avskydde dessa ständiga sjukdomar, en barnfamiljs idoga följeslagare. Hosta och förkylning och ont i halsen. Influensa och kräksjuka och allt vad det hette. Plus trötthet ovanpå allting. Ungarna var extra griniga så här års och vem kunde klandra dem? Maria hade pratat om att bo i Thailand i minst en månad efter jul och det var ju roligt för henne. Att ha fyra barn och vara höggravid med ett femte, plus jobb som inte gav någon vidare guldkant på tillvaron, det skulle inte bli någon sådan resa för deras del. Hon hade överhuvudtaget aldrig varit i Thailand. Var hon avundsjuk? Ja, möjligen. Klart hon var. Men hon ville inte säga det högt.

– Du kanske bara är hungrig, försökte hon. Vi går och fixar frukost, så ska du se att det känns bättre.

– Ja, är man hungrig kan man må illa, instämde John.

– Måste jag gå till skolan, muttrade Marcus.

– Älskling. Det är ju lucia idag, du ska gå i tåget, har du redan glömt det?

Det var firande på dagis klockan åtta med Greta och sedan, vid nio, i förskoleklassen hos Sofia. Som om det inte var nog blev det mer på eftermiddagen, kaffe och bullar och pepparkakor i Marcus klass. William var tack och lov för stor nu, i hans ålder var föräldrar snarare icke välkomna att delta. Cecilia tänkte i sitt stilla sinne att alla dessa lussetåg nog inte var anpassade för familjer som hade fler än två barn. Hur hann folk? Hur orkade de uppbåda entusiasm och glad uppsyn när de fick lyssna på dagens tredje eller fjärde *Staffan var en stalledräng* med ostämda och halvfalska barnröster? Hur lycklig kunde man känna sig när man hetsade till sina barns skolor och dagis med andan i halsen? Naturligtvis borde hon bita ihop och le tacksamt. Vara glad för att hon fick privilegiet att njuta av tända ljus och glittrande plastgranar, knäppta barnhänder och söta små julspel.

Flickorna sprang runt och ömsom tjattrade upphetsat, ömsom övade på sina luciasånger. William satt framför MTV och slevade i sig sina flingor medan Marcus satt och stirrade på sin mjölkchoklad.

– Gubben, hur är det, undrade Cecilia.

– Det gör fortfarande ont i magen, sa Marcus och rynkade ögonbrynen.

– Hjälper det inte att äta lite då?

Han ryckte på axlarna.

– Jo, kanske. Men jag är så trött.

Han såg faktiskt inte särskilt pigg ut. Blek om nosen var han, med mörka ringar under ögonen. Borde hon oroa sig? Kunde magontet vara ett symtom på något annat, kanske att de stressade för mycket, att hennes pojke mådde dåligt? Jobbiga känslor kunde sätta sig i magen.

– Det är bara för att du går och lägger dig för sent, sa hon istället med hurtig röst. Jag sa ju ifrån igår kväll, du visste att vi skulle upp extra tidigt idag, och ändå skulle du fortsätta spela eller vad det var du gjorde.

– Det är inte det, sa Marcus. Jag mår illa bara, känner mig konstig. Det har inget med datorn att göra.

Hon orkade inte argumentera med honom, plötsligt välte Greta ut ett glas vatten och spillde ner Sofias strumpor.

– Nu måste du byta, sa John. Kom igen, det är bråttom!

Och så försvann morgonen i ett sedvanligt kaos.

Hon var på väg från förskoleklassen när mobilen ringde. Det var från skolan. Marcus hade blivit sämre, han hade fått gå till skolsyster direkt på morgonen men hade blivit liggande där och jämrat sig. Det är bäst att ni kommer och hämtar honom, hade hans lärare sagt. Hon kände hur sammandragningarna, som hade gett sig till känna i en svagare form under morgonen, nu tilltog. John hade tagit bilen, hon skulle behöva be honom. Nej, Marcus orkade nog inte gå hem till fots. Hon ringde John på mobilen, fick lyckligtvis tag på honom. Kunde han komma tillbaka, köra hem Marcus? Han lät inte särskilt glad. Det var säkert vinterkräksjukan. Det var lika bra att förbereda sig på en munter helg. Snart skulle de kräkas ikapp allihop och hon och John skulle få springa runt med hinkar och moppa golv.

Som vanligt fick hon också orostankar i huvudet. Det hände alltid när något av barnen blev sjukt. Det kunde vara vilket harmlöst virus som helst. Katastrofscenarier dök ändå upp för hennes inre öga. Allvarliga sjukdomar började väl alltid som något harmlöst, eller hur? Och innan man blev sjuk var man väl nästan alltid så gott som frisk. De där mammorna med sina bloggar om de sjuka barnen, en gång hade de också haft helt vanliga liv, många av dem. Så en dag inträffade olyckan, deras barn drabbades av något förfärligt. Familjens liv slogs i spillror. Hon visste att det var destruktivt att tänka så, ändå kom tankarna smygande. Det är för att jag är gravid, försökte hon intala sig. Jag är mottaglig nu. Jag är trött och ledsen och självklart tar jag åt mig mer än vanligt. Men det är ingen fara. Det är säkert bara helt vanlig kräksjuka. Och barn ska vara sjuka, det stärker deras immunförsvar. Inget ont som inte hade något gott med sig. Visst var det så? Det var alltid en tröst.

ADVENTSSTJÄRNORNA I HYRESHUSENS fönster gjorde henne både nostalgisk och nedstämd, starkt medveten om det hon hade mist. Hon hade själv haft en orangefärgad stjärna med olika långa uddar i sitt rum när hon var liten. När kvällen kom låg hon alltid och tittade på den lysande pappersprydnaden. Det varma skenet lyste upp i vinternatten, höll mörkret borta. Hennes stjärna var speciell, kanske förtrollad, med löften om lyckliga tider och om julen som snart skulle komma. När hon blev vuxen ville hon föra denna känsla vidare till sina barn. Något mysigt och minnesvärt.

Numera fanns så många olika stjärnvarianter. Vita med glitter och rosa med orientaliska mönster, stjärnor på fot och stjärnor av glas och metall. Men varje gång hon såg en orange stjärna i ett fönster, greps hon av en märklig känsla.

Sista julen före katastrofen. Hon hade varit gravid då. De hade pratat om vilka traditioner de skulle lämna vidare till sina barn. Sin barndomsstjärna hade hon inte sagt något om, kanske hade hon knappt tänkt på den då? Nu tänkte hon på den desto mer. Tänkte att hennes barn aldrig skulle ligga i sin säng och se ut över dess magiska ljus. Hennes barn skulle aldrig längta och glädjas. Kanske hade hon syndat i ett tidigare liv och för detta fått betala ett fruktansvärt högt pris.

Han hade tröstat henne. Klappat henne över håret. Sagt, vi försöker igen, vi måste, älskade du, vi ger inte upp. Hon hade nickat, njutit av värmen från hans hand. Men tankarna på hämnd gav henne ingen ro.

För visst var det en annan kvinnas fel allting? Någon som fattat felaktiga beslut, som skadat henne. Hon behövde vara i hennes närhet, vakta på henne så hon inte upprepade sina misstag. Vem skulle annars hindra henne? Lyckligtvis var det relativt enkelt att bevaka henne, att följa i hennes fotspår.

Att ha dåligt samvete tjänade ingenting till. Han loggade ut från kontot, stängde av sin arbetsdator. Snart skulle han vara ledig. Bara vara hemma, ägna sig åt kvinnan i sitt liv. För visst älskade han henne fortfarande, trots att de senaste månaderna varit allt annat än ljusa. I vår skulle allt bli annorlunda. Kanske skulle hon bli gravid igen. Han hade planer för dem, ville ut i världen. Resa, se nya platser. Glömma. Så småningom skulle allt ordna sig.

Medan han tog på sig jackan och plockade ihop papper på skrivbordet kom han åter att tänka på kvinnan han träffat några gånger. Hon kändes overklig, som om hon knappt existerade. Men visst fanns hon. Han hade träffat henne, pratat med henne, skrattat åt hennes lustigheter. Han kom på sig själv med att tänka på henne mer än vad som var nyttigt. Deras relation var rent affärsmässig. Relation och relation förresten, man kunde knappt kalla det så. Det var snarare ett slags uppgörelse. De skulle inte röra vid varandra. Inte ha sex.

Han log för sig själv medan han tog trapporna ner till entrén. Att umgås med en trevlig kvinna och få pengar för det, var inte det en perfekt sidoverksamhet? Han begick inget brott. Gjorde en medmänniska lite glad bara. Tänk att det kunde vara så enkelt. Sitt andra liv hade han full kontroll över. Det enda som störde honom var att han ibland vaknade med hennes bild på näthinnan. Att han tänkte på hennes namn. Att han undrade hur hennes hår doftade. Men det var bara små detaljer han lätt gömde i sitt innersta.

SÅ BLEK MARCUS såg ut där han låg i soffan med slutna ögon och en filt uppdragen till hakan. Mörkret föll där ute och med det kom också ett tungt snöblandat regn som lämnade våta rinnande spår på husets fönster. Vinden ven och de fotgängare som syntes till skyndade sig allt vad de kunde för att komma in i värmen.

Det var ett evigt tjat om elpriserna, om hur höga de hade varit vintern innan och vilka rekordnivåer de skulle nå i år. Användarna uppmanades att binda sina avtal, något Cecilia och John funderat på men ännu inte gjort. Maria och Bill däremot hade fast pris och nu satt de tryggt i sitt enorma hus. Självklart. På något sätt såg hennes syster alltid till att ordna det väl för sig.

Cecilia märkte att hennes tankar vandrade iväg till enkla vardagsfunderingar, vad som helst som inte handlade om Marcus. Hon hade ställt en plastbunke bredvid honom ifall han skulle börja kräkas, men just nu sov han, en orolig slummer ur vilken han då och då vaknade till med ett ryck. Cecilia kände på pojkens panna, men den var inte särskilt het. Hon försökte erinra sig vad han hade ätit men kunde inte komma på något anmärkningsvärt. Samma gamla vanliga köttbullar och makaroner kvällen innan och knappt något alls till frukost.

Framåt middagstid hade Marcus fortfarande inte blivit bättre, snarare tvärtom.

– Kan du förklara på vilket sätt det gör ont? frågade John och satte sig bredvid pojken. Du kanske hellre vill lägga dig i sängen?

Marcus nickade.

– Okej. Jag är trött.

– Var gör det ont? Känns det mer nånstans eller är det likadant över hela magen?

John lade handen i midjehöjd på sin son. Då ryckte Marcus till.

– Aj!

John drog åt sig handen.

– Det kan väl inte göra så ont? Jag rörde ju knappt vid dig.

– Jo, det gjorde du. Men det gör inget. Jag får ont av att ha ett täcke på mig också.

Cecilia stannade i dörröppningen och när hon hörde Marcus kommentar kunde hon inte låta bli att le. Det där var en liten fix idé han hade haft sedan han var väldigt liten, att ett varmt täcke kunde orsaka magsmärtor. Hon hade ingen aning om var han fått det ifrån, men han envisades med att hålla fast vid sin övertygelse.

– Du slipper täcket, jag hjälper dig till sängen, erbjöd sig John och drog försiktigt upp Marcus ur soffan.

Vardagsmiddagen bestod av stekt falukorv och potatis,

gurkstavar och råriven morot. Det rådde märklig stiltje över köket, bara besticken klingade mot tallrikarna. Som om orden tagit slut. Som om alla väntade på något slags avgörande. Stand-by i livet, en middag mitt i veckan, mitt i mörkaste december. Till och med flickorna var lugnare ikväll. Så märkligt det kändes när Marcus stol stod tom. Nog för att både han och William ibland åt på annat håll, men just ikväll var det påtagligt att något var annorlunda.

Cecilia kände av trötthetten i korsryggen, halsbrännan som låg på lur, fötterna som hade svullnat upp. De sista månaderna av graviditeten var tyngre än vad hon mindes dem från förr.

– Jag tycker synd om Marcus, sa Greta plötsligt, samtidigt som hon bet i en korvskiva.

– Jag har också ont i magen, sa Sofia med gnällig röst.

– Har du inte alls det, högg William av henne. Du bara larvar dig, för att alla ska tycka synd om dig.

– Gör jag inte alls det! Du är dum, sa Sofia.

– William.

John gav sin äldste son en lång blick. En blick fylld av "kom igen, du som är äldre, du ska väl höja dig över sånt här barnsligt, inte sjunka till en sexårings nivå". Det var lustigt hur en stor kille kunde lockas ner till förskoleklassålder.

– Ja, ja!

William skrapade ihop det sista av potatisen, reste sig sedan slängigt från matbordet.

– Tack för maten. Det var gott.

Cecilia kände babyn sparka till.

– Ta undan ditt glas också och stoppa in allting i diskmaskinen direkt, sa hon. Det var ju kul att maten smakade.

William drog upp läpparna i ett snett litet grin.
- Kära moder, det smakar alltid underbart. En får tacka, sa han med tillgjord röst medan han tog undan sin disk.

Vid midnatt hade Marcus blivit sämre. Det var William som knackade på sovrumsdörren.
- Mamma, pappa. Marcus ligger och kvider. Jag kan inte sova.
Cecilia satte sig yrvaken upp i sängen.
- Kvider?
- Ja, han ligger och låter. Han kanske grinar. Jag vet inte.
Och de hade ingenting hört! Skuldkänslorna grep tag i Cecilia, hon reste sig hastigt ur sängen, drog en morgonrock om kroppen, den gick knappt att få igen om magen. Oj vad ryggen värkte, som om hon burit ett ton ved uppför en skidbacke, minst.
Det luktade instängt och kvavt inne hos Marcus.
- Älskling?
Hon lade mjukt handen på pojkens arm, men han ryckte till direkt vid hennes beröring.
- Det gör så ont, grät han. Rör mig inte.
- Men lilla vännen.
- Du får inte röra mig, magen går sönder då.
Nej, detta var ingen vanlig vinterkräksjuka. Plötsligt fick Cecilia en stark känsla av att något var allvarligt fel med Marcus. Han hade inte kräkts, men nog kändes han varm nu. Hon var trots allt sjuksköterskeutbildad, kunskaperna borde sitta i ryggmärgen.
Men det var som om huvudet fyllts med vadd. Hon kunde inte tänka klart.

– Vänta lite, lilla gubben.

Barnläkarboken stod på hyllan i arbetsrummet. Hon tände skrivbordslampan, drog fram den tjocka volymen som hon så många gånger tidigare sökt råd i. Ont i magen. Förstoppning. Maginfluensa. Tarmvred. Kunde det vara så illa? Barnet kan vara känsligt för beröring. Smärta som förflyttar sig från mitten av magen till högra sidan. Svårigheter att böja höger ben.

Blindtarmsinflammation är inte allvarligt om diagnosen ställs tidigt. Men om symtomen förväxlas med någonting annat och behandlingen försenas kan ansamlingen av var i det tilltäppta bihanget medföra att det brister och leda till bukhinneinflammation vilket är allvarligt.

Orden klingade i henne medan hon gick tillbaka till Marcus.

– Gubben? Kan du dra upp benet?

Marcus gjorde en plågad grimas. Hon såg en tår blänka till i ögonvrån.

– Nej, mamma! Det gör för ont!

Att tanken inte slagit henne under kvällen. Marcus behövde komma till sjukhus, omgående. Oron förvandlades snabbt till skuld. Så upptagen hon varit med att känna efter i sin egen kropp, efter halsbränna och ryggvärk, att hon försummat sin sjuke son.

John hade stigit upp under tiden. De pratade fåordigt, effektivt, så där som de gjorde när något hände barnen, när en familjekris av något slag uppstod. Problem som behövde lösas, då var de alltid bästa vänner. Arbetade smidigt ihop, fattade blixtsnabba beslut utan att dividera. John var redan på väg att klä på sig, medan Cecilia försiktigt drog på Marcus ett par varma strumpor.

– Om du startar bilen så kan jag bära honom, sa John.
– Du ska inte ta en taxi?
– Nej, det är onödigt dyrt. Jag kör honom.

Barnakuten en natt i december är nog den sista platsen på jorden där man vill vara. Entrédörrar som glider upp med ett mekaniskt väsande. Det slitna golvet som täcks av grus och smuts från hundratals våta ytterskor. Ta på skydd, uppmanar en skylt och ett finger i papp pekar ner mot en vit trådkorg där oanvända blå plasthöljen trängs, men oroliga föräldrar ser knappt det präktiga försöket att hålla golven rena. Oroliga föräldrar när en fåfäng förhoppning om att just deras sjuka älskling ska prioriteras i kön.

Istället hamnar de i väntrummet, i de röda plastsofforna, bland slitna hyllor med sönderlästa böcker. Akvariet mitt i lokalen understryker den klaustrofobiska känslan.

En trött sköterska sitter i luckan, tar betalt för tjänsten. Lysande digitalsiffror matar fram nya patienter. Ljudet av kvävd barngråt fortplantas genom den kalt upplysta lokalen. Nedbrytningen av föräldrarnas psyken börjar inom kort och den lilla gnistan av förväntan i blicken släcks när man inser att man står sist i kön. Borde man kanske ha stannat hemma? Ringt sjukvårdsupplysningen. Provat någon huskur. Lugnat sig. Men mitt i natten vaknar alla trollen och manar på.

Bättre att åka in en gång för mycket än en gång för lite.

Akutbesöket är ett slags mental garanti för att curlingsamvetet ska hållas på mattan. Man är en god vårdnadshavare. Man gör vad man kan för att hjälpa sitt sjuka barn.

Snöflingor föll i stora vita sjok, bäddade in hela sjukhusområde i pösigt skum. Sköterskan konstaterade att det "nog" rörde sig om blindtarmen, precis som de redan själva hade misstänkt. Strax därpå meddelade hon att de skulle få komma in på ett eget rum. Men det egna rummet lät vänta på sig. Marcus hade lagt sig med huvudet i John knä och sov nu, verkade inte ha lika ont. Tänk om de skickar hem oss, säger att det inte är någon fara, slogs John av. Skulle han då ställa till en scen, kräva att få träffa en läkare? Vad visste väl en utarbetad sköterska egentligen, hon hade knappt känt på Marcus mage innan hon uttalat sig. Han klappade Marcus över håret och drog fram mobilen. Skickade ett sms till Cecilia.

Vet inte hur lång tid det tar. Troligen blindtarmen.

Minuterna tickade sakta på, blev till halvtimmar, till timmar. Ett. Två. Tre. Fyra. John nickade till. Vaknade. Klockan var halv fem.

Marcus vaknade till ungefär samtidigt.

– Pappa.

– Ja, lilla gubben?

– Jag mår illa.

Knappt hade John reagerat förrän Marcus kräktes, rätt ner på golvet, över Johns jeans och skor. Så typiskt! Han såg sig hjälplöst omkring. Att det inte ens fanns papper att torka upp med.

John var torr i munnen och grusig i ögonen när de vid kvart över fem äntligen fick komma in på ett undersökningsrum. Han hjälpte Marcus upp på britsen, satte sig på stolen bredvid. Mindes tiden då Greta var baby, hon hade drabbats av RS-virus och de hade kommit till ett sådant här rum där hon hade fått hjälp med att andas syrgas. Wille hade också varit här med ett jack i huvudet, hade fått sy några stygn. Överhuvudtaget hade det blivit några besök på barnsjukhuset under hans år som pappa. Men de sista två åren hade de varit förskonade. Hade sluppit sjukhuset och dess ogästvänliga små celler till undersökningsrum.

– Kommer det inte nån doktor snart, viskade Marcus.

Det är du som är förälder här, John. Det är du som måste hålla humöret uppe. Låtsas som om allt är i sin ordning. Att det är normalt att ett barn i smärtor får vänta i oändliga timmar på hjälp.

– Jodå, vännen. När som helst. Försök att sova lite till, sa han nu bara och log mot sin pojke.

Det dröjde ytterligare en timme innan en läkare kom för att titta till Marcus, ställa några frågor och känna på magen. Sänkan måste tas, han skrev något på ett papper och försvann ut igen. Så kom en sköterska och John höll Marcus hand medan hon stack.

Inte förrän klockan sju fick de beskedet att Marcus skulle få stanna kvar på sjukhuset. Sänkan var kraftigt förhöjd, tydde på en infektion. Nu skulle det sättas infarter på Marcus händer, för droppets skull. Och de skulle få komma upp till en avdelning. Marcus behövde troligen opereras. När, undrade John. På den frågan fick han inget tydligt svar.

SUSANNA FUMLADE MED handen över nattduksbordet, stötte till vattenglaset. Hon hade befunnit sig i en angenäm dröm där en yngre man smickrat henne med blickar och komplimanger. Drömmens konturer hade varit milda och snälla, omgivna av ett fluffigt dis. De hade sett på varandra och skrattat, lyckan hade genomsyrat hela hennes kropp när han hade rört vid henne, smekt hennes kind. En sådan intensiv närhet hade hon inte känt på många år. Det var något med hans ögon också, de såg på henne med uppriktig värme, och ändå fanns där spår av vemod, som påminde om sorg. Hon längtade så, ville känna hans mun, hans armar runt sig. Och så ringde den förbaskade klockan och förstörde allting.

Men det var inte väckarklockan som hade stört. Det var mobilen. Och den fortsatte att låta. Hon fick slutligen tag i den och tryckte på svarsknappen.

– Susanna. God morgon. Jag hoppas jag inte väckte dig.

Det var Cecilia.

Susanna drog sig upp i sängen, lutade huvudet mot väggen. Harklade bort sömndruckenheten ur strupen. Systern behövde inte veta att hon legat och sovit. Vad var klockan egentligen?

Halv nio. Inte särskilt sent, men inte heller överdrivet tidigt. En vuxen kvinna förväntades ha ätit frukost och vara på väg ut i livet för att göra rätt för sig på något sätt.

– Det är ingen fara, sa hon. Hur är läget med dig?

Det var inte många veckor kvar till jul nu och Cecilia kanske ville diskutera helgerna. I år hade Susanna knappt ägnat julen en tanke, högtiden tycktes på något sätt avlägsen och overklig. Avståndet mellan henne och Thomas sved, helst av allt skulle hon vilja resa bort. Men på något sätt kände hon sig intrasslad i släktens förväntningar, mostern Susanna, dottern Susanna, inte minst modern Susanna. Alexandra hade blivit mer intresserad av julfirandet på senare år, till skillnad från hur det varit då hon var en obstinat tonåring. I år hade hon bloggat om sin längtan efter julen sedan i oktober.

– Det är tyvärr inte så bra, sa Cecilia och först nu hörde Susanna oron i hennes röst. Marcus är på sjukhuset med John. Det är troligen blindtarmen.

– Men gud!

– Jag är ensam med tjejerna... och med Wille då.

Det var inte ofta Cecilia bad om hjälp, kanske alltför sällan. Susanna kunde ibland sakna den där familjekänslan, lustigt hur avlägsna hennes syskon kunde vara trots att de bodde i samma stad. Var det stolthet som hindrade Cecilia? Något slags önskan att visa upp sin egen styrka, se på mig, jag har fyra barn men klarar mig, jag ska minsann inte stå och tigga. Eller var det för att de levde så olika liv, för att det skilde flera år mellan henne och hennes systrar? För att de redan i barndomen på något sätt befunnit sig på olika planeter?

– Behöver du hjälp?

Med ens var Susanna klarvaken, såg rentav fram emot dagen. Handla och hämta på dagis. Hjälpa till att läsa läxor med Wille. Laga mat. Plocka. Det uppkomna läget gav henne oväntad energi.

– Jag ställer självklart upp. Säg bara vad du vill att jag ska göra.

Medan hon duschade funderade hon återigen på livet. Hon hade själv haft ett litet barn en gång i tiden, en dotter som behövde henne. Möjligen hade hon inte alltid gett det som Alexandra velat ha, men nog hade hon väl varit en hyfsad mamma? Kanske skämt bort mer med prylar än med kärlek, men det kunde väl ändå inte vara det värsta misstaget en förälder kunde göra?

Det varma vattnet rann över ansiktet, spolade bort nattens tankar. Det var inte för sent att engagera sig.

CHRISTINA FICK CECILIAS sms så snart hon hade vaknat. Marcus var sjuk, hon ville bara berätta det, han var på sjukhuset med John men hade ännu inte kommit in för operation. Christina kände hur hjärtat drogs ihop till en hård liten knut, små vassa prickar dök upp på näthinnan. Hade hon ens tänkt på sina barnbarn på sista tiden? Hon hade trots allt sju stycken och ett åttonde på väg. Men denna höst hade varit exceptionell, som om inga barnbarn funnits, det hade varit hon för hela slanten. Christina Lund, en kvinna vars liv bara kretsade kring henne själv.

Lars-Åke ställde en kopp kaffe framför henne, samt en skål med lättyoghurt och fullkornsmüsli.

– Älskling, du måste äta frukost, sa han och gav henne en klapp på axeln.

Hon såg på honom, skakade på huvudet.

– Det är Marcus, sa hon. Han är på sjukhus. De tror att det är blindtarmen, han ska visst opereras.

Lars-Åke stannade upp i rörelsen.

– Stackars grabb.

– Jag fick ett sms av Cecilia. Herregud. Jag hoppas att det inte blir några komplikationer.

– Blindtarmen, det ska väl inte vara någon fara, sa Lars-Åke lugnande. Det drabbar var och varannan unge.

– Vet du att man kan dö av blindtarmsinflammation, sa Christina och spände ögonen i honom. Det dör i genomsnitt femton personer i Sverige varje år inom en månad efter en blindtarmsoperation. Jag vet det, för vi hade ett knäck nyligen om en familj där...

– Christina. Snälla. Vi kanske inte måste ta ut den värsta katastrofen med detsamma?

Hon snörpte på munnen.

– Jag bara säger vad jag läst! Det är statistik. Du behöver inte låta så sur för det.

– Jag är inte sur. Jag bara noterar att...

Nu var det hennes tur att avbryta.

– Notera inte, snälla Lars-Åke. Usch, jag känner att jag vaknat på fel sida. Och så detta. Jag kommer att oroa mig hela dagen. Stackars Cecilia. Stackars Marcus. Ja, hela familjen.

Lars-Åke nickade.

– Ska vi kanske fråga om vi kan hjälpa till, sa han.

Christina tog en klunk av sitt kaffe innan hon svarade.

– Jag får ringa Cecilia och höra efter. Nog kan vi väl göra någonting för henne. Självklart ska vi det.

Snön hade redan hunnit bli smutsig och låg i våta smältande drivor på trottoaren. Christinas bil väntade och hon trippade försiktigt för att inte halka på sina höga klackar. Tack gode gud för att taxi fanns, särskilt vintertid! Hon slog sig ner i baksätet och tog fram sin iPhone. Maria hade sms:at också, och Susanna. Hon var tydligen på väg till Cecilia för att hjälpa till. Christina blev en aning förvånad, kanske var detta inte riktigt vad hon hade väntat sig av sin äldsta dotter, men fint var väl det om Susanna nu hade tid. Hon verkade alltid så upptagen, om det inte var shopping eller heminredning så var det hennes sociala åtaganden. Hennes en gång små flickor. Numera var de vuxna, tre fantastiska kvinnor med sinsemellan olika liv.

Christina såg ut genom bilrutan, på morgonrusningen som passerade och staden som försökte ruska av sig den våta snön. Staden, som hon alltid tyckt så mycket om. Alla de här gatorna, här hade hon skyndat och stressat fram genom åren. Vart var hon på väg nu? Märkligt, att vara en bra bit över sextio och veta mindre än någonsin. Eller var det så att man i hennes ålder plötsligt kunde tappa riktning och styrfart?

Det var som om nyanserna i humöret skiftade när hon tänkte på allt som hänt. Marcus som var sjuk, de hotfulla breven, oordningen, snart skulle året vara till ända och ännu ett kapitel av hennes levnads bok läggas till handlingarna. Ju längre man levde, desto mer skrämmande blev livet, var det någon som sa. Desto mindre skyddad var man mot förluster. Christinas strupe snördes samman, som om hon inte fick luft. Med ens kände hon djup olust inför att tvingas stiga ur den varma trygga bilen och bege sig in på redaktionen. Det är du som är chef, försökte hon intala sig. Det är ditt tidningsimperium, det är du som bestämmer. Varför kändes det då som om hon höll på att bli utmanövrerad? Det är stressen, fortsatte hon sin egen inre övertalningskampanj. Du är orolig för Marcus.

– Det blir hundranittiofem kronor, sa chauffören när bilen bromsat in framför tidningshuset. Kontobeställning, just det. Får jag be om en signatur här?

Christina satte sitt namn på kvittot, lämnade tillbaka skrivplattan med ett ansträngt leende. Så törstig hon var. Munnen kruttorr, tungan som sandpapper mot gommen. Hur kom det sig att hon blivit så egoistisk? Hennes älskade barnbarn låg på sjukhus och det enda hon kunde tänka på var huruvida det fanns några gyllene droppar kvar på botten av flaskan längst ner i hennes skrivbordslåda.

DEN KYLIGA LUFTEN bekom henne inte, tvärtom. Minusgraderna skärpte hennes sinnen, hon kände sig ovanligt levande. Den klara höga luften brände i strupen, fick varje andetag att isa i kroppen. Som om frosten brände bort alla spår av det förflutna.

Hon hade haft tur, fått viktig information av en slump. Råkat stå vid sidan av och hört detaljer som hjälpte henne att lägga det pussel hon behövde. Läst intervjuer och sett teveprogram. Surfat på nätet, inte minst på Facebook. Människor var så aningslösa, lämnade ut sig till höger och vänster, tycktes fyllda av tillit när de egentligen borde vara på sin vakt. Nu fick hon värdefulla ledtrådar som hjälpte henne att fatta beslut.

När sammanträffandena var så påtagliga kunde hon inte annat än agera. Kanske var hon bara en bricka i ett större spel. Hon försökte förstå rösten som mumlade inom henne, men när hon ansträngde sig blev den bara svårare att höra.

Det var ändå slumpen som avgjorde, som bestämde huruvida någon skulle överleva. Man visste inte på förhand var man skulle sätta fötterna. Eller när en metall för den delen trasades sönder. Ibland kände hon sig som ett på ytan hållbart material men trasig och skör inuti, i det fördolda. Utmattad. *Om ett material har dålig utmattningshållfasthet kan detta bero på inre spänningar.* Det hade Wikipedia berättat. Hon var en usel legering. *Förmågan att motstå utmattning kallas utmattningshållfasthet, egenskapen hos material att inte brista vid ett stort antal spänningsväxlingar.* Men hon själv kunde inte stå emot. Hennes inre hade tänjts, tills det slutligen gick sönder.

JOHN KNÖT HÄNDERNA där han satt i stolen bredvid Marcus säng. Helst ville han ställa sig upp och skälla ut någon, faktiskt vem som helst. Morgonen hade kommit och gått och fortfarande inget besked. Hittills hade de fått träffa tre olika läkare som inte kunde ge något tydligt svar på vad som skulle hända. Samtidigt blev Marcus allt sämre. Och Johns ilska och maktlöshet växte för varje minut. Vem bar det yttersta ansvaret? Han såg sig omkring i rummet som de hittills var ensamma i, men som kunde ta emot ännu en patient. Mitt emot Marcus säng stod en identisk sådan, och där emellan hängde draperier. Sjukhuset var med andra ord inte ens fullbelagt. Ändå drog det ut på tiden. Trots att läkarna var överens om att det rörde sig om blindtarmen hände ingenting.

John reste sig och gick fram till fönstret. Såg ut över sjukhusgården som vilade under ett massivt snötäcke. De elektriska adventsljusstakarna lyste upp här och där, underströk på något sätt känslan av institution. Om de måste fira jul här? Han slog bort de negativa tankarna, försökte istället tänka på annat. Barn som skrattade och var friska, en vacker julgran hemma på Lindängstorget. Skinkmackor med grov senap och köttbullar som de rullade tillsammans hela familjen. Den där speciella lyckokänslan som kom när de fick tid ihop, när barnen gladde sig och han och Cecilia fick en stund på tu man hand i soffan. Var han ens tacksam över vardagens stillhet och livet som varit förhållandevis snällt mot dem? Svårigheterna de gått igenom flimrade förbi, men inget av det som hänt sista året kunde ställas mot ett barns livshotande sjukdom. Allt det andra, egentligen rätt banalt, det hade slutat väl. Som om de ständigt dragit vinstlotter. Tills nu. Men han fick inte ta ut något i förskott. Var det inte så han brukade säga till Cecilia, att det värsta kanske aldrig skulle inträffa?

Det knackade på dörren och en sköterska kom in i rummet.

– Jaha, hur står det till här då, sa kvinnan som John inte träffat tidigare. Vi ska ta Marcus till ultraljud nu. Det är på plan fyra.

– Kan jag följa med? frågade John.

Sköterskan nickade.

– Det går fint. Då så, lilla gubben. Då rullar vi ut.

Marcus log blekt mot John. Att åka säng genom korridorerna var, trots smärtan, ändå ett nytt äventyr för en vanligtvis frisk pojke.

DE FYRA KLUNKARNA hade inte hjälpt Christina nämnvärt. Hon hade fortfarande inte fått någon ordning på sina papper. Mapparna på skrivbordet tycktes ha blivit flyttade. Hade någon rotat runt bland hennes saker? Eller var det hon själv som inte längre kom ihåg vad hon höll på med?

Tur att hon hade Pierre. Han såg till att bilder och texter kom in i tid, höll reda på ingresser, rubriker och inte minst planeringar. Stuvade om i tidningen så att helheten fungerade. Nog för att det var hon som hade det bästa ögat för vilka reportage som passade var, men Pierre var inte illa. Och nu hade Maria börjat, hon var också duktig. Vem hade kunnat tro att den yngsta dottern hade begåvning för veckotidningar? Maria hade fingertoppskänsla för vad som gick hem. Bara inte Pierre kände sig utkonkurrerad. Christina hade noterat en viss rivalitet, som om Pierre var en smula svartsjuk. Maria var trots allt hennes dotter, det kunde han inte förändra.

Hon svajade till lite grann, bet sig i läppen för att inte börja gråta. Vem kunde hon anförtro sig åt? Hon behövde tala med någon, helst en klok person som skulle stötta och trösta. Inte Lars-Åke, han hade blivit så grinig på sistone. Maud? Otänkbart, dessutom ovärdigt att blotta sitt känsloliv för en assistent. Christina hade lärt sig den hårda vägen att inte öppna sig för mycket för sina underordnade. Döttrarna hade hon inte heller lust att dra in i sina bekymmer.

Vad trånga skorna kändes. Hon såg ner på sina fötter, på de blanka svarta mockapumpsen som skavde mot både hälar och tår. Inte kunde väl fötter svullna när det var vinter ute, sådant hände väl på sommaren, när det var varmt? Men skorna kändes obekväma och tårna värkte. Hon behövde verkligen en drink.

Christina slätade till håret och strök ny färg på läpparna. Så log hon mot sig själv och öppnade dörren ut mot korridoren. Allt skulle ordna sig, före jul var det normalt att man kände sig splittrad och naturligtvis var hon orolig för Marcus. Hon kanske borde köpa en present och buda över till sjukhuset. Eller åka över själv och hälsa på. När slutade Lars-Åke? Kanske skulle det vara skojigt för Marcus med ett litet besök. Men först skulle hon äta lunch. Ett glas vin till maten var inget brott, det skulle hon unna sig idag.

Hon var så försjunken i sina funderingar att hon inte märkte personen som stod längre bort och iakttog hennes förehavanden. Alla dessa redaktionsmedlemmar som rörde sig runtomkring, allt stök och liv på den bullriga arbetsplatsen, ingen kunde hålla reda på allt som pågick. Det var lätt att försvinna i mängden, att döljas av datorer och tidningshögar. Grumliga avsikter doldes av telefoner som ringde, av väggar som saknade ögon.

CECILIA HADE ÅKT till sjukhuset så snart hon fått iväg flickorna. Lyckligtvis var hon ledig idag och kunde koncentrera sig på att vara hos Marcus. John däremot hade en fotografering inbokad och behövde vara där åtminstone de första timmarna. Susanna kunde hämta barnen på eftermiddagen, sedan fick de göra upp nya planer.

Hon hade fått kontinuerliga sms från John under morgonen. Det sista meddelandet sa att ett beslut äntligen fattats. Ultraljudet visade att blindtarmen var ordentligt inflammerad och dessutom hade brustit. Marcus skulle opereras med detsamma.

– Lilla älskling, hur är det? Hon lutade sig fram över sin son där han låg i landstingets vita skjorta med dropp i handryggen. Har du jätteont?

– Mmm, sa Marcus.

– Nu ska det bli bra, sa John och Cecilia hörde att han gjorde rösten medvetet glättig. Nu ska den elaka lilla tarmstumpen bort och sen blir du frisk.

Cecilia hann knappt lägga ifrån sig ytterkläderna på stolen vid fönstret förrän en läkare och en sköterska kom in i rummet.

– Då var det dags. Jag heter Karin Hultgren och är kirurg, sa läkaren och skakade hand med både henne och John, en snabb professionell gest.

Kirurgens hand var torr och varm och Cecilia undrade om hennes händer var så skickliga som hon hoppades.

– Det kommer att gå jättebra, sa läkaren och log mot Marcus. Du ska få sova och när du vaknar är det klart. Men först ska du rullas ner till operationen. Det kommer en sköterska och hämtar dig strax, vi ses där nere.

Ett barn som sövs. Räkna ner från tio. Den där blicken, strax före vandringen ut i det okända. Vad händer med tankarna, med kroppen? Själen, finns den där, hur mår den? Tänk om han vaknar, tänk om han är rädd?

Den lilla handen med nålen instucken på ovansidan ser så bräcklig ut, om jag bara kunde ta över din smärta, älskade lilla du. Låt mig ta smällen, låt mig vara den som rullas bort och sövs! Men det låter sig inte göras, föräldrarna kan inte ta på sig sina barns kroppsliga lidande. Aldrig sker det trots att vi ber om det i våra drömmar.

Så, en sista puss på pannan.

– Sov gott lilla gubben, mamma och pappa är här, vi sitter och väntar, snart ses vi igen.

Lugnande medel som ges, kanske borde även föräldrar få en dos. Något som skingrar tankarna. Tröst för moders- och fadershjärtat, en lindring av oron. Sedan tar man adjö. Föräldrar får inte vara med i operationssalen utan sitter i väntrummet medan operationen pågår. Narkosläkare, operationssköterskor, kirurger. Cecilia kände sig hemma i denna miljö, till skillnad från John. Och ändå var det nytt också för henne, detta att vara anhörig. Yrkesrollen fanns inte med i bilden. Nu var det deras eget barn som låg nersövt.

John lade armen om henne.

– Jag tyckte hon verkade bra, kirurgen, sa han.

– Titthålskirurgi, det kommer knappt bli några ärr. Men han lär ha ont efteråt. De blåser in luft i magen för att kunna se, sa Cecilia. Och efteråt är det jobbigt. Usch, jag vet att det här är en operation de gör flera gånger om dagen och ett av de vanligaste bukingreppen bland barn, men ändå.

Hon tryckte sig intill John, kramade hans hand.

– Mest blir man så förbannad över att allting ska ta så lång tid, svarade John. Marcus har fått lida helt i onödan, de hade kunnat operera honom redan i morse så kanske blindtarmen inte hade behövt spricka. Är det inte extra riskabelt när den gör det? Att det kan bli infektioner och så.

Visst fanns det risker. Cecilia försökte att inte tänka på dem medan Marcus låg på operationsbordet.

– Huvudsaken är att han opereras nu, sa hon och försökte hålla rösten stadig. Det kommer att gå bra. Jag vet det.

Efteråt. På uppvaket. Marcus, så liten och tunn i den höj- och sänkbara sängen. Kopplad till droppställningen. Fortfarande med slutna ögon. Men ute på andra sidan.

– Allting har gått bra, sa Karin Hultgren, som kom ut i salen. Operationen fortlöpte helt enligt plan och nu ska killen snart vara på fötter igen.

– Tack, sa Cecilia och John i mun på varandra.

– Han får vara kvar här nere i någon timme och sedan körs han tillbaka till avdelningen. Han får smärtstillande och kommer ha lite ont den närmaste tiden, men sedan ska det successivt bli bättre.

Karin Hultgren gav dem ett leende innan hon nickade till avsked och försvann ut genom de automatiska dörrarna.

LIVET HADE BLIVIT lättare på sistone. Var det enbart hennes förtjänst? Kvinnan han träffat på ytterst affärsmässiga premisser, men som snabbt kommit att betyda något mer. Hon var äldre än han, gift, levde ett liv bortom hans, och ändå kände han sig märkligt besläktad med henne.

Hemma hade det också skett förändringar. Kanske var det ett tillfrisknande han bevittnade. Hans fästmö var inte redo att återgå till arbetet, men hade definitivt ryckt upp sig. Nästan så att han började undra. Hade hon kanske också träffat någon som fick henne på andra tankar? Fast när skulle det ha skett? Hon gick inte ut på krogen, umgicks inte med sina gamla vänner såvitt han visste. Däremot hade hon datorn. Hon hade nätet att leka på, precis som han själv. Inte för att hon sagt något, men han gissade att hon måste ha ett uppdämt behov av sociala kontakter.

Flera gånger hade han haft lust att ta reda på vad hon hade för sig, hade dock alltid hejdat sig i sista stund. Han själv ville ju inte att hon skulle rota i hans privatliv, i den hemliga värld han byggt upp. Men det var annorlunda, kunde han tycka. Han hade inte mått dåligt på samma sätt som hon. Kanske borde han ändå undersöka vad hon sysslade med. Troligen var det inget särskilt. Nåväl, hon kunde gott få roa sig, det unnade han henne av hela sitt hjärta. Han hade aldrig varit särskilt svartsjuk av sig.

Ett nytt sms fick hans iPhone att lysas upp. När han såg vem det var från log han och kände värmen sprida sig ända ner i tårna. Nej, det hade inte varit meningen att bli så berörd, att reagera som han gjort, men nu var det så, han kunde inte göra något åt saken. De andra kunderna hade blivit lidande, han hade avböjt att träffa andra på sistone. Ville inte bli distraherad. Ville inte känna sig falsk.

Hon skrev att hon saknade honom. Att hon tänkte på honom. Hon skrev att han gjorde henne lycklig. Att han var den vän hon saknat.

Vän? Han ville inte vara hennes vän. Det lät tråkigt och själlöst, alltför korrekt. Han ville vara något annat, komma henne så nära som ingen annan.

Men kanske var det bara en fantasi. Kanske skulle han aldrig nå fram dit.

ATT SOVA PÅ SJUKHUS var allt annat än bekvämt, kunde Cecilia konstatera efter att ha lagt sig på den smala brits som stod intill Marcus höj- och sänkbara säng. John hade kunnat övernatta hos honom även denna kväll, men Marcus hade uttryckligen bett Cecilia att stanna. "Mamma. Måste du åka hem", hade han sagt med svag röst och Cecilia hade skakat på huvudet.

Jag sover hos dig inatt, min kära unge. Självklart gör jag det. Hur skulle jag kunna lämna dig?

Hennes egna gravidkrämpor kändes med ens ovidkommande. Den värkande ryggen, sammandragningarna, benen som började svullna upp om hon stod upp för länge. Oron för Marcus tog över och skar genom hjärtat. Så medtagen han såg ut där han låg och dåsade, med mörka ringar under ögonen och håret lite rufsigt. Den annars så livfulle pojken hade förbytts till en liten patient som med jämna mellanrum fick mediciner, kopplad till en droppställning som likt en ranglig väktare tornade upp sig vid hans sida. Värdena hade inte blivit bättre utan istället visade sänkan en kraftig infektion i kroppen som följd av den brustna blindtarmen. Dessutom hade han ont och orkade knappt gå på toaletten.

Personalen kom och gick, sköterskorna avlöste varandra. Ständigt detta att hälsa på nya ansikten, vara trevlig trots trötthet och oro. Samtidigt nyttigt att inte själv vara klädd i sjukhusuniform som hon var van vid. Hon var bara en mor i mängden, som vakade vid sitt sjuka barns sida. Hon orkade inte ens berätta att hon var barnmorska och arbetade på förlossningen på ett annat sjukhus. Visst iakttog hon personalen och deras rutiner, tänkte på hur de gjorde och hur de bemötte patienterna, men annars var det skönt att överlämna ansvaret åt andra och koncentrera sig på att ge Marcus det stöd han behövde.

Cecilia blev sittande i föräldraköket med en kopp te och såg ut över rummet med den pyntade plastgranen i hörnet. Där fanns även barnmöbler, ett litet bord och några stolar samt en back med leksaker. För andra mammor och pappor var detta vardag, de vars barn led av kroniska sjukdomar och åkte ut och in på avdelningen. Det fanns många hjältar vars insatser knappast gav några stora rubriker i tidningarna men som ändå utkämpade en många gånger övermänsklig kamp för att ge sina små sjuklingar ett drägligt liv. Vad mycket hon tog för givet i sin egen relativt okomplicerade vardag. Och om man hade fler barn än bara det sjuka? Ja, då fick även syskonen anpassa sig. Många små och större detaljer kunde ge ödet en helt annan struktur.

När Cecilia kom tillbaka till rummet lade hon sig i sängen och släckte lampan. Men att sova var omöjligt. Marcus andades genom halvöppen mun, hon lyssnade till hans andetag, räknade dem. Droppet gav regelbundet ifrån sig ett klickande ljud. Hela denna miljö, lukten, känslan av institution gjorde henne spänd och rastlös. Dessutom kunde hon inte sluta tänka på värdena som inte blev bättre. Ingen gav heller något lugnande besked. Vi får se imorgon, var det enda svar hon fick. Vi ska ta nya prover då. Ibland svarar inte kroppen som den ska.

Sängen var knölig och obekväm och filten tunn och sladdrig, kudden erbjöd inget vidare stöd och hon kände sig lätt illamående. Vilken höst det hade varit, med jobb och graviditet och nu Marcus operation, stressigt värre och snart var det jul. Och här låg hon på sjukhuset, lösryckt ur sitt vanliga sammanhang. På ett sätt var det vilsamt, att slippa tänka på vardagens sysslor och alla detaljer, att bara fokusera på ett av barnen och hans behov. Samtidigt kändes det väldigt märkligt. Hon och John hade knappt hunnit prata med varandra sedan Marcus blev dålig, de skickade bara effektiva sms där de avhandlade praktiska frågor. Som vanligt fungerade detta klanderfritt, samarbetet i familjeföretaget. Men känslomässigt var oron och sjukhusvistelsen oerhört dränerande.

Hon försökte föreställa sig den nya babyn. Vem skulle den vara lik? Skulle det bli en skrikig liten sort eller en lugn? Cecilia lade händerna på magen, försökte känna var kroppsdelarna befann sig. Där var bestämt en liten fot som tycktes trycka mot magväggen. Babyn gav tröst och fick henne att slappna av lite där hon låg. Marcus skulle bli återställd, visst skulle han, tänkte hon och smekte den runda kulan under täcket. Snart måste infektionen vända och hans tillstånd stabiliseras.

Plötsligt tyckte hon att han låg alltför stilla, andetagen hördes inte. Hon sträckte ut handen och rörde vid hans panna, kände lättnaden i kroppen när han ryckte till lite vid hennes beröring. Så drog han efter andan. Det påminde om när barnen varit nyfödda, hennes behov av att kontrollera att de mådde bra. Spädbarnsdöd hade varit en av fasorna, att babyn aldrig mer skulle vakna upp. Hellre klappade hon sina bebisar och störde dem då och då än lät dem sova ifred i farligt långa perioder. Samma sak nu. Hon skulle gärna väcka Marcus, bara hon fick bekräftat att han mådde bättre, att han sov lugnt, inte hade ont.

Cecilia måste ha somnat till slut. Hon vaknade till, tung i huvudet och med en otäck känsla i mellangärdet. Natten bäddade in ljuden från korridoren utanför, dämpade konturerna, skapade nya främmande förnimmelser i rummet.

Hon svalde ljudlöst, kände omedelbart hur rädslan bredde ut sig i bröstet. Var det inte något som lurade i dunklet? Något – eller någon? Borde hon tända lampan? Handen föreföll med ens blytung, hon vågade inte röra sig. De där tysta hasande ljuden. Hade nattsköterskan redan kommit?

Hon försökte urskilja detaljer i mörkret utan att öppna ögonen helt. Ljuset föll genom de persienntäckta fönstren på ett märkligt sätt, liksom silades in i tunna ränder och gjorde att skuggorna, som svävade i rummet, blev långa och smala.

Ta det lugnt. Bli inte skärrad. Du är på ett svenskt sjukhus. Inget ont kan hända.

Hon vred försiktigt på huvudet. Stod det någon vid Marcus säng, eller var det bara mörkret som spelade henne ett spratt? Det rasslade till lätt när en hand sträcktes ut och tog tag i droppställningen. Då var det sköterskan i alla fall. Cecilia slappnade av, drog in syre i lungorna. Nyss hade hon knappt vågat andas, nu ville hon säga hej till sköterskan, fråga om allt var bra.

Men något fick henne att hejda sig i alla fall. Kvinnan – för det var väl en kvinna – tycktes sväva bredvid Marcus säng, utan att uträtta något. Cecilia blev torr i munnen. Borde hon tillkalla hjälp? Hon trevade efter lampknappen men hittade den inte. Innan hon hann tända backade gestalten undan och lämnade snabbt rummet. Strax hörde Cecilia dörren gå igen.

Hon såg på klockan. Halv två. Vid vilken tid fick Marcus medicin egentligen?

Hon lyckades äntligen tända lampan och reste sig ur sängen med handen mot korsryggen. Det var inte bra för foglossningen att sova på en obekväm brits. Hon stack fötterna i tofflorna hon haft med sig och drog på sig en kofta. Så gick hon ut i det lilla pentryt och sedan ut i den kalt belysta sjukhuskorridoren. Till höger låg expeditionen. Hon måste fråga vem som varit inne hos dem. Lugna nerverna. Annars kände hon att hon började bli stollig. Tänk om hon bara hade drömt?

– Hej, sa hon till den ljushåriga sköterskan som satt och stirrade in i datorn vid skrivbordet. Jag är mamma till Marcus på rum fem. Jag tänkte bara höra, det är så konstigt...

– Ja, sa sköterskan och log. Mår han inte bra?

– Jo, han sover, svarade Cecilia. Det är bara det... Jag undrar, skulle han verkligen ha sin medicin nu?

Den ljushåriga sköterskan rynkade ögonbrynen.

– Nej, det tror jag inte.

En kall kåre löpte ner för Cecilias rygg.

– Men någon var inne hos oss alldeles nyss.

Sköterskan såg förvånad ut.

– Är du säker på det?

Cecilia nickade.

– Javisst. Hon skulle kolla droppet, tror jag.

– Nej, det kan jag inte tänka mig. Jag ska in till Marcus först vid tre. Är du säker på att någon var inne i rummet?

Sköterskan såg på henne med vänliga ljusblå ögon, en blick som gjorde Cecilia osäker. Hade hon kanske drömt ändå?

Sånt händer, vet du. Man är så till sig att man ser gubbar. Eller gummor. Överstressad småbarnsmamma, gravid till på köpet. Gå och lägg dig nu, lilla gumman.

– Är inte du barnmorska förresten? Jag tycker jag känner igen dig från Norra, sa sköterskan plötsligt. Jag jobbade där förut. Jag heter Pernilla.

Hon sträckte fram handen och Cecilia tog den.

– Jo. Men nu ska jag snart vara föräldraledig.

– Vad roligt. Förresten, känner du Anki? Det är en kompis till mig.

Situationen var absurd. Här stod de och småpratade om gemensamma bekanta mitt i natten, när en främling kanske varit inne hos henne och Marcus och mixtrat med droppställningen.

– Du, inte för att vara hysterisk, men är det verkligen ingen som varit inne i vårt rum? Jag såg en kvinna stå vid Marcus säng.

Pernilla skakade bestämt på huvudet.

– Jag är helt säker, Cecilia.

Det var djupt obehagligt.

– Vem kan det då ha varit?

Pernilla ryckte på axlarna. Cecilia såg att hon inte trodde henne, att hon inte tog hennes oro på allvar. Hon visste inte om hon skulle stå på sig eller släppa taget.

– Vi har hög säkerhet på sjukhuset, sa Pernilla. Du kan vara helt trygg. Men du kan väl ta en kopp te om du inte kan sova. Jag skulle gärna hålla dig sällskap och prata lite men har en del att göra. Dessutom hade jag fikarast nyss.

– Du kan väl höra med de andra som jobbar ändå, bad Cecilia. Fråga om någon varit inne hos oss. Jag är säker på att jag såg en person stå vid Marcus säng. Och kika gärna på droppet, så det är i sin ordning.

Pernilla log.

– Absolut.

Cecilia tackade och vände sedan om för att gå tillbaka till rummet. Men istället för att öppna dörren in till rum fem fortsatte hon neråt korridoren, förbi föräldrapentryt och blomkrukorna som stod vid entrén. Man kunde komma in till avdelningen genom några glasdörrar med stålhandtag. På sidan fanns en automatisk dörröppnare. Cecilia tryckte på den och dörren gled upp med ett mjukt pysande. Hon gick ut på våningsplanet där hissarna fanns. Pernilla hade sagt att sjukhuset hade hög säkerhet, men vem som helst verkade kunna ta sig in i byggnaden. Här krävdes inga passerkort, här fanns varken detektorer eller vakter. Cecilia såg sig omkring. Sjukhuset var en outgrundlig värld, ett mikrokosmos där livet pågick, oberoende av vad som hände i världen utanför. Tänk om gestalten vid Marcus säng faktiskt varit ett förebud av något slag? Hon var inte särskilt skrockfull men tanken skrämde henne.

Hon fick bråttom, skyndade in på avdelningen. Om Marcus mådde sämre? Om det ofattbara faktiskt hände? Svåra infektioner som inte läkte, svårbehandlade bakterier. Hon hade läst mycket om problem med de multiresistenta bakterierna och följt med i den nyare forskningen. Nej, det fick inte hända. Inte hennes pojke. Bara inte han.

Marcus sov fridfullt när hon kom tillbaka. Bröstkorgen höjdes och sänktes som den skulle, ögonlocken var slutna. Det fina lilla ansiktet bar inga spår av smärta. Cecilia fick en klump i halsen. Så underbar han var. Naturligtvis skulle han repa sig. Det fanns inga andra alternativ.

Hon kröp ner under täcket igen. Det var lite kyligt i rummet, som om det drog från fönstret. Skuggorna smög åter fram när hon släckte lampan, men den här gången tänkte hon inte låtsas om dem. Hon var vuxen, inget litet barn, och fick inte låta sig påverkas av tokiga hjärnspöken.

Och ändå. När hon blundade tyckte hon sig känna en kvardröjande närvaro i rummet. Av något hon varken kunde förklara eller förstå.

CHRISTINA VAR PÅ ett strålande humör för omväxlings skull. Operationen hade gått bra, Marcus var på bättringsvägen. Cecilia hade visserligen meddelat att det var si och så med värdena, men det tog förstås lite tid att återhämta sig. Hon hade i alla fall oroat sig tillräckligt, varit helt utom sig. Att vara mor var en livslång uppgift, den där skräcken för att det skulle hända barnen något blev knappast mindre när de blev vuxna, ju äldre de blev desto fler faror lurade. Och sedan, just som man höll på att andas ut, kom barnbarnen. Först döttrarnas graviditeter, sedan anspänningen inför förlossningarna, och så spädbarnstiden och barnbarnens hälsa och uppväxt. Den som sa att man blev avtrubbad med åren ljög. Tvärtom tyckte Christina att orosmolnen blev fler. Men allt hade gått bra även denna gång. Var inte det skäl nog att fira?

Hon ville så gärna öppna en flaska porlande champagne, känna de sträva bubblorna kittla mot gommen. Tömma ett högt och smalt glas fyllt med den festliga drycken. Hur kom det sig att begäret satte in vid de mest oväntade tillfällen? När hon kände sig nedstämd. När hon var trött. När hon var rastlös. Och även nu, när hon var glad och lättad.

Det är för att du vill ha tröst. Ibland längtar du efter lindring. Och andra gånger vill du förstärka glädjen. Alkohol behövs alltid, oavsett vilket läge du är i. Ett litet glas kan aldrig skada. Det vet du. Ett litet glas gör dig skärpt och vacker.

En röst viskade inuti henne och vägrade ge sig.

Laga en härlig middag till Lars-Åke, passa på och köp lite Lanson eller något annat bubbel. Kanske rosa, som känns extra lyxigt? Plus en bukett blommor, ranunkel eller skära liljor. Till dig, älskling. Överraska honom. Och dig själv. När gjorde du något sådant senast? Vem vet hur långt livet är.

Den där rösten distraherade henne, fick henne att tappa fokus. Hon hade en mängd viktiga beslut att fatta, som vad som skulle vara på nästa omslag, ändå kunde hon inte riktigt samla tankarna. Som om champagneflaskan ständigt visade upp sig framför henne.

Telefonen blinkade.

– Det är din mor på tvåan, upplyste Maud genom högtalaren. Vill du ta det?

– Ja, koppla in henne, sa Christina.

Sonja? Det knep till i magen. Vad kunde hon vilja? Hon ringde sällan till redaktionen. Bara inte hon också var krasslig. Vinterkräksjuka kunde vara farligt för någon som var över åttio.

– Christina, hur mår du, sa Sonja. Jag tänker på dig, ska du veta. Jag stör väl inte i något viktigt?

– Nejdå, mamma, sa Christina och kastade en blick på datorskärmen där flera pdf:er med alternativa omslagsbilder överlappade varandra. Det är ingen fara. Hur mår du själv? Tiden bara rusar och nu har vi inte setts på ett tag och snart är det jul.

– Ni har så mycket hela tiden, sa Sonja. Men nu ville jag ringa eftersom jag går igenom gamla papper och böcker, och tänkte om något av det skulle kunna intressera dig.

Christina hejdade sig ett slag.

– Vad tänker du på då, mamma?

Sonja lät ivrig när hon svarade.

– Lite saker jag sparat från min tid på Allmänna BB och sånt. Dagböcker, bland annat. Det hände ju en rätt märkvärdig sak för en massa år sedan som jag fullständigt glömt bort, men som jag erinrade mig nu när jag hittade vad jag själv hade skrivit. Det är viktigt, Christina. Jag vill inte ta det med mig i graven.

Det knackade på dörren, en kort knackning som inte väntade på svar. Sekunden därpå stack Pierre in huvudet och log mot Christina.

– Mötet? Har du glömt?

Christina kände sig påkommen, som om hon höll på med något dumt. Hon lade handen över luren.

– Strax, Pierre. Jag fick ett viktigt samtal. Ge mig ett ögonblick.

Pierre nickade. Var det inbillning eller såg han överlägsen ut? Lite märkvärdig bakom de fyrkantiga glasögonen, som han tog på sig när han skulle göra ett beläst intryck. Vad var det för möte han talade om? Christina sträckte sig efter sin almanacka. Nej, där fanns inga anteckningar om något möte. Sonja pratade på.

– ... och då tänkte jag att du kanske kunde vara rätt person. Men ta det lugnt, det är ingen brådska, om du inte har tid nu kanske vi kan ta det i julhelgen då vi får mer tid att pratas vid? Jag kan ta med mig anteckningarna om du vill se.

Vilka anteckningar talade hon om? Det var som om en snara drogs åt kring Christinas strupe. Sonja. Pierre. Gamla dagböcker. Ett möte hon fullständigt glömt bort. Med vem? Eller med vilka?

– Ja, mamma, det låter jättespännande men jag har inte riktigt tid just nu, du får förlåta.

Sonja grymtade missnöjt.

– Du tar på dig för mycket. Kom ihåg hur illa det gick när flickorna var små, du tål inte stress, det har jag alltid sagt.

Christina suckade.

– Mamma.

– Ja, men vem ska annars säga dig ett sanningens ord?

Ilskan vällde upp inom Christina. Förbaskade Sonja, ringa här och bråka. Hon svalde.

– Mamma lilla, sa hon och försökte låta lugn och samlad. Jag äter och sover och tar hand om mig som jag ska, kan du sluta bekymra dig för mig någon gång?

– Jaja, sa Sonja. Kila iväg till ditt. Men kom ihåg att jag behöver prata med dig om den där dagboken. Så snart som möjligt.

Typiskt äldre personer, tänkte Christina. De hade en tendens att fastna i en och samma tankegång, bet sig fast vid ovidkommande detaljer. Hon tog ett hastigt avsked av Sonja, slängde på luren och skyndade ut ur rummet. Hon hoppades att Maud hade en bra förklaring.

– Vad är det som händer, Maud, sa hon uppfordrande. Du har inte informerat mig om att jag ska ha något möte nu?

Assistenten rodnade. Christinas tålamod höll på att tryta.

– Jag ber verkligen om ursäkt, sa Maud. Men det är inte jag som...

– Strunt i det nu, klippte Christina av. Vad är det för möte?
– Ett extrainsatt redaktionsmöte. Du har själv kallat till det. Kommer du inte ihåg det? Jag brukar inte behöva påminna dig om sådant, sa Maud med stadig röst.

Christina kände svetten tränga fram under armarna.

Katastrofen var ett faktum.

PÅ MORGONEN SATT Marcus upp i sängen och sa att han var hungrig. Värdena hade vänt, sänkan hade normaliserats och nu var han verkligen på bättringsvägen. Cecilia låste in sig på toaletten och grät en skvätt, tårar av lättnad och tacksamhet.

För varje timme som gick blev han allt mer lik sitt gamla vanliga jag, en pojke vars humör förbättrades radikalt i takt med att infektionen avklingade. Ändå fick han stanna kvar på sjukhuset i ytterligare några dagar. Det blev pyssel i källarvåningens lekterapi, bokläsning, kortspel och långa timmar framför gamla videofilmer.

Det skulle bli så skönt när han fick komma hem. De oroliga dagarna och operationen låg bakom dem nu. Cecilia kände sig gladare än på länge. Också den otäcka natten, vykortet och breven tycktes blekna. Hon skulle nog behöva prata med Per Nilsson ändå, men var det inte lika bra att försöka gå vidare utan att gräva ner sig för mycket i det som skett? Till och med tanken på Simon kändes uthärdlig. Om alla bara fick vara friska och glada så kunde de väl bjuda in halva världen till sitt julfirande. Simon hade en gång i tiden också varit en värnlös liten pojke. Hur hade hans barndom sett ut? Vem hade tröstat och stöttat honom? Julen var trots allt en försoningens tid. Om John så gärna ville tillbringa julen med sin äldste son, skulle hon inte sätta sig emot det.

Det var en glädjens stund när Marcus blev utskriven från avdelningen. De små snitten efter titthålsoperationen hade läkt fint och Marcus strålade med hela ansiktet när infarterna på händerna togs bort. Väl hemma bäddades han ner i soffan och fick kanelbullar och O'boy enligt eget önskemål. Han hade gått ner flera kilo och såg otäckt mager ut där han låg under täcket och tittade på kabelkanalens barnprogram, något skränigt svenskdubbat som handlade om amerikanska skolungdomar som spelade varandra spratt på spratt. Cecilia hade så svårt för de där programmen som tycktes pågå i det oändliga, den forcerade musiken och de glättiga rösterna var påfrestande och tillgjorda. Men just nu betydde det ingenting, bara Marcus var nöjd.

Huset kändes fridfullt med en gång, lättnaden som korn av glitterdamm i luften.
 – Är det okej om jag sätter mig vid datorn, ropade Cecilia inåt vardagsrummet.
 – Mmm, svarade Marcus. Såklart mamma.
 – Säg till om det är något du behöver.
 Hon hade försummat bloggen på sistone, inte haft någon vidare lust att skriva. Dela med sig av rädslan och oron, av ängslan och fasan inför att ett av hennes barn blivit allvarligt sjukt, det hade hon ingen lust med. Kanske borde hon sluta

blogga helt? Eller åtminstone ta en paus. Hon ville inte riktigt det heller, det kändes fegt att ge upp bara för att någon kommenterat surt. Däremot skulle hon kunna skriva något mer neutralt. Vädra tankarna utan att ge alltför många konkreta detaljer.

Hej bloggen, jag har inte skrivit här på ett tag. Livet tog en oväntad vändning, vilket gjorde att jag tvingades prioritera annat. Jag har varit på botten och vänt, kan man väl säga. Utan att berätta alltför ingående blev en mig närstående person allvarligt sjuk och jag har varit utom mig av oro. Men nu är allt bra och jag ser framåt. Till och med julen, som i vanlig ordning är en otroligt stressig tid, kommer att bli bra i år, det känner jag på mig. Jag längtar också till nyår då vi lägger den tid som gått till handlingarna och går in i något nytt, året då vårt barn ska födas. Graviditeten blir allt tyngre och drömmen om babyn allt starkare. Jag försöker se den lill* framför mig, är det en pojke eller en flicka? Hurdan personlighet har h*n? Det är så spännande och trots att jag gått igenom detta förr känns det nytt och ovant.

SUSANNA SATT OCH stirrade in i datorn. Efter att hon ställt upp för Cecilia och hennes familj under Marcus sjukhusvistelse kändes sysslolösheten extra påtaglig och hon hade börjat surfa runt för att få inspiration att förändra sitt liv. Någonstans måste hon börja, kanske inte gå till arbetsförmedlingen direkt, men ändå hitta ingången till något som skulle kunna få henne att brinna. Hjälpa unga kvinnor kanske? Vara något slags mentor. Hon hade själv en vuxen dotter, trodde sig kunna konsten att lyssna. Och Peggy som blev misshandlad i sin relation, där hade Susanna varit till nytta. Hon fick en vision av hur lyxvillan förvandlades till ett härbärge för utsatta kvinnor. Hon log för sig själv när hon föreställde sig Thomas reaktion, hur han skulle tappa hakan när han kom tillbaka och fann hemmet förvandlat.

Medan hon fantiserade klickade hon sig vidare. De senaste dagarna hade ett nytt slags upprop cirkulerat på nätet. Kvinnor i alla åldrar trädde fram och vittnade om erfarenheter de aldrig berättat om. Allt från regelrätta övergrepp och tristess i långa relationer till samlag de lika gärna kunnat vara utan. Det hade börjat som en kommentar på en blogg och sedan spritt sig vidare, genom Facebook och andra sociala medier. Någon hade påpassligt knåpat ihop en hemsida på temat, där vem som helst kunde lägga upp vad man hade på hjärtat. Hemsidan hade döpts till *"intelängreskamligt"* och texterna strömmade in i hundratal.

Bra sex, vad var det egentligen? Tänk om hon själv skulle skriva en betraktelse över det äktenskapliga samlivet, funderade Susanna. Något om kontaktlösheten mellan två kroppar, något om en hustrus plikt. Nejdå, ingen hade utsatt henne för något kriminellt, inte ens varit i närheten. Men enligt "intelängreskamligt" var allt som inte var helt perfekt något slags gråzon där övergrepp frodades. Kände man sig inte hundra procent övertygad om att man verkligen ville ha sex, så fanns där en risk att man blivit utsatt för manipulation och även tvång.

Hon rös till. Försökte minnas, men hur hon än tänkte tillbaka kunde hon inte riktigt komma ihåg när hon verkligen längtat efter Thomas och hans kyssar. När hon njutit av hans beröring, när hon blundat och gett sig hän. I början av äktenskapet måste det väl ändå ha varit lustfyllt och underbart? Eller ännu tidigare, precis i början, när de just hade träffats. Hon slöt ögonen och försökte se det framför sig, den unga Susanna som möter den unge Thomas blick, de där vackra mörka ögonen. Den allra första kyssen, smaken, doften, tungan som tränger in, först trevande, liksom återhållsamt, sedan allt glupskare. Hon kysser tillbaka och blir matt i knäna, andas häftigare, blir yr, griper tag i honom. Hon blir matt och viljelös, smälter i hans armar, det kvinnliga hos henne förstärks av hans strävhet och det tänder henne, hon vill trycka sig intill honom och sluka honom, de kysser varandra så skönt och hon hoppas att det aldrig ska ta slut.

Det var länge sedan. Vad fanns kvar av alla känslorna idag? Inte mycket. Här satt hon nu ensam. Medelålders kvinna utan mål söker mening. Medelålders kvinna utan styrsel funderar över sexualiteten. Medelålders kvinna som har för mycket tid att slå ihjäl, för mycket utrymme att bryta ihop på. Men nej, hon önskade inte att Marcus skulle vara sjuk ännu en tid, hon hoppades inte att hennes systrar skulle drabbas av olika missöden så att hon fick behövas. Hon skulle nog klara ut detta på egen hand.

Hon lyfte upp telefonen och slog in ett välbekant nummer.

– Mamma? Hej, det är jag, Susanna, sa hon när hon hörde hur Christina svarade i andra änden.

Christina pratade på. Javisst var det skönt att Marcus mådde bättre och snart var det jul. Susanna lyssnade och gav ifrån sig små medkännande kommentarer när Christina beklagade sig över problemen på redaktionen. Och plötsligt slog det henne.

– Kan inte jag få skriva en krönika, snälla mamma, sa hon och kände sig med ens som en tolvåring. Jag vill berätta om hur det kan vara när man lever i ett långt äktenskap och drabbas av *"intelängreskamligt"*.

Christina blev tyst.

– Mamma? Hallå.

Christina harklade sig.

– Ja, förlåt, Suss lilla. Jag blev bara så oerhört förvånad. Du har väl aldrig velat skriva? Aldrig sagt ett ord om...

Susanna fnös otåligt.

– Jag vet. Du behöver inte säga något. Jag har aldrig varit intresserad men nu blev jag det och jag tänkte att jag kunde få en chans.

Visst kunde detta försätta Christina i en genant situation, det var Susanna medveten om.

– Jag kan inte lova att jag publicerar det, sa Christina slutligen. Vi har många jättebra texter som väntar, och att jag hux flux ska ta in något du skrivit... Du förstår väl att det inte bara låter sig göras hur som helst.

Susanna tvinnade en hårlock mellan fingrarna och såg ut över trädgården utanför.

– Men om min krönika blir bra då?

Christina lät inte helt entusiastisk när hon svarade.

– Du kan väl skriva din text först, så kan vi prata sedan.

DRÖMMARNA JAGADE HENNE, gav henne ingen ro. Hon somnade orolig och vaknade svettig, med täcket lindat runt kroppen som ett skydd. Men rösterna i huvudet ökade i styrka, bilderna hon såg framför sig gick inte att förtränga. Som om hon hade en osynlig piska på ryggen, någon som drev henne framåt, mot avgrunden. Hon borde kanske tala med läkaren igen. Nyligen hade hon varit på samtal och då lyckats se glad ut och säga att allt var bra, samtidigt som hon hade fullt upp med att hålla kaoset inom sig i schack.

Märkte han hennes förvandling? Hon trodde inte det. Numera föreföll hennes älskade så tillfreds. De samtalade om vardagliga ting och gick på bio, hade till och med varit ute och ätit. Som förr, hade han sagt. Som förr? Vad menade han med det, hade hon tänkt men inte sagt något högt utan bara lett och nickat. Ja, käraste, precis som förr, precis som före katastrofen.

Den där våren. Våren då hon tillhörde den normala världen, då hon var en av de utvalda. De stolta och lyckliga, de med kärleken framför sig. Hon hade njutit av uppmärksamheten och blickarna, läst alla böcker hon kom över. Fantiserat och längtat. Så försvann marken under hennes fötter och hon svävade ut i tomma intet. Vem kunde klandra henne för att hon åter var på väg mot avgrunden? Det var enda stället där hon numera kände sig hemma.

Snön hade börjat falla, vita kristaller som landade mot rutan och ögonblickligen smalt undan. Hon reste sig från soffan, gick ut i hallen. Drog en mössa över huvudet, satte på sig jackan. Det var dags att ännu en gång ge sig ut. Terrängen behövde sonderas bättre. Ingenting fick gå snett.

MARIA BLEV SITTANDE vid sitt skrivbord på redaktionen trots att klockan passerat sju och de flesta andra, inklusive Christina och Maud, hade gått hem. Själv hade Maria inga tider att passa idag, ingen mat som behövde handlas och lagas, den slags lyx en mamma med lite större barn fick förmånen att uppleva allt oftare. Sönerna var hemma hos klasskompisar och spelade datorspel och Bill skulle ut med några kollegor och äta efter jobbet. Det fanns absolut inget skäl att avsluta arbetsdagen ännu, tvärtom skulle hon kunna ta igen sådant hon inte hunnit med. Där fanns reportage som behövde redigeras, rubriker som måste sättas, nya idéer som skulle kläckas. Inkorgen svämmade över av obesvarade mejl och runt hennes plats var det rörigt värre. De här extratimmarna skulle ge henne chansen att komma ikapp.

Det hade visat sig roligare än hon trott att arbeta som redaktör på Q Magasin. Hon insåg att hennes fördomar varit helt ogrundade och i samma takt växte hennes respekt för Christina. När hon tänkte på vad hennes mor åstadkommit blev hon verkligen stolt. Det var lätt att bli hemmablind och inte förstå att uppskatta ett arbete bara för att det utförts av en nära släkting. Men nu när hon fick lite mer perspektiv på vad Christina faktiskt lyckats skapa, var hon tvungen att kapitulera. Christina var smart, vass och driftig. Envis och med en sällsynt förmåga att framställa säljande magasinkoncept. I tidningsdödens Sverige var detta sannerligen en bedrift. När andra tidningar backade kunde Christinas koncern redovisa vinst kvartal efter kvartal.

Medan Maria läste en intervju med en känd entreprenör kunde hon ändå inte låta bli att undra lite över modern. Christina var en lysande chef när hon var som bäst men hon kunde också bli förvirrad och tankspridd. Dessutom var det som om hon framåt eftermiddagarna allt oftare tappade orken, att hon inte riktigt klarade att hålla fokus. Pierre gjorde inte direkt saken bättre, Maria kunde bli stressad av hans ibland arroganta stil. Han, som från början framstått som så vänlig, kunde uppvisa en lynnig sida hon inte riktigt förstod sig på. Christina själv dyrkade Pierre, lyssnade alltid uppmärksamt när han pratade. Höll fram hans idéer, försvarade honom ifall han kom ihop sig med någon medarbetare. Vad exakt var det hos Pierre som tilltalade hennes mor så mycket? Maria blev inte klok på det. Kanske behövde hon helt enkelt ge Pierre mer tid för att deras samarbete skulle flyta bättre. Han kunde trots allt vara väldigt stöttande, som på det extrainsatta redaktionsmötet häromdagen som Christina kom för sent till. Pierre hade haft full koll på alla punkter som behövde avhandlas och hjälpte Christina genom mötet på ett föredömligt vis. Rentav tog han över en smula. Maria hade fått en vag känsla av att något inte var som det skulle. Som om Christina haft maximal otur. Missen med mötet var bara en i raden av allt det som drabbat Christina på sista tiden.

Cecilia hade redan i somras antytt att Christina drack för mycket, och med de orden ringande i bakhuvudet hade Maria flera gånger tyckt sig känna en svag fläkt av alkohol i Christinas andedräkt. Drack modern på arbetstid? Tänk om Cecilia hade rätt och Christina höll på att tappa greppet på grund av alkoholen? Det var overkligt att tänka sig. Christina var öppenhjärtig för det mesta, men kanske visade hon ändå inte vad hon innerst inne bar på. Kunde hon ha hemligheter som ingen kände till? Maria tappade koncentrationen, insåg att hon inte riktigt hängde med i texten hon läste. Tankarna förirrade sig hela tiden på annat håll.

Hon hade lyckats redigera flera långa texter och började känna av en molande värk i nacken när hon hörde något. Det lät som en låda som öppnades och prasslet av papper. Märkligt. Ljuden tycktes komma från det håll där Christina hade sitt rum. Det kanske bara var städaren som kom tidigt. Maria drog en hand genom håret och fortsatte läsa. Hon planerade att gå igenom minst två texter till och sedan skriva rubrikförslag. Eller borde hon ta med sig jobbet hem, lägga sig i sängen och läsa klart där? En kopp kaffe kanske kunde få henne att bestämma sig.

Kvällsmörkret hade fallit utanför och ögonen sved av allt idogt stirrande in i skärmen. Maria reste sig från skrivbordet. En text till fick räcka. Lite kaffe, redigera färdigt och sedan hem.

Nog var det väl någon som befann sig på redaktionen? När hon kom ut i den långsmala gången kunde hon inte se någon städvagn. Däremot stod dörren in till Christinas rum på glänt.

Hade mamma kommit tillbaka? Varför hade hon då inte gett sig till känna?

Av någon anledning satte Maria ner fötterna försiktigt. Det var lätt att röra sig tyst eftersom heltäckningsmattan dämpade alla ljud. Hon såg framför sig hur hon plötsligt stack in huvudet genom dörren in till Christina och utropade ett högljutt "Bu!", precis som när hon var liten och nästan alltid skrämde slag på modern. Först skulle Christina bli sur, sedan skulle de skratta tillsammans, som de alltid gjorde. "Din stygga lilla trollunge", brukade Christina utbrista. "Nu fick du mig!" Dotterns belåtenhet över att ha överrumplat sin mamma. Glädjen i skrattet, i den gemensamma lättnaden. Varken Cecilia eller Susanna brukade skrämmas, det var Marias specialitet.

Hon var precis på vippen att öppna munnen då hon stelnade till.

Vad i hela världen? Den som satt vid skrivbordet var välbekant, men det var inte Christina. Ryggen tillhörde en helt annan person, någon som var fullt upptagen med att bläddra igenom de papper och dokument som låg utspridda.

Hon hade förstås kunnat säga något ändå. Borde hon ha gjort det? Något fick henne att istället backa undan. En instinkt sa henne, ge dig iväg. Säg ingenting, låtsas bara att du inte befinner dig här i just detta ögonblick.

Den mjuka heltäckningsmattan sög även denna gång åt sig ljudet av hennes fotsteg. Hon skyndade därifrån. Plockade snabbt ihop sin väska, kappan, halsduken och handskarna. Sedan smet hon ut från redaktionen så obemärkt hon kunde.

– MAMMA, KAN VI INTE baka pepparkakor idag? Snälla mamma, det kan vi väl?

Sofia såg vädjande på Cecilia och stack sin hand i hennes där de gick från sexårsverksamheten mot dagis för att hämta Greta. Det var svårt att stå emot. Trots att hon egentligen inte alls kände för att låta köket dränkas i mjöl och kladdiga degbitar, kunde hon inte säga nej. Och det var ändå jul väldigt snart.

– Okej, lilla gumman, sa hon och möttes av flickans jubel. Men jag orkar inte göra någon egen deg. Vi köper färdig.

Sofia småsjöng hela vägen till dagis. *Tre gubbar, tre gubbar* och *Gläns över sjö och strand*.

– Jag måste öva till julpjäsen, sa hon och tog ton på nytt. Låter det fint, mamma?

– Ja, det låter fantastiskt, intygade Cecilia och log mot sin äldsta dotter.

Kylan hade slagit till och träden klätts i en vit, gnistrande skrud, som gav dem ett sagolikt utseende. Så vacker världen kunde vara trots att årstiden var mörk. Det fanns mycket att vara tacksam för.

– Det är som i sagan, mamma, sa Sofia. Visst är det? Som i en saga om isdrottningen. Fast jag gillar sommaren också. Det är så konstigt att tänka sig att det nånsin ska bli varmt igen och att vi ska bada i viken.

– Men det blir det, sa Cecilia medan snön knastrade under deras fötter. Det är det enda vi kan vara säkra på. Att det blir sommar igen. Och vet du vad, nästa år har vi en liten bebis som ska följa med oss till stranden.

– Åh, det blir så mysigt, mamma, sa Sofia och kramade hennes hand. Jag hoppas det är en flicka. Eller, jag vet att det är det. Det är en lillasyster och hon ska heta Snövit.

John skulle bli sen, men Marcus och William var redan hemma när Cecilia anlände med flickorna. Marcus hade snabbt kommit tillbaka till skolan efter sin operation och vardagen hade återkommit med sina rutiner.

Att pepparkaksdeg hade inhandlats på vägen togs emot med jubel från killarna och för en gångs skull verkade de fyra barnen eniga. De skulle baka efter middagen. Tillsammans. Cecilia såg på dem där de stod samlade vid köksbordet och sorterade kakformarna. Så fint det såg ut, med de två stora killarna och de två mindre flickorna! Hennes hjärta blev varmt och en stark känsla av stolthet for genom henne. Det var verkligen inte alltid barnen samlades på detta sätt, oftast var syskonskaran splittrad eller bråkade. Sådana här sällsynta ögonblick tyckte hon att hon fick lön för mödan, något slags vinst i moderskapslotteriet. Hennes barn, med en gemensam uppgift, i samarbete med varandra.

Det blev lax och potatis till middag och knappt hade tallrikarna städats undan förrän William kastade av sig collegetröjan och kavlade upp ärmarna.

– Det är jag som är mästerbagare, utropade han och öppnade skafferiet. Mamma, ska vi hälla mjöl direkt på bordet?

– Ja, sa Cecilia. Har ni tvättat händerna?

– Det gjorde jag före maten, utbrast Marcus.

– Inte Sofia och Greta, sa William. Ni måste tvätta händerna! Kom igen!

Snart var köksbordet dränkt i mjöl och William delade degen i fyra bitar.

– *Time after time*, sjöng han. Tid efter tid. Jobba degen! Om du faller, så är jag där, tid efter tid...

En gammal Cindy Lauper-låt, minsann, tänkte Cecilia. Ny generation, samma gamla musik.

– Jag vill göra grisar, sa Marcus.

– Och jag vill göra gummor, sa Sofia.

Greta sa inte mycket, men stoppade munnen full med deg och tuggade saligt.

– Ät inte upp allt, förmanade William medan han knådade sin degklump och kastade den i bordet.

I ungefär två minuter rådde harmoni i köket. Cecilia hann tänka tanken att hon kanske borde ta en kopp te och se på nyheterna. Men strax brakade helvetet lös ute i köket.

– Mamma, Wille sabbar mina kakor! Mamma, säg till han!

Pojkarna hade råkat i luven på varandra rejält och nu stod Marcus med händerna i Williams hår medan William sparkade på sin lillebror. Greta skrek rätt ut och Sofia försökte medla.

Hur skulle det gå med ännu ett barn i familjen? Cecilia

kände babyn vältra sig runt, som om den ville säga ifrån. Bara den blev normal och lugn, tänkte hon. Snälla Gud, ett barn som inte var särskilt utåtagerande eller högljutt. Men så mindes hon Ben ur Doris Lessings bok.

– Nu får det vara nog! Det blir ingen gran och inga klappar och ingenting, bara så ni vet, slutar ni inte per omgående så får ni inte heller någon månadspeng, röt hon.

Det var tråkigt att hota. Men vad skulle hon annars göra? Den eviga balansgången mellan att vara gränssättande och samtidigt vänlig och snäll. Cecilia hade nyligen läst en intervju med vuxna döttrar till en nyss avliden känd kvinnlig psykiater som skrivit böcker om barnuppfostran och pedagogik. Där talade hennes barn ut om hur modern i själva verket förtryckt dem under deras uppväxt, hur oförutsägbart hon betett sig. Cecilia hade varit tvungen att diskutera saken med John, som hade skrattat och sagt att man skulle vara skeptisk mot proffstyckare som utnämnde sina metoder till allmän sanning. Att det var tur att de själva var så normala. Cecilia hade fått viss tröst av hans ord men på kvällen hade hon ändå pratat med pojkarna om hur de upplevde henne som mamma. Hon hade hört hur ängslig hon låtit och hennes söner hade blivit lite förvånade, bedyrat att hon var världens bästa mamma och att pappa var världens bästa, han också.

Stunder som dessa, i ett mjöldammigt kök och med fyra stökiga ungar som betedde sig fullkomligt oregerligt, var hon inte lika säker. Någon jul skulle inte ställas in, det visste både hon och barnen. Ändå hotade hon med just detta.

– Ni får torka upp efter er, och se till att tvätta kakformarna, manade hon på Wille efter att en av de två plåtarna med kakor blivit vidbränd. Tjejer, ni ska bada, det är läggdags.

En lugn stund med en tekopp i soffan, sådant hon kunde få ägna sig åt när hon blev pensionär, tänkte hon medan hon hällde badskum i vattnet. Att leva sitt liv som Sonja verkade så oerhört rofyllt och skönt. Men med den här typen av adrenalinpåslag och stressmoment skulle hon knappast bli lika gammal som sin mormor.

GENOM SIG SJÄLV känner man andra. Vem var det som hade sagt det? Han kom inte längre ihåg men orden släppte inte taget om honom. Var det därför han börjat bli svartsjuk och misstänksam, var det därför han fick ett plötsligt behov av att kontrollera henne? Nog dolde hon något, så lycklig som hon såg ut. Kanske inte lycklig, det var fel ord, snarare upplyst inifrån, liksom uppfylld av en tanke, en idé. Hur såg han själv ut? Han var lika inspirerad, lika berörd, av en kvinna han träffat några gånger och som han blev allt mer intresserad av. Deras relation var hemlig och måste så förbli men det hindrade honom inte från att tänka på henne varje vaken minut. Kanske var det likadant för kvinnan han levde med. Han måste få veta, hursomhelst. Om de var lika kanske hans skuldkänslor skulle försvinna? Otrohet vore ett giltigt skäl till att bryta upp.

Lämna henne. Gå din väg. Gör slut.

Det fanns alternativ. Ingenting höll honom kvar annat än rent medlidande och minnen av det som varit. Eller hur var det, älskade han henne, någonstans i djupet av sitt hjärta? Älskade henne så pass mycket att deras förhållande skulle kunna räddas?

Kanske skulle framtiden bli tydligare om han vågade bryta sig loss. Han var väl inte livegen heller. När hade de till exempel haft sex senast? Visst ja, hennes kropp var ett heligt kärl som inte fick befläckas. Dessutom kunde ett samlag leda till befruktning och där fanns ett minerat område de ogärna berörde.

Men om han fick dagdrömma. Om han fylldes med energi och kraft och vågade slå in på en annan väg. Skulle den nya kvinnan göra honom sällskap då? Skulle hon ha mod att lämna sitt äktenskap och börja ett nytt liv tillsammans med honom? Hon var äldre, mer erfaren. Hon var egentligen lika fri och lika ofri som han själv.

Genom sig själv känner man andra. Ja, han ljög och mörkade, gick på bio och pratade om väder och vind. Lagade middag och såg på teve. Höll om henne när hon drömde mardrömmar. Men det räckte inte längre. Ingenting räckte.

Han slog på datorn och såg bakgrundsbilden tona fram. En djungel av något slag, med tigrar som vandrade under lianerna. Vackert. Hade hon bytt lösenord till mejlen? Han hade fått veta det av en slump och lagt det på minnet, det var enkelt, hennes andranamn och fyra ettor. Nu loggade han in och kom in med detsamma. Han hade inte kollat hennes mejl på över ett år, då hade han mest gjort det för att han var nyfiken. Nu skrollade han mer målmedvetet bland meddelandena, visste inte vad han sökte men var säker på att han skulle känna igen det om han såg det. Men där fanns bara det vanliga banala. Ett meddelande från hennes mor. Ett par spambrev av tiggarkaraktär. En hälsning från arbetskamraterna. Ett utskick från en bokklubb. Inget av intresse.

Han stängde ner mejlen och gick in bland dokumenten. Hon hade fått rådet att skriva ner sina tankar, ett slags sorgearbete som enligt psykologen kunde underlätta tillfrisknandet. Inte heller här hittade han något speciellt. Något om pulsklockor och GPS, kanske tänkte hon börja träna? Det vore i så fall utmärkt.

Han fortsatte bläddra bland dokumenten men blev snart uttråkad. Inga spår efter någon hemlig älskare. Och snart skulle hon komma hem. Lika bra att sätta igång med maten, han kände sig hungrig och trött. Men plötsligt också uppgiven. Det fanns ingenstans att ta vägen. Ingenstans att fly.

CECILIA HADE FÖRBERETT sig på att det skulle bli märkligt att arbeta det sista skiftet före föräldraledigheten, men när dagen väl var inne överrumplades hon ändå av sina känslor. Rädsla blandades med vemod och oro över att hamna utanför gemenskapen.

– Äsch, ta det inte så dramatiskt, manade Gunilla. Se det som ett välbehövligt avbrott istället! Nu ska du föda barn och sen kommer tiden gå snabbt. Du har så många arbetsår framför dig.

– Och ändå tycker jag att det känns tråkigt, invände Cecilia. Tänk om jag inte har någon tjänst att komma tillbaka till?

– Det kommer du att ha, tröstade Gunilla. Det finns arbetsmarknadslagar som skyddar dig. De kan inte bara trolla bort din plats hur som helst. Du är tillbaka snabbare än du anar. Med facit i hand kommer du att tycka att mammaledigheten var för kort.

Nu stod hon i omklädningsrummet, tog av sig blusen. Såg sig själv i spegeln. Så stor hon hade blivit. Magen hade verkligen brett ut sig de senaste veckorna och tog nu ordentlig plats.

Hon behövde flera storlekar större arbetskläder och trots att hon valde extra large skavde byxlinningen under naveln. Skjortan satt spänd över bysten som också hade expanderat. Och det hade blivit svårt att böja sig ner. Hon såg knappt sina egna fötter längre. Tur att tofflorna var så rymliga. Ingenting fick klämma åt, för då svullnade tårna upp och hon fick svårt att stå.

– Ska vi ta rapporten på en gång eller ska vi kanske fika först, sa Gunilla som slagit sig ner framför skärmen inne på expeditionen. Ni vet väl att det är sista gången på ett tag vi har vår kära Cecilia hos oss.

– Ja och som av en händelse råkade vi hitta en liten tårta i kylen, ropade Louise.

Cecilia kände hur hon rodnade ända upp i hårfästet och fick tårar i ögonen. Den läckert gröna prinsesstårtan bars fram och med den även ett fint inslaget paket.

– Tjejerna har samlat lite, så du kommer ihåg oss medan du går där och drar med vagnen, sa Pia. Det är inga märkvärdigheter...

– Men gud vad ni är snälla, utbrast Cecilia. Nu börjar jag ju grina snart!

– Inte ska du göra det, sa Gunilla och lade sin arm om henne. Men vi får skynda oss, det är fullt idag och många har redan ringt, det kommer bli några kämpiga timmar så vi har inte tid med någon lång kafferast.

Tårtan skars upp och Cecilia fick både rosen och den allra största biten. Medan de åt pratade de om julledigheten, alla måsten och hur skönt det skulle bli att ta några dagars paus från arbetet. Schemat hade lagts så att de flesta blivit nöjda, både de som ville slippa arbeta under julafton och de som faktiskt föredrog att vara i tjänst just denna dag.

– Killarna firar med sina pappor i år så jag är bara glad att jag slipper sitta och glo på Kalle Anka själv, sa Gunilla och tog en klunk kaffe. Jag gillar att jobba storhelger, har satt upp mig på nyår också.

– Åh, nyår, sa Iris, en av avdelningens äldsta barnmorskor. Jag har ändå aldrig förstått tjusningen med hummer och champagne.

Alla skrattade.

– Men Iris, du som har en ny karl och allt. Ni borde verkligen lyxa till det ordentligt, sa Cecilia.

– Ja, vem vet, sa Iris och log pillemariskt. Han kanske friar på årets sista dag.

– Vad ska ni göra i år då, undrade Louise och såg på Cecilia. Ska ni åka nånstans över jul?

– Nej, är du galen, sa Cecilia. Vi är hemma. Jag tänker inte röra mig ur fläcken, det är tillräckligt hetsigt som det är. Folk får komma till oss och sen får de städa efter sig innan de går.

Fler glada skratt hördes.

– Nu får du väl ändå öppna paketet, sa Gunilla när hon skrapat ren sin tallrik. För sen måste vi jobba.

Cecilia rev upp pappret med små glada tomtar på och plockade fram innehållet. Det var ett litet set med tossor, mössa och sparkdräkt i mjuk ljusgrå plysch.

– Gud vad fint, sa Cecilia och såg på sina arbetskamrater. Tack så otroligt mycket! Vad snälla ni är. Jag kommer att sakna er allihop.

– Det är Gun som valt, sa Gunilla. Hon jobbar tyvärr inte idag men hon insisterade på att gå och handla. Hon har ju lite erfarenhet av bebiskläder numera eftersom hon blivit farmor. Men inte behöver du sakna oss särskilt länge, du lär väl vara tillbaka innan du vet ordet av.

– Ja, du känner mig, nickade Cecilia.

– Dessutom tänkte jag våldgästa dig ofta nu när du blir sysslolös, blinkade Gunilla och klappade Cecilia på magen.

Så var fikapausen slut. Tallrikar och koppar plockades bort från bordet, stolar sköts in och personalen sträckte på sig och gjorde sig redo för sina patienter. Privatlivet lades åt sidan än en gång, och pratet om julen och Cecilias förestående förlossning ersattes av mer professionella samtalsämnen som CTG-kurvor och värksvaghet.

Som alltid när det var en tvillingförlossning slungades Cecilia tillbaka i tiden, till den heta sommardagen några månader tidigare när hon själv miste ett av barnen hon väntade. De tankarna gick inte att stänga ute, trots att de bara var skärvor av minnen, egentligen inte längre särskilt smärtsamma utan mer en stadig påminnelse om vad livet utsatt henne för. Skulle hon ha känt annorlunda om hon förlorat båda sina barn? Förmodligen. Nu hade hon istället möjligheten att se framåt, att nästan förtränga missfallet. En liten ängel kom, log och vände om, så stod det ibland i dödsannonserna för nyfödda eller småbarn, en kliché hon egentligen inte tyckte särskilt mycket om i sin glättighet men som hon ändå inte kunde låta bli att tänka. Det ofödda lilla barnet, hade det ens funnits? Eller hade naturen bara spelat henne ett spratt, placerat en tom fostersäck med en moderkaka inuti henne? Nej, där hade varit ett embryo, men uppenbarligen hade det inte varit livsdugligt och därför gett sig av. Babyn som överlevde lät henne heller inte stanna upp vid tanken på en tvillinggraviditet. Kanske hade hon haft lättare att skaka av sig upplevelsen för att hon faktiskt, innerst inne, känt en rädsla inför tanken på tvillingar. Fyra barn som kunde ha blivit sex och så Johns vuxne son ovanpå det, då hade de kunnat kvala in som kandidater till dokumentärserien "Familjen Annorlunda" som gick på teve. Människor som fick tio tolv barn och som skaffade ännu fler, hon förstod inte hur de hade kraften och orken, hur de hann med.

Nu hade hon precis varit med och förlöst nästan fullgångna tvillingflickor, tvåbarnsföräldrarna hade fördubblat sin barnkull och låg inne på salen med de små knytena i famnen och kunde inte se sig mätta på nytillskotten. Mamman var ung, bara tjugosju år gammal, och ändå så trygg och säker, hade fött vaginalt med bara lite lustgas. Förlossningen hade gått snabbt, tvillingarna hade kommit med sju minuters mellanrum och haft höga apgarpoäng båda två.

Nej, hon tänkte inte beklaga sig över att hon själv aldrig skulle uppleva detta.

Ändå högg det till i hjärtat när hon vägde och mätte de nyfödda flickorna. Tvillingar var trots allt en fantastisk välsignelse, en gåva få förunnad.

Sista skiftet för denna gång. Sista skiftet för året. När hon återvände skulle saker ha förändrats, det var Cecilia övertygad om. Människor sa upp sig och flyttade, omorganisationer kom och gick. Allt skulle fortsätta som vanligt och ändå skulle ingenting förbli sig likt.

– Sara! Varför står det lådor här?

Det var Inger, en barnmorska som arbetat på förlossningen i över tjugo år, som var sektionsledare ikväll och frågan hade ställts till en av undersköterskorna som Cecilia inte hade arbetat med tidigare. Sara rodnade och såg ner i golvet.

– Jag vet inte, fick hon fram.

– Men det är ditt ansvar, fortsatte Inger strängt och spände ögonen i Sara som såg gråtfärdig ut.

– Jag ... ska ta bort dem, stammade hon och böjde sig ner för att lyfta upp kartongerna med nya plasthandskar.

– Se till att hålla lite ordning nu, är du snäll, fnös Inger och vände på klacken.

Sara gav Cecilia en hjälplös blick. Cecilia försökte le tröstande men Sara besvarade inte leendet utan försvann in i förrådet med kartongerna i famnen.

Det var lätt att idealisera sin arbetsplats när man strax skulle skiljas från den, insåg Cecilia. Men den här scenen hörde också till vardagen inom sjukhusvärlden. Intriger och maktkamper, onödiga pikar och skvaller bakom kollegornas ryggar. Ibland utvecklades osunda mönster och det var många gånger de som stod längst ner i hierarkin, undersköterskorna och biträdena, som fick ta smällen. Just Inger tillhörde inte de populäraste barnmorskorna trots att hon var gammal i gården och erfaren. Att en sådan person inte kunde vara mer generös och mogen förvånade Cecilia. Men hon visste efter erfarenheterna med Gun att det kunde finnas en bakomliggande orsak när någon snäste och betedde sig illa.

När Sara kom ut från förrådet var hon röd runt ögonen. Just denna del av jobbet skulle Cecilia inte sakna, tänkte hon medan hon gick in på rum fem där förstföderskan stadigt legat öppen på fem centimeter den senaste timmen och nu skulle få värkstimulerande dropp.

– Ja, jädrar i min lilla låda, sa Gunilla när de slagit sig ner på bänken i omklädningsrummet. Inger var på hugget ikväll.
 – Schh, sa Cecilia och såg mot dörren. Inte så hon hör.
 – Äsch, sa Gunilla karskt. Hon kanske skulle behöva höra ett och annat?
 – Ja, det är det många som skulle, sa Cecilia.
 – Men gud, stackars dig! utbrast Gunilla och såg på Cecilias fötter.
 – Frågan är hur jag ska få ner dem i skorna, sa Cecilia och vickade på de svullna tårna.
 – Du borde ha slutat jobba för länge sen, sa Gunilla och skakade på huvudet. Den här stressen är inte bra för dig.
 – Men ge dig! Du låter värre än John. Jag har ju slutat nu, kan du inte vara nöjd?
Deras väninnejargong. Både trygg och ärlig, rå och öppenhjärtig. Gunilla daltade sällan, sa vad hon tyckte.
 – Ska du ha skjuts hem? Eller har du egen bil?
 – Jag åkte kommunalt.
Gunilla suckade.
 – Galna människa. Åker kommunalt och sliter fast hon är höggravid. Nu är det jag som kör hem dig och sen lägger du dig på soffan och reser dig inte förrän du fött, begrips?
 – Visst. Kommer du och tar hand om julen då?

– Tyvärr, sa Gunilla. Som damen vet jobbar jag på julafton. Och det ska bli jäkligt skönt ska jag tala om för dig. Jag ser verkligen fram emot det. Så slipper jag känna av min verklighet som ensamstående morsa som till råga på allt inte lyckas hitta någon bra ny älskare.

HAN SKULLE GÄRNA gå på föräldraledighet med detsamma om han bara kunde, tänkte John medan han hjälpte flickorna av med overallerna och manade dem att ställa skorna i ordning. Cecilia var så ovillig att sluta jobba, hade det varit likadant de andra gångerna hon varit gravid? Han kunde inte påminna sig att så varit fallet. Kanske blev jobbet viktigare för henne ju äldre hon blev. Själv hade han åtminstone idag lust att bli hemmapappa på heltid. Han hade haft en stressig dag och kände sig plötsligt oväntat less på sitt hektiska yrkesliv. För en stund hägrade en stillsam hemmatillvaro med romanläsning och trädgårdspyssel på schemat.

– Pappa, vad blir det för mat, hojtade Sofia från toaletten. Jag är jättehungrig!

– Jag vet inte gumman, svarade John tankspritt. Jag har inte hunnit titta i kylen än.

– Jag vill ha spaghetti, ropade Sofia. Spagetti och korv och sån där god röd sås som du alltid gör!

Vardagsmat i budgetklass, ja, kanske inte så dum idé inför storhelgerna som alltid blev mycket dyrare än de avsett. Några burkar passerade tomater fanns det alltid i förrådet, liksom

spaghetti och makaroner. Och visst låg det korv i frysen?
– Jag fixar det, svarade han.
Än var klockan bara halv fem. Han tänkte strax sätta igång med middagen men först skulle han plocka undan i sovrummet. Lite märkligt kanske att man bäddade några timmar innan man gick och lade sig, men ibland fick han en känsla av tillfredsställelse och kontroll när han plockade undan den värsta röran. Cecilia var också extra känslig för att det var stökigt i huset, de hade tjafsat flera gånger på sistone om oredan och om att han inte riktigt gjorde allt han kunde för att hemmet skulle se anständigt ut. Nu tänkte han ta sitt ansvar, ta fram dammsugaren och få rent under sängen.

Medan flickorna lekte skakade John täckena och buffade till kuddarna, vädrade och vek ihop lite kläder som legat slängda över en stol. På Cecilias nattduksbord låg några böcker i en slarvig hög. Han tog upp dem och staplade dem snyggt ovanpå varandra. Så kände han något mot foten. En bok hade visst ramlat ner och hamnat under sängen. Han plockade upp den och såg på omslaget. *Det femte barnet*. Det var en kvinna och en liten pojke på omslaget, de blickade bort som om de var på väg mot ett äventyr i fjärran. Han hade aldrig sett denna bok tidigare, å andra sidan visste han inte alltid exakt vad Cecilia läste. Nu slog han upp boken på måfå. Sögs omedelbart in i texten, kunde inte sluta läsa och blev sittande på sängkanten medan dammsugaren fortfarande stod på.

Han hade slutat lägga handen på hennes mage på det gamla kamratliga sättet, eftersom det han kände där översteg hans fattningsförmåga. ...Han kunde vakna och se henne gå fram och tillbaka i mörkret timme efter timme...

Vad var det egentligen Cecilia höll på att läsa? Han fick starka obehagskänslor av de lösryckta stycken han ögnat igenom. Ett femte barn som visst inte alls blev så som föräldrarna hoppats. Det flimrade till framför ögonen. Gick Cecilia runt och bar på känslor hon inte delade med sig av? Försökte hon bearbeta en inneboende ångest? Eller överdrev han bara? Författaren var erkänd och prisbelönt. Att temat anspelade på deras egen verklighet måste väl ändå vara en märklig slump.

– Pappa! Pappa! Kommer du? Jag vill ha mat nu, gastade Greta från köket.

– Jag ska bara städa klart, svarade John.

– Men du har städat jättelänge nu! Det är orättvist! Jag är hungrig!

Han lade boken ifrån sig, högst upp på traven på nattduksbordet, och stängde av dammsugaren. Så reste han sig och drog upp jeansen som kanat ner en aning.

– Jag kommer, ropade han till flickorna. Men då får ni hjälpa till. Sofia, du kan väl börja plocka ur diskmaskinen.

Sexåringen gjorde en ovillig min.

– Måste jag?

John log.

– Du vill väl äta?

Sofia ryckte på axlarna.

– Jo.

– Då så. Då sätter vi igång och hjälps åt.

– Men mamma tvingar oss aldrig att tömma maskinen!

– Det är väl synd?

– Nej, det är bra.

– Kom igen, nu städar vi, så ska du se att maten smakar godare sen!

Och medan John fyllde en kastrull med vatten sorterade Sofia och Greta besticken i sina fack i översta kökslådan.

– Fast varför kan inte Marcus och Wille göra det istället, sa Sofia sammanbitet.

– Jag ser ingen av dem här, svarade John. Men när de kommer hem ska du få se att de också måste hjälpa till. Det är de som ska duka ut och fylla på. Jag lovar.

– Okej, sa Sofia och fick medhåll av Greta. Bara du lovar.

Medan John rörde i tomatsåsen och stekte korvskivorna kunde han inte släppa tankarna på boken han hittat under Cecilias säng. Förmodligen var den utan betydelse. De hade inte pratat ordentligt med varandra på ett bra tag nu. Det var bara det praktiska, allt som rörde barnen, och nu senast Marcus sjukhusvistelse som vänt upp och ner på livet. Inte som i somras då de kom varandra riktigt nära. Nu var livet på slentriankurs igen och de sprang förbi varandra som hamstrar i varsitt litet hjul, runt, runt, utan att någonsin stanna upp och verkligen se varandra.

Ikväll skulle han göra annorlunda. Ikväll skulle han hålla om henne och viska i hennes öra, säga hur fin hon var och hur mycket han älskade henne. Sedan skulle han fråga varför hon läste en så ödesdiger bok, kanske var det något hon behövde prata med honom om? I så fall skulle han lyssna. Utan att avbryta. Utan att döma.

Såsen puttrade lovande i kastrullen och pastan hade kokat klart. Han hällde av spaghettin i det stora durkslaget och lade i en klick smör. Placerade korvskivorna på ett uppläggningsfat och ställde fram på matbordet.

Flickorna satt redan på sina stolar och väntade otåligt.
– Då mina damer, var det serverat, sa John. Killarna får skylla sig själva som inte kommer i tid. För nu hugger vi in.

BOKSTÄVERNA LYDDE HENNE inte. Orden hon skrev lät högfärdiga och tillgjorda. Oäkta. Hur Susanna än försökte skriva ner sina tankar var det som om meningarna hånlog mot henne från det tomma vita dokumentet.

Vem tror du att du är? Varför skulle just du klara av det som andra drömmer om? Tror du att du bara ska kunna komma och låtsas vara skribent? Krönikör? Nej du, kliv ner från den där höga hästen. Du har ändå inget att säga.

Hon hade övertalat Christina att kanske publicera hennes text och nu satt hon och svettades och försökte få till det. Men det var svårt, nästintill oöverstigligt. Hur satte man ord på känslor som kändes smutsiga och ovärdiga? Hur beskrev man sitt eget äktenskapliga misslyckande utan att omvärlden direkt kunde identifiera just hennes privatliv? Skrev hon för allmängiltigt så blev det trist. Lämnade hon ut sig så verkade innehållet brännas. Och vad skulle Thomas säga? Så långt hade hon inte ens tänkt. Hade hon tänkt överhuvudtaget? Nej, hon hade varit desperat och impulsiv och bekräftelsetörstande och nu kände hon sig som en misslyckad skolflicka som inte ens kunde stava rätt i den simplaste diktamen.

Den äktenskapliga bädden. Den legala prostitutionen. Kvinnor som säljer sig till sina äkta män, för husrum, för en stunds social samvaro. Hur länge pågår den sanna förälskelsen, den varma känslan av samhörighet? När ersätts den av en tvångströja som stavas plikt?

Fy, det där lät inget vidare, tänkte hon medan hon läste vad hon skrivit. Det lät gräsligt. Prostitution? Var fick hon det ifrån? Det skulle Christina definitivt inte gilla.

Hon kunde förstå alltid ringa Maria och fråga om råd. Men risken fanns att systern skulle skvallra och så var pratet igång. Hon kunde riktigt höra Christinas röst:

Susanna lilla, du är en fantastisk människa men varför har du fått för dig att du ska skriva krönikor? Du som aldrig visat minsta intresse för journalistik. Och ändå har jag försökt, som jag försökt. Sedan du var tonåring och jag ville få in dig på den publicistiska banan. Förgäves. Du skulle jobba i butik, och gifta dig rikt. Och nu är du missnöjd, älskade barn? Är det inte lite väl sent påtänkt?

Nej, så elak var inte modern, talade inte så nedsättande. Fast Susanna misstänkte att Christina kunde tänka så, och det var hon osäker på om hon stod ut med.

Samtalen med Thomas hade kollapsat. Deras försök att treva sig fram till varandra kändes så fumliga och patetiska. Var det möjligtvis hennes eget fel, att hon förlorat tålamodet, att hon berusat sig med en annan mans kropp i de där billiga stunderna av ensamhet då hon fallit för frestelsen? När hon blundade och lutade sig tillbaka i den bekväma fåtöljen vid skrivbordet kunde hon fortfarande känna Tobias händer på sin kropp. Hans mun mot hennes bröstvårtor, vad gjorde han med tungan, hur fick han det att ila så ljuvligt i hela henne, från brösten ända ner i underlivets mörkaste djup? Händerna sökte sig omedvetet till skötet, hon kände värmen som strömmade ut genom byxtyget, hon stönade lätt där hon satt. Bilderna avlöste varandra, han hade hållit henne hårt medan han trängt in i henne, tagit henne i besittning, och hon hade gett sig åt honom, helt och fullt, viskat i hans öra att han skulle göra vad han ville med henne. Älska mig, hade hon snyftat.

Händerna trycktes mot byxtyget, fingrarna smekte. Gick äktenskap ut på att brytas? Äldre kvinna, yngre man, så oerhört banalt och ändå så eggande. Lammkött, skämtade hennes väninnor och Catrin hade en gång antytt att hon flirtat med en som var klart olämplig. De andra hade fnissat över sina champagneglas och knappt tagit henne på allvar. Nu hade Susanna själv inlett ett sexuellt förhållande med en manlig eskort. Som hon hittat på nätet. *Inte längre skamligt*, herregud, det var väl det mest skamliga av allt och fullkomligt omöjligt att skriva om. Att hon till och med betalat för att han skulle ta en drink med henne, lyssna på henne, sedan kyssa henne. Nu ville han inte längre ha något "arvode" som han uttryckte det, men att ett utbyte av pengar och tjänster ägt rum mellan dem var ett faktum, även om de inte längre låtsades om det.

Hon ryckte till av att mobilen ringde.

Thomas. Naturligtvis.

Han hade en förmåga att ringa just när hon allra minst ville tala med honom.

– Hej, hur mår du, sa han lätt.

– Bra, svarade hon, något på sin vakt.

Thomas brukade inte ringa mitt på dagen.

– Jo, det är en sak jag vill prata med dig om, sa han. Jag har inte mycket tid men vi hinner ta det.

Aldrig att du frågar om jag har tid. För du vet att jag har det. Tid, den förbannade tiden, är det enda jag har... Och det vet du. Jag avskyr att du är så överlägsen, att du är så upptagen. Medan jag knullar gigolos på dyra hotellrum. Och ska du prata om "oss", då skriker jag.

– Det gäller julen, sa han helt oväntat. Jag pratade med mamma häromdagen och hon undrade om vi inte kunde fira hemma hos oss för en gångs skull. Vi brukar ju vara hos Christina eller någon av dina systrar, men mamma börjar bli gammal och det är en bit för henne att resa... ja, vad tror du? Kan vi inte bjuda hem alla till oss för en gångs skull och ställa till med en sjuhelvetes fest?

Sjuhelvetes fest? Var det verkligen Thomas, hennes Thomas, som sa just de orden?

Susanna blev så överrumplad att hon inte kom sig för att svara.

– Hallå? Sanna? Är du kvar?

Hon såg ut över den snöiga trädgården.

– Jo. Jag är här.

– Du klagar på att du har tråkigt. Jag tänkte att...

Han hade fått en knäpp. Eller hade han träffat någon annan? Var det skuldkänslorna som red honom och drev honom till att kläcka en sådan vansinnig idé?

– Cecilia är gravid, dessutom. Hon och John kanske tycker det är skönt att bara sätta sig vid dukat bord. Vad säger du?

Plötsligt såg hon det hela framför sig. En stilig kungsgran pyntad med rött och guld mitt i salongen. Ett berg av paket och alla syskonbarnens tindrande ögon. Doften av skinka och köttbullar. Familjens äldsta, Sonja och Thomas föräldrar Gerda och Olof, tryggt parkerade vid eldstaden med varsitt glas glögg. Alexandra, som skulle få återuppleva en barndomsjul hon drömt ihop, rena Fanny och Alexander-stämningen! Än sen om Thomas hade hittat en älskarinna. Var inte hans oväntade infall i själva verket fullständigt briljant?

– Du kan ta in en cateringfirma om du inte orkar laga all mat själv, sa Thomas. Eller så köper vi allt färdigt på Hallen. Inte vet jag, maten är väl det minsta problemet. Jag tycker att vi är skyldiga släkten ett och annat, jag som reser mest hela tiden och när jag är hemma är det vi som är bortbjudna. Maria och Bill som ställt upp så generöst med kräftskivor på Gullmarö sommar efter sommar, till exempel. Det skulle vara fint att ge tillbaka för en gångs skull.

Där glimtade han fram, hennes Thomas, studenten hon förälskat sig i. Pappan till hennes dotter. Det var lätt att åka med i hans entusiasm. Han hade rätt. Hon var uttråkad. Han såg igenom henne. Var hon så genomskinlig? Telefonsamtalet gav henne i alla fall en stunds respit från den där förfärliga texten hon brottades med.

– Thomas. Det är faktiskt ett strålande förslag. När kommer du tillbaka?

Som om höstens kriser med ens bleknat och sjunkit ihop.

Som om hennes egen tvekan fastnat i ett standbyläge.

– Jag kommer på fredag kväll, sa han och hon hörde bilar och röster i bakgrunden. Men ring runt och bjud in alla redan nu.

Och vi då, ville hon säga. *Vad ska hända med oss? Har vi verkligen talat färdigt, Thomas, vet vi var vi står?*

Högt sa hon dock inget.

Kanske skulle året sluta bättre än det hade börjat.

CHRISTINA HADE ALLTID älskat julen trots att det var en stressig tid. Barnbarnen måste få generöst med julklappar men det blev allt svårare att hitta rätt saker. Fyra pojkar som önskade sig datorspel och mobiltelefoner... Flickorna var enklare, där räckte det med gosedjur och små söta klänningar och skor. Den äldsta av hennes barnbarn, Alexandra, var roligast att handla till. Någon exklusiv parfym från Chanel eller Dior, en handväska från Miu Miu, det var bara att låta tusenlapparna rinna iväg så blev dotterdottern överlycklig och bloggade vackert om den generösa mormodern och den stiliga gåvan. Det var som om Christina gav tillbaka lite till sitt eget unga jag. Sonja hade aldrig haft det särskilt fett och Christina växte upp i ett hem som präglades av stram sparsamhet. Sonja älskade vackra kläder och flärd men kunde aldrig sväva ut och köpa sådant hon verkligen ville ha. Ändå lyckades hon alltid se elegant ut och genom åren hade hon samlat på sig en ansenlig mängd hattar och skor. Nåväl, även Sonja var underbar att skämma bort med fina klappar.

I år var det dock svårt att helt och fullt glädjas åt de kommande storhelgerna. Redaktionen kändes som ett minfält och hennes osäkerhet växte. Teveprogrammet hon ledde hade blivit ett fiasko och den medvind hon känt av under föregående år hade förbytts i något som snarare liknade en sandstorm, riktad mot henne själv. Som om hon ständigt gick med grus i ögonen och en kväljande smak i munnen. Lars-Åke hade velat prata med henne flera gånger men hon hade avfärdat honom, viftat bort hans oro. Innerst inne anade hon att han hade rätt, att hon drack på ett sätt som knappast kunde betraktas som sunt, men vad skulle hon göra, hur skulle hon annars klara sig igenom dagarna? Rädslan hade slagit klorna i henne, de där underliga breven, och så allt som skedde, alla konstiga sammanträffanden och missöden. Hennes tillvaro höll på att raseras och det gick snabbare och snabbare. Kanske hade hon blivit för gammal? Borde hon ge mer utrymme åt yngre förmågor som hade mer kraft och energi? Hennes redaktion kändes spretig och i viss mån ojämn. Visserligen fanns Pierre som var kunnig och kompetent, och även Maria, som hade stor potential, men Maud, som skulle vara hennes klippa och stöd, verkade fullständigt oduglig nuförtiden. Kanske var det Maud som trakasserade henne med hotbrev. Hade trotjänarinnan tröttnat och gått bakom hennes rygg?

Ett sms dök upp i iPhonen. Från Susanna. Hon plockade åt sig telefonen och läste: Mamma, ring. Jag vill prata om julen.

Snabbt slog hon sin dotters nummer.

En gång i tiden var hon den stora starka hjältinnan som räddade sina flickor från omvärldens faror.

Idag var rollerna ombytta.

Skulle Susanna kunna rädda henne?

SUSANNAS INITIATIV HADE överrumplat dem alla. Hon sa förstås att det varit både hennes och Thomas idé men såväl Cecilia som Maria tyckte sig förstå att det nog enbart varit deras storasyster som stod bakom förslaget att bjuda hem dem alla på julafton.

– Du vet väl att John vill ha med sig Simon också, hade Cecilia sagt. Han tar inga droger längre, men...

– Det är inga problem, hade Susanna kvittrat och låtit gladare än på länge. Eller tror du att en kille i tjugoårsåldern inte får plats på våra trehundra kvadrat?

En kille som kanske vill ha med sig ert matsilver hem, hade Cecilia haft på tungan, men låtit bli. Det var djupt orättvist av henne. Simon var nykter och drogfri nu, kunde hon inte nöja sig med det?

– Jag har ett annat förslag till dig också, hade Susanna fortsatt. Du är höggravid och trött och jag vet att du har mycket, så jag undrar om du vill att jag hjälper dig med julklappsinköpen? Om du skriver en lista till mig så kan jag fixa det mesta. Jag köper, slår in och lägger under granen, så kan ni bara komma som ni är och njuta av friden. Vi kan göra upp om pengarna efter jul. Eller senare om du vill.

Cecilia hade nästan fått nypa sig i armen. Var det verkligen hennes smått neurotiska storasyster som talade? Som kom med ett av de mest generösa erbjudanden Cecilia fått i hela sitt liv. Hon mindes hur svettigt det hade varit att försöka köpa luciakläder till barnen, hur hon trängts med hundratals desperata föräldrar inne på Åhléns.

– Du behöver inte göra annat än ligga på soffan och äta praliner. Jag tycker jag kan få visa hur mycket du betyder för mig. Du lyssnar alltid på mig när jag ringer, du ställer alltid upp fast du själv har det jobbigt.

– Men Susanna, menar du det?

Blotta tanken gjorde Cecilia gråtfärdig av tacksamhet. Inga leksaksaffärer två dagar före julafton, inga inslagningsdiskar med grälla papper och hysteriska människor som slogs om sax och tejp. Inga milslånga köer, inga hyllor som gapade tomma på just den leksak som Greta önskade sig. Inga villrådiga blickar utmed porslinsbutikernas utbud, inga funderingar på vilken badrock Johns mor skulle kunna få.

– Bara du mejlar mig en lista, sa Susanna. Skriv på ett ungefär eller så detaljerat du vill, vad det får kosta, vad som ska stå på paketet. I år är det jag som leker tomte. Några frågor på det?

VECKA 33 I GRAVIDITETEN. Ganska exakt sju veckor kvar till beräknad förlossning. Barnmorskan mätte Cecilias mage med måttbandet och förde in siffrorna i diagrammet på skärmen.

– Du ligger lite under kurvan, sa hon. Har du slutat arbeta än?

– Ja, i förra veckan, svarade Cecilia.

– Det är bra det, nickade barnmorskan. Jag ska känna hur barnet ligger.

Hon hade svala händer som fick Cecilia att huttra till, trots att hon alldeles nyss känt sig varm och svettig.

– Huvudet är inte fixerat än, men så är det ofta för omföderskor, det vet du, sa barnmorskan när hon undersökt färdigt.

– Det brukar vara rörligt ända fram till förlossningen, vad jag minns.

– Ja, det där är inga nyheter för dig.

De samtalade kring förlossningen och tiden som väntade. Cecilia blev lugn av att sitta inne hos barnmorskan, hon tyckte om de där besöken som gav henne möjligheten att stanna upp och reflektera. Det var fantastiskt att höra barnets hjärtljud också, lyssna på det svischande ljudet som fyllde hela rummet.

– Du har låga järnvärden, sa barnmorskan. Äter du ordentligt? Och så ska du vila mycket nu sista tiden, särskilt som barnet förefaller mindre än dina andra om jag jämför. Det kan bero på stressen, vet du.

Det var jobbigt att höra de orden och Cecilia fick omedelbart dåligt samvete. *Mitt fel, mitt fel, babyn är liten och jag har misskött mig.*

– Det kan förstås vara individuellt också, somliga foster är mindre än andra utan att det är anmärkningsvärt, sa barnmorskan hastigt när hon såg Cecilias min. Jag menade inte att tillrättavisa dig.

– Tack, sa Cecilia. Jag tar åt mig ändå. Som om hela världen kritiserar mig för att jag ville fortsätta jobba.

– Samtidigt är det min uppgift att se till att du tar hand om dig och din graviditet på bästa sätt. Jag vill inte att du tar det som ett påhopp. Utan som omtanke. Att jag säger som jag gör är också ett sätt att bry sig om. Vi moderna människor är inte alltid så bra på att lyssna inåt, att respektera kroppens begränsningar.

Nej, Cecilia om någon kunde skriva under på detta. Och samtidigt var det så förtvivlat svårt att lägga sig ner och bara vila. Hur bar man sig åt för att göra det rätta, för att få balans i livet? Hon hade ingen aning.

– Jag vet, sa hon och såg barnmorskan i ögonen. Jag vet att du säger till mig för att du är mån om mig. Jag har bara så himla svårt att ta till mig det.

Barnmorskan log vänligt.

– Vet du, Cecilia, du är långtifrån ensam om det. Jag möter mammor varje dag som är ännu värre, som har så höga ambitioner att jag nästan får ont i magen. Om jag jämför med somliga andra tycker jag att du är lugn som en filbunke, så där får du ett högt betyg i min bok. Du gör så gott du kan och för det mesta blir det utmärkt. Det är ändå fantastiskt att du får ihop allting, med fyra barn och man och jobb.

– Mannen, du menar att han är en faktor som gör det hela extra besvärligt?

Nu skrattade de båda två.

– Jag säger ingenting så har jag ingenting sagt, sa barnmorskan. Även om jag får lov att säga att just din verkar tillhöra den allra finaste sorten faktiskt.

– Och så har jag kanske världens bästa syster, sa Cecilia. Apropå stress. Gissa vad hon ringde och föreslog?

– Ingen aning.

– Att hon ska ta hand om hela julen åt mig i år. Hela julen, kan du förstå? Hon sa det rakt ut, att jag som är höggravid inte ska behöva göra någonting utom att mejla henne en lista på vilka julklappar som ska köpas och till vem, så ska hon ta hand om allting och dessutom bjuder hon in oss alla hem till sig.

– Kan man klona henne, undrade barnmorskan.

– Man kan alltid försöka.

– Jag har aldrig hört talas om något liknande, men om jag får ska jag sprida ryktet till andra. Kanske finns det fler som kan inspireras till att vara generösa mot sina höggravida släktingar.

– Du får gärna berätta, sa Cecilia.

– Och sen vill jag höra allt om hur det gått. För vi ses inte förrän efter nyår. Därför vill jag passa på att önska dig allt gott och njut nu ordentligt av ledigheten. Sätt inte igång med något extrajobb bara för att du blir uttråkad. Läs hellre en god bok och se till att få fotmassage av din karl, jag ser att du har en tendens att samla på dig lite vatten.

PER NILSSON STOD och begrundade det upplysta skyltfönstret medan människor passerade honom på väg till sina egna liv. Spetsunderkläder, små eleganta trosor och strumpeband samt vackra bysthållare visades upp på finlemmade skyltdockor med avancerade frisyrer. Vad skulle Cecilia få i julklapp av sin man? Han ville inte tänka just de tankarna, men kunde inte låta bli.

Man kan vara tillsammans med en frånskild fembarnsmor också, sa en röst inuti honom. Man kan börja om trots att alla faktorer talar emot det. Det kunde man definitivt, men hur stor var sannolikheten för det? Den var lika med noll.

Han hade köpt presenter till sina söner, nya headset och andra tillbehör till datorerna, märkeskläder och pocketböcker. Det hade blivit för mycket som vanligt, men han hade ingen lust att snåla med pojkarnas julklappar. Kanske var det skilsmässobarnens enda verkliga vinst, de där julaftnarna dränkta i materiellt överflöd.

När han väl börjat tänka på Cecilia kunde han inte sluta. Hon hade inte hört av sig mer, inte gjort någon anmälan om hotbreven. Han hade inte heller återkommit till henne. Kanske skulle han kunna slå en signal bara för att önska god jul. Ett sms hade väl egentligen varit mindre påfluget. Fast då skulle han inte få höra hennes röst.

– Cecilia Lund, svarade hon och han tyckte att hon lät glad.
– Hej, sa han enkelt. Hur är det?
– Bra, tack, sa hon, liksom försiktigt.
– Vi hördes aldrig av igen, sa han. Jag ville bara höra hur det var. Om du anmält saken.
– Nej, jag gjorde aldrig det. Men det har varit lugnt nu.

Han hörde hennes andetag. Så nära hon var.

– Det slog mig att det skulle kunna vara någon du känner sen tidigare, sa han snabbt, för att bryta den spända stämningen som höll på att uppstå. Någon du hamnat i konflikt med.
– Menar du någon från till exempel när jag var yngre?
– Kanske till och med det. Även om det är sällsynt.
– Vad snällt att du ringer, sa hon. Att du bryr dig.

Han grep hårdare om mobilen, ångrade att han ringt. Tyckte att de lättklädda skyltdockorna hånlog mot honom bakom vitringlaset, såg på honom med ironiska ögon under sina moderiktiga luggar.

– Det vet du att jag gör.

Hur lät det där? Fånigt, naturligtvis.

– Det är inte alla proffs som också har ett hjärta.

Satan. Nu gick det åt pipan. Han borde ha förstått när han slog hennes nummer att det aldrig kunde bli neutralt mellan dem.

Hon märkte det först när det gått några minuter efter att de lagt på. Hjärtklappningen. Den snabba andhämtningen. Strupen som liksom svällt inifrån. Världen som skiftade färg, från gråvit till en mer skimrande nyans. Vad var det han egentligen hade sagt? Att han brydde sig om henne.

Men ändå finns du där och det är inget jag kan göra åt saken.

Liksom jag inte kan göra något åt det faktum att hjärtat skenar. Att mina fingrar känns kladdiga och handflatorna fuktiga av svett. Att jag både vill skratta och gråta, omfamna varje människa jag möter och samtidigt sjunka ihop i djupaste förtvivlan. Mellan oss finns en betongvägg. Mellan oss en avgrund lika djup som Grand Canyon.

Cecilia stoppade undan mobiltelefonen, funderade en kort sekund på att för alltid radera Per Nilssons nummer. Så länge det fanns där, fanns där också en möjlighet. En liten bro över det där stupet, en chans att ta sig till andra sidan. Men om hon kapade alla band? Om hon suddade ut honom för gott? Skulle han försvinna då, lämna hennes tankar ifred? Hon trodde inte det.

Nej, det var bara till att skärpa sig. Bita ihop. Inte låtsas om orden han just sagt. Hur var det Sonja brukade säga? Allt kommer att bli bra. Och, ibland tillägga krasst: I språnget kan man i alla fall inte hejda sig. Hur smidigt nu en höggravid kunde springa? Att hejda sig kanske var enda utvägen för att inte fullständigt klappa ihop.

"DET SKULLE KUNNA vara någon du känner sen tidigare. Någon du hamnat i konflikt med", hade Per Nilsson sagt. Cecilia kunde inte riktigt släppa de där två meningarna medan hon plockade i köket. Plötsligt landade insikten i henne med tydlig skärpa. Hur kom det sig att hon inte tänkt på det tidigare? Där fanns visst någon hon hamnat i konflikt med. En rival. Det var ingen mindre än Johns före detta älskarinna, Laura Bergfelt, den unga vackra kvinnan som velat krossa deras familj. Inte för att hon uttryckligen sagt det, men vad annars kunde hon ha velat, hon som inlett en relation med en gift fyrbarnspappa? Det där konstiga telefonsamtalet John hade fått tidigare i höstas medan de åt lunch ihop, hade han inte sett nervös ut och haft märkliga bortförklaringar efteråt? Hade han inte varit lite disträ på sista tiden, inte riktigt lika förekommande som i somras? Om John återupptagit relationen med Laura, om han var otrogen igen... Hon blev yr och lutade sig mot diskbänken. Nej, så kunde det inte vara, så lågt skulle John inte sjunka. Men tänk om han faktiskt inte alls träffade Laura längre, tänk om hon fått för sig att skicka hotbrev till Cecilia ändå? Vem visste vad den där människan var kapabel till. En sviken älskarinna som dragit kortaste strået, en förvirrad ung kvinna som ville hämnas.

Hon behövde prata med John om saken. Och hon måste göra det omgående.

– Men älskling, snälla. Naturligtvis har jag ingen kontakt med Laura. Börja inte med det igen, sa han när hon fick tag på honom på mobilen.

Hon tog ett djupt andetag. Skulle hon berätta att hon pratat med Per? Lika bra att vara ärlig, hon hade lovat sig själv det några månader tidigare och det var bara att hålla sig till det.

– Jag måste berätta en annan sak för dig. Jag vet inte varför jag inte sagt det tidigare, det är som att jag inte riktigt har orkat, inte velat ta det på allvar. Men jag fick ett hotbrev till sjukhuset för ett tag sen. Och så har det kommit hem en bok och ett vykort som jag inte vet vem de kommer från. Och...

Här tvekade hon lite.

– Jag tyckte också att någon följde efter mig när jag var på väg hem från jobbet en kväll.

John sa först ingenting, men sedan for han ut mot henne.

– Och det säger du först nu? Du blir hotad men säger inte ett ljud till mig, du går runt och låtsas som ingenting? Fan, ibland begriper jag mig inte på dig, Cissi.

Hon reagerade med irritation, tvärt emot vad hon tänkt.

– Ja, jag visste inte hur jag skulle säga det, jag tänkte att det inte var något allvarligt! Men lika bra jag säger det med en gång, jag ringde ändå polisen och diskuterade saken. Jag ringde... till Per Nilsson. Bara så att du vet. Jag ville inte oroa dig i onödan. Ifall det inte var något.

– Att någon kanske följde efter dig? Var inte det allvarligt? Tänk om det har att göra med hela vår familj, om det kanske handlar om oss andra också? Barnen?

Hon hade inte tänkt så långt. Med ens kände hon sig oerhört dum.

– När du beskriver det så där låter det förstås hemskt, sa hon.

John suckade.

– Det är inte ett dugg allvarligt säger du, men du vill ändå prata med en polis om saken. Och så ringer du just *den* polisen? Som du hånglat med? Ursäkta mig, Cissi, men det blir lite för mycket.

– John. Snälla, sluta. Jag menade inget illa.

– Du blir hotad och förföljd, håller tyst om saken och sen anklagar du mig för att ha fortsatt träffa Laura när du själv håller på med Per Nilsson bakom min rygg?

Samtalet utvecklade sig i helt fel riktning, hon kände att hon höll på att tappa kontrollen. John kunde låta så dömande ibland. Mitt i det mysiga och snälla kunde han ändra stil och bli kylig och hård. Hon ogillade den där egenskapen hos honom, den där bristen på tålamod, och kanske ibland också på respekt. Kallade han den där kyssen för hångel? Hur hade han lyckats vända allting mot henne så där på en sekund? Hur hamnade hon i detta underläge?

– Det var inget sånt och det vet du, sa hon och försökte hålla rösten stadig. Jag har för övrigt många hångel att lösa in om vi nu ska ställa våra affärer mot varandra. Eller min så kallade affär mot din otrohet. Min oskyldiga puss med Per Nilsson kan verkligen inte jämföras med ditt förhållande med Laura.

– Ja, okej då, sa John och lät inte lika stursk längre. Jag blir bara så överraskad av att du vill älta det igen. Har hon fått en knäpp och hotar dig så har det ingenting med mig att göra.

– Hur vet hon att jag är med barn då? Boken som kom i brevlådan hette *Det femte barnet*. Den var verkligen otäck, sa Cecilia.

– Jaså var det den boken? Jag undrade just. Jag hittade den hemma häromdagen när jag städade. Jäkligt dammigt och äckligt var det under sängen förresten, ska du veta, och där låg den. Jag bläddrade lite i den. Rätt skrämmande, fast det bara är en roman vad jag förstår.

– Precis. Och sen så kom det ett vykort med två dockor på, som jag kan visa dig när du kommer hem. Skulle hon kunna göra nåt sånt, Laura?

John suckade.

– Jag kan ju inte gå i god för henne, förstås. Och jag gissar att du inte direkt vill att jag ringer henne heller. Eller?

Cecilia svarade inte direkt.

– Du kanske vill ringa henne själv.

Ringa Laura? Hon hade inte den minsta lust att höra hennes röst igen, den där dryga överlägsna tonen som hon fortfarande mindes med obehag. Hon skakade snabbt av sig bilden av sin man och Laura i en passionerad omfamning.

– Jag vill inte ringa henne och jag vill inte att du ringer henne heller, sa hon, men håll med om att det vore ganska logiskt om det var hon som förföljde mig. Jag vill väl mest veta och sen få ett slut på det. Kanske är det polisen som får ringa henne helt enkelt.

John fnös.

– Du menar att du ska be Per Nilsson?

Cecilia såg ut över köket, bet ihop för att inte gå i försvar.

– Det sa jag inte. Han är väl inte den enda polisen i den här stan.

– Nej, men den enda polis du känner. Och verkar vilja ha att göra med. Men ring honom du, gör det du tycker känns bäst. Han har ju varit med några gånger vid det här laget, så det blir väl enklast så.

CHRISTINA HADE TAGIT sig ett par mindre klunkar whisky på eftermiddagen och kände sig i fin form. Vem hade sagt att hon inte kunde kontrollera sitt drickande? Nu hade det gått två dagar då hon inte rört någon alkohol och det hade fungerat strålande. På tredje dagen hade hon känt en välbekant irritation krypa innanför huden, en oro som snabbt vändes till bättre humör med hjälp av lite alkohol. Dessutom skulle det bli både lättare och roligare att shoppa med några värmande centiliter innanför kappan. Expediterna log så vänligt mot henne och inköpen gick som en dans. Hon tänkte självklart förlägga denna runda till NK, där fanns allt samlat under samma tak och så fick man så vackra paket, vita boxar med svarta snören. Christina ogillade kulörta papper med julgranar och bjäfs på. Nej, NK:s stilrena inslagning var det som gällde. Det var julklappar med finess och kvalitet.

De hade lämnat såväl nummer två och tre av Q Magasin för nästa år och nu lutade hon sig tillbaka i sin kontorsstol. Maud och resten av redaktionen hade fått ledigt, det var trots allt bara två dagar kvar till jul och hon var ingen tyrann som tvingade personalen att arbeta i onödan när ingenting akut behövde göras. Själv hade hon några samtal att ringa. Hon skötte sedan flera år tillbaka Sonjas julklappar till alla barnbarn och barnbarnsbarn, något som alltid avhandlades dagarna före julafton.

– Mamma lilla, du får förlåta att jag var så stressad sist, började hon mjukt för att ursäkta det abrupta sätt hon avslutade deras senaste samtal. Har du hunnit tänka över det här med julklapparna ännu?

– Christina, ärligt talat känner jag mig väldigt trött, sa Sonja håglöst. Kan vi inte bara avskaffa allt firande? Jag vill helst stanna hemma och dricka kaffe och äta chokladbiskvier, det vore det bästa som skulle kunna hända.

– Älskade mamma, så får du inte säga, sa Christina bekymrat. Det blir ingen jul utan dig, det vet du. I år får du dessutom träffa Thomas föräldrar, blir inte det fint?

– Olof och Gerda, muttrade Sonja. Jag kan vara utan dem, sanna mina ord.

Sonja lät sig inte lik, konstaterade Christina bekymrat. Den gamla höll väl inte på att bli sjuk? Hon drabbades genast av dåligt samvete, hade inte haft tid att ta hand om sin mor särskilt väl under hösten.

Så föll hennes blick på ett avlångt kuvert som låg på skrivbordet. Hon kände genast igen det, och blev iskall ända upp till hårrötterna. Hade det legat där tidigare? Hon kunde inte påminna sig det. Hur hade det i så fall kommit dit? Hon såg sig omkring, kände plötsligt den förlamande rädslan i bröstet.

– Christina? Hallå? Du blev så tyst, sa Sonja.

– Mamma, attans att det hela tiden ska komma saker emellan. Jag måste få ringa tillbaka till dig. Går det bra?

Christinas goda humör hade försvunnit lika hastigt som det kom.

– Ja, ring du bara. Jag ska försöka göra en lista åt dig medan jag väntar, sa Sonja. Men ring inte för sent, jag är trött och ska vila.

Christina grep med darrande fingrar efter kuvertet. Samma papper, visst var det så. Hon öppnade otåligt, rev fram det hopvikta brevet. Läste orden som stod skrivna mitt på:

Din tid är utmätt. Snart är det över.

Oändlig tur att flaskan fanns där, välfylld och väntande. Hon skruvade av korken och förde flaskan mot munnen.

Gossar, låt oss lu-u-stiga vara. En gång blott om året så, en fröjdefull jul vi få.

– Hallå, ropade hon ut i den ödsliga lokalen medan hon trippade ut på sina höga klackar. Hallå! Är det någon här?

Men hon fick inget svar.

LARS-ÅKE SATT vaken länge efter att Christina somnat. Hon hade kommit hem tidigare än hon sagt och varit utom sig, pratat osammanhängande om att någon var ute efter henne. Hon hade varit rejält berusad. Han hade frågat om hon hunnit köpa några julklappar, hon hade bara skakat på huvudet. Julklappar, hur hade han mage att fråga om struntsaker när hennes liv och hälsa stod på spel? När han då föreslagit att de skulle vända sig till polisen hade hon bestämt skakat på huvudet. Nej, negativ publicitet ville hon inte ha, det skulle inte vara snyggt. Först tevefiaskot, sedan alla motgångar på jobbet och nu detta, verkligen inte! Så hade hon blivit arg och börjat skrika. Han hade egentligen bara velat hålla om henne, han tyckte så förfärligt synd om henne. Och samtidigt vågade han inte riktigt närma sig henne, ville inte reta upp henne ytterligare.

Nu sov hon. Det skulle väl bli han som fick ge sig ut imorgon och handla. Han erinrade sig att han aldrig pratat med Christinas mellandotter igen, det där samtalet i höstas hade blivit hängande i luften. Nu kände han sig bekymrad för julafton, fick en olustig känsla i magen när han såg framför sig

Christina som skålade i champagne och drack snaps till maten. Kunde han göra något för att deras jul skulle bli alkoholfri?

Senare samma kväll ringde Sonja, Christinas mor.
– Är hon där, undrade hon.
– Christina sover, svarade Lars-Åke.
Han fick en tanke om att anförtro sig åt den gamla. Hon anade nog hur det låg till även om hon knappast hade hela bilden. Men skammen höll honom tillbaka, det kändes dumt att förråda Christina. Det räckte med att han talat med Cecilia om henne.
– Hon lovade att ringa tillbaka, sa Sonja missnöjt. Men som jag misstänkte gjorde hon aldrig det och nu ligger jag här och kan inte sova. Hon har slängt luren i örat på mig två gånger i rad nu. Hur mår hon egentligen? Är hon krasslig?
Nu hade han chansen att säga som det var. Sonja var trots allt Christinas mor, hade rätt att få veta.
– Krasslig och krasslig, sa han. Jag vet inte...
– Lars-Åke, har hon druckit, sa Sonja utan omsvep. Säg som det är. Jag tyckte jag hörde det i hennes röst förstår du, och jag blev orolig. Nu strax före jul och allt. Julen har alltid varit hennes värsta tid när det handlar om spriten, hon ville till en början gärna tro att det berodde på att Bertil lämnade henne, men det var inte Bertils fel, det har bara varit skönt för henne att skylla på något. Förbaskade jul, det är som om demonerna släpps lösa i min lilla flicka.
Demoner? Nog var det demoner alltid. Men att Sonja tjatade om Bertil? Lars-Åke blev irriterad, de hade ju skilt sig för flera decennier sedan.

– Ja, vad ska jag säga, sa han uppgivet utan att kommentera just det. Ja, Sonja, hon har druckit.

– Du vet, jag känner henne mycket väl, sa den gamla. Kanske bättre än vad hon känner sig själv.

– Det har blivit värre på sistone bara.

– På det viset?

– Ja. Mycket värre.

De sista orden viskade han bara.

DE HADE BESTÄMT att plocka upp Simon på vägen till Susanna, dit de tänkt anlända vid två, i god tid före Kalle Anka och hans vänner. Sonja skulle åka färdtjänst, hade av någon anledning insisterat på detta, och då fanns det en plats över i bilen.

Simon stod vid vägkanten och väntade när de kom, med jackan uppdragen och händerna i fickorna. Vid fötterna hade han en stor kasse. Så, han har köpt julklappar, tänkte Cecilia och drog upp läpparna till ett försiktigt leende.

– Simon! Hej! Kom, sitt bredvid mig, ropade William glatt. Vad kul att du ska med!

– Hej alla, sa Simon lite osäkert och mötte Cecilias blick. Ja, det ska bli skoj.

– Har du presenter till oss, undrade Greta och såg på påsen i hans hand.

– Nähä, varför tror du det, sa Simon och blinkade.

– Det ser ut så, svarade Greta och snörpte på munnen. Det är jul och då ska man ha paket.

– Det är väl tomten som kommer med julklapparna?

– Vad larvig du är, utbrast Sofia och himlade med ögonen.

– Hoppa in nu så åker vi, ropade John. Om vi ska hinna till Kalle har vi lite brådis.

Simon stängde igen bildörren bakom sig och placerade sig längst bak hos William och Marcus. Snart var de igång och pratade i munnen på varandra, skrattade och retades. Cecilia sneglade på John som satte på vindrutetorkarna för att kunna se bättre genom snöfallet som bara tilltog. Han såg belåten ut, visslade lite där han körde. Hon önskade att hon kunde känna sig lika obekymrad. Istället undrade hon hela tiden hur denna julafton skulle bli. Skulle Susanna lyckas klara av allt hon utlovat?

Cecilia hade inte behövt bekymra sig. Susanna öppnade dörren med spisrosor på kinderna och det ljusa håret i perfekta mjuka lockar. Hon hade en röd sammetsklänning, ett par diskreta diamantörhängen och ett vackert halsband med ett litet hänge bestående av pärlor och safirer. Hon såg glad ut och hennes tänder gnistrade nästan som snökristallerna i trädgården. Även Thomas dök upp och mötte dem, klädd i sober, mörk kostym. Cecilia kände sig både billig och enkel bredvid sin uppklädda syster och hennes filmstjärneliknande man. Hon hade också röd klänning, men i gravidvärlden kunde det allra vackraste plagg förvandlas till ett tält. Nu kände hon sig klumpig och nerklädd. Och John hade jeans, visserligen med vit skjorta till, men ändå. För ett ögonblick ångrade hon att de inte stannat hemma på Lindängstorget, i sin egen värld. Inte lika prålig, men tusen gånger mysigare.

John verkade inte bry sig nämnvärt. Han kysste Susanna på båda kinderna, skakade Thomas hand och dunkade honom i ryggen.

– Maria och Bill har redan kommit, upplyste Susanna. God jul på er, alla barn. Och Simon, det var länge sen! Vad roligt att se dig!

Simon hälsade, men Cecilia noterade att hans blick liksom fastnat någon annanstans i rummet. Hon vände på huvudet och såg Alexandra en bit bort i den luftiga hallen. Systerdottern stod som förhäxad och såg på Simon som om det var första gången hon skådat en mänsklig varelse. Cecilia kände omedelbart igen den där blicken, känslan vibrerade i luften och tycktes skapa små gnistor mellan de båda unga. John, Susanna och Thomas verkade omedvetna om vad som pågick mitt framför dem. Inbillade hon sig bara? Eller kunde hon känna doften av helt färsk förälskelse, till och med innan de berörda själva insett vad som hade hänt? Kanske var det graviditeten som gjorde henne så intuitiv. Kanske var det något annat, en längtan hon själv bar på, den som gjorde henne så mottaglig för känslor hon själv inte tilläts leva ut.

Så hade de samlats igen, hela den stora familjen med släktingar de sällan träffade annars. Thomas yngre bror Frank som bodde i USA, hans hustru Clarissa och deras femåriga dotter Esther hade Cecilia bara träffat som hastigast några år tidigare, då Esther fortfarande var baby. Likaså brödernas föräldrar Olof och Gerda, som var närmare Sonja än Christina i ålder. Sonja själv, parkerad i soffan, med en pläd om benen eftersom hon med bestämdhet hävdat att det stora huset fick henne att frysa in i märgen, trots den sprakande brasan och bergvärmen som var uppskruvad till max. Så förstås Christina och Lars-Åke, Maria, Bill och deras söner, allt som allt var de tjugotvå personer. Granen var ståtlig och doftade skog där den stod mitt i salongen och i matsalen hade långbordet dukats vackert med linne och guldkantat porslin till de vuxna. För de mindre fanns som alltid ett barnbord. Cecilia såg Williams blick, aldrig att han tänkte sitta med de små! Men Susanna hade visst tänkt på det också, för i år skulle William sitta intill Simon vid vuxenbordet. Cecilia hade viskat ett tack utan att William hörde.

Thomas knackade med gaffeln i glaset och sorlet lade sig i rummet. Även barnbordet tystnade en aning, trots att Esther och Greta fortsatte att knuffas och fnissa.

– Jag vill bara utbringa en enkel skål och välkomna er till vårt hem, sa han högtidligt. Jätteroligt att ni ville fira jul hos oss i år, det är både jag och Susanna otroligt glada över. Så många jular har vi åkt runt till er och blivit generöst bjudna på mat och dryck, nu är det vår tur att återgälda. Men jag ska inte bli långrandig, nu hugger vi in, tycker jag. Ni får gå ut i köket och ta för er, där finns allt uppdukat. Barnen har sin egen buffé såklart, med gott om ostron som väl är er älsklingsmat.

De vuxna skrattade.

– Ostron? Blä, utropade Greta och gjorde en äcklad min.

– Pappa, sa Alexandra med förebrående röst.

– Ja, ja, man kan väl få skoja lite på julafton? sa Thomas. Skål på er alla då!

Cecilia noterade Lars-Åkes bekymrade blick på Christina, som tömde glaset i ett svep. När hon vände på huvudet märkte hon att även Simon iakttog hennes mor. Hon undrade vad han tänkte.

DET KÄNDES SOM om hon hade en tickande bomb innanför bröstkorgen, en osäkrad handgranat som kunde brisera när som helst. Vad tänkte han då han såg in i hennes ansikte, studerade henne noggrant? Enklast hade varit om han kommit på henne, ställt henne mot väggen. Tryckt hennes axlar bakåt, stirrat henne i ögonen, frågat vad hon höll på med. Men han verkade aningslös och oengagerad. Då så. Lika gott det, rätt åt honom, då skulle han få skylla sig själv.

Familjen däremot oroade sig fortfarande för henne, det hade hon märkt även om de försökt att inte visa något. Mamma hade bjudit hem dem, en enkel jullunch, kom snälla ni. De hade tackat ja fastän hon egentligen mest bara ville vara ifred. Hon hade sina egna planer för julaftonskvällen och i dem ingick inga släktingar. Det skulle bli hennes egen lilla julklapp till sig själv. Och kanske till någon annan. Tänk att hon alltid måste bli störd, att omvärlden pockade på med sina omsorger och frågor! Men hon teg och bet ihop, tog en dusch, borstade håret, klädde sig i kjol och blus. "Vad fin du är", sa han och log mot henne. "Du har verkligen blommat upp på sistone." Hon slog ner blicken, visste att han ljög.

Julmat, så överskattat och fett! Hon tyckte nästan synd om skinkan och revbensspjällen på sina uppläggningsfat. Mamma hade ansträngt sig, försökt skapa trevnad så gott hon kunde och ändå var det så sorgligt på något sätt med den färdigköpta rödkålen och pepparkakorna i plastburken med hjärtan på.

Minuterna tickade långsamt fram. Hon drack julmust och svarade artigt på frågorna som ställdes. Ja, hon mådde bättre. Ja, hon skulle börja arbeta efter nyår. Ja, det var fint med jul och vad mycket snö det hade kommit.

När mörkret föll och de åkte hemåt kände hon trötthet i både huvudet och i kroppen. Men det var inte dags att vila än. Planen måste sättas i verket. Tigern inom henne låg och morrade dovt. Hungrigt krävde det stora djuret att hon lydde, att hon gjorde det som förväntades av henne.

– Jag måste få lite luft, sa hon när han parkerat bilen. Jag tänkte ta en promenad.

– Men det är ju minus femton, invände han. Ska vi inte gå hem och ta en kopp te istället, du ser lite blek ut.

– Nej.

Hon skakade på huvudet.

– Jag menar, jag går en sväng och sen kommer jag tillbaka. Så kan vi se på teve om du vill. Och dricka te.

Han ryckte på axlarna.

– Som du vill.

Bussen var tom sånär som på ett fyllo som satt längst bak och sjöng någon julvisa med sprucken stämma. Hon sjönk ner i sätet på behörigt avstånd. Nu när det blivit dags kände hon sig inte lika säker längre. Hennes perfekta plan verkade med ens mest förvirrad. Kanske borde hon vända om och åka hem. Ge upp, acceptera och släppa taget som det hette, ett uttryck hon avskydde. Hon lyfte mekaniskt handen för att plinga, som om hon inte längre styrde över sig själv, som om kroppen tagit kommandot. Hjärnan sa en sak men det spelade ingen roll. Vägen låg utstakad, hon behövde bara följa den fram till målet.

Det idylliska villaområdet låg stelfruset i julaftonskvällens mörker, men högtiden märktes överallt. Kransar på ytterdörrarna, stjärnor i fönstren, utebelysning som fick den vita snön att gnistra lite extra i vinterkylan. Så fint det var här ute. Så orättvist att somliga fick leva sina liv så, i en romantisk sörgårdsidyll bortanför miljonprogram, arbetslöshet och integrationsproblem. Ilskan vaknade till inom henne, hon fick lust att kasta en brinnande fackla mot närmaste fasad.

Snart var hon framme vid Lindängstorget. Gick längs de parkerade bilarna, passerade hus efter hus. Ju närmare hon kom, desto hårdare dunkade hjärtat. Snart, alldeles snart skulle hon passera tomtgränsen, sätta sina fötter på den översnöade gången som ledde fram till entrén. Snart, alldeles snart. Ringklockan skulle störa samvaron där inne, de skulle se på varandra med förvåning i sina uppspelta ansikten. Kan det vara tomten som kommer? Nej, inte någon tomte, utan en budbärare av annat slag. Det skulle bli en julafton de sent skulle glömma.

Hon andades in den stickande kalla luften, in genom näsan, ut genom munnen. In, ut, in, ut, nu måste hjärtat lugna sig. Hon ökade på stegen, där framme såg hon huset. Nu återstod inte många minuter. Skynda, skynda. Hon kände mobiltelefonen vibrera i fickan men hade inte tid att svara, nu när hon äntligen var framme.

Så stilla det var. Hon hejdade sig mitt i steget, såg upp mot fasaden. I ena fönstret lyste en elljusstake, i ett annat fanns en vit julstjärna, men annars var det mörkt och tyst. Inte kunde de ha gått och lagt sig redan? Hon huttrade till, kände plötsligt hur stela hennes tår hade blivit. Men det var inte bara minusgraderna som snabbt spred sig i kroppen, utan också insikten om att hon misslyckats.

De var inte här. Huset var tomt. Hon gick fram till ytterdörren, ringde på som hon hade tänkt. Men signalen ekade ödsligt i huset. Och trots att hon tryckte på klockan gång efter annan kunde hon inte förändra det faktum att hennes perfekta plan hade gått snett.

CECILIA HADE FÅTT stränga förhållningsorder om att inte göra något alls och satt därför i den bekväma soffan med fötterna på en mönstrad pall. Hon hade tagit med sig tabletter mot halsbränna och lät en av dem smälta på tungan. Skinka, korv och gröt i all ära, men inte var det mat som gynnade matsmältningen. Ostron, lax och skaldjur hade hon låtit bli, däremot hade hon ätit ruccolasalladen och avokadon som Susanna ställt fram som "det hälsosammare alternativet". Susanna såg fräsch ut, Cecilia visste att hennes storasyster tränade en hel del men nu hade hennes kropp verkligen börjat se atletisk ut. Så snart hon hade fött tänkte Cecilia också börja springa. Eller gå på gym. Hon var trött på stillasittandet, vilandet. Hon längtade efter att komma igång, att använda kroppen till annat än att vara en allt mer otymplig bebisfabrik.

Nu hade alla paket delats ut, Thomas bror hade klätt ut sig till tomte och spelat rollen utmärkt, inte ens hans egen dotter hade känt igen honom. Alla föreföll nöjda med sina klappar, i synnerhet John som fått en läsplatta. Hon själv blev överhopad med duschtvålar, krämer, nagellack och kärleksromaner. John hade gett henne ett nytt fint nattlinne och varma vintertofflor. Precis vad hon önskade sig. Susanna hade naturligtvis gått överstyr och köpt en iPad till William, detta var inte vad de kommit överens om. Marcus fick en ny mobiltelefon. Hon försökte att inte tänka på pengarna men det var svårt, trots att hon brukade få ett "julbidrag" av Christina varje år. Det där julbidraget täckte väl knappast en iPad?

– Strunt i det nu, hade Susanna sagt. Det löser sig.

– Det löser sig inte, hade Cecilia väst, men Susanna hade viftat bort henne.

– Jag tycker det är roligt att ge. Kan du inte låta mig göra det då? Snälla, börja inte tjata om pengar.

Nej, det var inte lätt när de ekonomiska skillnaderna var så tydliga inom släkten. Hennes ynkliga lilla barnmorskelön, hon skämdes nästan när hon tänkte på alla pengar som spenderats på meningslösheter i bara deras familj när halva världen svalt. Flera hundra tusen barn levde i social misär i Sverige och här fick hennes trettonåring en iPad?

Hon måste ha slumrat till där hon satt, för hon vaknade med ett ryck. Det kom upprörda röster från köket. Hon tog ner fötterna från pallen, reste sig med en hand i korsryggen.

– Vad är det frågan om?

Christina stod mitt på köksgolvet med en flaska i handen. Hon hade rödkantade ögon och Cecilia kände igen allting, med ens slungades hon tillbaka, till en tid då hon själv var liten, till en julafton efter att pappa lämnat dem. Christina hade först varit snäll och söt och förekommande som vanligt, serverat köttbullar och sjungit julsånger och gett flickorna fina klappar, en klänning med svepande kjol till Cecilia, ett par skor till Susanna, en söt liten kappa till Maria. Sedan hade hon förvandlats, blivit en annan. Läppstiftet, det vackert körsbärsröda, hade flutit ut och fastnat på hennes tänder, de där vita tänderna med röda fläckar mindes Cecilia så tydligt. Christina hade blivit högljudd och överdrivet kramig, ville ha sina flickor i knät, hon slet i dem men de ville inte. Nej mamma, mamma låt bli, vi är för stora, hade de protesterat. Då hade Christina blivit arg och skrikit att de var otacksamma små slynor – ja, precis så hade hon uttryckt sig – otacksamma små slynor som inte förtjänade någon jul. Hon hade luktat så starkt, den där lukten hade kommit från munnen, det stank av det starka, och Christinas arga ord förföljde Cecilia hela vägen in i barnkammaren där hon kröp ner under täcket och knep ihop ögonen och önskade att hon aldrig mer behövde fira jul, aldrig någonsin.

– Får man inte ta sig ett glas vin på självaste julafton, skrek Christina nu. Jag tycker att ni bara klagar på mig, vad jag än gör! Nej, nu åker vi hem, Lars-Åke. Jag tänker inte stanna här en enda sekund till.

Susanna och Thomas stod villrådiga, liksom Maria och Bill. Även Simon och John hade kommit in. Cecilia mötte återigen Simons blick. Hans blick var oväntat mogen när han betraktade Christina.

– Mamma, försökte Susanna, men blev avbruten direkt.

– Du! Du som borde vara mitt stora stöd, var finns du när jag behöver dig? Inte är du på min sida i alla fall, utbrast Christina och pekade på Susanna med flaskan. Du skiter i mig! Hör du det, du skiter i mig!

Barndomen fick hålla sig borta nu. Cecilia gick fram till Christina, lade armen om sin mor.

– Älskade mamma, kom, så pratar vi, sa hon och hoppades

att Christina inte skulle kämpa emot. Överraskande nog var det som om Christina slappnade av vid Cecilias beröring, hon lät sig ledas iväg. Cecilia kastade en blick mot Susanna och de andra och nickade.

– Mamma, jag ska ta hand om dig. Det är ingen fara mamma, allt blir bra, vi älskar dig allihop. Kom, vi sätter oss tillsammans, vi tar det lugnt.

Hon talade till Christina som om hon var ett litet barn. Vart skulle de, hon visste inte, Susannas och Thomas sovrum kanske, visst låg det till vänster en trappa upp? Hon fortsatte att tala lugnande medan hon ledde Christina uppför trappan.

– Här mamma. Kom.

De satte sig på dubbelsängen och Cecilia klappade Christina tröstande på ryggen. Så tog hon ifrån henne flaskan och ställde den på nattduksbordet.

– Det är så jobbigt och jag är så rädd, snyftade Christina. Alla bara kräver saker av mig och så är det de där otäcka breven. Det är någon som hatar mig förstår du, någon som skriver elaka saker till mig och det gör mig så nervös. Jag tror att Lars-Åke kommer att lämna mig, jag är så rädd för det också. Vad ska jag ta mig till då, jag är gammal nu, Cecilia, gammal och ingen vill ha mig längre. Jag orkar inte mer.

Cecilia slöt Christina i sin famn, vaggade henne fram och tillbaka.

– Schh, mamma. Såja.

Den där andedräkten som osade sprit, den fick Cecilia att må illa och hon blev svettig över hela kroppen av att hålla om Christina, men hon tänkte inte släppa taget. Vad var det för brev Christina yrade om?

– Tänk om de vill döda mig, mumlade Christina. De vill döda mig för de hatar mig, de är avundsjuka för att jag är så framgångsrik, jag har vetat om det hela tiden, folk tål inte att vi kvinnor lyckas och är det en sån som jag som gör det – hon hickade till – då blir de galna...

– Mamma, vad är det du pratar om?

Susanna hade kommit upp och ställt sig i dörren, liksom Maria. Men Christina märkte dem inte, hon bara fortsatte mumla osammanhängande.

– Breven, de är onda, de där breven, jag borde ha bränt upp dem, tänk om jag bara inbillar mig, tänk om de kommer hit...

– Kom mamma, jag ska hjälpa dig, sa Cecilia och lösgjorde Christinas armar. Du behöver vila lite, tror jag.

– Men du lovar att vakta så ingen kommer in? Lovar du det?

Cecilia strök henne över håret, klappade henne på armen.

– Ja, mamma. Jag lovar.

– Hur länge har hon hållit på så här, undrade Simon när de hade samlats i köket.

– Hur då, så här, bet Lars-Åke ifrån.

Simon skakade på huvudet.

– Ursäkta att jag säger det, men det är tydligt att Christina har problem med spriten. Ni skojar väl om ni menar att ni inte har märkt det? Hon är ju alkoholist.

Lars-Åke kippade efter andan.

– Det var det fräckaste!

Men Simon behöll lugnet trots att Lars-Åke mest såg ut att vilja flyga på honom.

– Jag är själv nykter och drogfri, har samma problem som Christina, sa han stilla. Man kanske kan lura någon som inte är beroende, men inte en som själv är alkoholist och narkoman.

Det blev tyst. Gerda och Olof skruvade på sig i soffan. Thomas såg på Susanna. Susanna såg på Maria, som i sin tur mötte Cecilias blick.

– Ser ni inte? Hon mår ju jättedåligt, hon behöver hjälp, sa Simon sakligt.

Lars-Åke såg återigen ut att vilja protestera men hann inte säga något eftersom Cecilia tog ordet.

– Jag tror tyvärr att Simon har rätt. I somras drack hon när hon passade Sofia och Greta och alla sa att jag var överkänslig. Sen vet jag inte riktigt, jag tyckte hon blev full ute på Gullmarö också, jag tror jag har förnekat det här jag med för att det är så jobbigt att ta in. Men sen ringde du ju mig, Lars-Åke, ja, jag måste säga det högt till de andra fast du bad mig låta bli, du ringde själv och berättade att mamma verkade ha tappat kontrollen över sitt drickande. Jag älskar henne och vill inte att hon ska må dåligt, men jag orkar inte låtsas att allt är frid och fröjd.

– Herregud, sa Susanna.

Lars-Åke såg ner i golvet. Ute i vardagsrummet stojade barnen och teven stod på, någon julkonsert som bidrog till kakofonin av ljud.

– Jag har faktiskt också funderat på om något är fel med mamma, sa Maria efter en liten stund.

– Ni som jobbar ihop, har du märkt något konstigt? Hon säger att någon skickar hotbrev till henne, att någon förföljer henne, sa Cecilia.

– Märkligt, sa Lars-Åke innan Maria hann säga något. Det var precis vad hon sa till mig häromdagen när hon kom hem... ja, hon var berusad då också. Hon blev arg när jag sa ifrån.

Maria suckade.

– Jag kan ju inte vara på henne hela tiden, men visst är det något. På sista tiden är det som om hon tappat gnistan. Som om hon är på helspänn hela tiden. Nojig, på något sätt. Men det är som du säger, man förnekar det inför sig själv, mamma är så proffsig och kunnig.

– Hon sa att hon var rädd att någon ville döda henne, sa Cecilia. Det otäcka är att jag också fått brev med hot. Jag har inte riktigt orkat säga något.

Kanske var det dumt att nämna saken så här, insåg hon så fort hon sagt det. Nu skulle resten av släkten oroa sig också.

De andra såg på henne med förfäran.

– Vad menar du? Varför har du inte sagt något tidigare, sa Maria bekymrat.

Cecilia såg i golvet.

– Fråga mig inte, jag har liksom inte vetat hur jag ska... Jag har tänkt säga det, men sen kom det en massa saker emellan.

– Och nu ska du bara haspla ur dig det, så här? På julafton?

Maria och Susanna såg på varandra med en blick som Cecilia väl kände till.

– Kan det vara från samma person? Har du gjort nån anmälan, undrade Susanna.

Cecilia skakade på huvudet.

– Vi kan ta det sen, det är ingen stor grej. Det viktigaste nu är mamma.

John lade armarna i kors.

– Det här blir bara värre och värre, sa han. Om någon hotar halva vår familj måste det väl ändå vara allvarligt.

Lars-Åke nickade, märkbart lättad över att fokus flyttats från Christinas drickande.

– Lars-Åke, kände du till breven? frågade John.

– Nej, hade inte den blekaste aning, men som sagt, hon var skärrad häromkvällen, fast sen blev hon arg när jag föreslog att vi skulle gå till polisen. Det förklarar varför hon tröstar sig med alkohol, nu förstår jag bättre.

Simon lät höra ett föraktfullt fnysande.

– Skärp er, sa han. Att vara alkoholist är att skylla ifrån sig på allt möjligt. Man använder hela världen som en förevändning för att få supa. Det kan jag intyga. Det är inte några eventuella hotbrev som gör Christina till alkis, det hoppas jag att ni förstår. Däremot blir det lättare för henne själv att rättfärdiga sitt drickande.

Lars-Åke gav honom en ilsken blick.

– Vet du, grabben, jag tycker att du pratar om sånt du inte begriper. Hur många gånger har du träffat Christina egentligen? Såvitt jag vet bara en enda gång, och ändå uttalar du dig tvärsäkert om henne som om du vore något slags psykolog. Är det inte typiskt att ni som har missbruksproblem gärna önskar att resten av oss skulle sitta i samma båt? Så det inte känns så ensamt? Tänk om min hustru nu inte alls är så illa däran som du vill påskina.

– All respekt, Lars-Åke, sa Simon. Jag tror bara att Christina behöver hjälp. Det behandlingshem jag var på hade en kvinnogrupp som verkade riktigt bra. Jag ska säga dig att många jag pratade med sa att de önskade att deras familjer hade sagt ifrån tidigare, inte låtit deras drickande gå så långt. Själv lyckades jag hamna på botten tidigt, jag är så tacksam för att jag fick det stöd jag behövde.

Lars-Åke såg ut att vilja protestera, men Cecilia hann före. Tvärt emot vad hon tidigare känt fick hon en helt annan känsla för Simon. Hans ord gjorde henne oväntat stolt. Som om hon själv var mamma till honom, som om Johns son också var hennes kött och blod. Tårarna kittlade till bakom ögonlocken, förbaskade gravidhormoner, att hon blivit så lättrörd och ville gråta för precis allting hela tiden, men det var omöjligt att inte gripas av den unge mannens oväntade uppriktighet och engagemang.

– Jag tycker att vi alla ska vara tacksamma för Simons ärlighet och mod, sa hon högt och hoppades att gråten skulle stanna inne. Vilken tur att han är den enda i familjen som klarar av att se klart, där vi andra försöker sopa under mattan. Klart vi ska erkänna även sånt som är jobbigt och hemskt. Det är vår skyldighet gentemot mamma. Det är väl enda sättet hon kan få hjälp på.

Hon såg inte på Lars-Åke medan hon talade. Istället såg hon på John. I hans ögon kände hon sig trygg. Där fanns all den värme och allt det stöd hon behövde.

FLICKORNA OCH MARCUS somnade i bilen och när de kom hem fick Simon och John bära in varsin trött liten tjej. Marcus stapplade som en sömngångare och blev hjälpt i säng. Han slocknade igen innan han fått av sig kläderna. Simon övernattade i arbetsrummet där han bott en gång tidigare. Cirkeln hade slutits, men denna gång kändes det inte på samma sätt. Cecilia var tvungen att erkänna att hon höll på att omvärdera honom. Hon var imponerad av att han stått upp mot Lars-Åke och sagt sådant som många andra vuxna aldrig vågade. Hon såg honom minsann också stå tätt intill Alexandra och viska något strax innan de lämnade Susannas hus. Det var ingen okvalificerad gissning att Simon skulle kunna bli kvar i deras familj. Kanske inte bara som Johns son. Så märkligt vissa pusselbitar tycktes falla på plats.

– Vilken julafton, sa John när han och Cecilia sent omsider kom i säng.

– Ja, jag är helt slut, suckade hon.

– Såg du att Simon och Alexandra verkade hitta varandra, undrade John.

– Mmm, låg just och tänkte på det. De såg söta ut tillsammans.

– Tur att de inte är släkt då, log John.

– De två är väl det minsta problemet. Jag är mer bekymrad för mamma. Och för de där breven hon pratade om. Att hon har problem med spriten är en sak, men vem är det som hotar henne? Och varför?

– Hon kanske kan förklara bättre när hon nyktrat till, sa John. Vem vet hur allvarligt det är, i fyllan har man en tendens att förstora upp saker.

– Menar du att hon hittade på?

– Nej, men hon är journalist med sinne för drama, hon kanske bara bredde på lite extra. Självömkan och lite snaps på det, vips har man hittat på att man har ett helt terroristnätverk efter sig.

– Att du aldrig kan ta något på allvar.

– Jo, men jag är jätteallvarlig.

– Kan det vara samma som skrivit till mig?

– Vore inte det lite väl långsökt?

– Jag kanske måste gå till polisen i alla fall.

– Definitivt. Både du och Christina. Framför allt ska ni jämföra de där breven. Man ser väl ganska snabbt om det är samma person som skrivit dem.

Cecilia kröp intill John.

– Men barnen verkade nöjda. En iPad! Susanna är galen.

– De har råd, låt dem hållas.

– Får du aldrig dåligt samvete av sånt?

– Nej, varför skulle jag få det? Det är väl ingen som svälter mindre ifall vi inte ger våra barn de julklappar de vill ha?

Det var sant, förstås. Han hade ett sätt att betrakta världen som skilde sig radikalt från hennes. Och ändå var det John som drog åt vänster. Hon blev inte klok på hur man fick ihop ideologierna med sin egen livsstil. Själv kunde hon ha ångest en hel dag när hon tänkte på hur miljön förstördes och på bergen av plast i världshaven. John tvättade visserligen miljövänligt men verkade inte ligga sömnlös över deras ibland överdrivna konsumtion.

– Lilla gumman, sluta grubbla nu, viskade han i hennes öra. Tack för en fin kväll, jag tyckte att det trots allt blev väldigt lyckat hemma hos din syrra. Det där huset skulle vi behöva, tror du de vill byta mot vårt?

Cecilia fnissade.

– Ja, säkert, vill du att jag ska fråga?

Hon borrade in näsan i den lilla gropen mellan Johns öra och kind, drog in hans doft. Kände lugnet runtomkring dem, kände hur trötthetten spred sig inom henne. Det fanns ett svar på alla frågor, det fanns en lösning på alla problem. Christina skulle få hjälp och snart skulle ett nytt år börja. Ett nytt år som skulle komma med en nystart. Framtiden var ljus och vacker och hon hade massor med kärlek i sitt liv. Var inte rädd, lilla vän, viskade en mjuk stämma inom henne.

Var inte rädd.

RAMONA ÖRNMÅNE BODDE i ett sekelskifteshus i utkanten av city, tre trappor upp utan hiss. Cecilia kände sig som en flodhäst när hon stånkade uppför trapporna, tacksam mot John som puttade på henne lätt i baken. John hade opponerat sig mot besöket, och var det verkligen så viktigt? Nu i mellandagarna och allt, kunde inte besöket vänta? Men Cecilia hade envisats, det var lika bra att ha det gjort. Maria hade erbjudit sig att passa flickorna, och de var lediga båda två, tiden var perfekt för ett besök. "Vi kan väl i alla fall träffa henne", bad Cecilia. "Om du sen fortfarande tycker att en hemförlossning är en dålig idé, så ska jag lyssna på dina argument."

Ibland kändes det så dumt när man övertalat någon att göra som man ville, tänkte hon nu när de stod utanför Ramonas dörr. Som om hon stressat John, som om hon tvingat på honom sina åsikter. Om han inte gillade Ramona skulle hon känna att det var hennes fel. Var kom egentligen dessa känslor ifrån, den här önskan om att alla skulle må bra hela tiden? Hon blev irriterad på sin överbeskyddariver. Vad spelade det för roll om John tyckte om Ramona eller inte? Hon, Cecilia gjorde ju det, och det var väl det som var det viktiga. Åh, att allt skulle vara så komplicerat.

– Välkomna, sa Ramona när hon öppnade dörren.
Hon gav Cecilia en hjärtlig kram och tog sedan John i handen.

– Det är alltså jag som är Ramona, sa hon och såg på John liksom underifrån.

Som om hon synade honom, tänkte Cecilia. Som om hon försökte avgöra hurdan motståndare han var.

Hon visade in dem i bostaden, genom en smal hall med en orientalisk matta på golvet och inramade fotografier på väggarna, till ett mindre vardagsrum där böcker trängdes i en överfull bokhylla och två siameskatter låg och dåsade på en blommig soffa full med kuddar i olika storlekar. I ett hörn stod ett piano och överallt fanns stora lerkrukor med storbladiga gröna växter. Cecilia fick omedelbart en känsla av trivsel, som att komma hem till en gammal god vän. Hon såg framför sig Ramona liggande på soffan med en pläd om fötterna och de två katterna spinnande på magen. Var det där hon låg och läste, förkovrade sig i den senaste forskningen om förlossningar och värkarbete? Eller satt hon vid den vitmålade sekretären som placerats mellan två fönster, där också en bärbar dator stod och surrade.

– Vill ni ha en kopp te, undrade Ramona. Ni får ursäkta om det är lite ostädat.

En av katterna vaknade till och sträckte på sig.

– Det är väl ingen som är allergisk mot katter, sa Ramona. Jag glömde fråga, man blir lätt hemmablind.

– Nej då, det är ingen fara, sa Cecilia och svarade både för sig själv och John.

– Jag tar gärna en kopp te, sa John.

Strax hade Ramona dukat fram keramikkoppar, en burk honung och en kanna som ångade av kryddiga dofter. Så slog hon sig ner i soffan och log inbjudande mot dem.

– Jag brukar alltid vilja träffa föräldraparet först, började hon. Prata om tidigare förlossningar och om hur kvinnan själv blivit född. Om man har en mor som kan berätta, vill säga. För det är traditioner som följer en genom livet och ofta upprepar man mönster man har inom sig, omedvetet. Dessutom vill jag gärna träffas eftersom personkemin är så viktig. Det är ett förtroende jag får, att få vara med om en förlossning. Och därför är det bra att man möts så här, i lugn och ro, och lär känna varandra. Fast du Cecilia är ju barnmorska själv. Dessutom har du fött fyra barn. Du är knappast någon novis. Ja, inte du heller John, för du har väl varit med.

– Absolut, nickade John. Det har jag. Varit med och stöttat och klippt navelsträngar och så. Det känns bara som en onödig risk att ta. När det nu finns sjukhus med all den medicinska utrustning som krävs. Varför gå tillbaka i utvecklingen?

– Det är ju inte alla som ser saken så, invände Ramona. För många är detta tvärtom ett steg framåt, en återgång till ett mer naturligt födande. Högteknologi är bra vid medicinska ingripanden, men de sker oftast då man stört den naturliga födandeprocessen. När man manipulerar kroppen säger den ifrån. Så visst kan det låta motsägelsefullt, men det är högteknologin som skapar komplikationerna som i sin tur skapar behov av högteknologi. Om du förstår vad jag menar.

– Det låter logiskt, sa Cecilia.

– Fast ändå inte, sa John. Tänk hur mycket barn- och mödradödligheten ändå har minskat sen vi fick modern sjukvård. Förr i tiden dog ju kvinnor och barn som flugor vid förlossningarna. Och det gör de än idag i till exempel Afrika, där föder de väl ofta just hemma. I någon lerhydda, utan läkare och utan möjlighet till kejsarsnitt.

– Ja, tyvärr råder det stor mödradödlighet i tredje världen, sa Ramona. Men det beror inte på att de föder hemma. Det beror på undermålig mödravård, undernäring, sjukdomar och dålig hygien. I de västländer där hemförlossningsmodellen är utbyggd är detta tvärtom ett säkrare sätt att föda barn på. I Holland, Australien och Storbritannien finns system som fungerar mycket bra. Kvinnor som föder hemma har snabbare och enklare förlossningar, spricker mindre och amningen kommer igång utan komplikationer. Kvinnorna blöder dessutom mindre. Men om vi återknyter till din egen mamma, Cecilia. Vet du något om hur du själv föddes?

Christinas tre förlossningar. Hon hade faktiskt förhört sig lite om dem, ställt frågorna för länge sedan. Redan under sin utbildning till barnmorska hade hon intervjuat Christina om hur hon, Maria och Susanna fötts. Christina hade dessutom en förmåga att till och från ta upp saken på eget initiativ. Särskilt vid Cecilias första graviditet. Den första förlossningen då Susanna fötts hade varit eländig, med ben som spändes fast i byglar, rakning av skötet och en sadistisk barnmorska som tillrättavisat Christina när hon börjat gråta. Christina hade varit ung, tjugofem år gammal, och oförberedd på smärtan. Läkaren hade gjort ett fult snedklipp som tagit månader att läka. När Cecilia så skulle födas var Christina ensam. Bertil var på affärsresa och Sonja satt barnvakt åt Susanna. Förlossningen hade varit smärtsam men Christina hade fått bedövning och Cecilia var framfödd på fyra timmar. Maria i sin tur hade legat i säte och där blev det kejsarsnitt, något som var relativt ovanligt på sjuttiotalet om man jämförde med dagens snittfrekvens.

– Din mamma har med andra ord fött tre barn på tre väldigt olika sätt, konstaterade Ramona. Och du själv? Har du också haft olika förlossningar?

– Cecilia är fantastisk när hon föder barn, sa John. Jag är alltid så imponerad. Det var väl William som var värst, eller hur. Med igångsättningen och att du gick så långt över tiden.

Det hade hon gjort. Minnena kom tillbaka, hur det beräknade förlossningsdatumet kom och gick, hur kroppen blev allt tröttare. Så besöket på specialistmödravården, fostervattnet som hade minskat, barnet som behövde födas. Den kyliga januariluften som de hade andats när de gick över parkeringsplatsen, alla tankarna som malt. Om något gick snett? Om deras lilla barn inte var friskt? Hon hade varit så less på sitt gravida tillstånd och ändå, när bara några timmar återstod, hade hon blivit sentimental. Snart skulle babyn ha lämnat hennes kropp, snart skulle de magiska månaderna vara slut.

– Det var nervöst men ändå bra, sa hon. Jag kände mig trygg trots igångsättningen, jag blev inte igångsatt med dropp utan mer skonsamt, med gel, eftersom livmodermunnen inte var helt mogen trots att jag gått så långt över tiden. William är född i vecka 42 plus ett.

Ramona nickade lätt, antecknade i ett häfte med svarta pärmar som låg på bordet framför henne.

– De andra... Marcus föddes i vidöppet läge, det tog sexton timmar och var plågsamt men någonstans var jag mentalt förberedd på att det kunde ta tid. Där gick jag bara fem dagar över tiden och förlossningen började med värkar på natten. Sofia och Greta kom två dagar före utsatt datum båda två, det var väldigt enkla förlossningar.

– Ja, tjejerna bara pluppade ut, sa John och log. Men det är lätt för mig att säga. Det var du som gjorde jobbet. Du var helt outstanding.

Flickornas födelse. Som om hon lärt sig födandets hemligheter. Å andra sidan var hon färdig barnmorska då, hade arbetat på förlossningen i flera år. Nog påverkades hon av alla förlossningar hon sett, av alla kvinnor hon mött.

Cecilia såg på John. Verkade han fortfarande tveksam? Kanske. Han rörde i sitt te, hans händer fladdrade oroligt på bordet.

– Vad jag tänker på är kanske främst ansvarsfrågan, sa han efter en stunds tystnad. Om nu något skulle gå snett och vi föder hemma. Vems blir då ansvaret? Är det inte väl tungt att vi ska bära detta, att vi ska lastas om något går galet?

En av katterna hoppade upp i Ramonas knä och tryckte sig mot sin matte, började spinna medan hon kliade den mellan öronen.

– Det är en intressant fråga och jag kan berätta att den ofta ställs av pappor, sa Ramona. Men det där med ansvar är större än att det bara handlar om hur och var man föder sitt barn. Ansvaret ligger alltid på föräldrarna, oavsett vilket beslut man fattar. Det är ni två som skapat babyn, det är ni två som är mor och far. Barnet kommer alltid ytterst att vara ert ansvar. Man kan aldrig svära sig fri från det. Men dagens moderna människor vill gärna överlämna allting, inklusive kroppen och hälsan, till proffs. Vi lever utan kontakt med livet och med döden, som för det mesta sker i slutna rum. Som om de inte längre fanns i vårt sterila kontrollsamhälle. Egentligen handlar det bara om rädsla för livets realiteter. Om krafter vi inte förfogar över. Barn dör på sjukhus också, även mödrar avlider, även om det är sällsynt. Tänk till exempel på resistenta bakterier och smittor som finns på sjukhus, sådana slipper man i hemmet. Vad man än gör vilar ändå det yttersta ansvaret hos en själv. Att vara människa är att bära ett ansvar. Att fatta det beslut som känns bäst är att vara ansvarsfull. Jag vet inte om jag besvarat din fråga, men jag hoppas att du förstår.

John nickade. Nickade han för att han tog in Ramonas ord eller för att han inte höll med henne om det hon sa? Ibland var det svårt att avgöra vad John kände, ibland var han inte särskilt tydlig med om han höll med eller inte. Å andra sidan borde han vara mer trygg än de flesta andra män. Hon själv var faktiskt barnmorska och därmed fullt kapabel att avgöra vad som var möjligt. Plötsligt kände hon sig stark, visste att förlossningen skulle ske på hennes villkor. Om John inte var med skulle han få ge sig. Så enkelt var det. Punkt, slut. Det var trots allt hon som skulle föda. Inte han.

– Hälso- och sjukvårdsnämnden beviljar bidrag för friska omföderskor, sa Cecilia och låtsades inte om Johns frågande blick. Vi uppfyller alla kriterier för att vår förlossning ska godkännas.

– Men är ni verkligen överens nu, undrade Ramona som verkade tycka att allting gick lite väl hastigt.

Katten hade rullat ihop sig i hennes knä och somnat. Skymningen föll utanför och klockan i köket slog.

– Vi får väl ta det ännu ett varv, sa John och tömde sin tekopp.

– För min del har det blivit absolut solklart, svarade Cecilia.

Stämningen var aningen spänd när de tog avsked av Ramona. De sa fortfarande inte särskilt mycket när de klivit in i bilen och John satte nyckeln i tändningslåset. Så svängde de ut från parkeringsplatsen, fortfarande under tystnad.

Vid första rödljuset kunde Cecilia inte hålla sig längre.

– Nå, sa hon och såg på John från sidan. Du jublar inte precis?

John suckade och lade i en växel.

– Alltså, jag är inte helt övertygad. Det var mycket att ta in. Men du har rätt, Ramona känns seriös, det är svårt att inte tycka om henne.

Cecilia kände hur hon slappnade av en aning. Att John fann Ramona sympatisk måste innebära något slags pluspoäng, eller?

– Ja, visst är hon trevlig, sa hon och försökte låta neutral.

– Men det innebär inte att jag är helt säker, skyndade sig John att påpeka.

– Du kanske kan bli?

Hon log mot honom och lade sin hand på hans lår. Lät värmen strömma genom jeanstyget, kroppskontakten fick tala för sig själv.

– Det känns i alla fall inte helt omöjligt längre. Hon har argumenten, det kan man inte ta ifrån henne, sa John och lade sin hand över Cecilias.

NYÅRSAFTON KOM OCH gick. Cecilia, John och barnen gick ut på Lindängstorget tillsammans med grannarna, pojkarna hade tjatat om raketer i flera dagar och till slut hade John fallit till föga och inhandlat fyrverkerier som de smällde av till allas förtjusning. Själv var Cecilia inte särskilt förtjust i smällarna och röken, men tog sig ändå ut i kylan för att blicka upp mot himlen och hurra in det nya året tillsammans med de andra. Det hörde till.

– Gott nytt år, kära älskling, sa John och placerade en puss mitt på hennes mun.

– Mamma, pappa, gott nytt år, ropade barnen i kör och så kramades de alla innan ungarna kastade sig i drivorna där de gjorde lustiga "snöängrar" som Greta sa.

– Jag är en nyårsänger, ropade John. Nu kommer jag och tar er!

Skratt och tjut, snöbollarna yrde och William och Marcus lyckades för en gångs skull förbli sams, trots snö innanför kragen. Strax anslöt sig även John till de vilda lekarna och snart låg alla tre i snödrivorna och skrattade. Cecilia fick en oväntad impuls att vara med. Hon böjde sig ner och plockade upp en näve snö och kastade på John.

– Mamma, mamma, heja, ropade barnen i mun på varandra.

– Tur att du inte kan kasta tillbaka, sa Cecilia med en blinkning. Man måste vara rädd om mammor som är med barn.

Det var skönt att komma in i värmen efteråt. Paradisasken var ännu halvfull och det fanns en skål med chips på bordet. Den tömdes i ett nafs.

– Är det ingen som vill ha clementiner, undrade Cecilia.

Hennes familj såg ointresserat på henne.

– Frukt är godis, försökte hon.

Alla började skratta, inklusive hon själv.

– Okej då, sa Marcus. Kan du skala en?

Hon gjorde som han bad och räckte fram frukten till honom.

– Jaha, i år ska det komma en bebis. Nu är det inte många veckor kvar, sa John.

– Min lillebror menar du, sa Marcus. Gurkan!

– Han ska inte heta Gurkan, sa William.

– Det bestämmer väl inte du.

– Inte du heller.

– Killar, ni skulle sluta?

– Det blir en tjejbebis, sa Sofia. Det vet jag.

Greta hade somnat i soffan och sa ingenting alls.

– Vi får väl se, sa Cecilia.

– Åh mamma, det är så spännande, fortsatte Sofia. Jag vill att min lillasyster ska komma nu!

– Bebisen måste växa klart först, sa John. Bli tjock och söt och färdig.

– HEJ, JAG HETER Christina och jag är alkoholist.
– Hej Christina, svarade de andra med en mun och såg på henne med neutrala blickar.

Hon kände hur tungan liksom tjocknade i munnen. Rummets dimensioner tycktes förändras, som om väggarna omväxlande buktade inåt och utåt, som om taket vibrerade, som om fönsterrutorna skiftade färg. Hånlog alla andra där de satt på sina stolar som bildade en ring? Vad skulle hon säga?

De andra väntade tålmodigt. De nickade, som om de på förhand visste vad hon skulle berätta. Det störde henne, fick henne att känna sig obstinat. Med vilken rätt satt de här och dömde henne? De visste ingenting om henne, kände henne inte.

– Jag tappade kontrollen över spriten för länge sedan, hörde hon sig själv säga. Jag har använt den som tröst, som livboj, som sömnmedel. Spriten har varit min bästa vän i många år, fanns alltid där, men ställde aldrig några obehagliga frågor. Bara jag betalade för mig så var flaskorna fulla och snart var jag det också. Jag kunde alltid vända mig till alkoholen, blev aldrig avvisad och aldrig kritiserad. Istället blev jag vacker och säker, jag tyckte att spriten gjorde mig stark. Jag insåg inte att jag ingått ett förbund med djävulen, att jag en dag skulle tvingas betala tillbaka mer än jag någonsin hade fått. För så är det med alkohol, har jag börjat förstå, att man får och får och tar emot och tar emot tills man är fast. Det är då spriten börjar kräva tillbaka och man har inget annat val än att göra som man blir tillsagd, man börjar betala och man betalar med sitt eget liv, det är det egna livet man har pantsatt. Skulden är oändlig och urholkar själen. Det man krävs på är så mycket större än man kan föreställa sig, står inte i proportion till vad man tycker att man är skyldig. Jag ville skrika stopp, det är för mycket nu, men plötsligt var rummet ödsligt och tyst, plötsligt var min snälla vän borta. Istället för den mjuka snuttefilten fanns där ett hårt och kallt golv, väggar som stirrade på mig med grymma ögon. Min vän hade vänt mig ryggen och förvandlats till en fiende. Jag blev förslavad, fullkomligt hjälplös. Och samtidigt blev törsten bara större och större.

Från att jag tyckte att jag hade kontroll tappade jag fotfästet, och sen gick det undan. Jag rasade snabbt, dels på grund av en massa oförutsedda händelser i mitt liv som skrämde mig, som fick mig att känna mig sårbar och dödlig, dels för att kroppens beroende blivit så stort att det tog över. Spriten dövade ångesten, jag fick för mig att det var det enda som hjälpte. Jag började ljuga och trassla in mig i bortförklaringar och ju mer jag ljög desto större blev min ångest, desto mer ville jag dricka. Jag var livrädd för att bli avslöjad så därför slog jag tillbaka vid minsta risk för upptäckt. Jag utnyttjade min ställning och gick till attack. Mot mina döttrar, mot min man, till och med mot min närmaste medarbetare. Jag gjorde bort mig gång på gång, men vägrade se att något kunde vara mitt fel. Det var alla andra som missförstod mig, som vägrade att lyssna. Som ville mig illa.

Nu vet jag bättre. Jag är beroende, jag behöver hjälp. Ensam klarar jag det inte eftersom jag står maktlös inför alkoholen. Men tillsammans med er är jag stark. Tillsammans med er kan jag säga nej. Tillsammans med er kan jag leva nykter, en dag i taget.

Christina vaknade i vild panik. Jesus Kristus, hade hon verkligen sagt allt det där på mötet för Anonyma Alkoholister, hade hon, Christina Lund, dragit ner sina byxor offentligt och blottat sina svaga sidor? Hennes första impuls var att rusa ut i köket och ta sig en rejäl skvätt ur bag-in-boxen. Hon reste sig ur sängen, brydde sig inte ens om att ta på sig tofflorna. Fort, innan Lars-Åke hann vakna.

Halvvägs ut ur sovrummet hejdade hon sig.

Mötet med Anonyma Alkoholister.

Med ens kom hon ihåg. Stannade upp. Tog ett djupt andetag. Satte sig på en stol.

Hon var nykter nu. Hon hade varit nykter sedan den förfärliga fyllan på julafton och det fruktansvärda sammanbrottet som gjorde att hon på juldagen ringde till AA och frågade när och var närmaste möte skulle äga rum. Hon hade gått dit i sällskap med Lars-Åke, men eftersom mötet var slutet hade han fått vänta på henne utanför. Hon hade inte talat där och då, bara suttit tyst och lyssnat. Lyssnat och gråtit. Hon hade gråtit hela den timme som mötet pågick. På kvällen hade hon kontaktat ett behandlingshem de haft reportage om i Q

Magasin och skrivit in sig omedelbart. Hon hade blivit kvar där över nyår. Först nu, tredje veckan i januari, hade hon kommit hem på ett kortare besök. Tidningshuset fick klara sig utan henne ett tag. Pierre och Maria skötte ruljansen på Q, och på de andra publikationerna satt pålitliga redaktörer. Hon hade berättat om sina problem för styrelsen och blivit överväldigad av det stöd hon fått.

Nu var hon tillbaka. Meningen var att hon skulle klara sig själv, med stöd av möten och kontinuerliga samtal. Gideon Zetterberg var visserligen ingen alkoholterapeut men hon hade vänt sig till honom ändå för en intensivbehandling. Han hade sagt att det låg underliggande problem bakom missbruket, saker hon behövde reda ut när hon blivit nykter.

Ta det lugnt, sa hon till sig själv medan hon blåste ut luft och försökte få kontroll över sitt skenande, dunkande hjärta. En minut i taget. Det viktigaste först. Tolvstegsprogrammets deviser var bra kryckor att stödja sig på när känslorna hotade att svepa henne överbord, ner i träsket av whisky och vin. Kvällstidningarna hade givetvis blivit tipsade om hennes privata problem, men tack vare den hederskodex som rådde mellan journalister – den som sa att man inte skrev om andra journalister i allmänhet och högt uppsatta chefer i synnerhet, ifall inte skälet var extraordinärt i paritet med minst massmord – hade de avstått från att rapportera. Hon hade tänkt tala ut ändå vad det led, behövde bara bli lite starkare först, behövde få mer distans till det som skett. Sedan kanske scoopet om hennes missbruk skulle hamna i Q Magasin. Först efter det kunde det bli löpsedel om de nu så gärna ville.

Det viktigaste först, ja. Att gå till botten med hotbreven.

Cecilias polisman, den där sympatiske Per Nilsson, hon skulle ringa honom så snart klockan visade en anständig tid.

Nu skulle hon göra rätt.

Inte rusa iväg.

Utan tänka sig för, andas, och försöka finna sinnesro utan att dricka sig fördärvad.

CECILIA HADE DRÖMT en av de där drömmarna som hon ofta hade i slutet av graviditeten, något hetsigt med ständiga missförstånd och känslor av panik. Som om någon jagade henne och hon vadade i knädjup snö, som om hon aldrig hann fram i tid till något viktigt. Hon orkade inte springa utan föll ihop, flåsade, kände barnet födas, men det var ingen rosig liten baby utan en vuxen man klädd i kostym och hatt som stod mellan hennes ben och nickade åt henne med överlägsen min. Ta bort honom, skrek hon, det har skett ett misstag, men barnmorskan log överseende och föste mannen mot hennes bröst. Ta hand om pojken nu, sa hon och i samma stund vaknade Cecilia. Usch, så obehagligt! Hade den här drömmen något med Doris Lessings bok att göra? Förmodligen. Än en gång ångrade hon att hon läst den, trots att hon numera inte tänkte på den särskilt ofta.

Klockan vara bara sex men hon var ohyggligt kissnödig, babyn sparkade mot urinblåsan och hon kände hur det ilade i bäckenet. Handlederna värkte också, hon brukade alltid drabbas av detta symtom någon månad före förlossningen, och nu var händerna svullna och fingrarna stela. Hela hon kände sig skröplig och liksom gisten. Tur att skolan och dagis hade börjat igen så att hon kunde få vara ifred. John fick ta med sig flickorna och hon skulle fortsätta städa ur lite skåp och göra klart det sista innan babyn kom. Tvätta och stryka de små lakanen och filtarna, vika de allra minsta babykläderna och lägga i prydliga högar. Babykorgen stod redan framme och hade bäddats med filtar och kuddar, och Greta och Sofia hade placerat några gosedjur i den.

– Så att bebisen ska känna sig hemma på en gång, sa Sofia.

Instinkten att reda boet hade blivit extra tydlig den senaste veckan, Cecilia kunde knappt sova om kvällarna för att hon i huvudet gick igenom allt som behövde ordnas. Som om ingen tid fanns senare, som om allt måste vara perfekt den dag förlossningen satte igång. Smuts tålde hon inte överhuvudtaget, hushållssprejen gick varm och hon skrubbade och torkade bort minsta lilla fläck så fort hon såg den. Den där önskan att hemmet skulle vara rent kändes nästan sjuklig, som feber i själen, hon kunde inte bli kvitt den trots att hon själv tyckte att den var påfrestande. Men när John försökte få henne att lugna sig blev hon sur och snäste.

– Låt mig städa, ska babyn komma till en svinstia eller?

– Okej, okej, sa han då och backade undan.

Nu steg hon upp och satte på kaffebryggaren, dukade fram frukostporslin på köksbordet. Såg ut på gatan som var tyst och stilla, de flesta på Lindängstorget sov fortfarande. Vintern höll landet i ett hårt grepp men nog kändes det som om våren var på väg även om det bara var januari? Trots allt gick de nu mot ljusare tider. Dagarna blev längre och så småningom skulle våren komma, med friskt grönt gräs och blommande trädgårdar. Som hon längtade till dess!

Medan hon pysslade i köket tänkte hon på Christina och på Per Nilsson, på julen och på allt som hade hänt. Att både hennes mor och hon själv utsattes för förföljelse förändrade saken, det kunde knappast vara Laura Bergfelt som var ute efter Christina. Men om nu Laura inte hade med saken att göra, vem kunde det då vara? Hon tvingades konstatera att hon inte hade någon aning om vare sig motiv eller person. Och ingenting mer hade hänt, annat än att de fått saker skickade till sig. En anmälan skulle hamna längst ner i något arkiv och bli liggande där.

Snart hade hela huset vaknat och nu satt hennes familj i köket, drack juice och åt smörgåsar och pratade i mun på varandra, alla utom William, som mest såg ut att sova på sin stol. Men till och med han vaknade till liv efter en stund och lät sig pussas på kinden innan han stack iväg.

Hon vinkade av flickorna och stängde dörren efter dem och John. Såg hur han satte dem i bilbarnstolarna och åkte iväg. Han log mot henne där hon stod i köksfönstret.

Som en hemmafru från femtiotalet, tänkte hon medan hon såg framför sig förlossningsavdelningen och vad som kunde tänkas utspela sig där. Hörde rösterna, telefonerna som ringde, larm som varnade. Sugklocka på rum tre, en tox på ingång. Uterusruptur, katastrofsnitt, sätesbjudning, förstföderskor med värksvaghet. Hennes kollegor som flängde från rum till rum, Louise med de flickaktiga flätorna vinande runt ansiktet, pålitliga Gun, Carmen, empatisk men temperamentsfull. Tatiana som höll ordning på flocken. Forsberg och Antonsson och de andra läkarna.

Nåväl, vad är väl en bal på slottet, suckade hon och drog på sig förklädet och plasthandskarna. Idag skulle hon skura ur spisen. Ett gästspel i hemmafruland kunde vara njutbart, så länge det var frivilligt och framför allt tidsbegränsat.

Aldrig att hon skulle stå ut med att ha det så här för gott.

DET VAR SOM om sorgen kommit upp till ytan igen och slagit rot där. Hon hade verkat gladare en tid, men det var som bortblåst nu, åter tycktes hon simma på botten av en grumlig sjö.

Borde han ha sagt något? Krävt förklaringar, eller bara tröstat. Han var less på att trösta och dalta, han ville kräkas på sig själv i rollen som den förstående mannen. Inte för att han inte ville stötta. Utan det var det där falska, tvånget att vara till lags, som fick honom att må illa över sig själv. När hade han varit ärlig egentligen? Obehaget spred sig i bröstet, som om han påverkades fysiskt av hennes förehavanden. Trots att han kämpat tappert under hösten skulle han snart få se sig besegrad. Det nya året måste börja med att han stod upp för sina känslor. Han kunde inte längre ta ansvar för henne, hur gärna han än ville.

Han hade satt i system att gå igenom hennes dator, läsa hennes mejl så fort han kom åt, det hade blivit en sport. Eller slentrian, något slags försök att komma henne in på livet, hitta nycklarna till hennes innersta. Som vanligt fann han ingenting av intresse. Där låg mappen som döpts till FÖRLOSS-NING, den orkade han verkligen inte gå in i. Bara han såg ordet fick han krypningar längs ryggraden.

Han blev sittande, försjönk i tankar. Kanske borde han läsa i alla fall? För att få kraft att säga ifrån.

Snabbt dubbelklickade han på ikonen och såg mappen öppna sig. Där fanns flera dokument. Förlossningsplan. Journal från MVC. Men även filer märkta med ord som Familjen, Universums lagar och CL. Universums lagar? Han ögnade igenom texten, något om den indiska gudinnan Kali och vreden som gav styrka. Hämnd som vapen mot livets ondska. Tigerns mäktiga ande.

Han rös.

Familjen. Hon funderade på det som hänt, naturligtvis, och det var inte så underligt att hon försökte bearbeta sina drömmar genom att skriva ner dem. Där fanns hennes privata tankar. Han borde inte rota. Det var med tvekan han öppnade nästa dokument. Ändå behövde han få veta. Ville förstå.

Men det han läste var inte alls vad han förväntat sig. "Familjen" handlade om helt andra saker än han trott. Där beskrevs en familj som inte var hennes. Det var främmande människor som hon hade kartlagt. Hon hade gått noggrant till väga, skrivit ner varje liten detalj. Här fanns till och med bilder. Modern syntes leende på ett foto från en filmpremiär. I ett reportage fanns även andra familjemedlemmar på bild. De var visst flitigt porträtterade allihop.

Så dök det upp en kvinna han kände mycket väl. Susannas vackra ansikte log mot honom från ett konstnärligt foto. Där var hon, tillsammans med mannen hon var gift med. Han hette Thomas, det visste han redan. Men att de hade en vuxen dotter hade hon aldrig berört.

Han kände hur klumpen i halsen växte. Hade hon på något sätt fått reda på att han träffat Susanna? Hade hon gått igenom hans dator, hittat hans webbsida? Nej, det var inte möjligt, hon var inte så kunnig, visste ingenting om kryptering, och lösenorden bytte han regelbundet just för att undvika intrång. Så vad var detta, vad betydde alltsammans?

Snabbt öppnade han det sista dokumentet som döpts till CL.

Innehållet fick honom att stelna av fasa.

SUSANNA LÄT ANDFÅDD när Cecilia svarade. Först förstod hon inte vad systern sa, vad hon ville.
– Vänta lite. Lugna dig.
Susanna, med alla sina humörsvängningar, detta eviga behov av att stå i centrum och få uppmärksamhet. Skulle hennes äldsta syster aldrig växa upp? Just nu var det inte läge för något terapisamtal, hon kände sig låg och rastlös trots förmiddagens idoga städande. Hennes tålamod med omvärlden sinade tillsammans med hennes ork. Susanna fick ursäkta men nu hade Cecilia inte tid att prata, nu var det dags att hämta på dagis.
– Men du måste lyssna, avbröt Susanna upphetsat. Det handlar inte om mig! Det är du... och barnen. Jag vet inte hur jag ska berätta det, det känns genant, men jag har träffat en kille som har en sambo som inte verkar må särskilt bra och nu tror hon att allt är ditt fel, att det är du som gjort att hon...
Susanna väntade inte på Cecilias reaktion utan fortsatte prata, febrilt, osammanhängande, orden kom i ett virrvarr som inte verkade innehålla något vettigt överhuvudtaget.
– Den här kvinnan hatar dig, Cecilia! Du måste lyssna på

mig. Jag vet inte varför men så är det, hon har kanske blivit tokig. Alltså, jag tror hon kan göra något hemskt. Tobias tror i alla fall det, han har gått in i hennes dator.

Cecilia kände hur hon blev varm under ylletröjan, hur svetten bröt fram under armarna. Vad yrade Susanna om? Vilken Tobias? Hon kände ingen som hette så.

– Vad i herrans namn är det du säger, sa hon och sjönk ner på en stol i hallen. Nej, det måste vara något slags missförstånd.

Susanna lät som en anfäktad häst som frustade i andra änden av luren.

– Lyssna på mig, Cecilia, jag skulle inte ringa och säga så här om jag inte trodde att det var allvar. Var försiktig, snälla du. Vill du att jag ska komma över?

Det lät fullkomligt absurt att en främmande kvinna skulle hata henne. Av vilken anledning? Samtidigt kanske här fanns en logisk förklaring till de märkliga händelser under hösten som fått henne att känna en aldrig upphörande oro. Ändå föreföll det så överdrivet, det Susanna just nu sa. Hon kunde inte riktigt ta in det.

– Inte behöver du väl komma över för det, svarade Cecilia. Vet du, det är säkert ingen fara. Jag går och hämtar Greta nu och sen kan vi pratas vid i lugn och ro senare ikväll. Vad säger du om det?

– Jag vet inte, invände Susanna. På Tobias lät det som om du borde hämta barnen bums och inte vänta. Du kanske borde ringa polisen? Eller ska jag göra det? Du får bestämma.

Polisen? Var det så allvarligt?

– Ring dagis och skolan i alla fall. Snälla.

– Vad menar du att han tror ska hända?

Susanna suckade.

– Herregud Cecilia, det verkar vara en galning i farten, inte vet jag vad hon kan hitta på! Hur kan du vara så ointresserad?

– Jag har väl svårt att förstå bara. Jag är höggravid och trött och så kommer du här och låter som om en katastrof är på väg. Förlåt, men det låter så överdrivet allting.

Susanna suckade irriterat.

– Javisst. Jag förstår. Men ring dagis åtminstone, kan du inte göra som jag säger? Jag skulle inte hitta på något bara för att stressa dig, det inser du väl. Ring John också.

– Ja, ja. Men jag hoppas verkligen att du överdriver.

Susannas ord sjönk in samtidigt som ett lätt snöfall började yra utanför fönstret. Hjärtat blev oroligt på ett sätt hon inte kunde förklara, magen knöt sig. Susanna gick inte att avfärda. Med ens högg rädslan sina klor i henne, som om hon vaknat till ur en djup sömn. Snabbt slog hon förskolans nummer från sin mobiltelefon. Såg dagis framför sig med de sympatiska pedagogerna och pysselrummet, hallen med barnens ytterkläder och färgglada teckningar på väggarna. Dagis var så långt ifrån ondska man kunde komma, där var mjukt och snällt, en vardag som alltid tycktes trygg och förutsägbar.

Signalerna gick fram, en efter en. Snälla, kom igen, tänkte hon och tryckte telefonen mot örat. De brukade vara ute och leka på eftermiddagarna, hade visserligen en mobiltelefon som de tog med sig men det var ändå inte alltid de hann svara när man ringde. Det automatiska svarsmeddelandet rullade igång efter sex signaler. *Du har kommit till Förskolan Giraffen, vi kan tyvärr inte ta ditt samtal just nu. Vill du prata med någon i köket går det bra att trycka på två och fyrkant, annars kan du lämna ett meddelande så ringer vi tillbaka så snart vi kan.*

Nej, hon ville absolut inte prata med någon i köket! Hon ville höra den trygga rösten som tillhörde någon av dem som hade hand om hennes dotter. Hon ville höra Siv eller Doris bekräfta att de hade Greta under uppsikt, att barnen hade ätit mellanmål och att de nu lekte snällt under de vuxnas överinseende.

Hon slog numret igen. Denna gång var det upptaget. Typiskt! Kanske var det lika bra att hon började gå istället. Att hålla på och ringa verkade helt meningslöst.

Cecilia drog hastigt på sig dunjackan och stack ner fötterna i sina fodrade kängor. Lovikkavantar och en varm stickad mössa på huvudet, hon snubblade nästan när hon lämnade huset med en väldig fart. Hon måste ringa John, måste prata med John omgående. Vad var det som pågick egentligen?

Låt det Susanna säger inte vara sant.

Hon tog upp telefonen ur fickan. Hörde signalerna gå fram även här. John svarade inte, den automatiska rösten berättade att han inte gick att nå. Det var värst vad alla var upptagna eller frånvarande den här dagen!

Lika bra att skicka ett sms.

Ring mig. Så snart du kan.

Så tryckte hon iväg det och slog förskolans nummer igen.

DET HADE KOMMIT mer snö under dagen och barnen hade inte gjort annat än åkt stjärtlapp i förskolans egen lilla backe. Nu hade det hunnit bli eftermiddag och ljuset började så smått avta. Som tur var hade den värsta januarikylan gett vika. Det var dock ännu en bra bit kvar till våren och inte på länge dags att städa undan vinterkängorna och overallerna.

Greta hade blivit duktig på att klä på sig själv. Bara overallen lades ut på golvet ålade hon blixtsnabbt i den, drog sedan på sig sina fodrade stövlar och sträckte sig efter mössan och vantarna på hyllan. Så tog hon sin röda plasthjälm och spände fast den under hakan. Hjälm måste man ha, fast den kändes klumpig och ful.

De stora barnen på förskolan fick springa ut själva på gården så snart de hade klätt på sig. Och Greta längtade efter att få åka utför kullen som hade blivit så där härligt isig.

Man får akta sig så man inte halkar, tänkte hon medan hon försiktigt satte fötterna i marken. Det var ändå bra med hjälm. Hon kom ihåg hur hon ramlat och slagit i huvudet några veckor tidigare, hemma på gatan. Det gjorde ont och hon hade fått en stor bula trots att hon haft mössa på sig. Nu var bulan borta men Greta hade blivit mer noga med hjälmen sedan fallet. Med hjälm på huvudet kunde hon springa så snabbt hon ville fast marken var frusen och hal.

Nysnön var så vit och fin och kall. Vad var det mamma hade sagt? Kristaller. Att det egentligen bara var fruset vatten. Greta satte den vantklädda handen mot snödrivan, klappade lätt på snöhögen. Det fanns alltid något att göra på gården när det hade snöat. Kanske skulle hon bygga en snögubbe innan hon började åka? Hon såg sig om, innanför glasdörren som ledde in till avdelningen höll de andra barnen fortfarande på att klä på sig. Vilka sölkorvar, de tog så lång tid på sig. Greta gnuggade bort en våt droppe som hade bildats under näsan och tog sedan upp lite snö som hon formade till en boll. Så började hon rulla den framför sig. Kulan blev snabbt större, snön var verkligen kram.

Hon var så upptagen att hon inte märkte att hon kommit en bit bort från huset. På baksidan av förskolans huvudbyggnad fanns en stor lekplats, inhägnad av staket. Där bakom växte en gles dunge med björkar och granar. Här var snön ännu orörd. Greta rullade vidare. Hennes snögubbe skulle bli jättestor, finare än alla andras. Den skulle få stå framför dagis och hon skulle visa den för mamma när hon blev hämtad. Gretas snögubbe, den största som någonsin gjorts. Kanske skulle hon göra en hel snögubbefamilj, med en snömamma och en snöpappa och små snöbarn. En liten bebissnögubbe, som skulle likna den mamma hade i magen. Den tanken fick henne att längta efter sitt ofödda syskon. Bebisar var söta, det hade hon sett, Matilda hade fått en lillebror och den var gullig fast den skrek ganska mycket. Pappa hade sagt att bebisar växte snabbt och att det inte tog så lång tid innan en liten bebis kunde gå och prata och äta vanlig mat tillsammans med de andra. Men Matildas lillebror ville bara dricka mjölk ur tutten än så länge.

– Vad fint du gör, hörde hon plötsligt en röst intill sig. Vad du är duktig.

Greta såg upp. Hon hade aldrig sett den här fröken förut, det var i alla fall ingen hon kände från sin egen avdelning.

– Ska vi hjälpas åt?

Greta kände hur näsan hade börjat rinna igen och nu torkade hon av sig med baksidan av vanten. Utan att fröken väntade på hennes svar tog hon tag i snöbollen och började rulla den bortåt, mot staketet.

Det var ganska jobbigt att göra snögubbar, insåg Greta. Man fick lätt ont i armarna av allt rullande. Kanske skulle det gå snabbare om hon fick hjälp.

– Vad heter du? frågade hon.

Den främmande fröken stannade upp i rörelsen.

– Jag heter Lydia, sa hon och blinkade mot Greta. Men vet du, Greta, det ser ut som om det är mycket bättre snö där på andra sidan. Vad säger du, ska vi smita ut?

Greta såg bort mot den lilla skogen. Hon hörde de andra barnens röster, de verkade äntligen ha kommit ut på gården. Fast de fick skylla sig själva för att de var så sena. Egentligen var det inte tillåtet att gå utanför dagisets grindar, men om det nu var en fröken som sa det? Fast kanske måste hon ändå fråga först, för säkerhets skull.

– Får man det, sa hon tveksamt.

Lydia viftade med handen.

– Ja, såklart man får. Och vi ska bara rulla lite mer, sen går vi tillbaka. Ingen märker det ens. Vad säger du? Men vi får skynda oss, annars kanske de andra kommer och vill göra likadant och då tar all den fina snön slut.

Hon blinkade med ena ögat mot Greta. Så sträckte hon sig efter flickan, och utan att vänta på svar lyfte hon henne över det låga staketet. Sedan klättrade hon själv efter.

– Bravo, sa hon belåtet. Kom nu, så gör vi en supercool snögubbe.

Kanske var det ändå så att hon hade träffat Lydia förut, tänkte Greta medan hon rullade snöbollen mellan träden. Kanske var det bara så att hon såg annorlunda ut med pälsmössan nerdragen i pannan? Och ändå, det var som om Lydia var en fröken som inte riktigt hörde till dagiset. Men ibland kom det såna där – vad hette de? *Vilarier*. Såna som kom när de andra fröknarna kanske vilade eller något. Ja, Lydia var nog en vilarie. En extrafröken. Vilarier brukade vara bra på att leka, de hittade alltid på en massa roligt bus.

– Där borta, pekade Lydia mot ett litet stenröse. Där ser jag jättemycket fin snö! Och så tycker jag att snögubben ska ha granris runt huvudet, eller vad tycker du? Kom!

Hon tog Greta i handen och drog med sig henne längre bort från förskolan.

– Vad härligt det är att få komma ut lite grann, sa hon och log brett mot Greta. Det är för tråkigt att bara leka innanför grindarna hela tiden.

– Mina fröknar säger att det måste vara så, invände Greta, som plötsligt tyckte att Lydia höll lite väl hårt i hennes hand.

Lydia suckade irriterat.

– De flesta fröknar är så oroliga, sa hon. Vuxentråkiga. De förstår sig inte på äventyr. Men det gör du och jag! Vi bygger en snögrotta och sen kan jag följa dig hem. Det blir väl bra? För du är en smart tjej, Greta. En riktigt smart liten tjej.

Hon kramade flickans hand utan att släppa greppet. Och medan snön åter började falla försvann de två in i skogsdungen. Eftermiddagsskymningen lade sig som en dimma över husen, suddade ut alla tydliga konturer. Och det vita molnet som färgades grått slukade med lätthet en kvinna och en liten flicka, som vandrade allt längre in i skogen.

CECILIA PULSADE GENOM snön och höll handen om mobilen i fickan. John hade inte hört av sig och på dagis verkade de ha tappat bort sin telefon, eftersom hon fortfarande inte fick något svar trots att hon ringt ytterligare fem gånger. Nu såg hon den låga byggnaden en bit framför sig, strax skulle hon vara framme. Vid gården med den målade gröna trägrinden, vid det inbjudande röda trähuset med sina stora fönster som dekorerats med djur och blommor. Hon föreställde sig Greta, älskade lilla söta, med håret lockigt runt den släta pannan, med de nyfikna ögonen glatt plirande mot henne. Greta, så fin och tillitsfull! De skulle vandra hem hand i hand, prata om hur dagen hade varit. Längtan efter dottern växte sig starkare ju närmare hon kom, som om denna dag var speciell, som om varje minut kunde vara avgörande. Den sista biten småsprang hon, så snabbt den tunga gravidmagen tillät.

Gården var full av stojande barn, kulörta bävernylonklickar mot det iskalla vita. Somliga byggde snögubbar, andra roade sig i den lilla backen. Några i personalen stod och huttrade vid husväggen, de övriga var ute bland barnen och deltog i leken. Gretas mössa var röd med en vit och rosa tofs, overallen var röd och svart. Men hur hon än såg sig omkring kunde hon inte urskilja sin dotter någonstans.

– Cecilia, hej, ropade Doris och vinkade till henne.

– Hej, sa Cecilia. Var är Greta?

– Hon gick ut för en stund sen, svarade Doris med glad röst. Hon är här nånstans och leker.

Hon är här nånstans och leker.

En fras som uttalades av förskolepersonal runt om i Sverige tusentals gånger dagligen och som i princip inte betydde något annat än att personalen i just det ögonblicket inte kunde se det barn som avsågs, vilket var förhållandevis ofta. Små barn kilade bakom hörn och in på toaletten, gömde sig under bord och i buskarna utomhus, under en dag fanns många stunder då de försvann utom synhåll. Det skulle ha varit helt i sin ordning även denna dag. Om inte Cecilia en halvtimme tidigare fått ett oroväckande telefonsamtal. Om inte känslan i hennes mage på ett par sekunder förbyttes från oro till ren och skär skräck.

Lugna dig. Hon är här ute någonstans. Doris har sett henne helt nyligen. Så måste det vara. Röd mössa med vit och rosa tofs, röd mössa med vit och rosa tofs, snart dyker den upp, snart syns den, du kan inte se den men den är här, det måste den vara.

Cecilia kämpade för att hålla sig lugn. Men hur hon än skärskådade omgivningen kunde hon inte se Greta. Mössorna på gården var blå och gula och grå, randiga och prickiga. Ingenstans vippade just den mössa hon så förtvivlat längtade efter att få se. De glada barnskratten och skriken fick allting att kännas ännu hemskare. Som om allt var i sin ordning. Som om ingen fara hotade.

Greta är borta. Du kan inte se henne. Någonting är fel och du vet det.

Rösten inuti henne tycktes ha gått på per automatik, hon mer anade än hörde den och magen knöt sig allt mer. Hon blev yr, tungan tycktes växa i munnen. Där kom också den sipprande saliven fram bakom käkarna, den som signalerade att hon var på väg att kräkas. Små rännilar av vått som stänkte upp mot tänderna. Små påminnelser av obehag, så konkreta och samtidigt så overkliga.

Cecilia hörde sig själv ropa. Rösten onaturlig, liksom gäll.

– Jag hittar henne inte! Var kan hon vara? Doris, hjälp mig att leta!

Hörde de andra paniken i hennes tonläge? Var det därför de såg så medlidsamt på henne? Eller var det förakt, en hysterisk morsa som körde med personalen?

– Hon kanske gick in för att värma sig, sa Siv lugnande och log mot Cecilia. Gå in och se efter du så tittar jag bakom lekstugan.

Inomhus. Självklart. Ute var det kallt och minusgrader, alla smarta barn sökte sig till värmen. Förstås. Greta frös. Greta var våt om fötterna. Hoppet tändes inom Cecilia. Så dumt att stressa upp sig. Strax skulle de hitta Greta inne på toa. Strax skulle hon ta sin yngsta i famnen. Älskade lilla hjärta. Kom, får du en kram.

Hon skyndade sig in genom glasdörren, klampade rätt in, såg sig omkring. Hoppet dog snabbt inom henne, så snabbt att hon fick svindel. Plastgolvet var torrt innanför dörrmattan, torrt och orört av våta barnkängor. Där låg ingen snö, ingen liten våt pöl hade bildats. Inga fotspår ledde in. För säkerhets skull ropade Cecilia Gretas namn inåt den tomma lokalen, men fick inget svar.

Kanske hade hon kommit till rätta där ute?

Då ringde telefonen i hennes ficka.

– Hej, det är John. Du hade ringt och messat.

Hans röst fick henne nästan att bryta samman. Tårarna trängde fram i ögonen och hon snyftade till. Att tvingas säga högt det hon just genomled blev nästan för mycket.

– John, Susanna ringde mig för en stund sen och sa att det är en kvinna som tydligen förföljer mig och att hon kan göra något mot barnen, nu är jag på dagis men jag kan inte hitta Greta. John, jag vet inte var Greta är. Hör du det? Jag hittar inte Greta.

Det lät som en anklagelse. Som om det var hans fel. Som om hennes man hade något med saken att göra.

– Cecilia, är du på dagis? Vad menar du?

Vad var det han inte förstod?

– De säger att Greta gått ut för en stund sen men hon är inte här på gården och nu säger de att hon kanske gick in för att värma sig men jag står inne på avdelningen och hon är inte här, John. Hon är inte här. Greta är inte här.

Paniken, nu vild och bultande, hur många minuter hade gått? Vart hade hon tagit vägen? Där ute, mörkret, snön, kylan. Där ute, otryggheten. Allt det okända, monster som sträckte ut sina armar ur tomma intet. Barnens glada skrik och skratt, alla de stickade mössorna som hade fel färger, fröknarna med sina aningslösa ansiktsuttryck.

Om jag bara gått hemifrån tio minuter tidigare. Om Greta bara fått vara hemma idag. Om jag ringt polisen direkt. Om jag bara hade lyssnat på Susanna. Om, om, om.

Gretas krok var tom. Hennes skor var också borta, liksom mössan med den vita och rosa tofsen. Den där mössan, hon var så fin i den.

Hon är fin i den. Hon är. Nutid. Presens. Greta är fin i sin mössa.

– Cecilia, gå ut igen. Hon måste vara på gården, sa John i andra änden. I samma stund stack Siv in huvudet.

– Är hon här?

Cecilia kunde inte svara, kramade bara mobilen med en iskall hand.

– Hon är inte där ute heller.

Sivs ansikte, plötsligt så blekt under vinterrosorna. Hade barnen blivit tystare, skrattade de inte längre? Eller var det bara så att hon själv inte hörde så bra, att alla hennes sinnen bedövats?

Greta hade uppslukats av vinterkvällen. Det var som om den lilla flickan aldrig funnits. Ett tomrum bland de andra barnen, en liten gestalt som fattades i gruppen. Nu sökte personalen i varje vrå av gården, sprang runt, ropade, vände upp och ner på kälkarna, smällde i dörrar.

Men ingen Greta.

– Vad menar ni, håller ni inte reda på barnen?

Cecilia hade blivit hysterisk.

– Självklart gör vi det, försökte Doris trösta.

– Kan hon ha gått hem med någon kompis, försökte Siv.

– Nej, det har hon inte, skrek Cecilia och märkte att några av barnen stannade upp och tittade på henne. En liten pojke började gråta.

– Herregud, det är ju nästan tio minus och ska bli snöstorm, tänk om hon gått iväg på egen hand eller tänk om någon tagit henne? Ni har väl något slags beredskap när ett barn försvinner?

– Det har aldrig hänt förut, sa Doris, märkbart skakad.

Det hade gått en kvart sedan Cecilia kom till förskolan. En kvart under vilken hon inte hade den minsta aning om var hennes dotter befann sig. Världen kändes overkligt elak och ful, skräcken i hennes bröst växte.

– Gör något då! Spring ut och leta på gatan, vad som helst, ring polisen. Ni måste hitta henne. Snälla, ni måste hitta henne.

Innan det är för sent.

Så brast det för henne helt och hållet.

Cecilia kände tårarna komma och kunde inte hejda dem. Gråten som hunnit samla sig i halsen trängde fram i en kvävande störtflod av oro och skräck.

DEN FÖRSTA PLANEN hade misslyckats, men plan nummer två, den gick fantastiskt väl. Om inte ungen kinkat så förbaskat.

– Jag vill gå hem till mamma nu. Jag är hungrig. Jag är trött. Jag har tappat en vante, gnällde hon oavbrutet.

Var det så här det var att ha barn? Någon som tjatade och ställde krav på en precis hela tiden. Var det detta hon hade längtat så mycket efter? Nu blev hon plötsligt tveksam. Var planen så genomtänkt när allt kom omkring? Det hade inte varit några problem att få med sig flickan från dagis. Den andra etappen, däremot, kändes dock mycket mer komplicerad.

Men det är inte barnet som är intressant. Det är hämnden. Hämnden som ska rentvå dig, hämnden som ska ge dig sinnesfrid. Barnet är bara vägen, inte själva målet. Har du redan glömt? Det hon har, fick aldrig du, den gudomliga rättvisan måste skipas. Om du mister en, ska hon också en mista. Öga för öga, tand för tand. Kommer du inte ihåg?

Greta drog henne i handen.

– Jag är kissnödig. Jag måste gå på toa, annars kissar jag på mig.

Den där ljusa rösten, den störde henne, som en sten som kastas mot vattenytan och slår sönder spegelbilden. Koncentrationen rubbades, hon tappade fokus.

– Varför svarar du inte?

Hon såg ner på flickan vid sin sida, kände värmen från hennes hand genom det vadderade handsktyget.

– Tyst Greta. Vänta lite. Strax, jag tänker.

Greta rynkade ögonbrynen.

– Det är jätteenkelt, det finns en toa på dagis. Kom, vi går tillbaka. Jag fryser jättemycket.

Plötsligt greps Lydia av sorg. En känsla så stark att hon skälvde till. Såg framtiden röra sig sakta mot dem. Droppar som skulle färga snön, som skulle rena hennes vilsna själ. Det skulle vara så enkelt. Makten låg hos henne. Några få rörelser bara, några korta sekunder, sedan skulle allt vara över. Där låg kniven i fickan, det enda hon behövde göra var att släppa taget om den lilla mjuka handen, sträcka sig efter den. Rispa det levande. Barnets blick, så ren och klar, ögon som avslöjade det futtiga och smutsiga. Hon stod inte ut. Med ens ville hon sjunka ihop på marken, begrava ansiktet i snön. Gråta över världen, sticka kniven i sitt eget hjärta. Det var som om flickans röst förde henne tillbaka till verkligheten, som om Gretas tillitsfulla blick gav henne förståndet åter.

– Du, lilla vän. Vi ska alldeles strax gå tillbaka. Men kan vi inte sitta här under tallen en stund, så ska jag berätta en saga för dig?

– Fast jag vill inte ha saga, jag måste kissa, envisades Greta.

– Bara en liten, liten kort en, sa Lydia. Jag vill berätta för dig om tigern som jagar i djungeln.

Greta ryckte på axlarna. En del vilarier var kanske lite konstiga. Hon skulle skvallra på Lydia när de kom tillbaka, det skulle vara hennes fel om det kom kiss i kläderna.

– Kom, sa Lydia och satte sig i snön. Du får sitta i mitt knä så du inte fryser.

SPÅREN SOM LEDDE mot skogen hade snöat igen. Inte heller den borttappade vanten syntes i mörkret. Personalen hade sprungit runt och ropat efter Greta. John hade kommit till dagis strax innan polisen anlände. Susanna och Tobias var redan på plats. Cecilia ville kasta sig på den unge mannen och slå honom hårt med knytnävarna, men visste att det var fullständigt meningslöst. Men hade han kunnat göra något för att förhindra det som hänt? Hon visste inte.

– Jag kunde aldrig ana, sa han olyckligt och såg henne i ögonen. Hade jag haft minsta misstanke...

Cecilia kände igen honom nu, insåg att de träffats förut. Tobias, det var han som var Tobias, den blivande pappan hon mött på förlossningen. Första barnet, visst var det deras första barn? Den där sommardagen kom tillbaka till henne nu, stod fullständigt klar. Plötsligt hade hon själv fått en blödning och svimmat mitt under deras förlossning. Hon hade förlorat en av sina tvillingar. Efteråt hade hon fått veta att parets barn inte heller klarat sig, det hade fötts med anencefali, en allvarlig missbildning i huvudet. Barn som saknade hjärna överlevde aldrig.

– Vad har ni gjort med min dotter, nästan skrek hon nu. Var är hon?

– Jag vet inte, svarade Tobias. Jag är ledsen, men jag har ingen aning.

Nu sladdade polisbilen in på gården. Två uniformerade poliser hoppade ut. De hade med sig en hund som drog i kopplet. Lika overkligt som i en film. Cecilia ville säga något men fick inte fram ett ord, hon skakade i hela kroppen.

Gör henne inte illa. Gör inte min flicka illa.

– Finns det något plagg eller en leksak som tillhör Greta? frågade en av poliserna medan hans kollega öppnade bakluckan och släppte ut en energisk schäfer. John stod med armen om Cecilia, som kämpade med gråten. Inom sig bad hon tusen böner, försökte hålla bilderna av det värsta ifrån sig.

Utan ett ord sprang Doris in på förskolan och kom strax ut med något i handen. Cecilia kände igen den lilla blå koftan som legat på Gretas hylla. Hunden nosade på plagget och satte nosen mot marken. Sedan vädrade den och spetsade öronen, såg bort mot den lilla skogsdungen. Så ryckte den i kopplet, markerade vart den ville.

– Det är svårare i snö, sa polismannen. Men eftersom de försvann nyligen har vi gott hopp om att hitta dem snabbt. Duktig hund, Zingo, sök!

– Jag följer med, sa John.

– Jag också, snyftade Cecilia, men Susanna hejdade henne.

– Nej, du måste stanna. Du kan inte ge dig ut där. Snälla Cecilia.

I ögonvrån såg Cecilia ännu en bil bromsa in framför grinden. Den där röda bilen, hon kände igen den, den hade kvällstidningens symbol på sidorna. Inte det också. Hon blundade, försökte kontrollera illamåendet och ångesten, försökte få bort rubrikerna från näthinnan.

– Är det här ett barn kidnappats från dagis? frågade den unge rödkindade reportern med blocket i högsta hugg.

Hur kunde de få reda på allt så snabbt?

– Försvinn, sa Susanna myndigt och vände ryggen mot honom.

TIGERNS TUNGA VAR varm och mjuk. Greta fnissade till när den slickade henne i ansiktet. Men det hade kommit kiss i byxorna, hon kände det, det var blött och hon kunde inte längre röra fingrarna eller tårna.

– Lydia, vakna, sa hon till kvinnan, i vars knä hon satt.

Mer än så hann hon inte säga.

Med ens kände hon hur någon lyfte upp henne, där, det var ju pappa! Och en stor hund, det var den som slickat henne, inte en tiger som hon först trott. Fast vad gjorde polisen i skogen? Det kanske också var en dröm. Eller något som Lydia berättat.

– Greta!

John fick ta emot sitt barn, han höll henne i famnen och såg på henne som om det var första gången.

– Pappa, jag har kissat på mig, sa hon sömndrucket och lade huvudet mot hans axel. Men det var bra att du kom, jag fryser jättemycket. Och det var en tråkig saga hon berättade, den där nya vilarien.

Den obeskrivliga glädjen. Lättnaden. Den röda mössan med

den vita och rosa tofsen, där var den, hon såg den sitta på Gretas huvud där hon vilade i Johns famn.

Älskade lilla tjej. Tack Gud, tack för att du lever.

– Mamma, sa Greta med ynklig röst. Mamma, jag har kissat ner hela overallen. Men det var hons fel, jag fick inte gå på toa fast jag sa att jag behövde.

– Älskling, det spelar ingen roll, sa Cecilia och tog tag i Gretas lilla ansikte med händerna, kysste de iskalla kinderna. Älskling, det spelar ingen roll, vi köper ny overall, vi slänger den gamla i soporna.

– Men jag gillar min overall. Lovar du att du inte är arg för att jag har kissat på mig?

– Lilla Greta, älskade lilla unge, jag är aldrig arg på dig, sa Cecilia och tårarna strömmade nerför hennes kinder.

– Varför är du ledsen då, mamma?

– Jag är inte ledsen. Jag är världens gladaste.

– Fast du gråter, jag ser det.

– Vet du, man kan gråta av att man är lycklig också.

– Vad bra, sa Greta. Men nu är jag hungrig och vill åka hem.

DET BLEV NATURLIGTVIS löpsedlar precis som Cecilia befarat. "Kidnappningsdrama på dagis" stod det med stora svarta bokstäver på båda tidningarna, och tevenyheterna hade ett flera minuter långt inslag. Säkerheten på landets förskolor skulle synas i sömmarna. Personalchefen på Giraffen hade varit besvärad och svävat på målet, menat att detta var ett misstag som givetvis aldrig någonsin fick ske. Och ändå hade det hänt. En psykiskt sjuk kvinna hade fått med sig ett barn utan att någon märkt det, utan att någon saknat Greta förrän hennes mamma kommit för att hämta henne. Hur var det möjligt? Det fanns inga svar.

Cecilia visste dock, kände ilskan slita i kroppen. Hon hade litat på dem, anförtrott dem sitt barn, och vad hade de gjort? Suttit och fikat kanske medan Lydia promenerat in på gården och lockat med sig Greta. Hon visste att hon var orättvis, visste att personalen gjorde sitt allra bästa, ändå kände hon behovet att lägga skulden på någon. Greta skulle definitivt inte gå kvar på Giraffen i alla fall. Hon kanske borde stanna hemma under våren, vara hemma med henne och babyn.

– Vet du, jag tror att det är dumt, invände John. Nu är

Lydia inlåst på psyket, det lär knappast finnas fler dårar som går runt där ute. Hur stor är sannolikheten att något liknande händer igen, och framför allt att det händer just Greta?

– Jag förstår inte att du tar så lätt på det, fräste Cecilia. Hon hade tänkt döda Greta, förstår du inte vad det innebär? Hon hade en kniv i fickan.

– Jag vet, sa John. Men nu gjorde hon ingenting. Hon skadade inte Greta.

– De höll ju på att frysa ihjäl, hade inte hunden hittat dem där i skogen så vet vi inte hur det hade gått.

– Snälla Cissi, kan vi inte släppa vad som hade kunnat hända? Det hände inte. Okej? Kan du inte upprepa efter mig, det hände inte.

– Jag vill att hon stannar hemma i alla fall.

– Och gör vad? Greta hann knappt bli rädd ens, det vet du, ska vi skrämma livet ur henne genom att överföra vår egen panik på henne?

Han hade förstås rätt. Det var inte sunt att låsa in barnen, vilja skydda dem från livet. Och ändå var det exakt det hon ville. Den trygga dagisvärlden och skolan föreföll plötsligt hotfulla. Ondskan kunde ta sig in också där. Ingenstans gick man säker.

– Släpp det nu, älskling. Du kanske behöver prata med Gideon Zetterberg? Det är vi som har gått igenom det största traumat, kom ihåg det. Du är den som drabbats hårdast. Inte Greta. Kom hit nu, så får jag ge dig en kram.

Ordlöst steg hon in i hans famn, lät hans värme stryka bort kylan som tycktes ha fastnat i hennes bröst.

OM NU LYDIA varit den som förföljt Cecilia – vem var det då som skickat hotbrev till Christina? I förhör hade hon bestämt förnekat att hon haft något att göra med Cecilias mor, hon hade varit helt oförstående till anklagelserna. Handstilen talade också sitt tydliga språk. Det rörde sig om två olika avsändare.

Maria kunde inte sluta tänka på saken när hon satt på redaktionen och gick igenom det kommande numret som precis skulle skickas till tryckeriet. Hon hade själv varit i kontakt med polisen, velat avlasta Christina som kämpade med sitt tillfrisknande från alkoholmissbruket. Men ingen kunde ge henne någon bra förklaring.

Maria hade sina misstankar, det kunde hon inte komma ifrån. Samtidigt var det så overkligt, näst intill otroligt. Vad skulle Maud tjäna på att trakassera Christina? Hon hade varit först ut med blommor och stöttande sms till Christina när hon erkänt sitt beroende. Maud, som arbetat med Christina i så många år. Kanske hade sekreteraren känt sig illa behandlad på senare tid, osedd och inte tillräckligt uppskattad. Hon var också den som hade fri tillgång till Christinas rum. Ändå...

Det var för overkligt. Maud verkade inte vara någon dubbelnatur, mest en trofast och tillgiven själ.

Maria reste sig från skrivbordet. Behövde en kopp kaffe, kände för att sträcka på benen. Samtidigt synade hon de andra på redaktionen. Moderedaktören Josefin, art directorn Madde, alla de andra på layouten, Norma, Vivvi, Yvonne. Nej, ingen av dem kunde väl ha velat hota Christina, som för det mesta var en oerhört omtyckt chef. Trots att stämningen varit lite si och så under hösten hade samtliga slutit upp vid Christinas sida, visat henne sitt fulla stöd efter att hon öppet berättat om sitt missbruk.

De andra tidningarna då? Där fanns också många anställda, kanske fanns den skyldige på någon av de andra redaktionerna. Men vilket var motivet? Att få Christina ur balans, göra henne svag och värnlös? För att sedan – vad?

– Står du här och drömmer, hörde hon en välbekant mansröst intill sig. Hon ryckte till.

Pierre log och blinkade mot henne med ena ögat.

– Det blir en jäkligt bra tidning, sa han och klappade henne på ryggen. Bra jobbat, Mia.

Någonting i hans röst irriterade henne. Det där sättet han sa Mia på, det var bara hennes allra närmaste som kallade henne så, mest Bill faktiskt. Med vilken rätt tyckte Pierre att hon var Mia för honom?

– Maria heter jag faktiskt, sa hon.

– Oj, ursäkta då, sa han och gjorde en tillgjord min. Är fröken lite snarstucken idag?

– Nä, varför skulle jag vara det?

– Inte vet jag. Du kanske har vaknat på fel sida.

Medan hon hällde upp kaffet funderade hon ytterligare ett varv. Var det inte alltid så att den man misstänkte minst var den som var skyldig? Den där kvällen då hon jobbat över hade hon ju faktiskt sett Pierre i Christinas rum. Vad gjorde han där? Den där överlägsna stilen. Hon hade aldrig varit särskilt förtjust i sin enda manliga kollega, förstod inte riktigt varför Christina hyllade honom som hon gjorde. Visst, han var man, men han arbetade inte bättre än någon annan. Tvärtom, på senare tid såg hon hans brister allt tydligare, märkte hur han åkte snålskjuts på de andras bekostnad.

– Jag sticker på lunch, hörde hon Pierre ropa till receptionisten. Tar du mina samtal?

Nej, det var troligtvis inte Pierre som skickat breven. Men det skadade inte att undersöka saken lite närmare. Att hon inte gjort det tidigare! Pierre hade eget rum, var faktiskt den ende som hade det förutom Christina. Det låg en bit bort i korridoren. Bäst att vänta tills alla gått för att äta. Klockan var snart tolv, Pierre hade gett sig iväg ovanligt tidigt, men snart skulle han följas av de andra. Någon enstaka brukade ha med sig matlåda, men hon hoppades att denna dag var en sådan då de flesta gick ut på stan.

Om någon såg henne? Hon hade argumentet klart, hade förberett ett litet försvarstal, något om tidningssidor som fattades och som måste ligga på Pierres skrivbord.

Hon väntade på att redaktionen skulle tömmas på folk. Därefter smög hon in på Pierres rum och sköt igen dörren bakom sig.

Snabbt drog hon ut lådorna, en efter en. Han var pedant, Pierre, det var ordning på hans papper, pennorna stod prydligt i en keramikburk på skrivbordet. Datorn. Hon skulle kika på hans dokument, kanske fanns där en ledtråd. Hon klickade på de olika symbolerna men det var bara arbetsmaterial, inte en gnutta av något privat eller misstänkt.

Hon skulle just resa sig för att gå när hennes blick föll på en portfölj på golvet nedanför skrivbordet. Nej Maria, detta var att gå över gränsen. Om någon kom, skulle hon då fortfarande kunna skylla på att hon sökte försvunnet material till kommande nummer? Knappast. Ändå kunde hon inte låta bli. Kvickt böjde hon sig ner och öppnade den svarta portföljen. Papper, och en kalender var vad som mötte henne. Ett par räkningar, några kuvert. Inget av dem påminde om de brev som adresserats till Christina. Men handstilen då? Hon var inte helt säker. Det kunde vara han. Och ändå inte.

Längst ner i portföljen låg en iPhone. Märkligt, tog han inte med sig telefonen då han gick på lunch? Tydligen inte. Hon tryckte på mittknappen. Ange din kod, svarade telefonen. Shit. Hon kände hur svetten bröt fram under armarna. Hans fyra sista siffror? Eller fyra ettor, en av de populäraste koderna som fanns? Förmodligen var det något helt slumpartat. Såvida han inte hade någon minneslapp någonstans. Kanske i datorn?

Återigen klickade hon på filerna. Någon mapp som var märkt privat kanske... Fast nej, så dum var han väl ändå inte, sparade väl knappast privata uppgifter på en jobbdator.

Det visslade till och en symbol med ett litet brev dök upp på skärmen. E-posten hade hon inte tänkt på. Men se, den ville visst bli undersökt den också. Pierre skulle förstå att någon varit inne på hans dator... Strunt samma. Den saken skulle hon kunna ljuga om på samma sätt som om det andra, säga att hon behövde kolla något. Hon öppnade inkorgen och det nyinkomna brevet. Och medan hon läste, förstod hon att hennes instinkt lett henne rätt.

ÅRETS FÖRSTA SNÖDROPPAR hade stuckit fram sina livskraftiga små huvuden bland fjolårslöven på den fortfarande frusna marken. De hade sin bestämda plats vid foten av björkarna i hörnet av tomten, och deras små eleganta vita huvuden var det allra tidigaste tecknet på att våren faktiskt var på gång. Trots att kylan fortfarande höll landet i ett hårt grepp och stormarna härjade vilt ungefär varannan vecka, hade det blivit betydligt ljusare på sista tiden. Nu sträckte den lilla snödroppstuvan på sig, trotsade is och vind. Cecilia blev glad i hjärtat av att se de små blommorna på friskt gröna stjälkar. Livet lät sig aldrig kuvas, hur förgängligt det än kunde te sig. Nu skulle det väl ändå bli lugn och ro runt henne och hennes familj. Hon kunde inte längre känna vrede mot Lydia, som tänkt skada Greta, istället hade hon mest medlidande i hjärtat när hon tänkte på den unga kvinnan som förlorat förståndet. Lydia fick vård nu, hade diagnostiserats med schizofreni. Även Christina var på bättringsvägen, hade bara tagit ett enda återfall, i övrigt hållit sig nykter. Tydligen hade det varit hennes medarbetare Pierre som intrigerat mot henne, som skickat hotbreven och saboterat hennes ledarskap. Det var Maria som avslöjat honom. Motivet hade varit maktlystnad och ingenting annat, målet hade varit att få bort Christina och ta över hennes tidningsimperium. Nu var det istället Maria som fick ta över Pierres chefsposition.

Även Susanna var på väg mot något bättre. Äventyret med Tobias var över. Hon hade lyckats skriva en riktigt bra krönika som fått stor respons. Intelängreskamligt, om att känna sig överflödig och leva i ett äktenskap som gick på tomgång – och hur man ändå lyckades vända trenden. Hur det skulle gå med Susannas eget äktenskap var inte helt självklart – men tydligen hade hon och Thomas börjat närma sig varandra igen.

Cecilia kände sig stolt över kvinnorna i sin släkt. De stukades, råkade ut för svårigheter, men reste sig igen. Om och om igen. Och över dem alla vakade Sonja. En mäktig matriark med visdomens gåva och allas deras ursprung.

Värkarna kom kvällen därpå, två dagar före utsatt datum. Nästan omärkligt smög de sig över henne, först som stillsamma dyningar över en öde strand, så hastigt starkare, likt stormbyar som avslöjade att en orkan var på väg. Magen spändes, toppade sig. Förvärkarna hade kommit och gått den senaste månaden, men det som hände nu var annorlunda. Snart skulle barnet vara hos dem, snart skulle graviditeten vara över.

En sista gång kom hon att tänka på Doris Lessings bok. Denna gång utan rädsla och oro. Snarare med ett slags förundran. Hade verkligen ett stycke världslitteratur fått henne att våndas över barnet hon bar på? Så ofattbart. Nu kände hon sig trygg med att det nya barnet skulle komma. Kärleken till babyn hade stärkts de senaste månaderna, hon hade dagligen smekt magen och sjungit för barnet, talat med det. Som om det lyssnade, tyckte hon, ibland fick hon också en extra knuff till svar när hon kommunicerade med den ofödda. En smart liten varelse, det där.

Som hon såg fram emot att möta den, hålla den i sina armar.

Kvällen kom och gick, barnen nattades och Cecilia och John blev sittande i soffan. Där ute lyste månen och våren anades trots mörka moln och grå skyar.

– Vi borde ringa Ramona, sa John. Så att hon får tid att förbereda sig.

– Jag har redan skickat ett sms, sa Cecilia. Hon svarade att hon skulle ta en taxi och vara hos oss på en halvtimme när det blev dags.

– Men inte riktigt än, va?

– Nej. Inte än.

De där dyningarna. Hon lutade sig mot John, kände värmen från hans kropp. Ännu en gång skulle hon genomgå det ofattbara, det som förändrade hela livet. Ingenting kunde liknas vid att föda ett barn. Det skulle bli det allra sista för hennes och Johns del, hon hade vetat det hela tiden och kände det ännu starkare nu när värkarna rullade in över henne.

Hennes sista förlossning.

Det hade blivit dags.

Att arbeta som barnmorska innebär att man möter många olika kvinnor och män. Man bevittnar många sätt att göra entré i livet. Dramatik och panik, ibland harmoni och total frid, andra gånger dysfunktioner som uppdagas först när kvinnan krystat fram babyn. Rädslor och smärtsamma minnen, förhoppningar och nya chanser. En förlossning är alltid ett avgörande, efteråt förändras livet för alltid för alla inblandade. Men att befinna sig vid sidan av som professionell ger sällan tid och utrymme för känsloutgjutelser. Sådana får man ägna sig åt i sin egen, privata sfär. I den här stunden var hon inte längre i första hand barnmorska, utan föderska. En kvinna vars livmoder arbetade intensivt för att öppna vägen för barnet som vuxit klart i hennes kropp. Tiden var inne.

Ramona Örnmåne anlände vid tvåtiden då Cecilia låg på sidan i dubbelsängen och andades genom sammandragningarna. Hon satte sig bredvid och klappade Cecilia lätt på armen, strök hennes hår åt sidan.

– Hur står det till? frågade hon milt.

Just då kom en värk. Cecilia koncentrerade sig, blundade.

– Vill du att jag undersöker dig för att se hur långt du kommit?

Cecilia nickade.

Ramona kavlade upp ärmarna på sin tunika och tog fram ett par gummihandskar ur sin läderväska, tillsammans med en tratt i trä.

– Så kan jag lyssna på babyn också, sa hon.

Huset var stilla och lugnt. John hade tänt några ljus och ställt på fönsterkarmen. Rummet andades frid, en vilsam tystnad som fick honom att känna sig avspänd. Nu var han glad att han låtit sig övertalas, denna förlossning liknade ingen han tidigare varit med om. Cecilia, hans kvinna, så fantastiskt vacker och lugn, låg på sidan och andades genom värkarna. Han hade gett henne lite vatten att dricka, talat tröstande, peppat henne, uppmuntrat henne. Luften runt dem hade blivit tätare, stämningen laddad. Som om de nu delade en djup hemlighet, något som bara angick dem två. Alla barnen sov, men här inne i sovrummet utspelade sig ett magiskt äventyr. Att han oroat sig så innan. Nu kunde han inte alls förstå varför han gjort det.

Lite udda var det att se en barnmorska undersöka Cecilia där hon låg i dubbelsängen. Och samtidigt, kanske det mest naturliga av allt. Två kvinnor som kunde så mycket om födandets mystik. En barnmorska som födde, en annan barnmorska som hjälpte till. Ett slags mild kärlek vibrerade kring de två i sängen. Något varmt sensuellt i deras samspel. En man skulle lätt kunna känna sig utanför, tänkte John. Men sådana känslor var inte konstruktiva. Han sköt dem åt sidan, valde att inte tänka i de banorna.

– Du är öppen sju centimeter, sa Ramona. Det är moget och fint. Gör det väldigt ont?

– Inte just nu, sa Cecilia. Men värkarna börjar bli tuffa.

– Kanske du ska försöka dyka? Du vet, dyktekniken jag berättat om. Den hjälper bra. Du ska vara tung i kroppen. Släpp axlarna och käkarna, släpp taget och bara ge dig av.

Hon kände till tekniken, denna smärtlindring som av många ansågs som alltför diffus för att förtjäna en plats i den medicinska litteraturen. Självklart ville hon försöka! Om inte annat så för att efteråt kunna säga att hon gjort det, att hon prövat. Om det nu fungerade? I så fall var det inget annat än revolutionerande.

Nu brusade vågen, det grumliga vattnet, väggen av vått reste sig inom henne, med vitt kokande skum på toppen. Så stor vågen var, så fort smärtan byggdes upp. Cecilia blev till en början rädd, ville följa instinkten att kämpa emot, låsa sig, försöka fly, men Ramonas varma hand som cirklade över magen fick henne att återfå lugnet. Så gjorde hon som hon blivit tillsagd, öppnade munnen, släppte ner axlarna, blev tung i kroppen, försökte se värken som något konkret framför sig, den enorma kraft som strax skulle plöja genom hennes kropp. Om hon mötte vågen i dess hela styrka skulle hon slungas med och virvla runt i vattenmassorna, okontrollerat. Om hon istället dök, siktade på det gröna djupet under svallet, om hon simmade mot lugnet där nere, skulle hon klara sig. Cecilia blundade, lät kroppen sjunka ner, släppte taget, andades. Och något underligt inträffade. Som om smärtan pågick någonstans ovanför hennes huvud, högt där uppe. Bortom henne virvlade vågorna, slog mot stranden, sjöd av lössläppt raseri, men under ytan i det lugna vattnet rådde frid.

– När värken planar ut, stanna kvar i trötthetn, hörde hon Ramona säga. Prata inte. Vila till nästa värk. Hämta kraft. Du är fantastisk.

För varje värk blev det allt enklare att släppa taget, att bege sig mot botten. Som en sjöjungfru flöt hon i lugnet, njöt av solstrålarna som letat sig hit och som fick sanden att gnistra. Inom henne pågick våldsamma processer men Ramonas skickliga fingrar som dansade över hennes spända skinn, andetagen som blev allt tyngre, fick smärtan att ge vika på ett sätt hon inte trott var möjligt.

Tiden upphörde att existera. John strök henne över håret, Ramona såg in i hennes ögon. Vågorna kom och gick men med ens blev de lugnare, som om havet mojnat. Och så en ny förnimmelse i kroppen, något pockande och slutgiltigt. En ny insikt.

– Om du vill krysta, är det bara att göra det, sa Ramona.

Det fanns handdukar i sängen och Cecilia hade, på Ramonas inrådan, bäddat med gamla lakan och plastad frotté redan veckan innan. Ljusen brann i fönstret, natten hade börjat blekna en aning. Krystimpulsen var överraskande stark, Cecilia kände hur hon vaknade till. Detta var något hon kom ihåg väl, något hon gjort innan. En konst hon behärskade.

– Jag tror jag vill stå på knä, sa hon.

De hjälpte henne att vända sig om, ta emot sig med ena handen mot gaveln.

– John. Babyn kommer nu.

Hon hörde sig själv säga detta, men trodde knappt på orden, sanningen var overklig. *Babyn kommer nu.* Om hur många minuter? Vem är du, lilla främling, pojke eller flicka? Som alltid blev hon otålig när bara lite återstod, väntan hade varit lång och hon hade varit tålmodig, burit sitt barn i så många månader, våndats och stressat, lidit av allehanda krämpor och längtat och fantiserat. Nu ville hon bara skynda på, vara förbi det allra sista. Samtidigt visste hon att utdrivningen aldrig kunde stressas på. Babyn skulle glida ut ur hennes kropp i sin egen takt, i samarbete med livmoderns kraftiga sammandragningar.

Nu vaggade hon lätt fram och tillbaka i sängen, i det trygga skepp som flöt genom oceaner av tid där barnet strax skulle födas. Krystvärkarna gjorde kroppen stadig och mer fokuserad. Ändå blev hon yr mitt i allting.

– Jag håller emot lite, hörde hon Ramona säga. Här är huvudet. Vill du känna? Och ta emot barnet själv? Vänta bara på nästa värk.

Cecilia sträckte fram handen, lade den mellan sina ben. Och där fanns det, barnhuvudet, den varma ytan tryckte sig mot fingrarna. Hon kupade handen över huvudet. Trots att hon fött fyra barn hade hon aldrig varit med om något som detta. Inte samma frid, inte samma känsla av harmoni och tillfredsställelse.

Så kom den tillbaka, den brännande, stickande, svidande känslan. Tusen nålar, kallades den. Tusen nålar för det brände som tusen små ettriga stick där huvudet trängde igenom, där barnet strax skulle ut. Plågsamt, nästan skönt i sin styrka och oåterkallelighet. Cecilia höll emot, lät kroppen arbeta ifred. För det behövdes inget särskilt. Hennes livmoder skötte sig utmärkt. Hon kände hur babyn pressades fram, nu kunde hon ta tag i de små axlarna.

Bara lite till.

Bara lite.

– Hej, lilla vän, hörde hon Ramona. Nu kommer barnet.

Och så föddes hela kroppen, rätt i händerna på Cecilia. I samma stund gav barnet ifrån sig ett gurglande läte för att avisera sin ankomst.

Jag är här nu, framme i er värld. Ta hand om mig, håll om mig, trösta mig och älska mig. När vi nu förenats kan vi aldrig skiljas åt igen. Var rädda om mig. Jag är unik.

Så välbekant det nyfödda barnet kändes. Naturligtvis. Det mörka håret, klibbigt i pannan, en allvarsam rynka över plirande ögon under lite svullna ögonlock. Näsan, munnen, kinderna, i det närmaste löjligt lik sin pappa.

Tårarna trängde fram i Cecilias ögon och med dem även skrattet. Och John tog henne och babyn i sin famn.

FÖRFATTARENS TACK

JAG VILL RIKTA ett varmt tack till flera personer som hjälpt mig och stöttat mig under arbetet med denna bok. Min barnmorskeguru Cayenne Ekjordh, chefsbarnmorskan Nicole Silfverstolpe, samt min "syster i nöden" Christina Witt. Barnmorskor, läkare, sköterskor och undersköterskor samt blivande och nyblivna föräldrar på förlossningen vid Danderyds sjukhus, tack för de förlossningar jag fått vara med på och tack alla ni barnmorskor som låtit mig ta del av ert fantastiska arbete.

Stort tack till gynekologen Meri Liljegren på Södersjukhuset, som hjälpsamt bistått med fakta och erfarenheter kring könsstympade kvinnors förlossningar.

Tack till docent och överläkare Sven-Eric Olsson på Kvinnokliniken vid Danderyds sjukhus, för att du är en förebild och inspirationskälla.

Ett särskilt stort tack till min Mölndalsängel Linda Björkgren för outsinlig energi, inspiration och glada tillrop samt generös hjälp i stort som smått.

Vidare tack till Cajsa Winqvist för ypperligt samarbete från synopsis till färdig bok. Tack till min förläggare Ann-Marie

Skarp för konstruktiv kritik och generöst bemötande, liksom till min redaktör Anna Hirvi Sigurdsson för petnoga textarbete. Tack till Nina Leino som gjort omslaget som jag tycker så mycket om, samt till alla andra på Piratförlaget för fantastiskt teamwork med produktion, marknadsföring och allt det praktiska arbete ett bokprojekt innebär. Tack gänget på Grand Agency för allt stöd och all hjälp och för att ni hejar på Cecilia Lund!

Ett enormt stort tack till alla läsare som jag möter på mina föredrag, via nätet på bloggen och på Facebook och på mejlen, alla ni som skriver och bryr er om Cecilia Lund och hennes öden och äventyr, er feedback betyder oerhört mycket. Det är för er jag skriver de här böckerna och att ni tycker om dem betyder mer än något annat. All min tacksamhet till er för att ni läser!

Slutligen tack till författarkollegor och vänner samt förstås till mina älskade föräldrar Ada och Frantisek, min bror Erik och till min familj. Mina barn Ludvig, Jacob, David, Daniel och Ingrid som inspirerar mig och vars kärlek får mig att orka, och till Robert min man, som alltid står vid min sida.

LÄS MER

Extramaterial om boken och författaren

LÄS MER

"Jag måste öva mig på att vara modig"	2
Utdrag ur *Modershjärtat*	6
Pressröster	12
Piratförlagets författare i pocket	14

Intervju med Katerina Janouch

"Jag måste öva på att vara modig"

Cecilia Lund hittar ett brunt paket i brevlådan. Inuti ligger Doris Lessings roman Det femte barnet. *Inget konstigt i sig. Förutom att Cecilia själv väntar sitt femte barn. Och innehållet i boken är allt annat än trevligt. "Jag övar mig på att vara modig genom att utsätta mina karaktärer för obehagliga överraskningar", säger Katerina Janouch, författare till* Tigerkvinnan.

Tigerkvinnan, den fjärde boken i serien om barnmorskan Cecilia Lund, är en mångfacetterad roman. Under den bedrägliga ytan lurar faror och lockelser från flera håll. Katerina Janouch målar denna gång ingående porträtt av såväl Cecilia själv, som storasystern Susanna och modern Christina.

Cecilia och maken John väntar sitt femte barn. Hon fortsätter dock att jobba på BB, trots att hon är trött. Det verkade vara en bra idé från början, men nu känns det som om alla pockar på hennes uppmärksamhet – det ofödda barnet, hennes systrar, mannen och barnen. Dessutom dyker Johns vuxna son Simon upp igen, precis när hon invaggat sig själv i tron att han skulle hålla sig borta för gott.

På jobbet känns det som om det kommer in fler komplicerade fall än vanligt, och Cecilia dras likt en magnet till de kvinnor som verkar ha det svårast.

Cecilias storasyster Susanna har aldrig behövt beblanda sig med liv och död. Kanske är det just därför hennes perfekta liv ter sig alltmer tragiskt. Hon känns som en vacker fågel fångad i en guldbur, där hon sitter ensam i lyxvillan, oförmögen att tala med sin man de korta stunder han är hemma. I stället söker hon tröst på nätet, något som visar sig vara ödesdigert.

Du kallar själv Tigerkvinnan *för en relationsroman. Jag skulle vilja lägga till samhällskritisk roman. Håller du med om det?*
"Ja, visst innehåller den samhällskritik, särskilt när det gäller Susannas liv och leverne. Det finns en växande problematik kring meningslöshet i vårt samhälle i dag. Det har ju att göra med att vi har fått det lite för bra och slutat respektera livet. De som har valt att stå utanför det galna ekorrhjulet av konsumtionshysteri och perfektion ses som konstiga snarare än sunda och ges dåligt samvete för att de inte jagar samma ideal", säger Katerina Janouch.

Samtidigt som den egoistiska och bortskämda systern behöver Cecilias hjälp förstår systrarna att allt inte står rätt till med mamman, journalisten och tv-kvinnan Christina, som befinner sig på toppen av sin karriär med eget magasin och tv-show. De vet att hon gillar att ta sig ett glas efter jobbet, men nu verkar hon ha tappat kontrollen över alkoholen.

Christina själv hävdar dock att hon har det stressigt på jobbet och bara behöver ett par lugnande droppar mellan varven. Särskilt som hon på senare tid fått ta emot flera hotfulla brev på sitt skrivbord.

Obehagskänslorna stiger i takt med att man vänder blad. Vem är det egentligen som skickat boken till Cecilia och varför känner hon sig alltmer iakttagen? Vem är mannen som erbjuder sina tjänster till Susanna? Och vem är det som ligger bakom breven till Christina?

"Jag är själv ganska konservativ och rädd för förändringar, så jag misstänker att mitt skrivande är ett sätt att bearbeta mina rädslor genom att utsätta mina romankaraktärer för tvära kast och obehagligheter. Jag behöver öva mig på att vara modig", säger Katerina.

Ja, du utsätter Cecilia för många livskriser i dina böcker. Hur mycket klarar en människa av innan det blir för mycket?
"Jag har alltid varit fascinerad av förändringar. Hur hela livet kan ställas på ända på ett ögonblick, vilket ju också är kärnan i barnmorskeyrket. Det är klart att man inte klarar hur mycket som helst, men samtidigt tror jag att vi ofta är starkare än vad vi tror."

Varför har du valt barnmorska som yrke till Cecilia?
"Därför att jag hyser en enorm respekt för dem. Barnmorskor har ett otroligt krävande, tungt och spännande jobb, som jag vill skildra. Dessutom har de skamligt dålig lön. Med böckerna om Cecilia Lund vill jag glänta på dörren till en barnmorskas vardag och i förlängningen få människor att förstå vilken livsviktig insats de bidrar med i samhället."

Som läsare får man ta del av Cecilias intimaste tankar under graviditeten, som handlar om allt från missfall och handikapp till otrohet och lust. Varför är detta viktigt att skildra?
"Särskilt gravida kvinnor gestaltas oftast ganska fyrkantigt, och omgivningen vill helst inte se den gravida kvinnan som en sexuell varelse, utan mer som en madonna. Men även gravida har känslor och tankar som inte alltid är rumsrena eller så politiskt korrekta och det tycker jag är spännande att skriva om."

Hur mycket av dig själv har du lånat ut till Cecilia?
"Jag har använt drag från både mig själv och personer i min

omgivning när jag skapat flera karaktärer i boken, men det är klart att Cecilia ligger mig närmast om hjärtat."

Cecilia har förutom Susanna och Christina även tät kontakt med sin lillasyster Maria och mormodern Sonja. Varför tar kvinnorna så stor plats i dina böcker?
"Jag tycker det är mycket mer spännande att skriva om kvinnor än om män. I litteraturhistorien tilldelas kvinnorna ofta bara en biroll, medan männen får vräka ut sig och vara komplexa. Nu vill jag ge kvinnorna samma utrymme."

Intervjun gjordes till Piratförlagets magasin våren 2011.

Utdrag ur *Modershjärtat*

Nedan följer ett utdrag ur den femte romanen om Cecilia Lund.
Modershjärtat kommer ut i juli 2012.

ATT VARA ENSAM med barnen och ordna matinköp och middag var inte direkt något nytt för John, men just denna kväll hade han en intensiv önskan om att någon skulle rycka in och ta över, ordna upp allt i köket och samtidigt skickat iväg honom ut och på krogen för att ta en öl och koppla av från vardag, olyckshändelser, gnälliga barn och gråtande hustrur. Exakt det sistnämnda som en av hans gamla vänner, Martin, envisades med föreslå den senaste tiden, men John hade hittills framgångsrikt avböjt med olika förevändningar där de flesta hade med familjelivet att göra. Ikväll var det definitivt otänkbart, spontana träffar med manliga vänner var uteslutet, särskilt när hustruns mormor blivit påkörd av en smitare och nu svävade mellan liv och död. John hade erbjudit sig att komma till sjukhuset men Cecilia hade sagt att det var bättre att han tog hand om barnen, att hon och hennes mor och systrar skulle se till Sonja och vaka vid hennes bädd. Hon lovade att hålla honom underrättad, och skulle något hända… John hade gärna varit där och tröstat, han tyckte mycket om den gamla, men insåg att i en familj med många barn måste livet gå vidare med matlagning och praktiska bestyr oavsett vad som hände. Därmed la han sin egen oro åt sidan. Nu skulle han finnas till hands för sina barn, punkt, slut.

Vem som helst kunde förstå en upptagen flerbarnsfar som hade ansvar och ett liv att sköta. Vem som helst utom Martin, som vägrade att ge sig. Medan John stod och stekte falukorv kom det ett nytt sms. Fixa barnvakt, nu kör vi mannen, löd budskapet.

"Mannen"? *Du behöver vädra skallen.* Martin var jämnårig med John men någon egen familj hade han inte, och sedan han brutit upp från sitt senaste förhållande med en halvanorektisk fotomodell levde han ett bekymmersfritt ungkarlsliv. Martin hade aldrig några större ekonomiska bekymmer, entreprenör som han var, alltid med nya affärer på gång. Var det inte agentur på en ny slags cykelhjälm så var det investeringar i exklusiva resorts i Malaysia och på Bali. På ledig tid såg Martin till att hans aktiedepå växte och dessutom var han en skicklig pokerspelare. Han hade köpt en råvind i city i mitten av 90-talet och renoverat den intill perfektion, idag var den originella bostaden värd det tiodubbla. Att han ständigt körde nya exklusiva bilar hörde till jobbet, Martin hade avtal med en PR-byrå och hade ordnat det väl för sig som testpatrull. John misstänkte att allt inte var helt kritvitt i Martins bokföring men de berörde sällan denna typ av frågor, inte heller skröt Martin om de gångerna som han kraschat och fått börja om från början efter att hans företag försatts i konkurs. För Martin reste sig varje gång, likt en rysk docka med rund botten blev han stående upprätt trots att kroppen svängde från sida till sida och ibland såg ut att förbli liggande. De hade inte setts på över ett år. John hade fått barn igen och Martin hade rest i Asien. Men nu var Martin tillbaka i Sverige och tänkte visst inte ge sig. Ibland undrade John varför Martin envisades med att hålla fast vid deras vänskap. De hade egentligen ingenting gemensamt längre, hade de någonsin haft det? Men John var en av Martins få riktiga vänner, en oersättlig del av det gamla ursprungsgänget. De fyra gymnasiekamraterna som lovat varandra att hålla ihop för alltid, oavsett vart livet förde dem. Och nu stod John här, mitt uppe i sin kväll med familjen, skulle ta hand om sina barn, stötta sin chockade hustru. *Hör på mannen, att gå på krogen är det sista jag kan. Även om jag bra gärna skulle vilja.*

– Pappa, är inte maten klar snart? Jag är jättehungrig.

Sofia avbröt Johns funderingar där han smått frånvarande stod

vid spisen och vände korvskivorna med en stekspade av plast.
– Jo, strax gumman, svarade han. Men ni har ju inte dukat än?
– Det kan väl killarna göra, svarade Sofia. När kommer mamma hem?
John la upp den färdigstekta korven på ett blommönstrat uppläggningsfat.
– Men älskling, jag har ju berättat att mamma är på sjukhuset hos gammelmormor. Hon kommer lite senare.
– Hinner hon natta mig?
Sofia såg på honom med allvarliga ögon.
– Jag vet inte.
Nu kom även Greta in i köket, med dockvagnen framför sig.
– Fia-Lisa vill inte sova, sa hon och lyfte omilt upp den rufsiga dockan i huvudet. Pappa, hon är lika dum som Ellen.
Sofia suckade och gjorde en överlägsen min åt Greta.
– Ellen är inte dum, det är du som är dum. Ellen är en bebis förstår du väl.
– Nähädu, sa Greta.
– Johodu.
Sedan babyn kom hade hans döttrar fått något nytt att träta om. Lillasystern, alltid i uppmärksamhetens centrum, hade snabbt blivit en ständig källa till konflikt mellan Sofia och Greta, trots att hon ofta inte ens var närvarande. John var tvungen att medge att det var skönt att för en kväll slippa babyskriket. Utan Ellen kändes huset förvånansvärt lugnt och fridfullt. Utan Cissi också, för den delen. Han jagade bort de olämpliga tankarna och lyfte av kastrullen med den kokande potatisen från spisplattan.
– Hörni tjejer, akta er, det är varmt, sa han varnande till flickorna som trängdes kring hans ben. Jag ska bara hälla av vattnet så kan vi äta sen. Men det måste fortfarande dukas. Ropa på grabbarna så kan ni hjälpas åt.
– Det är Willes tur, sa Sofia, som alltid höll koll på att plikterna fördelades rättvist. Marcus dukade igår.
– Och jag med, sa Greta.

– Gjorde du inte alls, det, högg Sofia av medan de båda sprang ut ur köket.

Medan John la sista handen vid salladen återkom han i tankarna till sina gamla vänner. En av dem var Calle, civilekonomen som skilde sig för tio år sedan, och som genomgick en uppslitande vårdnadstvist med sin före detta. Två barn i det första äktenskapet. Två barn i det nuvarande. Plus en bonusdotter på köpet, den nya hustruns barn som följde med i boet. Calles liv var en aldrig upphörande följetong om styvfamiljen med bonusbarn och plastmorföräldrar, exhustruns olika pojkvänner som han förtalade allihop mer eller mindre, exhustruns nya son med en man hon också skilde sig från efter kort tid och därför ibland krävde att Calle skulle ta halvbrodern till deras gemensamma barn med sig på diverse aktiviteter, svårigheterna när första och andra hustrun hamnade i konflikt med varandra bland annat på grund av detta, orättvisorna, bråken om pengar och underhåll… John avundades inte Calle hans situation och tackade ofta sin lyckliga stjärna för att han hittills förblivit tillsammans med Cecilia, trots att deras äktenskap periodvis prövats hårt. Att ha en fru var påfrestande nog, men att ha två kvinnor som gjorde anspråk på en? Två som dessutom krigade med varandra fast de borde ha slutit fred om inte annat för barnens skull? John kunde inte tänka sig något värre. Då hade den siste i gänget, Patrik, även kallad Putte, lyckats bättre med sitt liv. Putte var frånskild han också men till skillnad från Calle hade han inte skaffat någon ny stadig kvinna. Dessutom var han god vän med sin föredetta och hade barnen boende hos sig varannan vecka under ordnade former. Putte var kanske den lyckligaste av dem fyra, fick både ha kvar kakan och äta upp den, tänkte John. För nog kunde det vara skönt att vara farsa till hundra procent bara halva tiden? Och sedan sköta sitt. Gå på krogen ibland, dricka en öl, se en fotbollsmatch. Åka bort. John visste exakt vad han skulle göra om han hamnade i en liknande situation igen, där han och Cecilia nästan varit för ungefär ett år sedan. Han skulle fördjupa sig i sitt stora intresse: Dokumentärfoto. Inte bara stå i studion och plåta hjärndöda modebilder dagarna i ända.

– Måste vi duka idag igen? Ingen av mina kompisar gör det, sa Marcus surt medan han släntrade in i köket.

– Precis, fick han bifall av sin storebror, som kom tätt efter.

Så trevligt att gossarna var sams ikväll i alla fall. Det var alltid något. Kanske skulle hans söner slutligen finna varandra i en gemensam revolt mot föräldrarnas och hushållsarbetets tyranni.

– Vi behöver inte hjälpa till så mycket när mamma är hemma, fortsatte Marcus innan John hann säga något. När kommer hon tillbaka förresten?

Han vet hur han ska provocera, tänkte John. Men inte överreagera nu. Inte sänka sig till denna barnsliga nivå. Ändå räckte inte de mogna tankarna och ambitionen att behålla lugnet riktigt till.

– Men skärp er, for han ut med en röst som lät vassare än han avsett. Vad menar ni?

– Att du bara tvingar oss att göra massa jobbiga grejer, svarade Wille motstravigt.

– Du borde skämmas för att tjafsa med mig om det här nu ikväll när gammelmormor är på sjukhus och allt. Sätt igång och duka bara.

– Vi får aldrig vara barn, muttrade Marcus. Barnarbete är förbjudet.

– Men det är inte barnarbete. Vet du vad som är barnarbete, det är när fyraåringar tvingas gå upp klockan fem på morgonen och knyta mattor för tio öre i timmen. Det min kaxige vän är barnarbete. Kolla gärna upp det med FN:s barnkonvention om du inte tror mig.

– Du tvingar oss i alla fall, sa Wille.

– Jag ber er att ta ert ansvar och delta i hushållsssysslorna. Vill du äta får du också bidra. Att duka är väl knappast särskilt betungande. Du sitter minsann vid datorn, då är det inte så jobbigt. Men visst, varsågod, vill ni inte duka så kan vi skita i middagen helt och hållet.

Nu var det Gretas tur att se orolig ut.

– Jag vill ha mat, sa hon dramatiskt med darrande stämma. Jag svälter.

Nu log Marcus.

– Okej då.

– Mes, suckade Wille. Du ger dig alltid.

– Han är ingen mes, utan en riktig man, svarade John. En karl som gör det han ska. Släng fram tallrikarna nu så kan vi äta. Sen måste jag ringa och kolla hur det går för gammelmormor, det är kanske det ni borde tänka på istället för att bråka. Att hon blivit skadad och ligger medvetslös.

– Jag ska rita en teckning åt stackars hon, sa Greta.

– Det ska jag med, nickade Sofia. Får vi hälsa på henne, pappa?

– Vi får se, sa John.

– Jag hoppas att han som körde på henne får dödsstraff, sa William, plötsligt oväntat drastiskt.

Pressröster om *Tigerkvinnan*

"Att författaren är en av Sveriges mest kända experter på relationer och samlevnad vittnar både repliker och inre monologer om. Trovärdigt på ett modernt och klarsynt sätt."
Allas

"Lättsam läsning, lite spänning och – bäst av allt – vardagsdramatik från Cecilias jobb på förlossningen."
Hudiksvalls Tidning

"Katerina Janouch tar upp flera brännande ämnen … Som gravid läsare uppskattade jag verkligen hennes sätt att beskriva hela känslospektret över att bli mamma."
Femina

"Janouchs bästa i serien…"
M-magasin

"Det är en vardagsskildring med knorr, välskriven och riktad till kvinnor: här behandlas relationer av allehanda slag, kärlek, sex och otrohet."
DAST Magazine

Så här skriver bokbloggarna:

"Cecilia Lund har blivit en favorit och jag tröttnar inte på att läsa om henne och hennes minst sagt brokiga familj. … En lättläst bok med djup i en alldeles superfin förpackning. Det är inte fy

skam. Jag blir mer och mer imponerad av att Janouch sprutar ur sig bok efter bok och dessutom bara blir bättre."
Enligt O

"Jag tror att det här är den starkaste boken av de som har kommit ut hittills. Det känns som att Janouch nu har hittat precis rätt ton och rätt blandning för den här serien! Det är den där mixen av barnmorskejobbet och dess dramatik, relationen med maken, systrarna, mamman och arbetskamraterna – och så naturligtvis skildringen av hur Cecilia Lund är en sån där alldeles vanlig kvinna mitt i vardagssmeten – som gör boken så pass bra. Det behövs inte mer än så."
En bok om dagen

"Vardagsdramatik, intriger och ren och skär underhållning serverat i behagligt format."
Mettes pocketblogg

"Katerina Janouch kan som ingen annan skildra vardagslivet, parrelationen och föräldraskapet. Vardagliga situationer som det är lätt att känna igen sig i.
Tigerkvinnan är en välskriven relationsroman, perfekt om man vill ha lite lättare läsning men kanske inte riktigt gillar chick-lit."
Hyllan

"Som alltid skriver Katerina Janouch på ett spännande och underhållande sätt. Alla hennes böcker är mycket välskrivna och igenkännande för oss kvinnor, och berättelsen är jämn och intressant hela vägen. Ingen av hennes böcker har någonsin gjort mig besviken. Jag vill bara läsa mer och mer av henne."
Kristina Simars bokblogg

Piratförlagets författare i pocket

Carlsson, Christoffer: Fallet Vincent Franke
Carlsson, Christoffer: Den enögda kaninen
Dabrowski, Stina Lundberg: Stinas möten
Ebervall, Lena & Per E Samuelson: Ers Majestäts olycklige Kurt
Fant, Mikael: Grundläggande genetik – en roman om blåögdhet och halva sanningar
Giolito, Malin Persson: Dubbla slag
Giolito, Malin Persson: Bara ett barn
Grue, Anna: Judaskyssen
Guillou, Jan: Det stora avslöjandet
Guillou, Jan: Ondskan
Guillou, Jan: Coq Rouge
Guillou, Jan: Den demokratiske terroristen
Guillou, Jan: I nationens intresse
Guillou, Jan: Fiendens fiende
Guillou, Jan: Den hedervärde mördaren
Guillou, Jan: Vendetta
Guillou, Jan: Ingen mans land
Guillou, Jan: Den enda segern
Guillou, Jan: I Hennes Majestäts tjänst
Guillou, Jan: En medborgare höjd över varje misstanke
Guillou, Jan: Vägen till Jerusalem
Guillou, Jan: Tempelriddaren
Guillou, Jan: Riket vid vägens slut
Guillou, Jan: Arvet efter Arn
Guillou, Jan: Häxornas försvarare – ett historiskt reportage
Guillou, Jan: Tjuvarnas marknad
Guillou, Jan: Kolumnisten
Guillou, Jan: Madame Terror
Guillou, Jan: Men inte om det gäller din dotter
Guillou, Jan: Ordets makt och vanmakt – mitt skrivande liv
Haag, Martina: Hemma hos Martina
Haag, Martina: Underbar och älskad av alla (och på jobbet går det också jättebra)
Haag, Martina: Martina-koden
Haag, Martina: I en annan del av Bromma
Haag, Martina: Fånge i Hundpalatset
Hamberg, Emma: Baddaren
Herrström, Christina: Glappet
Herrström, Christina: Leontines längtan
Herrström, Christina: Den hungriga prinsessan
Holm, Gretelise: Ö-morden
Holm, Gretelise: Ministermordet
Holt, Anne: Presidentens val
Holt, Anne: 1222 över havet
Holt, Anne: Frukta inte
Holt Anne & Even Holt: Flimmer
Jacobsen, Steffen: Passageraren
Janouch, Katerina: Anhörig
Janouch, Katerina: Dotter önskas
Janouch, Katerina: Sommarbarn
Janouch, Katerina: Bedragen
Janouch, Katerina: Systerskap
Janouch, Katerina: Hittebarnet
Janouch, Katerina: Tigerkvinnan
Jonasson, Jonas: Hundraåringen som klev ut genom fönstret och försvann
Kadefors, Sara: Fågelbovägen 32
Kadefors, Sara: Borta bäst
Larsson, Morgan: Radhusdisco
Levengood, Mark & Unni Lindell: Gamla tanter lägger inte ägg och Gud som haver barnen kär har du någon ull
Lindell, Unni: Orkestergraven
Lindell, Unni: Honungsfällan
Lindell, Unni: Mörkermannen
Lindell, Unni: Sockerdöden

Lindqvist, Elin: Facklan – en roman om Leon Larsson
Lövestam, Sara: Udda
Lövestam, Sara: I havet finns så många stora fiskar
Marklund, Liza: Gömda
Marklund, Liza: Sprängaren
Marklund, Liza: Studio sex
Marklund, Liza: Paradiset
Marklund, Liza: Den röda vargen
Marklund, Liza: Asyl
Marklund, Liza: Nobels testamente
Marklund, Liza: Livstid
Marklund, Liza: En plats i solen
Marklund, Liza: Nya röster sjunger samma sånger
Marklund, Liza & James Patterson: Postcard Killers
Marklund, Liza & Lotta Snickare: Det finns en särskild plats i helvetet för kvinnor som inte hjälper varandra
Mattsson, Britt-Marie: Bländad av makten
Mattsson, Britt-Marie: Snöleoparden
Mattsson, Britt-Marie: Maktens kulisser
Nesbø, Jo: Fladdermusmannen
Nesbø, Jo: Kackerlackorna
Nesbø, Jo: Rödhake
Nesbø, Jo: Smärtans hus
Nesbø, Jo: Djävulsstjärnan
Nesbø, Jo: Frälsaren
Nesbø, Jo: Snömannen
Nesbø, Jo: Pansarhjärta
Nesbø, Jo: Huvudjägarna
Ohlsson, Kristina: Askungar
Ohlsson, Kristina: Tusenskönor
Ohlsson, Kristina: Änglavakter
Patterson, James & Maxine Paetro: Bikini
Patterson, James & Michael Ledwidge: Dubbelspel
Roslund & Hellström: Odjuret
Roslund & Hellström: Box 21
Roslund & Hellström: Edward Finnigans upprättelse
Roslund & Hellström: Flickan under gatan
Roslund & Hellström: Tre sekunder
Schulman, Alex: Att vara med henne är som springa uppför en sommaräng utan att bli det minsta trött
Syvertsen, Jan-Sverre: Sekten
Tursten, Helene: En man med litet ansikte
Tursten, Helene: Det lömska nätet
Tursten, Helene: Den som vakar i mörkret
af Ugglas, Caroline & UKON: Hjälp, vem är jag?
Wahlöö, Per: Hövdingen
Wahlöö, Per: Det växer inga rosor på Odenplan
Wahlöö, Per: Mord på 31:a våningen
Wahlöö, Per: Stålsprånget
Wahlöö, Per: Lastbilen
Wahlöö, Per: Uppdraget
Wahlöö, Per: Generalerna
Wahlöö, Per: Vinden och regnet
Wattin, Danny: Stockholmssägner
Wattin, Danny: Vi ses i öknen
Wattin, Danny: Ursäkta, men din själ dog nyss
Östergren, Petra: Berättelsen om Esmara